JEAN-YVES FORTUNY

AAilleurs

Certaines réalités nous échappent

Éditions
DÉDICACES

En hommage à Daniel dont la joie de vivre proportionnelle à sa bonté naturelle faisait du relais routier « Les chasseurs » à Berre l'Étang où je n'ai malheureusement plus l'occasion de m'arrêter, une halte de choix et de qualité. Aujourd'hui, tu es parti dans une autre dimension ou peut-être dans le « Larzac » et nous ne pourrons jamais que t'imiter. Profite Daniel. Je suis convaincu que le joyeux luron que tu étais avec nous doit faire fureur là où tu es. À bientôt Dan.

J-Yves

PROLOGUE

Dimanche quatorze août, deux mille dix-sept, treize heures. Jocelyn et sa femme Emma sont dans un superbe restaurant du sud-ouest de la France, « La belle chandelle », dont la terrasse offre une vue splendide et unique sur la chaîne des Pyrénées. L'ambiance est sélecte, mais reste simple. Jocelyn, surnommé « Joss », dévore littéralement son assiette. Emma l'observe d'un œil amusé et amoureux et continue de le découvrir avec délectation, malgré leurs dix années de vie commune.

- Excellentes ces gambas !

- À te voir, on aurait du mal à dire le contraire !

- Tu avais quelque chose d'important à me dire, je crois... J'écoute...

- Je comptais te l'annoncer au dessert, mais si tu y tiens, je te le dis maintenant.

- Je ne te force pas, c'est comme tu le sens...

Elle laisse s'écouler deux ou trois secondes, puis poursuit.

- C'est un garçon !

Heureux de ce qu'il vient d'entendre Jocelyn s'arrête net de manger et la regarde fixement.

- Tu dis ?

- C'est un « p'tit gars ! » reprit-elle en ajoutant un large sourire.

- Quand l'as-tu su ?

- Jeudi matin, et je voulais t'en faire la surprise pour ton retour.

Réussi non ?

- Tu as osé me cacher ça, reprit-il sur le ton de la plaisanterie!

- Oui, j'ai osé mon chéri.

Elle se lève, et pose sa serviette sur la table.

- Où tu vas, j'ai dit quelque chose qu'il ne fallait pas ?

- Non amour, je vais aux toilettes et je reviens.

Joss est tout à la fois abasourdi et heureux ; il commence à imaginer le jeune père qu'il n'aurait jamais pensé devenir un jour.

Depuis quelque temps, beaucoup de détails ont changé dans sa vie. Il sait au plus profond de son âme que sa vie est en train de basculer. Quelque chose a muté en lui. C'est vrai que s'il pouvait ouvrir les tiroirs de son esprit, il en trouverait un qui contient une histoire effacée de sa conscience. Une histoire qu'il aurait sans doute pu vivre dans d'autres circonstances, ou dans une autre vie comme celle-ci, par exemple...

FAITS DIVERS...

« Le temps détruit ce qui n'est pas réel. »
Jean Grenier

Par cette belle matinée du huit mai deux mille seize, promettant une journée chaude et ensoleillée, Lucien et Michel, gendarmes dans la région de Chartres, patrouillent sur les routes rectilignes du coin. Il est sept heures quarante du matin, et ils ne vont pas tarder à rentrer à la base pour laisser la place à leurs collègues reposés et parés pour une nouvelle journée. La nuit a été calme. Quelques excès de vitesse sanctionnés et un retrait de permis pour alcoolémie. Plus que quelques kilomètres les séparent de leur unité. Lucien est relativement pressé d'arriver ; il manque de sommeil et a hâte de retrouver son lit.

- Tâche de ne pas t'endormir aux couleurs tout à l'heure, plaisante Michel.

- Qu'est-ce que c'est, dit Lucien dont l'attention semble attirée par un point noir et immobile au loin ?

- C'est un drapeau à trois couleurs que nous saluons tous les matins !

- Sois sérieux une seconde ; regarde là-bas.

- J'ai vu... Sûrement en panne. Il aurait pu s'arrêter sur le

1

côté au lieu de rester en plein milieu. En plus, la portière est ouverte et n'importe qui peut la lui accrocher !

- Accélère et mets le « Giro » sans la sirène au cas où...

Il y a quelque chose qui cloche ; je ne vois personne dans la voiture, ni autour.

- C'est vrai, et le capot n'est même pas ouvert.

Arrivés sur place ils découvrent une Chrysler noire, tous feux allumés, le moteur encore tournant, la portière ouverte ainsi que les papiers, le portefeuille, et toutes les affaires du conducteur absent. Tandis que Michel consulte le contenu de la sacoche abandonnée sur le siège passager, Lucien ausculte les alentours, pensant découvrir un homme en train d'uriner, mais en vain.

- « *Étrange* », pense-t-il, « *on ne laisse pas sa voiture au beau milieu de la route avec tous ses papiers à l'intérieur...* »

- Tu as vu quelque chose, demande Michel en sortant la tête de l'habitacle ?

- Non, personne.

- La voiture démarre et le réservoir est aux trois quarts ; pourquoi l'avoir laissée ici à l'abandon ?

- Tu as vu ça ?

- Quoi ?

Devant la voiture, on dirait une veste ou plutôt une moitié de veste...

- Tiens, c'est vrai, reprend Michel en s'approchant du morceau de tissu.

- Bizarre... On dirait qu'il a voulu la couper en deux dans le dos. Mais pourquoi ?

- Oui ; pourquoi, reprend Lucien perplexe. Il a peut-être été enlevé.

- Je ne sais pas, mais si c'est le cas, je ne vois pas la raison pour laquelle il aurait coupé sa veste en deux.

- Je sens que cette fin de nuit va durer beaucoup plus longtemps que prévu.

- Et il a fallu que ça tombe sur nous. Qu'est-ce qu'on fait ?

Michel ne pouvait décoller ses yeux du fragment de tissu et semblait blafard.

- Michel ?

Le voyant ainsi, Lucien lui ballotta calmement l'épaule comme pour le réveiller.

- Hé « Mich, ça va ? J'ai l'impression qu'on est au début de quelque chose d'énorme…

- Ce n'est qu'une voiture abandonnée après tout, relativisa Lucien ; ce n'est pas la première et elle ne sera pas la dernière !

- Je sais Lucien, mais crois-en mon expérience. Faisons quelques photos et fais le nécessaire pour la faire enlever.

Tandis que Lucien exécutait ses ordres, Michel semblait avoir inventé une nouvelle forme de méditation, les yeux levés vers le ciel. Lucien voyait que quelque chose préoccupait son collègue et ami ; mais c'était de cette manière qu'il appréhendait les problèmes qu'il rencontrait. Il préférait garder sous silence un secret que seule sa femme connaissait. Il lui suffit de se « déconnecter» quelques minutes de la réalité pour faire place à une série de flashs et de ressentis. Tel avait été le verdict de son médecin traitant aidé d'un spécialiste lorsqu'il était enfant. Il avait subi une série de tests qui s'étaient avérés révélateurs. Ses parents avaient alors décidé de le laisser gérer ce don tout en ayant une oreille attentive ; et au fil des années, il s'en était fait un allié.

Lucien était au téléphone à exposer les faits dont ils avaient été les témoins et recueillait par la même occasion des informations significatives.

- Une voiture abandonnée au milieu de la route ? Figure-toi qu'une unité a découvert une voiture dans le Sud. Mais elle était coupée en deux et l'arrière est contre un platane.

- En effet, l'avant ne doit pas être joli à voir !

- Sûrement !

- Comment ça sûrement, ils l'ont vu?

- Justement non ! Ils n'ont trouvé que l'arrière du véhicule encastré dans un platane…

- Il a dû en faire quelques-unes d'embardées… et le conducteur?

- Non, tu n'as pas compris ; ce n'est pas le coffre qui est planté sur l'arbre, mais la partie « avant de l'arrière ».

- Une seconde ; tu veux dire que l'avant de la voiture a disparu avec le conducteur ?

- Oui, juste l'arrière et coupé aussi net que cette veste.

À cet instant, Lucien regarde le lambeau de tissu pendant de la main de Mich.

- Elle est proprement coupée, tu dis ?

- Oui, enfin il y a un peu de verre brisé autour de la caisse et les extrémités sont légèrement voilées vers l'intérieur, et ce, sur toute la partie découpée comme si elle était passée dans une guillotine géante, mais avec une lame circulaire qui se serait refermée sur elle-même en plein centre de la voiture.

- Quelque chose a comprimé cette auto en la tranchant…J'ai bien compris ?

- Ils m'ont envoyé une photo par mail, parce que j'avais un peu de mal à le croire aussi ; tu pourras la voir tout à l'heure, ça vaudra mieux que tout ce je pourrais te fournir en explication. En tout cas, j'y vois un point commun dans ces deux voitures. Outre le fait que l'une soit entière et l'autre pas, le conducteur a disparu dans les deux cas.

4

- Oui, c'est certainement ce que l'on retiendra dans ces deux affaires... qu'en pense Mich ?

- Il est perplexe...

- Oh !

- Quoi ?

- Je viens de recevoir un autre courriel. Il y aurait apparemment quelqu'un de complètement affolé dans les Alpes qui se promène avec une moitié de gilet.

- Ils n'auraient pas aperçu une moitié de voiture à tout hasard?

- Non, je te l'aurais dit. J'ai une petite idée sur ce qu'il se passe, mais ça ne colle pas dans les deux cas. Pour la vôtre, ça pourrait être un règlement de compte. Ils l'auraient enlevé pour s'expliquer avec lui.

- Et, ils l'auraient relâché dans les Alpes après avoir roulé toute la nuit, c'est ça ?

- Ben, pour l'effrayer... ?

- Non, ça ne tient pas debout. Bon merci pour les infos, je vais voir Mich.

- L'expérience ne se remplace pas, n'est-ce pas ?

- Oui, comme tu dis... À tout à l'heure.

- OK, je vous envoie les copains. À plus.

- Il raccrocha, se dirigea vers « Mich » en se soulageant d'un poids...

- « *Imbécile !* » J'enlève une personne et je l'invite à voyager toute la nuit pour l'effrayer ; ça, c'est de la logique ! Il a sûrement dû lui payer un café avant de le relâcher dans les Alpes... pensait Lucien amusé.

- Alors, qu'est-ce qu'il t'a dit pendant tout ce temps ?

- Il va nous envoyer une équipe et demander une enquête.

- Une autre voiture a été découverte dans des circonstances similaires ; mais celle-ci a été partagée en deux. Ils n'ont

5

retrouvé que l'arrière.

- Je présume que le travail est sans bavure…

- Oui, et ce n'est pas tout ; notre conducteur est saint et sauf, au bord de la crise de nerfs et dans les Alpes !

- Dans les Alpes ! Curieux… Comment est-il arrivé là-bas en si peu de temps ? Qu'est-ce qu'ils en disent les copains ?

- Ils vont ouvrir une enquête de leur côté.

- Nous la ferons ensemble, parce que ces deux affaires sont liées; j'y mets ma main au feu.

- Donc tu as une idée… Allez lâche-toi.

- Non Lucien ; je le ferai plus tard.

- Pourquoi, je te rappelle qu'on bosse ensemble !

- N'insiste pas, reprit gentiment Michel ; ce ne sera pas sur le rapport.

- Bon ; je n'insiste pas.

- Ne le prends mal, mais je ne suis sûr de rien et tu me prendrais pour un fou de toute manière.

- Oui Lucien ; tu seras le premier informé.

- Laisse-moi le ruminer encore un peu.

- Comme tu voudras… Moi je te l'aurais dit !

- Lucien…

- OK, c'est quand tu veux.

- Cela ramenait Michel plus de trente-cinq ans en arrière. Il était âgé de huit ans, faisait une balade avec son copain Mathias en bordure de la forêt non loin de leur maison. Ce jour-là, Mathias était devenu l'objet de toutes les discussions dans le village et même au-delà. Les enquêteurs eurent du mal à croire le petit Michel qui affirmait que son copain avait disparu sous ses yeux juste après une course. Il ne sera jamais retrouvé et le petit Michel scellera son destin sur ce ressenti d'impuissance. C'était dit ; plus tard, il ferait partie des forces de l'ordre et qui sait, peut-être qu'un beau jour serait-il en mesure de revenir sur cette disparition…

RECHERCHES FRUCTUEUSES

« Je ne pourrai jamais prétendre être parfait, car si tel était le cas, personne ne me comprendrait. »
MM.

Université « Beaulieu », PARIS
- Garvey, ayez l'obligeance de me donner mon carnet à spirale, s'il vous plaît.

- Oui professeur, je vous l'apporte tout de suite.

Finissant un calcul, « l'élève assistant » le fit patienter deux minutes avant de s'exécuter.

- Garvey, c'est maintenant que j'en ai besoin ; lorsque vous serez en poste de responsabilité, vous pourrez vous permettre de faire attendre, mais pour le moment, vous êtes « mon élève », et jusqu'à ce que vous finissiez vos études et que vous soyez devenu vous-même scientifique patenté, lorsque je vous demande quelque chose, j'entends être servi sur-le-champ ! Si cela vous dérange, il y a beaucoup d'autres volontaires pour travailler avec moi sur ce projet.

- Pardonnez-moi professeur, mais je ne pouvais pas laisser en plan ce calcul, j'aurais dû tout recommencer si j'avais perdu le fil.

Le professeur continua de râler « pour la forme », mais

il appréciait beaucoup son jeune apprenti scientifique ; il l'avait choisi pour son sérieux, son savoir, sa perspicacité et sa simplicité. De son côté, Garvey aimait travailler avec le professeur Thibault, mais sachant exactement ce qu'il voulait faire, ça ne le dérangeait pas d'envoyer balader son « Maître de science », lorsque celui-ci lui en demandait trop.

Certes, leur relation était quelques fois tendue, mais à dire vrai, le jeune homme âgé de vingt-et-un ans avait le potentiel pour devenir aussi doué que le professeur dans son travail, et peut-être devenir le même emmerdeur.

Affairés à leurs tâches, une heure et demie s'était écoulée et il était à présent dix-neuf heures trente.

Toujours plongé dans ses calculs, Garvey eut le sentiment d'avoir abouti.

- Professeur, cria-t-il, je crois que j'y suis !

- Et bien, montrez-moi donc mon jeune ami.

L'élève assistant apporta fièrement ses résultats et le professeur les examina scrupuleusement.

- Hum… Vous vous êtes trompé ici, regardez, c'est pourtant la base de tout bon physicien qui se respecte, vous n'avez pas tenu compte de la relativité !

- Bien sûr que non professeur, mais reconnaissez que pour notre projet, cette formule peut tenir la route !

- C'est vrai que ça élimine beaucoup de problèmes, cependant ça me parait irréalisable et trop risqué si l'on tente quoi que ce soit.

- Et pourquoi donc Professeur ; que trouvez-vous à redire à mes calculs en dehors de la relativité ?

- Ce que vous ne voulez pas comprendre est sous vos yeux jeune garçon. Pas de relativité, pas de sécurité, c'est aussi simple que ça ! Croyez-vous que je n'ai pas envisagé cette possibilité ?

Oubliez-vous avec qui vous travaillez ?

- Mais professeur…

- Assez ; avec votre formule, nous risquons de déclencher une réaction en chaîne et vous le savez très bien ! Alors, reprenez vos calculs, mais tenez compte de cette foutue relativité, et je ne veux plus avoir à en parler.

Contraint et résigné, Garvey s'en retourna à ses calculs attendant patiemment que la journée se termine pour mettre en pratique sa découverte,

Vingt-heure trente, le professeur se rend compte de l'heure qu'il est et décide d'arrêter ses travaux.

- Il commence à se faire tard Garvey, disposez donc, et rendez-vous demain ici même après vos cours.

- Bien professeur, de toute façon, j'avais terminé…

Le professeur enfila sa vieille veste de cuir retourné, et s'apprêta à sortir de la « salle de travail ».

- Ne tardez pas Garvey, j'aurai besoin de vous demain,

- Ne vous en faites pas professeur, je termine cette fraction, et je rentre chez moi,

- Et oubliez cette formule… Je compte sur vous,

- J'ai compris professeur.

Connaissant son côté « Tête de mule », le vieil homme sortit de la salle en laissant se refermer la porte derrière lui. Il emprunta le couloir qui mène jusqu'à la sortie de l'Université, ouvrit la grande porte d'entrée donnant sur le parking du bâtiment sur lequel étaient garés seulement les mobylettes et les vélos, et la laissa se refermer devant lui, faisant ainsi croire qu'il était sorti. Mais il décida de se mettre en retrait dans le hall.

De son côté, le jeune homme surveillait le bruit du moteur de la mobylette du professeur en attendant patiemment qu'il démarre.

« *Je l'aurais parié, pensa-t-il, il me surveille...* »

Il ramassa donc ses affaires, endossa son anorak, et sortit à son tour faisant comme s'il ne s'était rendu compte de rien. Il franchit la porte d'entrée, enfourcha son vélo, et se dirigea vers son immeuble situé à trois pâtés de maisons de là.

Étonné, le professeur hésita un instant imaginant une ruse de la part de son élève. Il attendit encore vingt minutes de plus, puis se dirigea vers sa mobylette pour rentrer chez lui.

« *Moi, je serais revenu* », pensa-t-il.

Mais Garvey n'avait pas dit son dernier mot, et s'était lui aussi planqué non loin de là, en guettant le casque rouge vif, de son incompressible professeur de physique.

« *Te voilà parti* » se dit-il en regardant le deux roues s'éloigner.

Il laissa passer quelques minutes, enfourcha de nouveau son vélo, et retourna à la Faculté. Il prit soin d'aller voir au préalable le gardien de nuit pour discuter un court moment en lui expliquant en outre la raison de son retour qui consistait à terminer un travail qu'il ne pouvait absolument pas remettre à plus tard.

- Bon courage Garvey, lui répondit le quinquagénaire Auguste qui était habitué à le voir terminer tard.

- Merci, dit Garvey en marchant droit devant lui, bien décidé à concrétiser ce qu'il avait en tête.

Il parqua son vélo dans l'un des cinq escaliers qui mènent au sous-sol de la bâtisse et franchit de nouveau l'entrée en marchant d'un pas volontaire vers la salle de physique. Dès son arrivée, il jeta son blouson sur l'un des bureaux, s'en alla prendre en main le boîtier qu'il avait secrètement mis au point, et y inséra les données qui résultaient de sa formule non relativisée. Il fit de même sur l'ordinateur auquel était relié à distance le boîtier. Après quelques manipulations sur le clavier, il procéda à un premier essai, non concluant. Il se replongea alors dans ses calculs afin de déceler la faille.

Cela faisait plus d'une heure trente, qu'il avait repris son travail. Auguste décida de faire une ronde à vingt-deux heures, comme il en fait fréquemment durant les nuits où il est de garde. Chemin faisant, il remarqua la lumière toujours allumée de la salle où se trouvait Garvey et lui rendit visite. Au moment où il entra, le jeune physicien était sur le point de terminer ses calculs et de les mettre en application. Surpris par cette intrusion, il se retourna brusquement en priant que ce ne soit pas le professeur.

- Auguste, vous m'avez fait une de ces peurs !
- Jusqu'à quelle heure penses-tu rester ?
- Cela pose-t-il un problème Auguste ?
- Pas le moins du monde petit, mais c'est mon job de savoir qui est présent, et qui est parti.

Un peu rondouillard, mais baraqué et costaud, Auguste ne donnait pas envie de raconter des histoires.

- Je compte rester encore une bonne heure, et ensuite je rentrerai me coucher, reprit Garvey quelque peu mal à l'aise, conscient d'avoir désobéi aux consignes du professeur.
- Vous les scientifiques, n'avez pas d'heure,
- C'est une passion Auguste, quand on aime, on ne compte pas !
- Bien, je te laisse à tes équations, je vais continuer ma ronde. Si tu as besoin de quoi que ce soit, n'hésite pas, compose le « 213 »,
- Entendu, merci Auguste
- C'est normal petit, bon courage.

« *Pourvu qu'il ne revienne pas* » pria Garvey.

12

Auguste avait remarqué que « le petit » était gêné, mais ne s'en inquiéta pas outre mesure, car il savait très bien qu'il impressionnait beaucoup de personnes par sa prestance, sa stature de molosse, et sa voix grave de savoyard.

Garvey avait à présent terminé, et était prêt à renouveler son expérience. Il entra les nouvelles données dans l'ordinateur ainsi que dans le boîtier. Quelques réglages manquaient encore. Mais contre toute attente le quatrième essai fut couronné de succès. Ça fonctionnait !

Il appuya donc sur l'un des boutons du boîtier qui n'était pas plus gros qu'une télécommande de télévision, et actionna le processus.

« *C'est maintenant ou jamais* », pensa-t-il.

Pareil à la lumière du jour qui devient nuit lorsqu'on actionne l'interrupteur, il disparut tout aussi rapidement sans laisser d'autre trace que son anorak posé sur le bureau.

Faisant une ronde toutes les deux heures, Auguste se préparait à faire la suivante. Il sortit de son local à vingt-trois heures cinquante et entama sa « balade ». Arrivé à hauteur de la salle des sciences, il s'étonna de voir la lumière encore allumée et pensa naïvement que le jeune garçon avait dû s'écrouler de fatigue sur son bureau de travail. Il poussa de nouveau la porte de la salle et découvrit une pièce vide en remarquant toutefois que le blouson du jeune homme était toujours là. « *Il a dû aller aux toilettes* ».

Il regarda furtivement ses travaux en attendant son retour, ne serait-ce que pour lui suggérer de rentrer, vu l'heure tardive. Cinq minutes passèrent.

« *Il doit faire la grosse commission* », continua-t-il de penser.

Dix minutes passèrent encore. Il sortit de la salle, et alla directement voir dans les toilettes pour en avoir le cœur net.

Quand il arriva à proximité, il se rendit compte qu'il n'y avait là aucune lumière d'allumée.

« *Bizarre* », pensa-t-il « *Ça chie en nocturne un scientifique!* »
- Garvey, cria-t-il !

Il n'obtint aucune réponse en retour. Il conclut finalement que le jeune étudiant était probablement rentré chez lui en oubliant son anorak et la lumière.

« *Un jour ce jeune va oublier sa tête* », se dit-il en éteignant la lumière et en refermant la porte. L'ordinateur était toujours en marche, mais s'était mis en veille affichant un écran complètement noir.

Il continua sa ronde, s'en retourna dans son local et fit son rapport comme il le fait à chaque fois qu'il en revient. De la même façon qu'il avait notifié dans la case de la ronde de vingt-deux heures « *Garvey Dubois en salle de sciences* », il écrivit cette fois-ci, dans celle de minuit « *Garvey, rentré chez lui* ».

Il continua ainsi ses rondes jusqu'à six heures du matin, heure à laquelle il fut relevé, et n'eut pas d'autres faits à signaler.

Sept heures du matin en ce beau monde, Christian, un ancien « commando » de la marine nationale à la retraite, avait pris la place d'Auguste, et commençait à voir les premiers professeurs arriver pour préparer leurs cours. Le professeur Thibault était de ceux-là. À leur passage, tous ne manquaient pas de saluer « Le gardien de la culture » comme ils l'appellent. Christian n'a que quarante-deux ans à l'encontre d'Auguste qui en a cinquante-cinq, mais il a une corpulence égale à celle de son collègue, et inspire tout autant le respect comme la méfiance.

C'est seulement quand tout le monde est rentré en salle, qu'il sort du local pour inspecter le parking et le jardin pour le cas où il trouverait des « Jeun's » en train de fumer de l'herbe, ou bien des voleurs de mobylettes, ou encore de jeunes voyous ne faisant pas partie de l'établissement, et venus ici pour semer la pagaille. Au cours de sa ronde, il remarque un vélo dans une cage d'escalier. Ce dernier n'est pas attaché avec un antivol, et semble avoir été caché ici.

« *Mais, je reconnais ce vélo, c'est celui de Garvey* ».

Tous deux ont noué un lien de bonne camaraderie, car outre le caractère qu'il extériorise de temps en temps, Garvey manque d'assurance et discute toujours d'un peu de tout et de rien avec Christian, lorsqu'il arrive le matin. Quant au "gardien de jour", il apprécie ces brèves discussions avec ce jeune garçon, qui contrairement à presque tout le monde dans l'Université, ne le juge pas sur son apparence de « gros muscle sans cervelle ». Christian avait remarqué son absence, et s'était dit qu'il devait être malade vu l'épidémie de grippe qu'il y avait à ce moment-là. Mais le fait de voir son vélo posé sur ces marches, et de ne pas avoir eu sa visite ce matin-là le dérangeait. Il décida donc d'en faire part au doyen qui était lui aussi absent.

Dans le même temps, le professeur Thibault qui buvait un dernier café avec d'autres professeurs présents dans la pièce où ils se retrouvent, pour discuter des étudiants, du boulot, et un peu de leur vie, prit ces affaires, et se dirigea vers sa salle pour se préparer à faire son cours. Lorsqu'il vit l'anorak de Garvey en entrant, il comprit tout de suite que quelque chose ne tournait pas rond, car il n'est pas du genre à laisser traîner ses affaires n'importe où. Il se précipite sur l'ordinateur et appuie sur une touche pour raviver l'écran. Il apparut alors les calculs et les données que Garvey avait entrés avant de disparaître.

- Garvey, qu'avez-vous fait, fit-il à haute voix en se mettant les deux mains sur sa tête ? Je vous avais pourtant mis en garde sur les risques à ne pas tenir compte de la relativité, vous n'avez pas idée de ce que vous avez probablement dû déclencher. Il s'assit sur l'une des chaises et se mit à réfléchir à une éventuelle solution.

« Je dois à tout prix le ramener, j'en suis seul responsable ; j'aurais dû verrouiller le calculateur »[1], se dit-il.

Toujours dans ses pensées, il pensa soudain à une solution. Il ferma la porte de la salle à clef pour ne pas être dérangé, faisant volontairement l'impasse sur le cours qu'il devait donner aux élèves et s'installa devant l'ordinateur.

« Bien, en calculant la rotation de la Terre depuis qu'il a entré cette formule, je devrais retrouver le passage... Rayon de la Terre... Latitude du point... Le temps... Et enfin ; Vitesse... 307 m/s ! »

Il ne lui fallut pas plus de dix minutes pour trouver ce qu'il cherchait.

« C'est pas vrai, il fallait que ce soit là-haut ! »

Ayant trouvé porte close, les élèves qui arrivaient peu à peu attendaient patiemment qu'il arrive. Se levant précipitamment de la chaise, le professeur enfila sa veste et sortit en trombe de la salle en se dirigeant vers les étages supérieurs. Les élèves se regardèrent sans rien comprendre.

- Professeur, fit l'un d'entre eux.

Il n'y prêta même pas attention et continua sa course folle jusqu'à la toiture du bâtiment.

Christian cherchait toujours des réponses en s'activant au téléphone quand soudain, l'un des étudiants en science vint le trouver.

- Christian, venez vite, je crois que le professeur Thibault veut se suicider, annonça-t-il affolé !

- Il veut se suicider ?

Il se leva aussitôt de son siège et suivit l'élève qui lui indiquait

---

[1] Calculateur : Ordinateur

par où il l'avait vu aller. Arrivé à l'étage, « Rambo » prit les choses en mains.

- Restez ici, je vais monter. Il a pris l'escalier qui mène sur le toit, c'est bien ça ?

- Oui Christian, quand il est sorti, je l'ai suivi, et quand j'ai vu qu'il prenait cet escalier, j'ai préféré venir vous chercher.

- Et tu as très bien fait. Maintenant, qu'il y en ait un qui descende sur le parking pour le surveiller, si vous le voyez.

- Oui Christian, j'y vais, fit l'un des élèves.

Ils descendirent en fin de compte presque tous, tandis que le gardien arrivait sur le toit. Le professeur se tenait debout en plein milieu de la toiture, et avait l'air de quelqu'un qui attendait le bus.

- Professeur, hurla Christian, venez avec moi, nous allons discuter, il y a du monde qui compte sur vous ici, et une famille qui vous aime !

« *Il ne manquait plus que ça* », pensa le professeur, « *il croit que je veux me suicider* ».

- C'est une expérience, répondit-il, et rien de plus, ne vous approchez pas,

- Alors, faites-le en bas pour que tout le monde puisse en profiter!

- Vous ne comprenez pas ; c'est ici que je dois me trouver. D'ailleurs je dois vous laisser, le devoir m'appelle !

- Non, hurla Christian, ne faites pas ça !

Il vit le professeur marcher en direction de la bordure, puis disparaître tout aussi rapidement que Garvey, sous ses yeux ébahis. Il avait du mal à croire ce qu'il venait de voir.

Pareil à un ermite qui retrouvait la civilisation, il descendit, et alla se réfugier dans son local sans rien dire aux élèves ainsi qu'à toutes les personnes qui, alertées par ce chahut étaient descendues pour voir ce qu'il se passait.

\- Alors, fit l'un des élèves en regardant Christian ?

Mais il ne répondit pas, il était comme renfermé sur lui-même. À cet instant précis, il ne pouvait voir, ni entendre quoi que ce soit, et ne se doutait pas que ce même phénomène se produisait au même moment un peu partout dans le monde.

PHÉNOMÈNES

« Car les chemins du jour côtoient ceux de la nuit. »
Homère

Berlin en Allemagne, ce jour à huit heures quinze du matin, soit un peu moins d'une demi-heure après le « numéro » du professeur sur le toit.

« Le Mur de la honte ». L'endroit que traversent Enke et Klaus, comporte encore quelques vestiges des « années noires », et un passage y a été aménagé en zone piétonnière pour le pratiquer à pied ou à vélo contrairement à certains autres endroits où le mur ne faisait que couper une rue, un boulevard ou encore une place en deux.

Enke accompagne son fils à l'école qui se trouve à l'ouest de la ville. Soudain, un phénomène innatendu se produit.

Cinq minutes plus tard, un vieil homme assis sur un banc non loin de là, affirmera les avoir vus s'engager sur le chemin goudronné et disparaitre purement et simplement de sa vue.

* * *

New York aux États-Unis d'Amérique, quatre heures du matin pour eux, et précisément neuf heures pour nous en Europe.

Quatre ouvriers du bâtiment travaillant à « Ground Zéro » disparaissent eux aussi sous les yeux effarés de leurs collègues en se dirigeant vers la sortie du chantier, car pour une fois, ils avaient terminé en avance. Parmi ceux qui ont vu la scène, certains diront qu'ils n'auraient jamais dû boire autant d'alcool la veille, d'autres diront que Dieu s'est mis en colère, et qu'il les a rappelés à lui sans aucune autre forme de jugement, et d'autres encore, un peu plus sensés, diront simplement ce qu'ils ont vu... Ils marchaient en direction de la grande montée qui aboutit à Wall Street et d'un coup, plus rien, volatilisés !

* * *

Pékin en Chine, aux alentours de vingt-et-une heures, heure locale. Ching-Changsung Boudsang rentre de l'usine où il travaille. Faisant le trajet sur un vieux vélo, il fait ainsi plus de vingt kilomètres aller-retour tous les jours de la semaine, sauf le dimanche. Il va connaître lui aussi les mêmes déboires que de nombreuses personnes disparues ce jour-là. Il n'y aura aucun témoin pour Ching-Changsung. Tout ce que l'on sait, c'est qu'il est bien parti de l'usine à l'heure habituelle sur son vélo. Ce n'est que le lendemain matin qu'une personne travaillant dans le service de surveillance urbaine remarquera quelque chose d'inexplicable sur l'un des enregistrements effectués la veille. Il sera révélé qu'un homme roulant à vélo sur le grand boulevard parallèle à la voie rapide qui pénètre dans le centre de la ville, a disparu de l'écran d'une seconde à l'autre. Ce n'est qu'après quelques recherches qu'on se rendra à l'évidence. Il ne s'agissait pas d'un fantôme, mais de Ching-Changsung Boudsang, un ouvrier bien vivant, travaillant dans la périphérie de la ville, dans la grande usine de manufacture Siunsyao.

* * *

Italie, neuf heures quarante-sept.

Hubert, accompagné de sa femme Tiffany et de leur fils Félix, est parti en vacances au « Lac de Sainte-Croix » pour une durée d'une semaine. Ce matin-là, tous trois sont dans une petite barque, qu'ils ont louée pour la journée. Après avoir vogué pendant une heure et demie, ils font une halte sur l'un des nombreux abords du lac qu'ils ont sélectionné comme étant leur petit coin de paradis pour la journée.

Tandis que Tiffany installe « un campement » avec l'aide de son mari, Félix, qui du haut de ses neuf ans n'avait jamais navigué, demande à son père de l'accompagner pour une autre balade en "flotteuse".[2]

- T'en fais pas je m'occupe du reste, dit Tiffany, allez-y, je termine et je profiterai du soleil en lisant un livre pendant que vous voguerez.

Père et fils partent de nouveau sur l'eau en se laissant quelque peu porter par les flots tout en ramant de temps en temps pour ne pas trop s'éloigner.

Tournant les pages de son thriller l'une après l'autre, Tiffany regarde son mari et son fils environ toutes les deux pages leur faisant un petit signe de la main.

Cela fait bien une vingtaine de pages qu'ils sont partis ; Tiffany fait une pause, et prépare un petit encas sous forme de café dans une thermos accompagné de quelques croissants.

Ce faisant, elle les regarde et agite sa main devant la bouche. « Venez manger ! »

Les deux navigateurs comprennent le message et amorcent

---

[2] Flotteuse : Barque

le retour. L'esprit taquin, elle se baisse prend un croissant et croque dedans.

« Regardez, je me régale moi ! »

Elle se baisse une deuxième fois pour une tasse de bon café. Mais lorsqu'elle se relève de nouveau et regarde en leur direction, Hubert, Félix et la barque ne sont plus là. À leur place se trouve ce qui semble être la moitié avant d'une voiture qui émerge de l'eau, avec à l'intérieur un homme qui s'active pour en sortir.

- « *Qu'est-ce que ça veut dire ?* », pense-t-elle, « *Où sont-ils... Mais c'est une voiture !* »

Privilégiant l'urgence de la situation, elle hurle de toutes ses forces pour que quelqu'un puisse remarquer ce qui se passe. Immédiatement alertés par les cris de Tiffany déchirant la quiétude du lac et par l'affolement manifeste de certaines personnes qui accourent jusqu'au poste des sauveteurs,ces derniers embarquent en moins d'une minute et se dirigent tout droit sur la voiture qui ne met que quelques instants à s'enfoncer dans l'eau.

- « *D'où sort cet engin* », pensent les sauveteurs ?

Rapidement arrivés sur les lieux, ils stoppent à quelques mètres du toit de l'auto, tandis que deux d'entre eux plongent pour en sortir l'homme avant qu'elle ne soit entièrement engloutie.

La situation en elle-même est déjà surréaliste, mais l'un des hommes remarque un autre phénomène pour le moins étrange et inquiétant. Le lac semble « fuir » à cet endroit, non par le fond comme si on avait retiré un bouchon, mais à l'endroit précis où se trouve la voiture. Le sauveteur ne bouge plus, il regarde fixement l'endroit en essayant de comprendre. Ses collègues s'affairent activement à la préparation du matériel pour sauver l'homme, mais ils ne peuvent pas s'empêcher d'observer eux aussi le mouvement inhabituel de l'eau.

Cela dure quelques instants encore, puis s'arrête net. Plus de mouvements, plus rien, seulement le courant normal du lac. Les trois hommes se regardent sans dire mot. Bien qu'intrigués, ils continuent d'accomplir leur mission d'urgence, et sortent délicatement l'homme qui se demande vraiment ce qu'il lui arrive.

L'opération terminée, l'homme est à présent hors de danger. Ils le hissent à bord, et entendent Tiffany qui continue à s'égosiller en leur faisant des signes qu'ils n'arrivent pas à interpréter. À cet instant, la voiture est définitivement avalée par le lac. Ils se hâtent donc en direction de la jeune femme, et trouvent en sa personne quelqu'un de complètement paniqué, à la limite de la crise de nerfs.

- Il y a une flotteuse qui a coulé avec deux personnes à bord, s'empresse-t-elle de dire, il faut y aller tout de suite !

- « OKAY Séniora, parla piano », dit l'un des sauveteurs !

- « Un uomo et un bambino in acqua », précise-t-elle.

En dépit de son italien très approximatif, les sauveteurs comprennent parfaitement qu'un homme et un enfant sont dans l'eau. Suivant les indications de la malheureuse, ils mettent à nouveau le cap à l'endroit où a coulé la voiture. Ils sont seulement étonnés par cette indication, mais tant qu'il y a des vies à sauver… De nouveau arrivés sur les lieux, les plongeurs se remettent à l'eau équipés cette fois-ci d'une puissante lampe étanche pour parer à l'obscurité de la profondeur et de bouteilles à oxygène pour descendre les quelques soixante mètres qu'il y a à cet endroit de l'étendue. Lorsqu'ils atteignent le fond, tout ce qu'ils peuvent voir est une demi-voiture, posée sur ses deux roues avant. Ils scrutent les dessous du véhicule, mais il parait improbable que quoi que ce soit eût été coincé sous le châssis incliné. Ils fouillent ainsi les alentours jusqu'à épuisement de leur réserve d'air, mais en vain. En refaisant surface environ une demi-heure plus tard, c'est une mauvaise nouvelle qu'ils annoncent à Tiffany. Il n'y a ni barque ni homme ni enfant là-dessous.

Inutile de détailler ce que la jeune femme ressent à cet instant, mais Hubert et Félix viennent s'ajouter à la liste noire des neuf personnes disparues en ce début de journée. Cela fait donc à présent onze personnes qui se sont volatilisées.

Ce n'est qu'un début. Tandis que certaines personnes continuent de disparaître, d'autres apparaissent…

Mais contrairement aux disparitions, ce phénomène commence en fin d'après-midi, à dix-huit heures onze précisément à Bollène, non loin d'Orange…

TELLE JEANNE

«C'est toujours ce qui éclaire qui se mesure dans l'ombre.»
Edgar Morin

Béatrice fait une balade à vélo avec sa jeune sœur Annie. Elles ont choisi une petite départementale peu fréquentée par la circulation.

- On ne devrait pas tarder à rentrer dit Annie ; maman va s'inquiéter si on arrive trop tard.

- Tu as raison sœurette, mais ne t'en fais pas nous ne sommes plus qu'à sept kilomètres de la maison.

Les deux sœurs roulent tranquillement avec en tête de peloton Annie pour pouvoir garder un œil sur elle vu son jeune âge et sa fougue. Alors qu'elle commence à être distancée par sa sœur, Béatrice la rappelle à l'ordre.

- Ne t'éloigne pas Annie ; si papa et maman te voient arriver seule, je vais me faire engueuler.

Elle n'eut pas le temps d'en dire davantage, qu'un homme à l'apparence étrange apparut soudainement à quelques mètres, droit devant elle. Ayant pris de la vitesse pour rattraper sa sœur et surprise de cette apparition, elle n'eut pas le réflexe de le « dépasser » et termina sa course dans la forêt qui bordait la route. Étalée de tout son long sur le sol à côté de son vélo, elle commença à se demander si elle avait eu une hallucination. Elle se releva, regarda l'état de ses jambes et de ses bras écorchés dans la chute. Annie n'avait apparemment rien remarqué, et se trouvait à présent hors de vue.

- « *Qu'est-ce que c'était* », pensa-t-elle, « *j'ai rêvé !* »

Arrivée sur la route en poussant son vélo, elle vit de nouveau l'homme venu de nulle part. Ses vêtements ressemblaient à un uniforme de couleur blanc cassé ; son corps semblait frêle, et le plus déstabilisant était sa tête un peu plus grosse que la normale; mais il n'avait pas l'air vindicatif, et paraissait tout aussi surpris que la jeune femme. Elle décida d'avancer doucement en sa direction en restant toutefois prudente. Elle s'arrêta à trois mètres devant lui, sans pouvoir regarder autre chose que sa grosse tête. Elle pensa à Annie, mais peut-être valait-il mieux qu'elle rentre seule à la maison pour le cas où l'homme serait mal intentionné. Certes, son visage n'était pas très « Normal » de par sa difformité; elle pensa qu'il devait être probablement atteint d'une maladie. Mais là n'était pas la question, comment était-il arrivé ici, sur cette petite route de campagne ?

- D'où sortez-vous, dit-elle, en s'approchant timidement de lui ?

Mais l'homme, contre toute attente, paraissait apeuré, au moins autant qu'elle l'avait été en le voyant.

- Vous n'avez rien à craindre, reprit-elle, en tentant de s'en approcher une nouvelle fois.

Mais il recula de nouveau. Soudain, elle entendit quelqu'un lui parler... dans sa tête.

- Qu'est-ce qui se passe, dit-elle en mettant les mains sur la tête, laissant donc tomber son vélo au sol .

- Où sommes-nous, disait la voix, et quel est cet engin ridicule sur lequel vous vous déplacez ?

- Comment faites-vous ça, c'est de la télépathie, n'est-ce pas ?

- Oui, c'est comme cela que nous l'appelions jadis, mais aujourd'hui, c'est notre moyen de communication, nous ne parlons plus. De vous voir comme vous êtes, et de vous entendre vous exprimer comme vous le faites m'inquiète.

- Qu'êtes-vous en train de me dire... vous n'êtes pas d'ici ?

Béatrice commençait à se poser des questions sur la santé mentale de ce mystérieux inconnu.

- Vous n'allez probablement rien comprendre à ce que je vais vous dire, mais il y a quelqu'un qui a trouvé le moyen de se promener dans les « couloirs », mais sans les coordonnées, je suis coincé ici !

- Ne m'en veuillez pas, Monsieur, mais je crois que je vais rentrer chez moi, et je vous souhaite bonne chance !

D'un simple regard, l'homme bloqua les freins du vélo et fit stopper net Béatrice qui se demandait ce qu'elle devait faire. Elle se mit sur ses jambes à cheval sur le cadre de son vélo, se retourna vers lui et le regarda une ultime fois, avant de décider quoi que ce soit pendant quelques secondes.

- « *Aidez-moi* », reprit la voix.

- Après tout, il n'a pas l'air bien méchant, même s'il raconte de savantes histoires, se dit-elle

- Il vous arrive de parler ?

- Je viens de le faire !

- Je voulais dire avec votre voix, reprit-elle en remuant ses lèvres comme si elle s'adressait à un sourd

- Cela fait longtemps que nous ne nous servons plus de nos cordes vocales,

- « *Ou bien il est bon à enfermer, ou je suis en train de vivre l'aventure la plus folle de ma vie* ».

- Bien, je vais vous aider, mais il faudra être discret. Je suis

27

désolée, vous devrez dormir dans le cabanon du jardin ce soir, ça vous ira ?

- Je vous suis, lui répondit-il en s'approchant d'elle, sans bouger une seule jambe et le tout à dix centimètres du sol.

Béatrice n'en croyait pas ses yeux.

- Com… Mais comment ? Laissez-moi deviner, c'est votre moyen de déplacement ?

- Seulement pour les courtes distances…

- Avant de vous aider, il faudra d'abord satisfaire ma curiosité sur quelques points, lorsque nous nous reverrons demain. En attendant, suivez-moi de loin sans vous faire remarquer, car je dois rattraper ma jeune sœur, enfin je veux dire « Miss petite peste par intermittence ».

L'homme prit la main de Béatrice ainsi que son vélo et la fit avancer à une vitesse telle qu'elle se retrouva en quelques secondes juste derrière Annie qui commençait à présenter quelques signes d'épuisement.

Béatrice était effarée de ce qu'il lui arrivait. Elle fit signe de la main à l'homme de se cacher dans les bois le long de la route afin de mettre leur plan en application, puis elle rattrapa sa jeune sœur pour rouler cette fois-ci à côté d'elle.

- Alors, tu croyais m'avoir semée ?

Surprise, la jeune fille poussa un cri.

- Je ne t'ai pas entendue, quelle peur tu m'as faite !

- Ce n'était pas le but petite sœur ; aller rentrons, sinon les parents vont s'inquiéter.

Annie remarqua les éraflures sur les jambes et les bras de sa sœur.

- Qu'est-ce que tu as fait ; tu es tombée ?

- Mais non petite sœur, je suis allée tellement vite pour te rattraper, que le vent a fini par m'érafler la peau !

- Il t'a même laissé du feuillage dans les cheveux...

N'ayant pas fait attention à ce détail, Béatrice se passa plusieurs fois la main dans sa chevelure pour les enlever.

- Moralité sœurette, la vitesse n'a rien de bon !

- Parle pour toi, moi, le vent ne m'a rien fait et je suis restée sur mes roues... MOI !

- *« Attends que je te présente à Grosse Tête magique, et on verra comment tu réagiras »*, pensa Béatrice.

- Elle est tombée, elle est tombée, se moqua Annie !

- Oui et merci beaucoup d'avoir fait demi-tour et de t'être inquiétée pour moi !

- « Y a » pas de quoi grande sœur !

Arrivées chez elles, Annie se dirigea vers le cabanon en bois pour y entreposer son vélo.

- Laisse-le ici si tu veux, je vais m'en occuper...

- Merci Béa, répondit « Petite peste intermittente » en se dirigeant vers la maison.

Béatrice regardait un peu partout autour d'elle en menant les deux vélos dans le garage.

- *« Qu'est-ce qu'il fabrique »*, pensa-t-elle, *« C'est le moment, amène-toi! »*

Elle ouvrit la porte pour poser le premier vélo et y trouva à sa plus grande stupéfaction, l'homme, qui attendait là depuis un long moment ?

- Ce moment-là, vous convient-il ?

- Quoi ! Vous pouvez aussi entendre ce que je pense ?

- Oui, jeune femme, et je ne suis pas bon à être enfermé !

- D'accord je m'excuse, mais on ne voit pas souvent des personnes qui marchent sans marcher, qui parlent avec leur tête, et qui apparaissent de « But en Blanc » devant nous, par ici !

Voulez-vous que je vous apporte de quoi manger ?

- Si vous avez du « Miosistak », ce ne sera pas de refus !

- Écoutez, je vous demanderai demain ce que ça signifie, vous devrez vous contenter de ce que je vous amènerai tout à l'heure quand je reviendrai. En attendant, vous pouvez vous reposer ici, indiqua-t-elle en déroulant un tatami.

- Merci Béa,

- Trice, s'il vous plaît, on se connaît à peine. Ça ira comme ça?

- Oui, ce sera parfait, merci...

« *Primitive, mais du caractère* », pensa-t-il.

- Je dois filer maintenant, sinon ils vont se demander ce que je fabrique, à tout à l'heure... Au fait, comment vous appelez-vous?

Il émana de la Petite Voix un mélange de lettres inspirées et expirées auxquelles Béatrice ne comprit rien.

- OK, on verra ça plus tard !

Elle s'en retourna vers la maison, rejoindre sa famille. Chemin faisant, elle se questionna... Comment a-t-il su pour le cabanon, peut-être l'a-t-il vu dans mes pensées... Je vais devoir faire attention à ce que j'aurai en tête quand je serai avec lui...

Soudain, la petite voix se fit entendre à nouveau,

- Inutile de m'apporter à manger Béatrice, je n'ai pas faim, je vais seulement me reposer jusqu'à demain. Merci pour votre chaleureux accueil.

- « *Il n'y a pas de quoi* », pensa-t-elle, « *vous m'entendez toujours?* »

- « *Bien sûr Béatrice...* »

Attablée avec ses parents et Annie, elle ne put contenir un rictus à haute voix. Intrigués par cette réaction, ses parents la questionnaient du regard.

- Ce n'est rien, rassura-t-elle, je pensais à quelque chose de marrant…

- Fais-nous-en profiter, reprit son père Roger.

- Oui, dis-nous, dit Annie.

Vive d'esprit, elle raconta une blague qu'elle avait récemment entendue lors d'une pause avec ses collègues de travail, dont le contenu évoquait un drôle de repas de famille.

Tandis que tout le monde riait de sa bonne blague, elle pensait toujours à son nouvel ami… « *J'ai rencontré « E.T.»*, se dit-elle.

- Ça te fait mal, lui demanda sa mère qui l'avait vue se nettoyer ses plaies ?

- Non Maman, c'est trois fois rien, assura-t-elle, je suis presque tombée sur place !

Après le repas elle prétexta une « Balade digestive » comme il lui arrive souvent de le faire, pour rendre visite à « E.T. ». À ce moment-là, elle ne se doutait pas que les deux jours à venir allaient être à différents niveaux intenses et instructifs…

* * *

Cette apparition, quoique surprenante n'a rien de spectaculaire comparé à certaines. Comme celle de Thouard, un petit village non loin de Digne-les-Bains, dans les Alpes de Haute Provence.

Aujourd'hui, Pascal, un électricien travaillant à l'E.R.D.F., est envoyé en intervention spéciale sur un pylône électrique pour effectuer une réparation afin que le quartier qu'il dessert puisse avoir du courant dans la soirée. Au même titre que son collègue de travail Henri qui l'accompagne, il a accepté de travailler en plus de sa journée de travail normale. Après tout, ils nous doivent bien plus que la lumière… !

Arrivés sur place, les deux hommes s'équipent et préparent

leurs outils sur la nacelle de leur fourgon qui leur permettront d'exécuter leur tâche sans avoir besoin d'être attaché au pylône. Pascal monte le premier et attend Henri qui se bat avec sa combinaison.

- Alors, tu y arrives ou on fait le « 18 » ?

- Ça y est, j'arrive…

Henri rejoint son collègue sur la nacelle, et ils commencent à monter en direction du sommet du pylône. Actionnant la manette du boîtier qui commande la montée et la descente, Pascal stoppe au niveau d'un boîtier fixé sous les câbles. Henri dévisse les quatre boulons qui tiennent le couvercle du boîtier tandis que Pascal prépare un appareil pour effectuer quelques tests, et voir ainsi d'où vient la panne. Ce qui suit va les traumatiser quelque peu.

Soudain, à une hauteur de deux mètres au-dessus d'eux, Henri fait remarquer à Pascal quelque chose d'étrange dans le ciel.

- Regarde, lui fait-il en le tapotant du coude

- Oui, qu'est-ce qu'il y a ; tu as vu un O.V.N.I ?

- Non, regarde le ciel, reprit Henri.

À cette heure-ci, la nuit commence à s'installer tout doucement. Effectivement, quelque chose d'inhabituel se situe juste au-dessus d'eux. Pascal consulte sa montre qui indique dix-neuf heures vingt. Tous deux regardent en direction de cette anomalie, et sont obnubilés par ce qu'ils voient.

Alors que le ciel s'assombrit de plus en plus, une partie conséquente délimitée telle une tache d'encre demeure toujours aussi ensoleillée qu'en plein après-midi.

- Bizarre, dit Pascal, je n'ai encore jamais vu un phénomène pareil. Je vais prendre une photo avec mon téléphone.

Il sort l'appareil, cadre l'étrange tâche et en fait une petite série. Soudain, un énorme oiseau, pareil à un aigle ou un condor, apparaît subitement dans son viseur, venant tout droit de cette partie du ciel ensoleillée. Surpris et apeurés, les deux hommes ont le réflexe de s'accroupir sur leur petit plateau de fer pour se protéger de l'animal. L'oiseau ne les attaque pas et continue son vol, probablement choqué lui aussi par ce « changement si rapide de ciel ». Sur l'instant, Pascal en a lâché son téléphone mais il est, comme Henri, paralysé de peur, et n'ose pas se relever. Les yeux braqués sur le volatile qu'ils finissent par perdre de vue, puis sur « ce petit ciel incrusté » toujours aussi clair, les deux électriciens tentent de se remettre de leurs émotions. Ils se regardent comme pour se rassurer, mais aussi avec des questions plein les yeux.

- Qu'est-ce que c'était… et d'où sortait-il, dit Henri ?

- En tout cas, il n'avait rien d'un canari !

Mais ils ne sont pas au bout de leurs surprises, car ce qu'ils vont observer maintenant va les décider à tout laisser tomber, et rentrer en quatrième vitesse en se demandant s'ils ne font pas l'objet d'une hallucination.

En moins de temps qu'il n'en faut pour le dire, la tache disparaît sous leurs yeux ébahis, comme si une main géante avait refermé une fermeture à glissière. Dans l'affolement, Pascal pense aux photos qu'il a prises. Mais après une chute de plus de dix mètres, le téléphone est en miettes, et il lui sera donc impossible de prouver ce qu'ils ont vu. Il se demande alors quelle attitude adopter. Doivent-ils expliquer que le ciel a libérer un Boeing vivant pour se refermer juste après, en prenant le risque de se voir prescrire un séjour en hôpital psychiatrique, ou doivent-ils mentir ?

Ils n'oublieront jamais ce qu'ils ont vu ce jour-là. Ils décideront en fin de compte de le garder sous silence et de mettre l'abandon de leur travail qui leur avait été commandé sur le compte d'une urgence. Ils comprendront plus tard avec les informations télévisées, qu'ils ont été les témoins d'un phénomène inhabituel.

ÉLÉMENTS PERTURBATEURS

« Dans la nuit épaisse qui nous entoure, est-il une lueur
que nous puissions repousser ? »
Benjamin Constant

N ous sommes toujours le lundi huit mai ; Jocelyn est routier et roule en direction de l'Italie. Ce grand gaillard d'un mètre quatre-vingt-treize sillonne les routes de France et de l'Europe depuis vingt ans. Il a ce que l'on appelle de la « bouteille » et connaît très bien son métier. Ce n'était pas tout à fait sa vocation à la base. Cascadeur physique et mécanicien amateur, il avait arrêté sa carrière pour se glisser derrière le volant d'un camion lors de son service militaire à l'âge de vingt-cinq ans. Mais cela n'était qu'une excuse. La vraie raison qui l'avait fait arrêter ses acrobaties à l'époque, était l'accident de l'une de ses amies. Elle s'appelait Corinne. Elle s'était brisé la septième cervicale dorsale suite à une chute de deux mètres cinquante et s'était retrouvée paralysée. Il avait tout fait pour l'aider, mais leur relation avait tourné court le jour où, ne supportant plus son état, elle s'était donnée la mort en avalant une boite complète de cachets. Ensuite, ayant traversé une longue période de chagrin, il avait tout plaqué du jour au lendemain, et s'en était allé à l'armée faire son service qu'il avait toujours repoussé. Quelques fois, il se souvient, et pense à ce moment durant ses longues heures de conduite. C'est l'un des plus gros avantages que présente ce métier aujourd'hui. On a vraiment le temps de réfléchir et de penser à toutes sortes de choses. Si l'on traverse une mauvaise période, c'est un cauchemar, mais si en revanche elle est excellente... Cela devient un vrai plaisir quel que soit le contexte.

Aujourd'hui est un début de semaine comme les autres. Il est bientôt sept heures du matin.

Comme tous les jours, il cherche sur la radio, une station émettant les informations du jour puis les informations sur les conditions de la route, lorsqu'il arrive à proximité de l'autoroute. Parti à cinq heures quinze, il a prévu une halte de vingt minutes à l'aire de « Béziers-Montblanc » pour y boire un café et achever son réveil difficile. Il connaît très bien l'endroit, car il s'y arrête toutes les semaines. C'est avec le sourire et une poignée de main qu'on l'accueille.

- Salut Joss !
- Salut Michel, tu vas bien ?
- Oui très bien merci et toi, tu as passé un bon week-end ?
- Excellent !
- Tu prends un café, comme d'habitude ?
- Oui, s'il te plaît.
- Alors, quoi de neuf à part ça ?

Seuls dans la boutique, les deux hommes refont rapidement le monde, puis il retourne à son camion. Il regarde ses bons de livraison, jette un œil sur la pendule puis reprend la route en direction de Vitrolles où il doit livrer son premier client.

Au moment où il met le contact, il a l'impression qu'une voiture ou « autre chose » passe à quelques mètres devant son camion sans voir quoi que ce soit de concret. C'est la deuxième fois de la journée qu'il ressent cela, mais ça n'était qu'au stade de l'illusion. Pourtant, tout était là… le bruit, la vitesse… Il démarra prudemment et remarqua que d'autres personnes se comportaient étrangement en s'arrêtant net, regardant à droite et à gauche. Certains semblaient vouloir éviter des personnes invisibles. D'autres se retournaient brusquement croyant probablement avoir entendu un bruit juste derrière eux ou une voix…

Jocelyn se posait des questions.

- Que se passait-il sur cette aire ? Quelle mouche les avait tous piqués ? Était-ce une hallucination collective ou se produisait-il des phénomènes surnaturels ? Il valait mieux quitter cet endroit au plus vite et voir si de tels comportements seraient à déplorer plus loin.

On se serait cru en plein cœur d'une farce organisée sur toute l'aire par le distributeur d'essence pour faire la promo de la marque. Tout à la fois inquiet, surpris et amusé par ce qu'il avait vu, il continua de monter ses vitesses et reprit la route vers sa première livraison. Au fil des kilomètres, il mit cet épisode de côté et commença à penser à l'endroit où il ferait sa coupure journalière le soir venu. Ce sera « Vintimille ou Cériale », se dit-il. Il y avait environ une demi-heure qu'il était reparti de l'aire, puis son attention se porta sur une voiture loin devant lui. Elle semblait s'être volatilisée d'une seconde à l'autre. Habitué à regarder loin devant, il avait porté son attention sur ce peloton et cette voiture paraissait avoir disparu sous ses yeux. Alors qu'il n'y pensait plus, il fit aussitôt le rapprochement avec les événements dont il avait été le témoin privilégié.

- « *Mais, qu'est-ce qui se passe aujourd'hui* », pensa-t-il !

Son regard était fixé sur ce groupe de voitures à cinq cents mètres de lui, puis une deuxième voiture disparut de la même manière que la première.

- Ça y est, je paie mes excès de jeunesse, je pète un câble !

Impossible de décoller ses yeux de la scène désormais ; les voitures qui roulaient à côté s'arrêtèrent sur-le-champ. Les conducteurs étaient probablement tout aussi hébétés que lui.

- Mais c'est quoi ce bordel ?

Arrivé à hauteur des voitures, il ralentit comme beaucoup d'autres usagers ayant probablement vu l'étrange phénomène. Certains étaient descendus de leurs voitures complètement affolés. D'autres étaient cloués sur leurs sièges, tétanisés par la peur.

Soudain, Jocelyn éprouva une grande inquiétude… Sa femme Emma. Ceux qui étaient arrêtés lui faisaient signe d'en faire autant. Mais après un instant d'hésitation, il poursuivit sa route à trente kilomètres-heure, en se disant que les voitures avaient disparu sur la voie de gauche et qu'en toute logique, il ne risquait rien à rouler sur celle de droite, car certains avaient continué de ce côté-là en ne semblant se rendre compte de rien. Il avançait prudemment. Chemin faisant, il prit son téléphone pour appeler Emma.

« Et si ce phénomène n'était pas local. »

Deux kilomètres plus loin, il ne semblait pas avoir disparu et décida de reprendre sa vitesse de croisière. Emma décrocha au deuxième appel.

- Allô chaton ?

- Jossy, fit-elle, d'une voix encore endormie, tu sais l'heure qu'il est ?

- Oui je sais, mais je voulais m'assurer que tout allait bien…

- Et pourquoi ça n'irait pas ?

- Ce serait trop long à t'expliquer, je préfère t'en parler ce soir quand je me serai arrêté.

38

Rassuré par ce qu'il entendait, il ne voulait cependant pas l'inquiéter.

- La radio a annoncé un temps pourri dans la région et je me demandais...

Emma jeta un œil à la fenêtre, intriguée par cet étrange appel.

- Un temps pourri et c'est pour ça que tu m'appelles ? Tu es sûr que tout va bien Jossy ?

- Excuse-moi chaton, rendors-toi, on se rappelle ce soir.

- Mouais... Maintenant, c'est moi qui m'inquiète !

- Non, ne t'en fais pas, tout va bien. Retourne au lit, on se parlera ce soir. Bonne journée ma chérie...

- Sois prudent Joss...

- Compte sur moi ; je raccroche ; j'ai le téléphone sur l'oreille...

Il fit une quinzaine de kilomètres environ, et entendit soudain un grand bruit sourd semblant parvenir de l'intérieur de sa remorque dont il en ressentit les vibrations et les secousses jusque dans sa cabine. Il pensa tout de suite à cette grosse bobine de papier de deux tonnes et demie qui était posée debout sur une palette en plein milieu pour l'équilibre de la charge.

- C'est pas vrai, fit-il en ralentissant et en enclenchant ses feux de détresse. Je n'ai pas besoin de ça, pas maintenant...
Il envisagea aussi la possibilité qu'elle puisse rouler et sortir violemment par l'arrière. Il assouplit sa conduite en conséquence en espérant ne pas provoquer de catastrophe. Le camion s'arrêta un peu plus d'une minute plus tard sur la bande d'arrêt d'urgence. Il descendit et se précipita à l'arrière du véhicule. Il ouvrit précautionneusement une première porte en se préparant à « sauter » sur le côté au cas où la bobine attendrait sagement de tomber derrière les portes. Rien, pas de bobine ; ouf ! Il ouvrit la porte et découvrit ladite bobine

toujours en place et fièrement dressée sur sa palette.

« *Qu'est-ce que c'était alors ?* » Se dit-il en réfléchissant à d'autres éventualités. Il entreprit de faire le tour de son ensemble en inspectant tous les recoins, mais ne vit rien d'anormal. Il monta dans la remorque vérifier l'arrimage qui était irréprochable.

« *Je ne suis pas fou, je l'ai bien entendu tomber cette fichue bobine. Et les vibrations alors ? Et ce raffut de tous les diables ?* »

Il redescendit, ferma la porte et retourna dans sa cabine l'esprit en fusion. « *Qu'est-ce que c'était bon sang !* »

Il redémarra et reprit la route en douceur.

« *Peut-être n'était-ce qu'un avertissement...* » Qui sait !

Jocelyn continua d'enchaîner les kilomètres. Il regardait le paysage autour de lui, les camions qu'il croisait et ceux qui le doublaient. L'une des voitures qui arrivait rapidement dans son rétroviseur lui fit des appels de phares, lui klaxonna lorsqu'elle arriva à la hauteur de la cabine de son camion, puis ralentit un peu, juste le temps pour l'automobiliste de baisser sa vitre, sortir son bras et lui faire un splendide doigt d'honneur... Enfin, il remballa son bras puis accéléra de nouveau.

« *Il n'avait pas l'air content* », se disait Jocelyn en cherchant vainement une raison à ce comportement de conquistador. Je sais, il y a du vent, et la remorque cherche un peu sa route... *Si c'est ça, je te comprends* », pensait-il en s'adressant à la voiture qui n'était plus qu'un point noir à l'horizon, « *et je te présente mes excuses...* »

Pour tuer les longues heures de conduite, il lui arrivait souvent de « s'amuser » à délirer sur tout et n'importe quoi. Ceux qui le dépassaient ou le croisaient pouvaient le voir parler tout seul, faire ce qu'il appelle des « danses assises », ou encore mimer un râleur en l'accentuant drôlement de préférence.

Puis il mit un CD « Always Blues », apprécia le passage en même temps que la route, en pensant à sa bien-aimée qu'il lui tardait de retrouver chaque soir au téléphone. Il voulait surtout se changer les idées en espérant ne plus avoir affaire à ces phénomènes qui, même s'il ne se l'avouait pas, l'angoissaient. Il arriva chez son premier client à Vitrolles. Cela faisait une bonne heure et demie qu'il avait roulé, sans voir quoi que ce soit d'anormal. La livraison fut tout aussi reposante. Il se dirigea ensuite à Berre-l'Étang où il faisait son plein de gazole et une pause dans le restaurant routier juste à côté. Il y allait toutes les semaines et y avait ses habitudes. Le plein terminé, il se gara sur le parking attenant, arrêta le moteur, renseigna son rapport hebdomadaire du nombre de litres mis dans les réservoirs, puis descendit. Au moment où il mit le pied au sol, il entendit.

- Pardon Monsieur !

- Je vous en prie répondit-il machinalement avec le sourire.

Il fut soudain pris de terreur, réalisant qu'il était seul sur le parking. Il regarda à droite, à gauche partout autour de lui et ne vit rien d'autre qu'un camion dans le fond dont le chauffeur était assis devant son volant.

« *Mais c'est pas vrai, je court-circuite ou quoi ! C'était quoi ça encore... Un fantôme!* »

Plus de doute, il se passait des événements inexplicables et ces derniers semblaient surgir de partout et de nulle part à la fois. Le pauvre homme ne savait plus ce qu'il devait croire. Entre l'étrange comportement des gens sur l'aire où il s'était arrêté le matin, les disparitions sur l'autoroute et cette voix sortie d'on ne sait où, qu'il venait d'entendre, ce n'était pas facile de se faire une opinion précise.

« *Bon, j'en ai vu d'autres. Un petit café et je repars.* »

Il n'était pas du style à se laisser anéantir. Il fit comme si de

41

rien n'était et se dirigea vers le bar-restaurant.

- Salut Daniel, fit-il gaiement en entrant !

- Bonjour grand ; qu'est-ce que tu veux une noisette ?

« Grand » était un surnom que beaucoup de personnes lui donnaient.

- Oui, s'il te plaît…

Daniel voyait bien que quelque chose ne tournait pas rond, il n'était pas aussi expressif que d'habitude.

- Ça va grand ?

Il le regarda en tentant de le rassurer du regard, mais ses pupilles disaient « NON ».

Daniel n'en rajouta pas plus que ça, mais il jetait un œil de temps en temps. Jocelyn s'inquiétait pour Emma et accessoirement pour lui.

Confortablement assis sur l'une des chaises hautes disposées devant le bar, le coude posé sur le zinc et la tasse de café dans la main gauche, il regardait vers l'extérieur avec le fort sentiment d'être le seul à voir ces phénomènes, et pourtant. Il dégustait tranquillement son café sans reposer la tasse entre chaque gorgée. Quelques minutes s'écoulèrent, Jocelyn lançait de temps à autre un regard furtif à Daniel toujours prêt à écouter s'il le fallait, et à l'extérieur vers le va-et-vient incessant de la circulation peu dense à cette heure-ci de la matinée jusqu'à cet instant, à cette courte seconde où son attention fut attirée par une ombre passant devant le restaurant, une ombre étrange et furtive, car elle disparut aussi rapidement qu'elle était apparue. Jocelyn ne lâcha pas l'endroit des yeux et vit soudain une énorme tête semblant appartenir à quelqu'un obligé de se baisser en posant une main sur le toit, pour regarder à l'intérieur.

Jocelyn émit un cri de surprise semblable à « l'how » un peu vif que l'on dit au cheval pour s'arrêter. Occupé, Daniel n'avait rien vu et se retourna aussitôt.

- Qu'est-ce qui t'arrive grand ?

Le connaissant, Jocelyn préféra simuler un rattrapage in extremis de sa tasse inopinément renversée.

- Rien Daniel, j'ai eu un geste maladroit et j'ai bien cru que je me renversais la tasse sur moi.

- Ah bon, j'ai cru que tu avais vu un fantôme...

Jocelyn le regarda sans dire mot et décida cette fois-ci de marcher vers l'entrée avec sa tasse à la main. Daniel n'était pas du style à insister lourdement ; mais Jocelyn faisait partie de ses clients particulièrement appréciés et il entama une surveillance discrète entre deux rangements de bac à vaisselle. Jocelyn commençait sérieusement à se poser des questions existentielles. Debout devant la porte d'entrée, sa tasse dans la main gauche et la droite dans la poche de son pantalon, il buvait l'avant-dernière gorgée et eut à nouveau une apparition. Il vit passer devant le bâtiment un homme tellement grand que dix mille coups de pied au derrière n'auraient pas suffi à engendrer une telle taille. Ce géant devait bien mesurer au moins trois mètres et demi, peut-être même quatre. Il était vêtu tel un pharaon et le paysage derrière lui n'avait rien de semblable avec le parking. C'était comme si un film était projeté là sous ses yeux stupéfaits. Après avoir lâché sa tasse, il poussa la porte pour voir la scène de plus près, laquelle disparut moins de trois secondes après son apparition.

- Hey, fit-il en hurlant !

Daniel le regarda curieusement en se demandant si le pauvre Joss n'était pas en train de devenir fou sous ses yeux. Il décida de le rejoindre à l'extérieur bien décidé à lui faire cracher le morceau cette fois-ci.

- Qu'est-ce qu'il y a grand ? Quelque chose ne va pas, raconte-moi.

Jocelyn ne répondit pas promptement et le fit répéter.

- Oh, insista Daniel, tu m'entends ?

Cette fois-ci fut la bonne. Joss le regarda comme s'il venait d'enterrer un proche en répondant simplement :

- Je préfère que tu gardes une bonne image de moi Daniel. Merci d'être sorti et désolé pour la tasse. Je m'en vais conclut-il.

Daniel se gratta le menton en faisant patienter les quelques questions qui lui venaient à l'esprit.

Quant à Jocelyn il n'en était pas de reste. D'où venaient tous ces phénomènes ? Allaient-ils durer ? Et si tel devait être le cas, allaient-ils se répandre comme une traînée de poudre…?

Dix minutes passèrent. Jocelyn ramassa ses clefs de camion, son porte-monnaie, puis s'en retourna travailler en disant d'une voix presque inaudible,

- Ciao Daniel, à jeudi probablement.

Il ne s'y arrêtait pas systématiquement toutes les fins de semaine. Tout dépendait de son travail.

- Salut grand et bonne route !

Sorti de l'établissement, il regarda droit devant lui, remonta dans son outil de travail, puis fit route sur Nice où son deuxième client attendait sa marchandise. À quatorze heures trente, il arriva au premier péage avant d'attaquer la Côte d'Azur.

- « *Jusque-là, ça va* », pensa-t-il.

La route n'avait pas été la même que d'habitude. Il avait littéralement scruté les alentours à chaque kilomètre qu'il avait parcouru depuis son départ. Rien à déplorer. Aucune disparition, apparition ou comportement bizarre. Un péage était annoncé à deux mille mètres. Celui-ci symbolisait l'entrée de la Côte d'Azur. Une circulation soutenue provoquait quelques ralentissements cinq cents mètres avant. Voyant cela, il leva le pied, se laissa tranquillement « mourir » jusqu'à la file d'attente qu'il avait choisie et mit pas moins de dix minutes pour arriver à la barrière. Équipé du « Télépass », il n'avait nul besoin de baisser sa vitre. Son tour arriva enfin.

- Tiens, « *Les anges de la route* », se dit- il en voyant des gendarmes sur la droite. Vu comment cette fichue journée a commencé je vais y avoir droit à tous les coups ! Il les regardait faire... Ils semblaient demander « la totale » soit environ quarante-cinq minutes de contrôle entre les vingt-huit jours de disques et les papiers.

« *Je me concentre sur la barrière, je les ignore...* »

Ils semblaient épier le moindre comportement suspect de chaque conducteur. Jocelyn savait qu'en dépit de cette nouvelle ère de verbalisation systématique, le meilleur des comportements était celui qui reflétait ce qu'on avait fait quand on n'avait rien à se reprocher. Il fit comme s'ils n'existaient pas et franchit la barrière qui venait de se lever sur l'ordre du « Télépass ». Il roula une dizaine de mètres et pila. Il crut voir à cet instant un autre camion passer sur sa droite à vive allure.

« *C'est pas vrai, ça recommence!* »

Une voiture qui passait sur la voie d'à côté en fit autant. Le conducteur était tout aussi désemparé. Se rendant compte que les gendarmes n'avaient d'yeux que pour eux, Jocelyn fit semblant d'avoir un problème sur son tableau de bord en tapotant légèrement dessus, puis redémarra doucement, priant tous les saints de ne pas se faire arrêter, car il n'aurait pas de temps de livrer son autre client en début d'après-midi. Cela n'était pas impératif, mais il voulait simplement éviter la grande affluence des heures de pointe ne serait-ce que pour pouvoir se garer facilement une fois arrivé sur place. Il avait l'impression qu'une centaine d'yeux de gendarmes encerclaient sa cabine en avançant avec lui ; cent mètres, deux-cents mètres, là il était à leur hauteur, trois-cents mètres, c'était pratiquement gagné à l'inverse de l'automobiliste qui n'y échappa pas.

« *Ouf, sauvé !* »

Il monta les vitesses une à une puis se remit à penser aux phénomènes.

« *Les camions fantômes existent peut-être, mais pourquoi tout arrive aujourd'hui* », se disait-il ?

« *C'est la fête nationale des fantômes... Peut-être bien qu'à force d'en voir ils ne nous feront plus peur !* »

Quelque chose de lumineux attira soudain son regard dans le ciel. Cela stagna quelques instants puis disparut aussi vite que la lumière. Ayant tantôt les yeux sur la route et dans le ciel, il ne comprit pas ce que c'était et continua sa route.

« *Une étoile filante en plein jour, un astéroïde passant suffisamment près de la terre pour qu'on puisse le distinguer ainsi, un O.V.N.I.... ! Quoi que ce soit, plus rien ne me surprendra aujourd'hui... Roulons, sans se poser de questions* », pensa-t-il.

La radio relatait de plus en plus fréquemment des phénomènes de disparitions et d'apparitions. L'inquiétude de l'opinion générale grandissait au fur et à mesure que le temps passait. Les événements devenaient le sujet principal de la bande FM.

Il devait rouler une heure quinze environ pour arriver à sa deuxième destination. Il pensa à Emma ; tout ce qu'il entendait ne le rassurait pas.

« *S'il arrivait quelque chose, elle m'appellerait... mais, si elle disparaissait ?* »

Il décida de la rappeler en prétextant un oubli. Il mit de nouveau son oreillette et appuya deux fois sur le côté de cette dernière pour recomposer automatiquement le numéro.

- Allez, décroche…

À la quinzième sonnerie, quelqu'un décrocha.

- Allô, ma chérie, fut-il soulagé, tu pourrais regard…

- Bonjour, vous êtes bien sur la messagerie vocale du…

- Oh non !

- Parlez après le Bip…

Il tenta maladroitement de cacher son inquiétude, mais le ton de sa voix le trahissait.

- Oui mon ange c'est moi, il n'y a rien d'important, je te rappellerai dans cinq minutes.

Il réitéra trois fois en quinze minutes sans laisser de message.

- Réponds… Réponds !

À ce stade, si l'inquiétude se mesurait, il en était à quatre-vingt-dix-neuf pour cent. Il approcha sa main du téléphone pour essayer une cinquième fois, mais celui-ci sonna juste avant. Étant dans un état proche de la crise de nerfs, il décrocha aussi sec sans oreillette.

- Allô !

Emma du éloigner le combiné de son oreille un instant…

- Oui Amour, qu'est ce qu'il y a ? Tu m'as appelé cinq fois en moins d'une demi-heure !

- Oui désolé, mais je voulais absolument savoir où était ma ceinture marron ; impossible de mettre la main dessus !

- Et c'est pour une ceinture que tu te mets dans un état pareil !

- Ne m'en veux pas chérie ; je suis un peu sur les nerfs aujourd'hui…

- Sans blague ; j'ai raison de m'inquiéter ou je laisse tomber ?

- Non ne t'inquiète pas, rétorqua-t-il le plus calmement du monde, appelle-moi quand tu l'auras trouvée…

- Je vais aller voir tout de suite, comme ça on en aura le cœur net.

Il savait qu'elle ne la trouverait pas ; c'était simplement pour avoir de ses nouvelles dans l'heure ou l'heure et demie suivante sans avoir besoin de rappeler, et donc sans l'alarmer.

- Non pas la peine, prends ton temps…

- Tu es bizarre ce matin Jossy… OK je te rappelle.

- Merci chérie, à tout à l'heure.

- À plus tard Joss…

Emma s'inquiétait à son tour.

« Mais qu'est-ce qu'il a aujourd'hui ? Jossy si je ne te connaissais pas, je dirais que quelque chose ne tourne pas rond chez toi ! » Pensa-t-elle en raccrochant.

Elle ne savait rien de ce qui se passait. Elle écoutait les nouvelles du jour le soir au journal télévisé de vingt heures. Des phénomènes étaient pourtant à déplorer dans cette région aussi. Mais bien que des flashs spéciaux soient diffusés à la télévision comme à la radio, l'affolement n'était pas général. L'information semblait passer inaperçue. Et de toute manière, entre les deux tourtereaux était convenu que « Tant que le téléphone ne sonne pas, tout va bien » ; c'était une piètre consolation. Il devait se « faire violence » pour ne pas appeler davantage et commencer à se demander s'il devait continuer, ou téléphoner à son chef Gérard, pour lui expliquer la situation s'il ne le savait pas encore et lui imposer de faire demi-tour, pour être aux côtés de sa bien-aimée. Il était cependant certain que si Gérard avait eu vent de quoi que ce soit, il lui aurait téléphoné pour l'informer.

Il était à présent treize heures et il n'était plus qu'à dix minutes de son deuxième point de livraison.

« Autant le livrer, on verra après! », pensa-t-il.

Lorsqu'il arriva sur place, il se rendit compte que l'accès lui était impossible avec son gabarit. Il décida donc d'aller se garer un peu plus loin et d'attendre treize heures trente pour téléphoner à son client pour lui expliquer la situation. Il n'eut pas longtemps à attendre. Le temps de « poser » son camion, et d'arrêter le moteur, Il entendit tambouriner à la porte. Bien poli, il baissa la vitre et afficha un sourire « commercial... »

- Oui, bonjour Monsieur...

- Vous gênez ici et vous n'avez rien à faire dans ce quartier avec un si gros camion !

Jocelyn comprit tout de suite qu'il avait à faire au « Casse burne de la journée ». L'homme avait l'âge de la retraite et semblait n'avoir rien d'autre à faire. Courtois, Jocelyn garda son calme et répondit gentiment.

- Je n'ai pas le choix Monsieur ; je dois livrer deux rues plus haut, mais il n'y a pas suffisamment de place pour stationner devant et vous comprendrez facilement qu'avec mon engin, je n'ai aucune envie de traverser votre belle ville, pour revenir ensuite avec les bouchons.

- Mais c'est votre problème ça !

- Je suis entièrement d'accord Monsieur, et j'y ai trouvé la solution !

- Je vais appeler...

- Excusez-moi encore ; si je vous gêne pour sortir votre voiture, il vous suffit de me le dire et je bougerai de quelques mètres.

- Je vous dis que...

- Regardez mon bon de livraison ; vous voyez bien que je ne peux pas m'éloigner d'ici. D'ailleurs, je serais parfaitement ridicule de le faire...

- Bon très bien j'appelle les...

Jocelyn descendit de sa cabine et lui coupa de nouveau l'herbe sous le pied.

- Ne vous donnez pas cette peine, je vais le faire pour vous !

L'homme commençait à être désabusé, mais Jocelyn avait décidé de ne pas se laisser faire.

- Allô… Bonjour ; je suis bien au commissariat ?

- Oui Monsieur…

- Bon voilà le problème ; je suis Chauffeur-Routier, j'ai une livraison rue Vénus en début d'après-midi et étant en semi-remorque, je ne peux pas y stationner en attendant une heure et demie. Je suis donc allé me garer deux rues plus loin où se trouve un petit parking pour ne pas gêner la circulation. En arrivant, je suis descendu pour m'en assurer et je suis même en mesure de vous envoyer une photo par téléphone pour vous le prouver. Je sais, vous vous demandez sans doute pourquoi je vous appelle pour vous dire ça. C'est simple ; il y a ici un Monsieur…

- Votre nom s'il vous plaît ?

L'homme était gêné et il commençait à regretter son geste, en s'efforçant de ne pas le montrer.

- Ça va je m'en vais ; je m'excuse…

« Il s'excuse », pensa Jocelyn… « Je vais te donner une petite leçon dont tu te souviendras longtemps et à l'avenir, TU NOUS FOUTRAS LA PAIX! »

- Pardon Monsieur l'agent, mais je crois qu'il vient de changer d'avis, je ne gêne plus ! Vous voulez que je vous le passe… Bon très bien… Tenez Monsieur, ils veulent vous parler, allez-y lâchez-vous !

- Mais je…

- Tenez prenez !

Par chance, c'était un « vieux » policier pas loin de la retraite qui avait pris l'appel. Il était de la vieille école...

- Al... Allô...

- Allô ! Ici la police nationale ; vous vouliez nous appeler pour nous signaler un véhicule lourd mal stationné et gênant la circulation, c'est bien ça ?

- Heu... Oui Monsieur l'agent, mais je...

- Bien, nous vous remercions beaucoup de votre geste civique ; nous allons venir immédiatement dresser un procès-verbal à ce chauffeur inconvenant. Bien entendu, il va de soi que nous ne nous dérangerons pas pour rien, car nous avons la possibilité de vérifier s'il a bougé durant cette dernière demi-heure. Donnez-nous vos nom et adresse s'il vous plaît ; nous vous citerons en exemple, car vous n'avez pas l'air d'être comme la personne que nous avons arrêtée et emprisonnée la semaine dernière. Il nous avait fait déplacer pour rien l'animal ! Bon je vous écoute, vous êtes Monsieur... D'accord, et vous habitez... Parfait, nous arrivons ; veuillez nous repasser l'indélicat chauffeur du camion je vous prie...

L'homme était dans un état semblable à celui de la décomposition avancée. De son côté, Jocelyn était secrètement hilare.

- Te... Tenez, il veut vous parler...

- Aie... Ils vont venir constater à quel point je suis mal garé, c'est bien ça ?

- Vous pouvez vous moquer si vous voulez, mais vous n'avez rien à faire ici, insista le vieux ronchonneur, c'est interdit aux camions ici !

- Vous avez l'âme d'un citoyen modèle Monsieur, vous êtes le protecteur de cette ville... Je n'ai qu'un mot à vous dire : « Bravo...» et allez montrer votre face de torchon froissé ailleurs en attendant qu'ils arrivent !

Il retira sa main du haut-parleur et reprit la conversation avec le policier.

- Allô…

- Vous en avez pour longtemps sur le parking ?

- Entre nous, heureusement que non !

Le policier rigola de bon cœur et poursuivit…

- Nous n'avons pas l'intention de nous déplacer pour ça, mais je crois qu'il y en a un qui ne doit pas être tranquille, n'est-ce pas ?

- C'est le moins que l'on puisse dire Monsieur l'agent !

- Allez faire votre livraison et partez vite avant que quelqu'un nous rappelle, on est un peu submergés aujourd'hui avec ces apparitions et ces disparitions.

À cet instant, il pensa à Emma.

« Bon sang elle ne m'a pas rappelé! »

- Oui je comprends Monsieur l'agent, bon courage.

- Bonne route et bon courage à vous aussi avec votre gros engin dans nos petites rues.

- Merci Monsieur l'agent au revoir.

- Au revoir Monsieur.

Inquiet, il prit à nouveau son téléphone pour appeler Emma.

- *«Non»* se dit-il, *«ça va faire trop… Elle va craquer si je la rappelle maintenant. Et si je lui disais tout bonnement la vérité… Non, c'est elle qui s'inquiéterait pour moi.»*

Faisant confiance au destin, il se résigna.

« Oh treize heures trente, c'est parti! »

Alors qu'il reposait son téléphone pour mettre le moteur en marche et quitter le parking de la discorde, « Vieux grincheux » pointa de nouveau son nez. Jocelyn le vit s'approcher dans son rétroviseur. Bien que patient, il est comme tout le monde ; si on insiste trop, il répond… Il a toujours fait ce qu'il voulait et ce n'était pas cette antiquité sur deux pattes dont le comportement était influencé par la définition contraire de l'expression "bienséance", qui allait lui gâcher la journée. Dans ces cas-là, il avait ses propres méthodes… Pour lui, sa tranquillité était primordiale et il n'hésitait pas à paraître le contraire de ce qu'il est pour obtenir la réaction désirée lorsqu'il était en affaires par exemple ou encore pour se débarrasser d'une personne indésirable comme c'était présentement le cas. C'était un "jeu" auquel il était toujours gagnant.

« Encore lui ; vite, je démarre et je m'en vais! »

Voyant ça, l'homme accéléra le pas.

- Alors qu'est-ce qu'ils ont dit, cria-t-il en trottant ?

Bien éduqué, Jocelyn baissa sa vitre et le regarda un peu amusé.

- Ne vous inquiétez pas papi, ils seront là dans cinq minutes. Vous devez les attendre et me rejoindre avec eux sur mon lieu de livraison. À tout à l'heure !

Puis il se dirigea chez son client.

« Il sera capable de venir à pied cet énergumène quand il ne me verra pas arriver ; s'il pouvait disparaître! »

Le reste de l'après-midi fut laborieux. Il dut attendre plus d'une heure pour effectuer sa livraison qui dura deux heures et demie ; l'endroit n'offrait aucune commodité à commencer par son étroitesse. Résultat… Il partit de la flamboyante ville azuréenne à dix-sept heures quarante ; l'heure des premiers bouchons en formation.

« Bordel c'est pas vrai ! À quelle heure ça va me faire traverser la frontière tout ça ? », se dit-il, dégoûté de sa journée.

Coincé dans la circulation qui se densifiait de minute en minute, la sonnerie de son téléphone retentit.

- *« Emma »*, pensa-t-il…

- Oui mon amour…

AAILLEURS

- C'est Gérard et fais-moi le plaisir d'enlever ce transfert de numéro sur ton téléphone.

Gêné, Jocelyn tenta une vaine explication détendue.

- Pardon Gérard, je ne cherchais pas l'augmentation, mais votre téléphone capte un peu moins bien que le mien par endroits alors…

- Il fonctionne très bien avec moi et c'est le même que le tien!

- À Mazamet peut-être, mais pas dans les tubes (tunnels) en Italie contrairement au mien.

- Tu es le seul avec qui ça ne marche pas, les autres n'ont pas ce problème.

« *C'est ça, les ondes internationales se sont liguées contre mon téléphone* », pensa-t-il en souriant.

- Alors, il doit avoir un problème, se ravisa-t-il.

- Tu me l'amèneras quand tu rentreras vendredi, on le regardera ensemble.

- Bien Gérard…

- Je t'appelais pour savoir où tu étais.

Il lui expliqua le topo en terminant sur ces belles paroles…

- Encore pardon pour tout à l'heure, vous auriez dû voir ma tête quand je vous ai entendu !

- C'est pas grave, mais retire mon numéro de ce téléphone.

Gérard était quelqu'un sur qui on pouvait compter. Il était quelquefois un peu « Bougon », avait un caractère bien trempé et parlait dans sa barbe en avalant la plupart des mots. Ceux qui le connaissaient de longue date le surnommaient « l'ours ». Mais il était un gentil ours ; droit, réglo et bosseur. Jocelyn ne s'en était jamais plaint et s'entendait très bien avec lui, même si un jour de colère il lui avait demandé son solde de tout compte. Cela n'était arrivé qu'une seule fois en un peu plus de douze années de présence. L'attitude à adopter était simple… Être

54

honnête et franc ; ce n'était pas bien difficile pour Jocelyn même s'il lui faisait de temps en temps des petits mensonges qui facilitent la vie.

DE DÉCOUVERTE EN DÉCOUVERTE

« De toutes les prodigalités, la plus blâmable est celle du temps. »
Marie Leszczynska

Lorsqu'il eut effectué la traversée du secteur maudit, il reprit la route vers l'Italie, plus précisément en direction de Venise, livrer son dernier client. L'autoroute qu'il emprunte généralement pour y aller est bardée de tunnels et de hauts viaducs sur près de deux cents kilomètres. Certains tunnels font jusqu'à deux kilomètres de long et quand on a roulé pendant plus de huit heures, sans compter les manutentions de déchargement et qu'il reste environ deux heures à conduire, les fins de journée sont quelquefois très longues ; c'est dans ces moments de fatigue que surviennent en moyenne une fois par heure des « Micro-sommeils » qui ne font certes pas perdre le contrôle du véhicule, mais qui se traduisent sous la forme de trous de mémoire. Il est alors impossible de se rappeler où on est passé même si l'on connaît bien la route. Ainsi, Jocelyn roulait à quatre-vingt-dix kilomètres-heure, puisque telle est la vitesse maximum autorisée en camion. Il voyait défiler les longues lignes blanches qui délimitent les voies en écoutant la rediffusion d'une émission, dans laquelle s'expriment les auditeurs sur différents sujets sur une radio qu'il affectionne particulièrement. Ceux-ci sont variés, mais ont tous un rapport de près ou de loin avec des phénomènes paranormaux et surnaturels.

Aujourd'hui, c'est une émission spéciale diffusée en direct. À l'ordre du jour, des témoignages de personnes ayant vu disparaître un proche où apparaître un inconnu dans leur salon, mais pas seulement. Un homme parle du fantôme de son fils avec qui il entretient un lien régulier. Un autre raconte ses rêves de personnes mourantes et cela dans la nuit qui précède l'annonce officielle de leur mort. Il explique qu'il les voit heureuses et épanouies, un peu comme s'ils venaient lui dire « Au revoir ».

Une dame raconte qu'elle est en contact direct avec son défunt mari sous la forme de transes et se mettrait à écrire sur une feuille de papier tout ce qu'il lui dicte.

Jocelyn est friand de ces histoires hors du commun. Mais ce soir, c'est lui qui allait entrer sans le vouloir dans le surnaturel.

Cela commença par une déflagration lointaine à laquelle il ne prêta pas attention. Sorti d'un long tunnel, il commençait à éprouver une certaine monotonie, il était fatigué ; il entama un viaduc tout aussi long. On pouvait distinguer en contrebas des milliers de petites lumières qui formaient des villages plus ou moins éloignés les uns des autres. Soudain la radio commença à grésiller. Il quitta la route des yeux un instant pour régler une nouvelle station. À ce moment-là, il eut l'impression que le paysage défilait à la vitesse du son, comme s'il roulait à mille trois cents kilomètres-heure. Il remit aussitôt les yeux sur la route et se rendit compte qu'il ne s'agissait pas d'une simple impression, c'était la réalité. Il roulait telle une boule de flipper tirée par le percuteur. Il se ressaisit et se mit littéralement debout sur les freins. Mais rien n'y fit. Tout cela ne durait qu'un court instant, mais c'était suffisant pour lui faire monter l'adrénaline dans le rouge.

« *Mais qu'est ce que c'est* », pensa-t-il ?

Il était effrayé et avait la très mauvaise sensation de ne plus rien contrôler. Le tout était accompagné d'un bourdonnement grave et continu ; c'était un mélange de différents bruits tels des moteurs de voitures en circulation, des coups de klaxon, des voix, un puissant torrent d'eau, ainsi qu'une multitude d'autres bruits constituant notre environnement sur Terre, tout cela concentré sur deux petites secondes et dans un mouvement de rotation pour le moins inquiétant. Tout vibrait du châssis jusqu'au toit. La direction semblait être maintenue droite par deux bras invisibles ; impossible de bouger quoi que ce soit. Tentant toujours de s'arrêter, il écrasait littéralement la pédale de frein en priant tous les saints de « rester sur les rails ». Il avait l'impression de traverser le tambour d'une machine à laver géante.

- Bon sang ; c'est pas vrai, hurla-t-il, c'est un cauchemar !

« *Le monde est devenu fou!* » Continua-t-il en pensée.

Soudain, les vibrations ainsi que le vacarme s'amoindrirent et s'éloignèrent derrière lui, jusqu'à laisser place au silence le plus total. Il était sous le choc ; son corps tout entier tremblait, faisant ainsi battre la chamade à son cœur éprouvé. Si longue et éprouvante que fut pour lui cette situation peu banale, elle ne dura pourtant qu'un laps de temps. Deux secondes plus tard, le paysage autour de lui n'avait plus rien de commun avec celui dans lequel il se trouvait juste avant. Comme si l'on avait changé le cadre dans lequel il était. Il ne reconnaissait plus rien. Il venait de passer pratiquement d'une seconde à l'autre de l'autoroute à une nationale.

« *Quel péage j'ai franchi ?* » Pensa Jocelyn qui ne comprenait pas ce qui lui arrivait.

« *Je veux bien croire au micro sommeil, mais là, c'est simplement pas possible ! Il n'y a pas de péage par ici... Et je n'aurais jamais pu le passer en dormant de toute façon... Où sont les tunnels et les ponts ? Où est l'autoroute ? Bon sang je suis où ? Et pourquoi j'ai envie de me gratter comme ça bordel ?* »

Pour couronner le tout, sa montre indiquait toujours vingt heures cinquante et continuait de fonctionner. Mais à ce moment précis, il était perdu, parce que désormais, le soleil brillait de tous ses feux. Il n'y avait rien d'autre que des montagnes autour de lui ; aucune maison, aucune voiture... Rien d'autre que lui. Il décida de s'arrêter au beau milieu de la route, stoppa son monteur, descendit de la cabine et se pinça la peau pour vérifier que toute cette mascarade n'était pas un mauvais rêve. Vérification faite, il s'assit sur le bitume et réfléchit. Les picotements qu'il ressentait s'estompaient peu à peu.

- « *S'il y a une route, il y a des voitures.* » Il n'arrivait pas à croire ce qu'il lui arrivait.

« *Mais qu'est-ce que je raconte... J'étais sûrement mort de fatigue et je suis sorti quelque part sans m'en rendre compte... Même là il faut en vouloir quand même ! Oui, mais alors pourquoi ai-je eu la sensation que le paysage allait cent fois plus vite que moi ? Je ne l'ai pas rêvé ça, c'était beaucoup trop intense ! En tout cas de toute évidence la nuit est passée et je suis sur cette nationale au milieu de nulle part. D'ailleurs, vu la circulation et la largeur de la route, ça m'a tout l'air d'être une départementale.* »

De toute manière, il ne changerait rien à tout ça ; il y avait un trou noir dans son emploi du temps et ce n'était pas en restant assis sur cette route qu'il trouverait une réponse. Il essaya de téléphoner, mais il n'y avait aucun réseau. Que faire? Il décida de reprendre la route, afin de trouver quelque chose susceptible de lui indiquer l'endroit où il se trouvait. Au moment de remonter dans son camion, il vit une voiture arriver en sens inverse, roulant à faible allure sans s'arrêter.

« *Pas grand-chose ne change, on peut crever la gueule ouverte !* », pensa-t-il.

Il s'assit sur son siège, mit le contact, jeta un œil dans son rétroviseur et vit le conducteur faire marche arrière.

« *Mais à quoi il joue* », pensa Jocelyn qui du coup, hésitait à repartir.

Au point où il en était, il décida d'attendre. L'auto ne ressemblait à rien de ce qu'il connaissait. Lui qui était incollable sur les marques, les genres et les différents modèles de tout ce qui existait en la matière était incapable de reconnaître celle-ci. Arrivée à hauteur de sa cabine, il vit descendre un vieil homme d'au moins quatre-vingt-cinq ans. Jocelyn en fit autant ; il était intrigué par ce petit vieux qui semblait tout à fait alerte pour son âge.

- Salut mon « P'tit gars », fit-il à travers son épaisse moustache blanche et son accent savoyard.

Jocelyn était amusé par son accent prononcé et sa manière de parler. Mais quelque chose ne collait pas ; il était censé se trouver en Italie et non en France ; il rendit tout de même la politesse et engagea la conversation.

- Bonjour Monsieur.

- « T'es en panne avec ton engin vindiou », reprit le vieil homme !

- Non Monsieur, mais vous allez peut-être pouvoir m'aider.

- « Ce s'ra bien volontiers mon gars ! » Et qu'est-ce j'puis faire pour toi alors, fit le vieil homme en roulant les « R » ?

- Pour commencer, dites-moi où on est, reprit Jocelyn un peu gêné de poser une telle question.

- « Comment ça... Y sait pas où qu'il est le charrieur ? »

- Le quoi ?

« Mais c'est qui ce vieux fou », pensa Jocelyn ? *« Il fait semblant de parler ma langue pour me faire plaisir, ou il se fout carrément de ma gueule avec son accent plutonien ! Et si pour couronner le tout il emploie des mots d'un autre âge, on ne va pas s'en sortir! »*

Exaspéré, le vieil homme poursuivit...

- Le charrieur vindiou ; il est sourd ou drogué ?

Ne comprenant que le dixième de ce qu'il disait et n'ayant en tout et pour tout que « Papi » comme seule et unique source d'information pour comprendre ce qui lui arrivait, il choisit de faire comme s'il avait compris et lui répondit du « tac au tac ».

- Eh bien non, il sait pas où qu'il est et il n'est pas drogué non plus !

- Dis donc un peu toi... « Y s'fout pas d'moi le charrieur ? »

- Monsieur, dit très sérieusement Jocelyn, je ne me moque pas de vous, je ne me le permettrais pas ; mais je vous en prie... Où sommes-nous ?

- Dans les Vosges mon gars, répondit fièrement le vieil homme. « Sacré vindiou... C'est bien la première fois qu'j'vois un charrieur qui sait pas où qu'il est ! »

- Vous avez dit dans les Vosges !

- Oui mon « p'tit gars », dans les Vosges ! « Faut t'l'écrire ? T'es pas commun toi ! » Et puis d'où tu sors un engin pareil toi ?

- Vous parlez du camion, s'étonna Jocelyn ?

- Comment t'as dit ça toi ? C'est quoi un « Caillon » ?

« Encore tombé sur un énergumène d'une autre planète moi », pensa le vieil homme !

Jocelyn n'en pensait pas moins...

« Non seulement il est sourd, mais il débloque complètement Papi Mousot ! » Une seule solution ; dire « Oui » à tout ce qu'il dit. Peut-être vais-je enfin ouvrir les yeux et me réveiller dans mon lit à la maison ! »

- Laissez tomber, fit Jocelyn résigné ; qu'a-t-il de si extraordinaire mon engin ?

- Encore jamais vu ça avant moi, dit le vieil homme qui paraissait vraiment ébahi de voir un tel camion ! Viens-t-en avec moi, j'va t'montrer un endroit où tu t'sentiras plus à l'aise.

Jocelyn comprit qu'il devait monter dans la voiture du côté passager et commença à ouvrir la portière.

- « Mais qu'est-ce tu fabriques là, dit le vieil homme sur le ton de la colère ? Monte dans ton « OVNI » et suis-moi vindiou !

- Oui pardon, reprit timidement Jocelyn, je n'avais pas compris !

« Reusement qu'il est charrieur celui-là! », pensa papi, « f'rai pas ça pour tout l'monde moi ! »

Le téléphone de Jocelyn retentit soudain. Il le sortit de sa poche, regarda le numéro affiché...

« Enfin, je commençais à me demander si je ne rêvais pas tout éveillé», pensa-t-il, puis il décrocha.

- Allô...

Tout ce qu'il entendit fut un mélange de friture et d'une voix féminine très lointaine semblant aller et venir, comme si la personne avait posé le téléphone sur une table en parlant sur un rocking-chair en mouvement.

- Allô... répétait-il en vain.

Intrigué, il se décida à raccrocher. Pendant ce temps, papi s'impatientait.

- Alors, il arrive oui !

- Oui, j'arrive…

Jocelyn était déçu et se sentait de plus en plus seul. Le vieil homme stoppa, recula un peu et l'invita à le suivre d'un signe du bras. Il le conduisit à une dizaine de kilomètres de là, sur un grand parking où se trouvaient déjà d'autres camions qui avaient passé la soirée ainsi que la nuit sur place. Il y avait environ une cinquantaine de camions rangés en épi. Certains chauffeurs prenaient le petit déjeuner avant de commencer leur journée de travail ; d'autres se levaient à peine et traversaient le parking en direction du restaurant. Les deux véhicules s'arrêtèrent. Le vieil homme descendit de sa voiture et alla discuter avec l'un d'eux. Jocelyn regardait autour de lui, cherchant désespérément un point de repère, quelque chose auquel il pourrait se raccrocher. Tous les camions qu'il voyait ne ressemblaient en rien à tous ceux qu'il avait pu voir en vingt-cinq ans de métier. Leur forme lui était totalement inconnue. Ils ressemblaient à des camions japonais quelque peu américanisés par leur beauté et leur prestance. Plus étrange encore, ils avaient tous la même ligne et paraissaient tous sortir de la même usine. Leur unique différence se situait au niveau de la couleur et des logos des différentes entreprises. Les conducteurs qui avaient vu arriver Jocelyn au volant de son « Scania », le regardaient bizarrement mais cependant pas méchamment. L'un d'eux s'approcha tandis que le vieil homme repartait dans sa voiture en le saluant d'un signe de la main. Jocelyn lui rendit la politesse et salua le routier arrivé devant lui.

- Salut l'ami lui dit poliment l'homme, je m'appelle Jordan ; veux-tu venir boire un café avec nous ?

- Bonjour Jordan, reprit Jocelyn complètement perdu, ce n'est jamais de refus.

- Alors, viens avec moi, je vais te présenter aux autres, continua-t-il, paraissant ravi de faire une nouvelle connaissance.

Les deux hommes rejoignirent les autres qui attendaient de voir ce conducteur à l'étrange camion, avant de reprendre la route. Jocelyn se demandait toujours ce qu'il lui arrivait. Chemin faisant, Jordan le questionnait.

- Qui t'a vendu un charriot pareil ?

«De mieux en mieux ; un charriot... On va aller faire les courses!»

- Pourquoi, tu ne vas pas me faire croire que tu n'en as jamais vu ?

Jordan le regarda tellement explicitement, qu'il comprit aussitôt que la réponse était « Non ».

- Ton visage ne m'est pas inconnu, reprit Jordan ; tu ne serais pas passé au visiophone par hasard ?

- Au quoi ?

«Mais qu'est-ce qu'ils ont tous ici ; ils sont drogués de naissance!»
Il devina cependant la signification.

- Au visiophone !

- Oui il me semble t'y avoir vu il n'y a pas si longtemps d'ailleurs, mais je ne me rappelle pas dans quel contexte. Jocelyn ne savait pas s'il devait être content que quelqu'un le reconnaisse ou s'il devait continuer de s'inquiéter pour la situation dans laquelle il était. Ils arrivèrent parmi le groupe qui regardait Jocelyn comme si sa couleur de peau avait viré au « Vert prairie ». Tout le monde sans exception se présenta en bonne et due forme. Il régnait une ambiance chaleureuse, tous semblaient être détendus, pas une once de stress dans leurs regards. Bruno était l'un d'eux, et lorsqu'il vit Jocelyn, le cri du cœur ne laissa pas place à un quelconque bonjour...

- Regardez les gars, dit Bruno enthousiaste ; c'est Jocelyn

Beaumont un grand parmi les grands !

- Moi aussi il me semble l'avoir déjà vu continua Jordan, mais je n'arrive pas à me rappeler où !

- Et vous autres reprit Bruno, vous ne le reconnaissez pas ?

Certains avancèrent la même hypothèse que Jordan, mais ne comprenaient pas l'engouement de Bruno.

- Enfin les gars, insista Bruno, Jocelyn Beaumont le célèbre cascadeur détenteur de plusieurs records mondiaux ! D'ailleurs s'il est là avec nous à conduire son engin spatial, c'est sûrement pour promouvoir son prochain spectacle !

- Tu as prévu quelque chose avec les charrieurs cette fois-ci, hasarda Bruno qui ne tenait plus en place ?

Jocelyn était désemparé. D'un seul coup, il était promu au rang de vedette et qui plus est dans le domaine de la cascade, qu'il ne pratiquait plus depuis de nombreuses années. Était-ce une hallucination générale, une mauvaise blague ou était-il en train de devenir tout simplement fou ? Pourquoi cet acharnement de la part de Bruno à le reconnaître en tant que cascadeur alors qu'il faisait la route depuis vingt ans ? Devait-il se rendre à l'évidence que quelque chose en ce bas monde lui jouait un mauvais tour ? Certes, c'est la vie qu'il avait voulue avoir jadis, mais si c'était une farce, elle était vraiment de très mauvais goût. Il décida de laisser aller pour mieux voir venir ce qui l'attendait. Ainsi, il pourrait se faire une opinion plus juste.

Sans répondre par l'affirmative, il prit la décision de ne pas contredire Bruno.

- Ce mec-là est le premier homme à avoir roulé la tête en bas, assura Bruno ! C'est lui qui a fait « le saut de l'ange » avec une voiture entre les deux rives du barrage Hampton aux États-Unis ! Moi je vous le dis les mecs, c'est « The » conducteur

65

qu'on a avec nous ce matin.

Au fur et à mesure que Bruno énumérait les exploits acrobatiques de Jocelyn, les autres commençaient peu à peu à se remémorer tout ce qu'ils avaient vu et entendu au sujet de ce cascadeur intrépide mondialement connu. Mais il est vrai qu'on parle beaucoup moins des cascadeurs que des stars de la chanson ou du cinéma. Cela expliquait la réaction à retardement de ses « copains routiers ». Cependant, ils se mirent à évoquer des émissions télévisées où il s'était fait remarquer. Et c'est bientôt tout le groupe ou presque qui acquiesça aux dires de Bruno quant à la notoriété de Jocelyn. Il subit une véritable avalanche de questions telle une star interviewée par un journaliste. Il ne savait plus où donner de la tête. Tout cela était bien joli, mais il se trouvait en présence de personnes qui le prenaient pour quelqu'un d'autre ou plus précisément pour ce qu'il aurait pu être dans d'autres circonstances. Il devait absolument savoir où il en était. Routier, cascadeur, par quelle magie était-il confronté à cela ?

Il était à plus de cinq-cents kilomètres de l'endroit où il se trouvait l'instant précédent et par ailleurs, cascadeur était une vie qu'il avait laissée loin derrière lui. Il savait bien ce qu'il avait fait ces vingt dernières années ; il avait roulé et en dehors de quelques accrochages, il n'avait fait aucune acrobatie. Alors pourquoi s'évertuaient-ils tous à lui rappeler des souvenirs qui n'étaient pas les siens ?

Au bout d'un moment, il ressentit le besoin de se concerter afin de voir un peu plus clair dans cette mascarade. Il lui vint soudain l'idée d'emprunter le téléphone de l'un d'eux, prétextant un problème de batterie sur son portable. C'est Philippe qui accéda à sa demande. Ce petit homme d'un mètre soixante-cinq avait l'air sympa et sans manières. Il était un peu ventru et quand on le lui faisait remarquer, il répondait tout simplement que ce n'était rien qu'un peu de « plaisir cumulé ». Il accompagna Jocelyn jusqu'à son camion, car son téléphone était fixé sur le tableau de bord.

- Tiens le voilà… dit Philippe, tu peux monter dans la cabine et faire ce que tu as à faire.

Il s'exécuta, s'installa, prit le téléphone et composa le numéro de Gérard sans savoir précisément ce qu'il lui dirait pour expliquer la situation.

- Allô, fit une voix douce et féminine !

- Bonjour reprit Jocelyn qui venait de comprendre son erreur, je me suis trompé excusez-moi… Je peux chercher un numéro, fit-il en regardant Philippe, qui approuva d'un signe de tête ?

- Allô, bonjour Madame ; je voudrais le numéro de Monsieur Gérard Galland s'il vous plaît… Je vous écoute… 07. 32. 18. 54. 91. 01. 27 !

« *Merci pour les numéros complémentaires, je les jouerai… quatorze chiffres ; rien que ça !* », pensa-t-il.

Il compose tout de même le numéro.

- Ah enfin ; j'ai réussi à vous avoir, dit Jocelyn enthousiaste. Vous ne devinerez jamais ce qu'il m'arrive !

Gérard avait la même voix, mais parlait beaucoup plus clairement que d'habitude. Il ne semblait plus parler dans sa barbe.

- Qui êtes-vous, continua Gérard étonné ?

Sur l'instant Jocelyn n'en crut pas ses oreilles.

- Si c'est une plaisanterie, je ne l'apprécie pas vraiment, répondit-il sèchement.

- À l'évidence, vous vous trompez de numéro cher Monsieur, reprit Gérard qui ne se mettait cependant pas en colère.

C'était exactement le contraire de la réaction qu'aurait eu le

Gérard qu'il connaît. Il voyait bien qu'il ne s'agissait nullement d'une partie de rigolade. Il comprenait de moins en moins ce qu'il lui arrivait. Il n'insista donc pas davantage.

- Pardon de vous avoir dérangé Monsieur, continua-t-il avant de raccrocher.

Il décida de composer le numéro de téléphone d'Emma. Mais cette fois-ci, sa voix, qui était restée la même, lui apprit l'impensable. Lorsqu'elle décrocha, elle eut une réaction glaciale.

- Salut… Répondit-elle sèchement, comment se fait-il que tu m'appelles, tu as déjà oublié qu'on est divorcé !

Il aurait préféré recevoir un coup de massue sur la tête au lieu d'entendre ça. Il observa un silence.

- Alors toi aussi, reprit-il déboussolé !

- Moi aussi quoi ?

- Rien, laisse tomber !

Jocelyn commençait à avoir franchement peur de la situation.

- Tout va bien Joss ? Je te connais et je sais quand quelque chose ne tourne pas rond. Si tu as besoin d'aide, dis-le-moi.

Emma était toujours amoureuse. Il décida de saisir cette main salvatrice, pensant lui expliquer ce qui lui arrivait ultérieurement.

- D'accord Emma, j'accepte ton aide… À vrai dire, je suis un peu perdu en ce moment.

Emma savait que ce type de réaction ne lui ressemblait pas. Jusque-là, il avait toujours refusé toute aide en toutes circonstances.

« *Pour qu'il tienne ce genre de propos, il doit lui arriver quelque chose de grave…* »

- Es-tu déjà arrivé à Paris où tu es toujours dans le coin, lui demanda-t-elle, prête à venir en aide à son ex-mari ?

68

- Je ne sais même pas où je suis, tout ce que je peux dire, c'est que je suis dans les Vosges ! Rassure-moi sur un point… Tu habites bien à Mazamet ?

- Alors là, je sais que tu as vraiment un problème ! Faut-il que je te rappelle que j'habite dans notre ancienne maison avec les enfants ?

- Les enfants ? Nos enfants ?

- Qu'est-ce qu'il t'arrive, tu le fais exprès ? Je commence à me demander si tu n'as pas perdu la tête !

- Si ça peut te rassurer, moi aussi… Reprit-il d'une voix fragile.

Cette situation dérangeait quelque peu Emma, car ils avaient divorcé uniquement à cause de son métier trop prenant, mais ils s'aimaient toujours et tout cela allait certainement provoquer une de ces situations ingérables qui surviennent dans ces cas-là.

- Dis-moi ce que je peux faire, veux-tu que je vienne te chercher quelque part, proposa Emma qui était malgré tout heureuse à l'idée de le revoir.

- Non ça fait trop loin, mais avant toute chose je vais te demander un petit service… Regarde sur l'annuaire et dis-moi si les transports « Gérard Galans » existent, demanda Jocelyn qui voulait être sûr de ne pas faire d'erreur.

- Les quoi ; pourquoi me parles-tu de transistors ?

Jocelyn ne savait plus comment s'y prendre.

« *C'est pas possible* », pensa-t-il, « *ils ont réussi à créer le virus de la lobotomie contagieuse !* »

Mais il ne baissa pas les bras pour autant et poursuivit…

- Je te parle d'une entreprise, d'une activité professionnelle qu'une personne créait pour gagner sa vie et éventuellement permettre à d'autres personnes de travailler pour son compte; et là il s'agit en l'occurrence de camions, excuse-moi de « charriots » qui prennent la marchandise à un endroit pour l'emmener à un autre !

- Tu es devenu charrieur ?

Jocelyn fit aussitôt le rapprochement.

- Oui c'est exactement ça, je voulais voir si tu suivais !

« *Mais qu'est-ce qui lui arrive ?* », pensa Emma, « *il s'est pris un coup sur la tête ! Pauvre Joss ; je t'avais pourtant bien dit de ne pas continuer ce métier de fou ! Je dois être compréhensive avec lui et ne pas le bousculer*».

- Charrieur « Gérard Galans » à Mazamet c'est bien ça ?

- Oui c'est ça…

Emma s'exécuta et lui donna rapidement la réponse.

- Non… Aucun charrieur de ce nom, seulement un comptable!

Sachant qu'il avait quelqu'un sur qui compter, il décida de prendre le taureau par les cornes.

- Voilà ce que je vais faire : je vais venir directement à Mazamet, et je serai là vers dix-neuf heures.

- Seulement, s'étonna Emma.

- Comment ça, seulement, je suis en charriot.

- Depuis quand tu te déplaces en charriot ?

- Ne me pose aucune question, dit Jocelyn décidé à faire ce qui était en son pouvoir pour se sortir de ce mauvais rêve, je te raconterai tout en arrivant.

- Très bien, répondit Emma, je serai là quand tu arriveras ; à ce soir.

- À ce soir Emma et merci…

Lorsqu'elle raccrocha, elle eut un léger sourire de satisfaction ; tout ce qu'elle retenait, c'est qu'il l'avait appelée elle et personne d'autre. Il descendit du camion de Philippe, le remercia et se dirigea vers les autres routiers pour leur dire au revoir, les remercier de leur accueil, pour reprendre ensuite la route en direction de son point de départ.

- Dis donc l'ami, intervint Jordan, tu ne m'as toujours pas dit où tu as acheté ce charriot bizarre !

Jocelyn le regarda droit dans les yeux, sûr de lui.

- Je pourrai peut-être le dire un jour, qui sait ; mais pour le moment, c'est une longue histoire dont je ne connais pas encore la fin. Appelle-moi un de ces quatre après ma cascade à Paris, si je ne te réponds pas, il y aura toujours quelqu'un pour prendre le message et ne t'inquiète pas, je les préviendrai même pour toi Bruno !

Il n'avait rien demandé, mais il était ravi. Il eut soudain une pensée pour son double...

«Pauvre Joss; ils vont lui téléphoner et il ne va rien comprendre!»

- Tiens poursuivit Jocelyn, voilà mon numéro de téléphone...

- Étrange ton numéro, fit Bruno, il commence par « 05 ».

- *«Bordel»*, reprit Jocelyn en pensée, *«j'avais oublié ce détail!»*

- Je n'ai jamais eu la mémoire des chiffres ; cherche-le, tu le trouveras facilement. Je dois me sauver à présent ; bonne route.

- OK, fit joyeusement Bruno ; à toi aussi.

- Pas de problème, conclut fièrement Jocelyn, merci à vous.

Il grimpa dans son camion, mit le moteur en marche et s'en alla doucement en les saluant une dernière fois. À présent, le plus important était de comprendre ce qui se passait, quelles que soient les découvertes qu'il ferait. De toute évidence, il n'était pas pris pour lui-même, mais pour quelqu'un qui avait les mêmes traits que lui et qui avait la vie qu'il aurait eue s'il avait pris d'autres décisions. Ça ne pouvait pas être une hallucination générale, car dans ce cas pourquoi aurait-il été le seul à se distinguer ? Tout cela n'était peut-être qu'un mauvais rêve ; il espérait se réveiller sur un parking le long de son trajet initial assis sur le siège, la tête sur le volant ayant été trop fatigué pour aller s'allonger sur sa couchette. Mais tout était si réel… Cela dit, il n'était pas du genre à se laisser submerger par les événements ; « *qui vivra verra* », pensa-t-il.

Tandis qu'il roulait en direction de son point de départ, il remarqua qu'en dehors des camions et des voitures, tout était pareil à ce qu'il connaissait sauf les panneaux de signalisation qui étaient rouge foncé et le comportement quelque peu surréaliste des gens qu'il voyait sur la route et sur les aires de repos où il s'arrêtait de temps en temps pour se dégourdir les jambes. Ils paraissaient plus calmes, plus courtois, plus aimables et moins stressés. Personne n'avait l'air d'être pressé d'arriver. Un respect mutuel régnait même entre les camionneurs et les automobilistes ! Lors d'une pause sur une aire autoroutière, des personnes qui sortaient de la boutique s'étaient arrêtées net pour laisser entrer Jocelyn qui arrivait à ce moment-là. Il avait du mal à le croire.

« *Qui pourrait imaginer une chose pareille dans le monde que je connais ! Je dois être dans le monde magique de la fée clochette* », pensa-t-il en souriant ! Et c'est en pensant à cela qu'il eut une révélation. Personne ne me comprend quand je parle et c'est pareil pour moi. Je suis passé de la nuit au matin avec les yeux grands ouverts en l'espace de quelques secondes seulement, et je n'ai rien vu d'autre que ce déferlement dans le tunnel. Il s'est sûrement passé quelque chose d'inhabituel là-dedans. Il y a trop de bizarreries depuis ce matin. Cette voiture qui sort de je ne sais où, ces camions étranges, sans compter le passage de l'Italie aux Vosges… Jocelyn osait à peine croire à l'idée qui s'affichait dans ses pensées.

« *Et si j'étais passé dans une autre dimension, un monde parallèle au nôtre… Non… C'est pas possible, est-ce que ça m'arrive vraiment ? Un autre monde… Un autre monde… Mon bon vieux Joss, te voilà assez mûr pour être enfermé ! Si je dormais, je m'en serais rendu compte ! Non, là je débloque... »*

Regardant le ciel, il finit par envisager l'impossible.

« Après tout, ça n'existe peut-être pas que dans les films de science-fiction... Je suis peut-être réellement ailleurs. »

Il réalisa soudain que ce n'était pas la première fois qu'il se posait cette question. Il se rappela cette énorme bobine de papier qu'il transportait la semaine précédente. Avait-il rêvé ce qu'il avait entendu et ressenti jusqu'au volant? Esprit farceur ou prévenant? Réalité ou furtive traversée d'une autre dimension?

Seule certitude, la bobine n'avait pas pu se mettre droite toute seule. Cela paraissait illusoire... Et si toutes ces questions que l'on se pose dans des cas semblables étaient fondées ? Alors peut-être que cette fois-ci il n'avait pas seulement traversé furtivement une dimension parallèle.

« Pourquoi est-ce différent aujourd'hui ? Pourquoi suis-je dans un autre endroit alors ? Je devais toujours être sur l'autoroute ; ailleurs, mais sur l'autoroute et non ici, en pleine campagne. Ce n'est pas logique ça. Je n'arrive pas à croire que je pense ça ! »

Mais alors... Peut-être que la bobine est réellement tombée dans une autre dimension que j'ai traversée et je n'aurais entendu que le bruit... Oui, mais ça n'explique pas les vibrations et les secousses...

Tandis qu'il réfléchissait intensément à son triste sort, une voix se fit entendre.

- « Elles sont décalées ! »

- C'est sûrement ça, reprit Jocelyn, vous avez rais...

Réalisant soudain qu'il était seul, il regarda autour de lui, apeuré.

- Qui, qui a dit ça ?

Cette même voix se mit soudain à rigoler puis reprit,

- « C'est rien Joss capich, n'aie pas peur ! »
- « Joss Capich ? »
- Montrez-vous ! Vous êtes qui, un fantôme, un esprit ? Et là je parie que vous vous en payez une bonne tranche hein ?

Il vit soudain un homme tout de blanc vêtu à environ 200 mètres de lui sur la petite route campagnarde. Il retint un instant sa respiration et commença à marcher doucement dans sa direction. L'homme riait de plus belle aux propos de Jocelyn.

- Tu ne changeras donc jamais Monsieur bordel !
- « Monsieur bordel » maintenant ; de mieux en mieux ! Je vous défends d'écorcher mon nom. Je m'appelle «Beaumont» bordel !

Il s'arrêta net en regardant de ses yeux qui posaient trois questions par seconde, l'homme qui semblait ne pas se rapprocher malgré la distance qu'il avait parcourue pour le rejoindre.

- « Je n'étais pas tombé loin ! »
- Mais il se fout de ma gueule en plus !
- Continue ta route Joss, ta vie a déjà changé. Tu ne seras plus jamais le même !

Il fit alors un pas en direction de Jocelyn puis disparut purement et simplement. Joss n'en croyait pas ses yeux.

- *« Je l'ai pas rêvé ça ! Non, je ne suis pas fou... Ma vie a simplement changé ! Il semble me connaitre... Étrange... »*

Il s'en retourna vers son camion. Dès lors, il appréhenda tout ce qui l'entourait d'un nouvel œil tel un chercheur faisant une expérience scientifique. Il n'en revenait pas. Je suis dans un autre monde ! Il ne savait pas s'il devait se réjouir de cette découverte ou s'inquiéter de ne jamais pouvoir retourner dans le sien. À ce moment-là, un tas de questions lui traversa l'esprit.

« Qui est le président de la République ? Les célébrités sont-elles les mêmes ? À priori peut-être pas puisque j'en suis une !

Et les inventeurs... Peut-être existe-t-il ici des choses qui nous sont complètement inconnues. Quel étrange sentiment que celui d'être dans un autre monde auquel on n'appartient pas. »

Soudain, alors qu'il savourait tranquillement un moment de détente assis sur un banc à l'extérieur de la boutique, un groupe de jeunes tout excité vint lui demander un autographe.

- Bonjour Jocelyn, on vous a tout de suite reconnu ! On est fans de vos acrobaties et de ce que vous faites avec le volant d'une voiture et là, on va à Paris pour vous voir battre le record du monde. Tenez voilà un poster de vous à côté de la « voiture-fusée », vous voulez bien nous le dédicacer s'il vous plaît ?

- Mais bien sûr répondit-il amusé par la situation, vous avez un marqueur ?

Ils avaient tout prévu ; l'un d'entre eux lui en tendit un. Ne sachant pas ce que signait son double, il opta pour le plus simple en signant son nom et son prénom.

- Merci Jocelyn, dit l'un d'eux et bonne chance pour dimanche!

C'était surréaliste. Jamais il n'aurait pensé signer un autographe à son effigie pour des cascades qu'il n'avait jamais faites. En tout cas pas celles de ces vingt dernières années. Mais qu'est-ce que sa femme avait à voir avec tout ça ? Ça ne pouvait pas être Emma puisqu'ils étaient divorcés. La seule explication plausible était que son double en avait épousé une autre s'intéressant aussi à ce métier exigeant.

« *Peut-être Corinne* », pensa-t-il avec une certaine émotion.

« *Mais peut-être qu'ici...* »

En dépit de ce qu'il éprouvait quant au retour dans son monde, cette histoire commençait à lui plaire. Ce n'était certes pas raisonnable, mais c'était plus fort que lui. Qu'allait-il découvrir encore ?

Il décida de reprendre le volant pour aller d'une seule traite à Mazamet où il retrouverait le double d'Emma. Il savait que de l'endroit où il s'était arrêté, il faudrait un peu moins de quatre heures et demie pour arriver à bon port. Les circonstances étaient peut-être exceptionnelles, mais il préféra respecter la législation en vigueur de son monde qui impose un arrêt d'au moins quarante-cinq minutes au bout de quatre heures et demie de conduite. Après tout, les règles étaient peut-être les mêmes dans ce monde. Et pendant cette longue « Roulade » puisque tel est le nom que cela porte dans le jargon routier, il eut le temps de réfléchir encore et encore. Quelle serait sa réaction lorsqu'il verrait les enfants que sont doubleavait eu avec cette Emma ?

«Ils vont sûrement m'appeler papa» pensa-t-il un peu inquiet.

«Que vais-je répondre? Ils ne sont pas mes enfants, mais les siens».

«Comment vais-je lui expliquer tout ça ? Salut, c'est moi Jocelyn le routier et je viens d'un monde parallèle !»

Non, il ne pouvait pas dire ça…

« Bonjour Emma, écoute-moi bien, ne m'interromps pas et tâche d'avoir l'esprit ouvert ; voilà je suis Jocelyn, mais je ne suis pas le Jocelyn que tu as connu et avec qui tu as eu deux enfants… En un mot comme en cent, je suis d'une autre dimension ! »

« Non ; comme ça non plus. Alors, comment s'y prendre ? Existe-t-il un manuel du voyageur interdimensionnel en librairie ? »

Lui qui en général laissait venir et attendait de voir pour réagir, se trouvait confronté à un cruel dilemme. S'il lui disait la vérité, il lui ferait probablement peur et n'arriverait à rien de bon. Mais d'un autre côté s'il lui mentait, elle finirait fatalement par s'en rendre compte et risquerait de lui en vouloir, se croyant abusée ; de plus, cela ferait du tort à l'autre Jocelyn. Il se sentait pris au piège. C'était une impasse dont il allait devoir se sortir en faisant quelque chose dont il avait horreur : mentir à la femme qu'il aime, même si ce n'était que son double.

Le trajet fut long et angoissant. Il n'était pas loin de dix-huit heures trente ; il ne se trouvait plus qu'à quinze kilomètres de Mazamet. Son cœur battait la chamade. Il était tout à la fois heureux et inquiet de revoir Emma. À son arrivée, il eut une première surprise. La maison que cette Emma habitait était au même endroit que celle qu'il partage avec son double, mais en trois fois plus grande.

- « *J'aurais eu les moyens, si j'avais continué la cascade* », pensa-t-il.

C'était un vrai palace déguisé en villa de grand standing. Deux étages surplombaient le rez-de-chaussée qui donnait sur un immense jardin dans lequel avait été insérée une grande piscine olympique équipée d'un plongeoir.

- « *J'ai toujours su que j'avais du goût* », se dit-il en pensant à son double. Ils n'étaient pas si différents en fin de compte !

Quand elle le vit arriver, Emma fut heureuse, presque rayonnante de bonheur, mais elle s'efforça de ne pas le laisser transparaître étant donné la situation, même si elle avait eu le sentiment qu'il lui avait parlé comme s'ils étaient toujours ensemble… De son côté, il s'était conditionné pour ne pas commettre l'erreur de l'embrasser comme il l'aurait fait avec l'autre Emma. De plus, cela pouvait avoir de lourdes conséquences avec son double, puisqu'il s'était remarié. En arrivant, il se gara sur un parking non loin de la maison et fit les cent cinquante mètres qui l'en séparaient à pied.

« *Quel étrange* charriot », pensa-t-elle. S'étant accoudée sur la rambarde du long balcon situé à l'avant de la maison, elle le regardait marcher en sa direction avec les mêmes yeux d'amour que lorsqu'ils vivaient ensemble. C'était bon de le revoir. Il était toujours le même, d'une démarche simple, mais décidée ; elle qui ne dépassait pas le mètre soixante-cinq avec de longs cheveux bruns bouclés, était tombée tout de suite amoureuse de ce grand gaillard blond d'un mètre quatre-vingt-quinze de type hispano-suédois. Faisant attention à lui, il était à quarante-cinq ans toujours aussi svelte et bel homme de surcroît. Comment avait-elle pu le laisser partir ? Certes il revenait aussi souvent que son métier le lui permettait pour voir les enfants, mais c'était différent. Peut-être aurait-elle dû faire preuve de plus de compréhension à l'égard de sa passion périlleuse bien qu'il n'était pas du style à prendre des risques inutiles. Sur les conseils de quelques-uns de ses proches, il avait décidé de faire une analyse sur lui-même, et il en était ressorti qu'il ne faisait pas ce métier pour se jouer de la mort, mais tout simplement parce qu'il avait foi en ce qu'il faisait. Il voulait juste présenter des spectacles hors du commun. Et pour la préparation de chaque cascade, tout était étudié par ordinateur ou plutôt par calculateur ; les distances la vitesse et même le vent, il ne laissait rien au hasard !

Le voyant arriver au pas de la porte, Emma descendit l'accueillir et se retint de lui sauter au cou, comme à chaque fois qu'elle le voyait. Tous deux se firent une bise sur la joue tels deux amis de longue date.

- Bonjour Emma, dit Jocelyn prudemment.

- Salut Joss, lui répondit-elle un peu surprise de cette situation inhabituelle. Monte, tu connais le chemin…

- Oui je connais, dit-il, s'efforçant de faire comme si c'était le cas.

Emma se dirigeait tout droit vers l'escalier qui mène à l'autre aile de la maison, qui était jadis l'endroit où il travaillait à l'élaboration de ses différentes acrobaties avec son équipe sous forme d'une multitude de plans très précis. Musicien occasionnel, il lui arrivait même de se faire des petits « Bœufs perso » comme il disait, en jouant seul sur sa batterie par-dessus des musiques qu'il appréciait comme le rock and roll, le blues ou le jazz.

Les deux « Joss » étaient capables de jouer de nombreux morceaux à la perfection. C'était leur hobby.

- Tu as envie de taper sur tes tambours, lui demanda Emma intriguée par la direction qu'il prenait ; tu les as récupérés en partant, tu sais...

« *Des tambours* », pensa-t-il ; « *alors lui aussi...* »,

Il comprit aussitôt qu'il prenait le mauvais escalier ; il se dirigea vers l'autre en donnant à Emma une explication approximative.

- Non tu as raison, allons plutôt dans le salon !

À cet instant, Emma le regarda bizarrement et décida de ne pas relever.

- Oui je pense que ce sera mieux pour discuter...

Lorsqu'il mit le pied sur la dernière marche de l'escalier, il découvrit une pièce digne des plus grands hôtels de luxe. Il eut envie de s'arrêter un moment pour la contempler, mais il était censé y avoir vécu et ne devait par conséquent pas laisser apparaître sa stupéfaction. Les meubles étaient tous fabriqués en bois massif ; un superbe lustre qui paraissait n'être constitué que de diamants était suspendu au-dessus d'une table en marbre avec en son centre une grande vitre fumée fixée au même niveau que le plateau. Il était sous le charme. S'il avait eu les moyens financiers de son double, il aurait probablement choisi quelque chose de similaire.

Emma se rendait bien compte qu'il n'était pas lui-même par son comportement, mais décida d'opter pour le silence sur ce point pour le moment.

- Tu veux que je te donne un ticket d'invitation pour t'asseoir sur une chaise, ou tu pourras t'en passer, plaisanta-t-elle !

Il était resté figé devant la photo de famille qui montrait Emma, son double et… leurs deux enfants.

- « *Qu'est-ce qu'ils me ressemblent.* »

- Non ch… Emma, tu peux garder le ticket, reprit-il.

Elle avait remarqué le début du mot « chérie » dans sa phrase et commençait à penser malgré elle à un autre futur que celui qu'elle imaginait jusqu'alors.

« *Pourtant, il a l'air heureux dans son couple* », pensa-t-elle.

Il tira l'une des chaises rangées sous la table et s'assit.

- Veux-tu boire quelque chose ; un café, un thé, lui proposa-t-elle presque amoureusement.

- Tu n'aurais pas plutôt un whisky, dit Jocelyn qui avait besoin d'un bon remontant ?

- Tourbé comme tu l'aimes ?

« *Mais... C'est pas vrai, c'est ma copie conforme ce mec !* »

- Oui volontiers répondit-il en se demandant toujours de quelle manière il allait lui expliquer tout ça.

Emma se prépara une tasse de thé et vint le rejoindre en prenant place en face de lui.

- Alors, raconte-moi, dit-elle d'un air qui se voulait détaché.

Il la regardait, la dévisageait comme s'il la découvrait ; elle était la même à la ride et au bouton près, mais c'était très difficile pour lui de ne pas la regarder avec les yeux de l'amour.

« *Si seulement tu savais* », pensa-t-il.

L'Emma qu'il connaît est très ouverte d'esprit ; il n'y avait donc aucune raison qu'il en soit autrement avec celle qui était assise devant lui. Il décida donc d'y aller sur la pointe des pieds.

- Si tu devais me décrire dans un écrit ou oralement, que

dirais-tu, dit-il satisfait de son introduction ?

- Je dirais que tu es quelqu'un de sensé, posé, qui sait ce qu'il veut avec un caractère pas toujours facile, mais en même temps pas méchant, répondit Emma un peu surprise par la question. Pourquoi me demandes-tu ça ?

- Eh bien ce que j'ai à te dire est tellement fou, que tu seras en droit de te demander si un fil ne s'est pas déconnecté dans ma tête ! Avant de commencer, as-tu déjà pensé que je pouvais avoir un côté cinglé ou pas ?

- Là je suis en train de me demander ce que tu vas me dire qui pourrait me faire penser que c'est le cas, reprit Emma qui était maintenant vraiment inquiète ; dis-moi ce qu'il y a et arrête de tourner autour du pot !

- OK… Je suis Jocelyn, mais pas celui que tu as connu, continua-t-il tel un VRP cherchant à vendre la tour Eiffel pour la deuxième fois à la même personne !

- C'est plutôt une bonne nouvelle, affirma Emma.

Jocelyn resta un moment sans voix et comprit qu'elle avait mal interprété ce qu'il lui avait dit.

- Je crois qu'on s'est mal compris Emma ; je ne te parle pas d'une quelconque prise de conscience qui a fait de moi un autre homme, mais simplement je ne suis pas le « Joss » qui se trouve actuellement à Paris pour préparer sa cascade !

Emma était toujours à mille lieues de la réalité.

- Si tu te drogues je peux t'aider tu sais, reprit-elle, et je te promets que ça restera entre nous !

Il ne savait plus que dire pour qu'elle comprenne, et en même temps il comprenait sa réaction.

- Emma, dit-il en la regardant dans le blanc des yeux et en lui prenant la main gauche dans la sienne, écoute-moi bien, je ne prends aucune drogue, je ne suis plus cascadeur depuis vingt ans, je suis routier…

- Une seconde ; tu veux dire charricur ?

« Charrieur, ça aussi c'est drôle »

- Oui c'est ça et le cam… charriot que tu vois là-bas, garé sur le parking, et que tout le monde a regardé bizarrement depuis que je suis arrivé ici, est mon outil de travail. Le « Joss » que tu as connu est actuellement à Paris et moi je suis son double !

Apeurée, Emma lui lâcha subitement la main, il se leva de sa chaise.

- Maintenant tu y es arrivé, reprit-elle, je crois sincèrement que tu as fondu un plomb !

- Regarde-moi Emma, continua-t-il, là d'où je viens on est toujours mariés et je t'aime au-delà de tout ce que tu peux imaginer, mais tu dois me croire… Fais-moi confiance et je t'en prie… Aide-moi !

Il ne pouvait plus faire machine arrière ; il devait maintenant trouver les mots pour la rassurer, la convaincre de la véracité de ce qu'il avançait et il ne pouvait pas s'empêcher de penser que si une porte s'était ouverte lors de son entrée dans ce monde, elle pouvait tout aussi bien se refermer rapidement si ça n'était pas déjà le cas. Il pensait qu'il fallait agir vite.

- Emma, considère-moi comme un fou si ça te chante, insista Jocelyn, mais j'ai vraiment besoin d'aide.

En disant cela, Emma voyait bien qu'il était lui-même effrayé ; elle l'aimait toujours et n'eut pas le cœur de le laisser à son triste sort.

- Très bien, répondit-elle en s'efforçant de rester objective ; admettons que je te crois, que veux-tu que je fasse ?

- Si tu sais où me joindre à Paris, je veux dire mon double, alors prends ton téléphone et vérifie mon histoire, et quand tu lui auras parlé, alors peut-être qu'à ce moment-là, tu me croiras plus facilement ; ce sera déjà un bon début.

Emma avait un numéro de téléphone avec lequel elle pouvait le joindre à tout instant pour les enfants. Elle avait du mal à réaliser la situation. Elle s'apprêtait à téléphoner à un homme censé être à Paris et qui pourtant se trouvait sous ses yeux.

« *Je dois être complètement folle* », pensa-t-elle.

Elle prit son portable, composa le numéro répertorié sous le nom de « Joss » sans lâcher du regard celui qui était assis dans son salon. À sa grande surprise, aucun téléphone ne sonnait dans la pièce, mais cela ne signifiait pas grand-chose ; il avait très bien pu le laisser dans le camion. Au bout de la quatrième sonnerie, elle entendit décrocher.

- Bonjour, c'est bien Jocelyn, mais je ne peux pas vous répondre actuellement, laissez-moi un message après le bip et je vous rappellerai dès que possible.

- Bonjour Joss c'est moi, dit Emma qui se trouvait presque grotesque de se voir faire ce qu'elle faisait, rappelle-moi quand tu auras ce message et rassure-toi, il n'y a rien de grave.

Sa voix tremblait et cela se ressentait. À ce moment-là, Jocelyn fit les gros yeux, car pour lui la situation était bien plus grave, elle était catastrophique ! Qu'allait-il devenir dans ce monde s'il ne pouvait jamais retourner dans sa dimension ? Il était hors de question qu'il perde sa vie, même s'il y avait ici une autre Emma qui était pratiquement en tout point identique à celle qu'il aime. Et il était impensable pour lui de vivre dans l'ombre de son double devenu célèbre dans ce monde, en tout cas pour les amateurs d'acrobaties mécaniques.

- Comment tu vois la suite, demanda Emma un peu perdue ?

- Connais-tu dans ton entourage quelqu'un qui s'intéresse à ce genre de phénomène ; un chercheur ou un professeur par exemple, hasarda-t-il ?

- Non, répondit-elle, mais il y a peut-être quelqu'un qui peut me renseigner. Je vais lui téléphoner.

- Merci Emma.

- Maintenant que j'ai décidé de t'aider, tu risques de me remercier souvent si tu continues comme ça.

Jocelyn eut un sourire reconnaissant, tandis qu'Emma composait le numéro.

- Allô, Mira ?

Étonné, Jocelyn fit les gros yeux.

- Salut… Tu ne connaîtrais pas quelqu'un qui travaille à la NASA, plaisanta-t-elle ?

« *Tiens, ils ont une NASA ici* », se dit Jocelyn !

- Oui ça va très bien merci… Non, je plaisantais, mais c'est très important… Je ne peux rien te dire, disons que je prépare une surprise et je ne veux pas encore en parler… Non, rassure-toi, je n'ai aucun problème… Bon, alors écoute, pour la NASA j'ai déconné, mais je cherche…

Elle marqua un arrêt et poursuivit.

- Oui Mira, je suis toujours là… Non, inutile, j'ai ma solution… Ouiiii, je te le répète, tout va bien… C'est certain, je dois te laisser, je te rappellerai… Non, je ne veux pas que tu viennes ! Excuse-moi. De m'être emportée, je raccroche, à plus.

Jocelyn la regarda, le regard interrogatif.

- Alors, à quoi tu as pensé ?

- Je ne m'en suis pas rappelé tout de suite, mais il y a un certain professeur « Thibault » dans nos relations amicales et il se peut qu'on ait notre solution avec lui. Le temps de chercher son numéro et… au fait, pendant que j'y pense, pourquoi avais-tu l'air étonné quand je parlais à Mira, l'Emma de ton monde n'a pas une sœur de ce nom ?

- Si, mais ce n'est pas ce qu'on pourrait appeler une bonne

entente fraternelle contrairement à ce que je viens de voir.

- Elles ne s'entendent pas ?

- Tu parles... Vous vous souriez quand vous vous voyez et vous vous mettez en pièces détachées par-derrière... Surtout depuis la mort de son mari...

- La mort de son mari, tu veux parler de Max ?

- Oui c'est ça, alors ici aussi il s'appelle Max, et il est apparemment toujours en vie !

Emma finit par trouver le numéro et retourna le carnet sur la table, en le laissant ouvert à la page trouvée, pour continuer la conversation.

- Oui, mais de quoi il est mort ?

- D'une balle dans la tête !

- C'était une balle perdue ?

- Non, il se l'est mise lui-même...

- Pourquoi avoir fait un tel geste ?

- Il a été poussé à bout de nerfs. C'était une histoire un peu compliquée.

- Raconte !

- Non. Il n'y a rien d'intéressant dans cette histoire. Je ne voudrai pas te brusquer, mais si tu téléphonais à cette fameuse personne susceptible de pouvoir m'aider...

- Oui tu as raison, je lui téléphone tout de suite.

- Comment s'appelle-t-il ?

- « Professeur Allan Thibault », tu le connais ?

- Non ça ne me dit rien... et ici je le connais ?

- Oui, tu le connais très bien.

- Et que fait-il dans la vie ce monsieur ?

- Et bien comme je te l'ai dit, il est professeur et il travaille dans une faculté à Paris ; et quand il était descendu ici avec sa femme rendre visite à ses enfants que nous connaissons...

Emma se reprit,

- Que ton double et moi connaissons depuis environ dix ans, ils étaient venus me saluer, car Joss avait travaillé avec lui sur le tournage d'un visionnaire de science-fiction ; il avait réglé les cascades alors qu'Allan était là seulement comme consultant pour ses connaissances et les recherches qu'il fait sur l'univers. Peut-être pourrait-il t'aider à y voir un peu plus clair dans ce qui t'arrive.

- Alors, tu me crois maintenant, dit-il enthousiaste.

- Je te l'ai dit. Une telle histoire n'est pas facile à croire, mais si je t'ai dit que je te croyais, tu peux compter dessus. N'a-t-elle pas cette vertu l'Emma de ton monde ?

- Bien sûr que si et ce n'est pas la seule...

En dépit de la situation, elle commençait à se sentir à l'aise avec cet homme qu'elle connaissait sans jamais l'avoir vu, mais il semblait aimer vraiment l'autre Emma et cela la réconfortait quelque part.

- Merci du compliment... Apparemment, nous ne sommes pas si différentes...

- Non, et je suis en train de me demander si je ne rêve pas tout ça !

À ce moment-là le téléphone d'Emma se mit à sonner ; elle le prit et décrocha sans regarder le numéro affiché sur l'écran.

- Allo, dit-elle d'une voix calme ?

- C'est moi, lui dit la voix dans l'écouteur ! Tu m'as appelé tout à l'heure, il y a un problème ?

- Joss... Non aucun... Je vais juste te poser une question qui va te paraître un peu étrange.

- Je t'écoute...

- N'as-tu jamais eu un frère jumeau ?

Jocelyn fronça les sourcils ; mais il aurait peut-être agi de la même manière dans le cas inverse. Il comprit à cet instant précis qu'elle parlait à son double ; il était tout ouï.

- Pourquoi une telle question, s'étonna-t-il ; tu as vu quelqu'un qui me ressemble ?

Emma n'avait pas l'intention de parler de la présence de l'autre Jocelyn et se justifia donc ainsi :

- Je suis allé en ville aujourd'hui et j'ai cru te voir ; je savais que ça ne pouvait pas être toi, mais de loin, il te ressemblait tellement !

- Et c'est pour me demander ça que tu m'as appelé ?

- Non je t'appelais pour que tu n'oublies pas l'anniversaire de Lionel, fit-elle en retombant du coup sur ses pattes.

- Ne t'inquiète pas Emma, j'y ai déjà pensé... Tu sais très bien que je n'oublie jamais mon frère ! Mais merci de me l'avoir dit.

- Pas de quoi Joss... Bien, je te laisse à ton travail... À bientôt.

- À bientôt Emma et tu ne me l'as pas dit, mais je ferai attention à moi ! Je raccroche... Embrasse Quentin et Gaël pour moi... Et pour ta gouverne, je n'ai pas de frère jumeau... « Ciao Bella ».

- Je n'y manquerai pas... Salut, conclut-elle.

Impatient, Jocelyn voulut tout savoir.

- Alors, dit-il avec entrain !

- Alors quoi, taquina Emma ?

- C'était lui n'est-ce pas ?

- Oui c'était toi !

Emma commençait à être amusée par cette situation insolite.

- Rassure-moi sur un point, reprit Jocelyn ; il n'a pas un frère jumeau à part Lionel ?

- Non pas de jumeau ; et toi tu as aussi un frère qui s'appelle Lionel dans ton monde ?

- Oui ; il travaille dans l'informatique à Paris justement.

« *Décidément, ça ne s'arrange pas* », pensa Emma.

- Qu'est-ce que tu veux dire par là, reprit-elle ?

« *Ça ne va pas être facile* », pensa Jocelyn !

- Et bien pour rester simple, il tape sur un clavier où se trouvent beaucoup de touches marquées des lettres de l'alphabet ; et devant lui se trouve un petit écran lumineux sur lequel il peut voir le résultat de son travail.

- Si j'ai bien compris, il travaille avec un calculateur !

« *Un calculateur... Marrant ça* ».

- Oui c'est exactement ça, reprit-il ; pourquoi, qu'est-ce qu'il fait « son Lionel » ?

- Il tient la boulangerie qui est à l'angle de la rue avec sa femme Grégorine.

Jocelyn ne put retenir un sourire ironique.

- C'est dingue tout ça, reprit-il.

Il commençait en outre à se faire une petite idée de la dimension dans laquelle il était.

- Et toi, je présume que tu n'es pas couturière ?

- Absolument pas ; mais je sais tout de même me débrouiller. Ça ne me ferait pas peur de me lancer dans la confection d'un pull ou un costume.

- Tout de même ! C'est plutôt pas mal pour quelqu'un qui prétend ne pas être couturier, tu ne trouves pas ?

Emma soupira, puis poursuivit.

- Je voulais simplement dire que je n'en fais pas souvent, mais ça ne me pose pas de problème. On a peut-être ça dans le sang, qui sait ?

- Qui sait, comme tu dis ; c'est vrai qu'elle a toujours eu des facilités pour les langues étrangères. Peut-être qu'on a un destin différent dans chaque dimension ; des leçons de vie différentes, des épreuves... Je t'avoue que j'ai encore du mal à croire en ce que je viens de dire et parallèlement à ça, j'en suis convaincu, comme si je l'avais toujours su... Bien se ressaisit-il, parle-moi un peu de ton travail.

- Mon travail je le fais à la maison sur mon calculateur.

- Et que fais-tu au juste ?

- Des traductions commerciales... Anglais, Chinois, Allemand et Russe traduit en Français et vice-versa.

- Eh ben dis donc, rien que ça ; tu n'es pas allée au plus simple. Il faut se l'envoyer le russe et le chinois ! Depuis que je suis arrivé, je retrouve toutes les personnes que je connais, mais vous avez tous pris à un moment ou un autre des voies différentes... Tout ça doit avoir une signification, mais laquelle...? Par contre, je ne connais pas de professeur Thibault; bien qu'il me semble avoir déjà entendu ce nom quelque part. À propos, tu veux bien l'appeler pour lui demander si je peux aller le voir à Paris ?

Emma prit son téléphone et s'exécuta. Pensant qu'il serait probablement à l'Université, elle commença par là. Mais elle eut une réponse négative. Le professeur était absent de son travail et n'était pas chez lui non plus. Elle téléphona donc à Benjamin, l'un des enfants du professeur, qui, elle le savait, était chez lui à cette heure de la journée.

- Allô... Benjamin ?

- Bonjour Emma, répondit-il d'une voix crispée.

- Que t'arrive-t-il, tu as l'air inquiet ?

- Tu n'aurais pas eu mon père au téléphone dernièrement par hasard ?

- Non, pourquoi ?

- Ma mère n'a plus de nouvelles depuis deux jours ; aucun coup de fil, aucun mot, aucun message, rien depuis qu'il est parti à l'Université avant-hier et ce n'est pas dans ses habitudes.

Lorsqu'on a téléphoné, ils nous ont simplement dit qu'il n'était plus là. Mais j'ai l'impression qu'ils ne nous ont pas tout dit...

- Jocelyn est sur place, reprit Emma et en plus je crois que l'endroit où il est à Paris n'est pas très loin de l'Université ; je vais l'appeler et lui demander s'il peut aller se renseigner.

- C'est gentil à toi Emma ; je ne me rappelais pas qu'il était à Paris. Tiens-moi au courant, tu veux bien ?

- Bien entendu Benjamin, assura Emma, je te rappelle dès que je sais quelque chose. À plus tard et tâchez de ne pas trop vous inquiéter ; ce n'est sûrement pas grave.

Emma se voulait rassurante, mais n'en pensait pas moins.

- Que se passe-t-il, demanda Jocelyn en la voyant préoccupée?

- Le professeur...

- Eh bien ?

- Il a disparu depuis deux jours sans laisser de traces !

Emma n'avait pas pensé à l'activité du professeur, mais Jocelyn fit aussitôt le rapprochement.

« *Peut-être a-t-il fait des essais dans ses recherches...* »

À cet instant, il ne savait pas s'il devait s'en réjouir ou avoir peur.

- Emma, dit-il, tel un capitaine donnant un ordre à un matelot, appelle « Joss » et dis-lui de se renseigner auprès de l'un de ses collègues ; je suis certain qu'il doit y en avoir au moins un qui sait quelque chose... Non oublie ça ; j'irai moi-même sur place.

- Pourquoi dis-tu ça, s'étonna-t-elle ?

- Réfléchis une seconde, fit-il, sûr de lui ; sur quoi travaille-t-il?

Emma comprit de suite où il voulait en venir.

- Mon Dieu, s'exclama-t-elle avec effroi ! Tu penses qu'il aurait pu...

- Je n'en sais rien Emma et je ne connais pas la nature exacte de ses travaux, mais si sa disparition doit avoir un rapport quelconque avec mon apparition ici, alors je dois aller là-bas et discuter avec ses collaborateurs. La voiture qui est garée en bas, c'est la tienne n'est-ce pas ?

- Oui, à qui d'autre veux-tu qu'elle soit !

- Je ne sais pas ; il pourrait y avoir quelqu'un dans ta vie, qui serait allé quelque part à pied !

- Non il n'y a personne, répliqua-t-elle ; ton double m'a littéralement envahi l'esprit !

- Je vois… Accepterais-tu de me la prêter pour aller à Paris ?

- Bien sûr, mais je pense qu'il serait plus indiqué d'y aller ensemble, étant donné que je connais plus de monde que toi ici… En plus, tu as conduit toute la journée pour arriver jusque-là ; tu dois être fatigué et il n'est pas loin de vingt heures ; c'est tard !

- Et ton travail ?

- Ne t'inquiète pas pour ça, je saurai m'en arranger ; je ne sais pas comment c'est dans ton monde, mais ici, nous avons des calculateurs portables !

- Ah ils sont portables ici ?

- C'est pas vrai ; ça n'existe pas chez vous ?

- Je crois que j'ai dû en entendre parler un jour, continua-t-il de plaisanter ; peut-on faire du café avec ?

Emma pouffa.

- Je te promets d'essayer quand on sera à Paris !

Sans s'en rendre compte, il plaisantait avec elle comme il l'aurait fait avec l'Emma de sa dimension ; mais il se ressaisit soudainement, s'efforçant de s'interdire toute familiarité avec cette Emma qui, malgré le nombre déconcertant de similitudes comportementales, était tout de même une femme qu'il voyait pour la première fois de sa vie.

À ce moment précis, elle le regardait du coin de l'œil et commençait malgré elle à être séduite par cet homme qui était le portrait craché de celui dont elle ne partageait plus la vie, en dépit de quelques petites différences insignifiantes.

Pour lui, c'était plus difficile de résister à la tentation, puisqu'il était marié avec elle dans l'autre monde ; mais pour elle, il représentait le « fruit défendu », car elle était divorcée de l'original, mais ils s'aimaient toujours. Seule la vie que menait le Jocelyn de ce monde avait eu raison de leur couple. Alors, comment résister à cette copie conforme tombée du ciel et qui, de surcroit, vivait toujours avec son double !

Cela n'était pas facile autant pour l'un que pour l'autre de faire front à cette situation hors du commun.

- J'avertis Benjamin de mon voyage à Paris et Lionel pour qu'il aille chercher les enfants à l'école et nous pourrons y aller, fit Emma quelque peu troublée.

Jocelyn ressentit cependant le besoin de clarifier leur relation.

- Très bien, continua-t-il, je te demanderai de m'autoriser une douche avant le départ si ça ne te dérange pas et pendant que j'y suis…

Il s'interrompit un instant.

- C'est de l'autre Emma dont je suis amoureux et pas de toi…

Elle s'approcha, lui apposa un baiser sur la joue et abonda dans le même sens d'un hochement de tête.

- C'est de ton double dont je suis amoureuse ; même s'il n'y a rien de plus dur que de se trouver en présence du clone de l'homme avec lequel on a vécu, dont on a divorcé et avec qui l'on aurait moins à se reprocher qu'avec l'original…

Ils échangèrent un regard intense et refrénèrent tous les deux leurs pulsions.

- Montre-moi où se trouve la salle de bains s'il te plait, lui

92

demanda-t-il.

À compter de cet instant, ce fut une histoire sans paroles jusqu'à leur départ. Sous la douche, il pensait à toutes les éventualités au sujet de cette Emma si différente et ressemblante à la fois et du professeur mystérieusement disparu.

« *Et si c'était lui la clef pour rentrer ? Mais encore faudrait-il qu'il soit là... Ses collaborateurs pourront sûrement me venir en aide... Il suffirait que je réussisse à les convaincre que je viens d'une autre dimension... M'inflige-t-on un test divin ? Et cette Emma semblable à celle que j'aime, vais-je arriver à lui résister ? S'il venait à se passer quoi que ce soit entre nous, quelque part je la tromperais... Mais en même temps, c'est elle ! Comment pourrai-je expliquer ça si je devais le faire ?* »

Pendant qu'il prenait sa douche, Emma s'était préparée un petit sac d'affaires de rechange et l'attendait patiemment sur le sofa du salon. Sorti de la salle de bains il la regarda ainsi installée et pensa à Emma, son Emma qui n'était jamais prête dans les temps ; il en conclut qu'il y avait au moins cette différence entre elles.

Un climat de gêne réciproque régnait dans la pièce. Ils n'osaient même plus se regarder dans les yeux et se comportaient tels deux coupables, alors qu'il n'y avait rien eu d'autre qu'un simple regard complice et un baiser tout ce qu'il y a de plus bénin.

Emma se leva, prit son sac et se dirigea vers la voiture en prenant soin de laisser la clef de la maison sur la serrure de la porte d'entrée, afin que Jocelyn referme derrière lui. Il arriva à son tour et prit place côté passager.

- Ne m'en veux pas, mais je suis obligé de rompre le silence; nous devons nous arrêter un moment près de mon camion pour prendre quelques affaires supplémentaires.

- J'y avais pensé, assura Emma ; et tu as raison, notre réaction est ridicule… On se comporte comme deux adolescents après une dispute.

Jocelyn ne releva pas.

- Allons-y Emma, ne perdons pas de temps.

- Bien Monsieur !

Ils stoppèrent devant le camion, Jocelyn prit son sac et remonta dans la voiture.

- Pendant qu'on y est, lorsque tu passeras devant la pharmacie à l'angle du boulevard et de la nationale, prends la rue à gauche ; nous pourrons ensuite faire le tour par-derrière pour récupérer la route principale, fit Jocelyn qui voulait faire une comparaison avec ce qu'il connaissait dans son monde ; et roule doucement.

- Bien mon seigneur et maître !

- Pourquoi veux-tu passer par ici, reprit-elle ?

Tandis qu'elle roulait à faible allure dans la rue en question, Jocelyn regardait un bâtiment qui, dans son monde, n'était qu'un vieux hangar et dans celui-ci, un magasin.

Il réalisa soudain qu'il pourrait très bien ne jamais revoir le bâtiment tel qu'il le connaît ainsi que son patron avec qui il s'entend si bien.

Et s'il ne pouvait plus rentrer… Plusieurs moments de vie, des visages et de bons souvenirs défilèrent dans son esprit. Il scrutait le moindre détail et fit un tour d'horizon complet en balayant de ses yeux ce quartier qu'il connaissait bien et qui était parsemé d'infimes différences avec sa dimension.

- Tu vois ce bâtiment sur notre droite ? C'est ici que se trouve notre dépôt.

Cela lui faisait quelque chose de voir ce hangar sous la forme d'un magasin de vêtements de prêt-à-porter.

- Et bien moi c'est ici que j'ai acheté ce pantalon, reprit Emma.

- Le reste a l'air d'être à peu près pareil à ce que je connais, continuait-il d'observer.

- Ça doit faire drôle d'être dans un endroit où tout semble pareil à ce que l'on a toujours connu et diamétralement opposé en même temps sous certains aspects, hasarda Emma… Parle-moi de moi dans ton monde si tu veux bien… mon caractère, mes envies, mon travail, dis-moi tout !

Il la regarda du coin de l'œil en rigolant.

- C'est tout à fait d'elle ce que tu viens de faire ! Mais à franchement parler, vous avez beaucoup de comportements similaires toutes les deux. L'acier forgé fait figure de pâte à modeler comparé à votre caractère ; je ne te connais pas suffisamment pour parler de vos envies, mais les tiennes me paraissent vibrer aussi haut que les siennes. Quant à son boulot tu le connais, je suis persuadé que toi comme elle, êtes capables de les échanger. Pour tout te dire, je pense avoir compris une chose primordiale depuis mon arrivée… Tout ce que je vois ici est identique à ce que je connais ou presque ; seules les décisions et les directions de vie qu'ont prises les personnages dans ce monde sont différentes.

- Si tu me parlais un peu de toi… Pourquoi tu as arrêté la cascade pour sillonner les routes, par exemple ; ou bien fais-tu de la musique toi aussi à temps perdu ?

Après une bonne douche relaxante, se laissant conduire sans rien faire d'autre que de l'écouter parler, sans compter la journée de volant qu'il avait faite, Jocelyn accusait une certaine fatigue, mais jugea déplacé de ne pas lui rendre la pareille en s'endormant sur le siège. Il entreprit donc de se raconter un peu à cette Emma pleine d'énergie.

- Eh bien j'ai fait des acrobaties jusqu'à vingt-six ans, âge auquel j'ai dû aller faire mon service militaire et quand je suis revenu de l'armée avec mon perm… mon agrément charriot en poche, j'ai décidé de sillonner les routes.

- Tu voudrais me faire croire que c'est l'armée seule qui t'a dissuadé d'arrêter la cascade, interrompit Emma qui voyait bien qu'il manquait un volet à son récit ?

- Très bien, fit Jocelyn tristement ; à cette époque, j'étais en couple avec une femme qui s'appelait Corinne…

Emma eut un semblant de réaction, mais se ressaisit aussitôt. Jocelyn s'en rendit compte…

- Lui aussi ?

- Laisse tomber, continue…

Il poursuivit donc avec une certaine émotion.

- On travaillait ensemble ; elle aussi faisait des acrobaties. Un jour, elle a fait une chute d'un premier étage lors d'un entrainement et elle s'est mal reçue. Elle est tombée sur la tête, s'est plié violemment la colonne vertébrale et s'est brisé la septième cervicale. Après ça tout a changé. Elle est devenue irascible, désagréable au plus haut point. C'est très vite devenu un enfer à vivre. Les docteurs étaient pourtant optimistes quant à sa rémission. Mais elle a préféré ne pas y croire ; elle s'est mis en tête qu'elle ne se relèverait jamais de son fauteuil. J'ai pourtant tout essayé en matière de dissuasion et de motivation, mais rien n'y a fait. Elle a fini par se laisser aller complètement et je la voyais chaque jour un peu plus malheureuse. Elle s'était convaincue que je la laisserais tomber tôt ou tard ; elle ne voulait simplement pas me l'imposer. Entre nous je ne l'aurais jamais cru capable de se laisser envahir par un tel sentiment, elle qui aimait tant la vie et qui avait toujours l'énergie de dix personnes, je me suis aperçu que je ne la connaissais pas, ou en tout cas très mal.

Jocelyn ne le disait pas, mais cette histoire l'avait touché au plus profond de son être ; il observa un court silence avant de continuer le plus lucidement qu'il pouvait le faire.

- Alors, j'ai accepté l'aide que les copains me proposaient. Ils étaient parvenus à la persuader d'aller s'entrainer à mettre un pied devant l'autre lors des entrainements et j'ai même cru qu'elle y prenait goût au début ; on la tenait debout et on l'aidait à avancer tout doucement. J'avais l'impression qu'elle revivait dans ces moments-là. Tout le monde avait fini par y croire… sauf elle. Un matin, je me suis réveillé comme tous les jours à six heures trente. Ne la voyant pas dans la chambre, je suis allé dans le salon pour voir ce qu'elle faisait. Elle était allongée de tout son long sur le canapé ; je n'avais rien entendu, car j'ai le sommeil lourd. J'ai pensé qu'il valait mieux que je la laisse dormir et je suis allé chercher une couverture pour qu'elle n'attrape pas froid. Je suis revenu, je me suis penché sur elle pour la recouvrir et je lui ai fait un baiser sur le front.

À cet instant, il laissa échapper une larme, mais alla jusqu'au bout de son récit.

- Son front était aussi froid que le Skaï du canapé. Là, j'ai vu un tube qui dépassait sous son oreiller ; un tube de comprimés vide. C'est là que j'ai compris et que je me suis effondré en larmes en la serrant fort contre moi. Pas très réjouissant n'est-ce pas ?

Emma avait du mal à cacher ce qu'elle ressentait en le voyant dans cet état d'angoisse.

Jocelyn poursuivit.

- Ensuite, je n'ai plus eu le cœur de continuer dans la cascade et j'ai donc décidé de faire mon service militaire que j'avais jusque-là repoussé.

Il laissa passer quelques instants, puis reprit.

- Et ici il y en a une ?

- Une quoi, une Corinne ?

Jocelyn acquiesça des yeux.

- Oui il y en a une ; c'est elle qui a subtilisé ton double à mon ex- couple.

- Ils sont ensemble ?

- Depuis quelques années.

- Désolé ; je ne voulais pas te mettre mal à l'aise.

- Je sais.

Jocelyn mourait d'envie de connaitre le déroulement de cette chute dans ce monde. L'avait-elle faite ? Si oui, comment avait-elle évité l'accident ? Les questions se bousculaient dans son esprit, mais il n'osa pas insister. En outre, Emma n'en savait probablement rien.

- Ton double m'en avait parlé de cette chute qui avait failli lui coûter la vie.

- Je ne te le demande pas Emma.

- Je voudrais sûrement savoir à ta place et rassure-toi, c'est du passé.

- Comme tu voudras.

- Il m'en avait parlé un soir où nous évoquions nos passés respectifs.

Tu avais… Enfin, je veux dire, il avait remarqué la mauvaise posture qu'elle avait prise dès le départ et il était intervenu avant qu'elle ne touche le tapis de manière à ce qu'elle atterrisse sans se briser la nuque.

Jocelyn s'en était toujours voulu de ne pas en avoir fait autant ; ce jour-là il avait refréné un réflexe, parce qu'elle lui demandait tout le temps de ne pas s'occuper d'elle comme d'une gamine… De toute évidence, son double devait y prêter attention seulement les jours fériés. Était-ce la bonne décision à prendre sur le moment à la vue des conséquences qui ont suivi ? Il y avait tant de détails qui entraient en ligne de compte dans sa décision qu'il valait peut-être mieux ne pas commencer à regretter.

- Merci Emma, conclut Jocelyn.

- Ça va... Pourquoi ne voulais-tu pas faire ton service militaire, demanda-t-elle en essayant de détendre l'atmosphère?

- Lorsque j'avais pris cette décision, j'avais beaucoup trop de projets pour aller perdre un an à tenir un fusil, répondit Jocelyn qui se remettait peu à peu de ses émotions.

En revanche, quand j'y suis allé, j'ai voulu m'y engager ; quelle ironie n'est-ce pas ? Mais ils ont refusé ma candidature parce que j'étais trop grand. Alors, j'ai décidé de me renseigner sur les jobs qui s'offraient à moi en sortant et c'est comme ça que j'ai commencé à rouler en attendant de concrétiser mes objectifs.

- Trop grand pour être militaire, s'étonna Emma ?

- Trop grand pour la spécialité que je voulais faire, reprit-il.

- Quelle spécialité ?

- Je voulais être « Sous-marinier » ; parce que quitte à m'y engager, je préférais faire quelque chose que je ne pourrais jamais faire dans le civil, à moins de me convertir en explorateur de fonds sous-marin. Mais le pire est qu'ils m'ont envoyé un courrier six mois plus tard, pour me dire que j'étais finalement apte au sous-marin, alors que je travaillais déjà pour un charrieur... Va comprendre !

- Tu n'as pas accepté ?

- Non... Ça va sûrement t'amuser, mais je t'avais rencontré !

- Je ne m'en souviens pas, plaisanta-t-elle !

- Certes, reprit Jocelyn ; il n'y a que celle avec qui je me suis marié qui le peut !

- J'imagine qu'il y a aussi un Quentin et un Gaël...

- Non ; ça fait partie des différences... Nous ne pouvons pas en avoir.

- Je suis désolée, reprit-elle en cherchant à rattraper son indélicatesse.

- Ne t'en fais pas, ça ne nous pose aucun problème. Si nous en avions eus, nous aurions eu une autre vie ; voilà tout !

- Ça n'a pas été trop dur à encaisser ?

- Davantage pour elle que pour moi, car je n'ai jamais vécu pour avoir une descendance, mais pour être heureux dans ma vie… avec ou sans enfant ; cela dit, rien n'est jamais définitif.

- Pourquoi vous allez en adopter un ?

- Non je ne crois pas, car elle se trouve trop vielle pour ça !

- Quoi ! Moi trop vielle !?

- Non elle…

- Mais ça ne va pas la tête ! Si je la vois un jour, je lui dirai deux mots !

Jocelyn ne put retenir un sourire éloquent…

- Comme je te le disais, rien n'est fait, car nous parlons de temps en temps de parrainer un enfant.

- Ça signifie que vous lui paierez les études et que vous veillerez à ce qu'il ne manque de rien, mais ça n'est pas la même chose.

- Oui et non… On peut très bien finir par l'aimer…

Emma le regarda sans ne dire mot, tandis que Jocelyn poursuivit.

- Quoiqu'il en soit, pour l'instant nous n'en avons pas et nous en profitons au maximum.

- Je comprends, fit Emma avec compassion.

- Ça va, nous n'avons pas toute la misère du monde sur les épaules non plus même si, je te l'avoue, j'y pense de temps à autre. De toute manière, j'ai toujours cru au destin, quel qu'il soit.

- Oui, mais… La vie est aussi ce qu'on en fait…

- Il y a des impondérables…

- Peut-être, mais il nous appartient de composer avec ce qui se présente à nous.

- En tout cas, je peux te dire que ce sont deux vies différentes et si c'est celle-ci que nous devons avoir, alors ainsi soit-il ! Mais aujourd'hui, tout va bien pour nous, si l'on ne tient pas compte de notre séparation mondiale…

- Tu as un peu la même philosophie que lui, reprit Emma en souriant. Je suis certaine qu'il aurait eu la même réaction dans votre cas…

- Si j'ai bien compris, je ressemble beaucoup à Joss, dit-il sur le ton de la plaisanterie.

- Même si j'ai accepté l'idée que tu viens d'ailleurs, cette situation me paraitra étrange jusqu'au bout quoi que tu en dises !

- Oui je comprends, ce n'est pas banal et je ne sais pas comment j'aurais réagi dans le cas inverse… Je dois t'avouer que j'éprouve une certaine appréhension à me rencontrer !

À cet instant il inclina son siège de quelques crans afin de se reposer ; il tombait littéralement de fatigue.

- Ne m'en veux pas Emma, mais je vais dormir un peu ; je suis épuisé !

- Aucun problème Joss, c'est pour ça que j'ai pris le volant… Dors bien, à tout à l'heure.

- Merci Emma ; bon courage pour la route.

Jocelyn ne mit pas plus de deux minutes à partir dans les bras de Morphée. Emma le regarda furtivement en se demandant comment tout cela allait se terminer. Elle ne voulait pas l'admettre, mais retrouver « Son Joss » à travers celui-là ne lui déplaisait pas du tout ; en même temps, elle ne voulait pas gâcher cette amitié naissante. Elle décida de se concentrer sur sa route et mit la radio pour lui tenir compagnie.

Quelques airs de musique et publicités plus tard, elle entendit une information qui la fit s'arrêter sur-le-champ pour téléphoner.

- Allo Benjamin, c'est Emma… Téléphone à ta mère pour lui annoncer la bonne nouvelle !

- Tu as du nouveau, questionna Benjamin enthousiaste ?

- Oui par la radio. Ton père a été retrouvé faisant de l'auto-stop sur la route près de Limoges. Il est à l'ordonnerie et nous y serons dans deux heures…

- De l'auto-stop à Limoges, mon père !? Merci Emma je les appelle tout de suite.

- Très bien à plus tard…

« *Mais qu'est-ce qu'il fait là-bas*», pensa-t-elle ? Elle regarda de nouveau Jocelyn en se disant qu'il avait probablement raison de vouloir rencontrer le professeur. Peut-être lui était-il arrivé la même mésaventure qu'à lui, à la différence qu'il l'aurait très certainement provoquée avec l'une de ses expériences extraordinaires. Elle se ressaisit puis elle se remit en route en direction de l'ordonnerie de Limoges.

Jocelyn était profondément endormi et ne s'était rendu compte de rien. Il faisait un rêve dans lequel il était avec les deux enfants de son double et s'amusait avec eux comme si c'était les siens ; le tout était renforcé par la conviction d'être un bon père, puisqu'on lui avait souvent dit qu'il en aurait été un excellent par son comportement et sa droiture d'esprit.

Lorsqu'ils arrivèrent à Limoges, Emma le réveilla en lui bougeant l'épaule d'un geste calme et attentionné. Il était à présent vingt heures trente.

- Joss… Joss… Fit Emma d'une voix douce.

Il ouvrit péniblement les yeux fragilisés par la lueur d'un lampadaire qui bordait la route à cet endroit.

- On est arrivé, demanda-t-il d'une voix pâteuse ?

- Oui, mais pas encore à Paris ; on est à l'ordonnerie de Limoges…

- Alors, vous allez jusqu'à vous arrêter dans les ordonneries pour les saluer, plaisanta Jocelyn qui se réveillait doucement ?

Emma s'esclaffa.

- Oui c'est presque ça !

- Qu'est-ce qu'on fait là alors ?

- Je repère simplement l'itinéraire pour demain, on va passer la nuit ici.

- Si tu es fatiguée, je peux prendre la relève…

- Non, le professeur dont je te parlais tout à l'heure est ici dans cette ordonnerie.

- Tu parles de cette même personne qui a la capacité de me sortir d'ici ?

- Oui, le professeur avec qui tu es censé avoir travaillé. On parlera après si tu veux ; aide-moi plutôt à trouver un « toit de nuit ».

- Un toit de nuit ?

- Une « Aubergîte » si tu préfères.

« *Ce doit être un hôtel* », pensa-t-il amusé.

- Regarde, fit Emma en désignant la belle petite façade rustique savamment mise en valeur par des lumières, je crois qu'on y est !

Arrivée sur le parking du « Toit », Emma gara la voiture ; ils prirent leurs affaires et se dirigèrent vers l'entrée. Prévoyants et voyageurs dans l'âme, leur sac de voyage n'était pas encombrant. Rendu dans le hall d'accueil, Jocelyn prit les devants et s'adressa directement au réceptionniste.

- Bonsoir Monsieur, vous reste-t-il un « Toit » de disponible?

L'homme se mit à rire aux éclats au même titre qu'Emma.

- Oui Monsieur ; lorsque je vous ai vu arriver, j'ai envoyé la femme de ménage mettre un coup de serpillère sur les tuiles !

Jocelyn voyait bien qu'il avait fait une gaffe et décida de réagir comme s'il avait raconté une bonne blague en rigolant à son tour. Il reformula sa demande en étant cette fois-ci un peu moins précis, pour être sûr de ne pas faire d'erreur.

- On ne vous l'avait encore jamais faite celle-là, n'est- ce pas, reprit-il d'un ton amusé ? Bien, soyons sérieux maintenant ; avez-vous de quoi nous accueillir pour la nuit ?

- On laisse tomber les tuiles alors, continua de plaisanter le réceptionniste ?

- Oui puisqu'il faut encore les nettoyer !

- Je la ressortirai celle-là, vous m'avez bien fait rigoler.

Il regarda rapidement le registre. Jocelyn quant à lui, regardait les murs, le plafond et la décoration. En dehors de quelques différences insignifiantes comme les couleurs qui ne s'accordaient pas du tout, ou encore des cadres suspendus aux motifs inhabituels, ce hall ressemblait vraiment à un hall d'hôtel !

- Voilà messieurs-dames, la dix-huit est libre ; elle se trouve au premier « Entresol ».

Jocelyn prit machinalement le stylo posé sur le comptoir en cas « d'autographe » à déposer.

Emma fut étonnée de le voir prendre le stylo de la main droite.

« *Tiens, il est droitier* »

Laissant le veilleur finir de remplir un document, Jocelyn se tourna vers Emma et remarqua son regard pointé sur sa main.

- Il est gaucher, n'est-ce pas ?

- Pas toi apparemment ; comment ça se fait ?

- Je suis né gaucher comme lui. Mais c'était considéré comme une tare dans l'école où je me trouvais quand j'étais gamin et on m'en a empêché. De toute évidence, nous n'avons pas fréquenté les mêmes écoles !

Il sourit, puis attendit la réponse du veilleur. Un détail lui traversa cependant l'esprit. Ne sachant pas s'il devait payer avant, il préféra passer le relais à Emma seule détentrice de monnaie courante. Nous nous lèverons vers huit heures demain matin, devons-nous vous payer tout de suite ?

- Non demain matin ça ira, fit l'homme confiant. Je peux vous accompagner si vous le désirez, mais c'est vraiment très facile à trouver. Lorsque vous arriverez au premier, ce sera la deuxième porte sur votre droite.

- Nous trouverons, reprit Emma ; merci Monsieur.

- Dans ce cas, je vous souhaite une bonne nuitée.

« Une bonne nuitée », pensa Jocelyn ; « On est encore à l'âge de la révolution ici! »

- Tiens mon chéri, tu prends le sac, fit Emma amoureusement !

Étonné, Jocelyn fit les gros yeux, puis comprit qu'elle ne voulait pas donner d'explications inutiles.

- Bien sur mon ange, rétorqua-t-il, passe devant, je te suis.

Arrivée au premier « seuil », Emma regarda à droite puis à gauche pour repérer l'emplacement des chambres.

- C'est par là, dit-elle en se dirigeant vers la gauche ; la voilà.

Tandis qu'ils entraient dans la chambre, Jocelyn remarqua une télévision.

- Autorise-moi quinze minutes de télé avant de dormir, j'ai envie de regarder vos informations.

- Que je t'autorise quoi ?

- Ce truc-là ; la boite à images…

- Le visiophone… Tu veux vraiment le regarder maintenant ?

- Ce n'est que de la curiosité, je ne resterai pas devant très longtemps, c'est promis.

- Je commence à me préparer pour me mettre au lit, je suis fatiguée et la seule envie que j'ai, c'est dormir.

- OK « Mon ange », reprit-il en appuyant sur le « Mon ».

Elle lui lança un bref regard et se dirigea vers la salle de bains pour se changer.

Pendant ce temps Jocelyn s'installa devant le "Visiophone". C'était apparemment la fin d'un film. Les acteurs lui étaient presque tous inconnus. Cependant, il en reconnut un.

- *« C'est pas vrai, il est acteur ici aussi »*, pensa-t-il.

« Mais il est vieux ; il doit avoir au moins quatre-vingt-cinq ans! »

Soudain il réalisa qu'il devait toujours être en vie, vu la manière dont était fait le film.

- *« Louis de Funès est toujours vivant, ça alors ! »*

Surpris de cette découverte, il regarda avec intérêt les cinq dernières minutes du film, en espérant pouvoir regarder les informations. Son souhait devint effectivement réalité.

- « Mesdames, messieurs bonsoir », commença le journaliste ; dans ce flash, pas moins de trente apparitions étranges, dont une à l'issue fatale et vingt-deux disparitions tout autant inexplicables…

Ce qu'il entendit ensuite le laissa sans voix. Mais il n'allait pas être au bout de ses surprises…

Le journaliste énuméra les faits ainsi :

- Pour commencer ce flash surréaliste, sachez qu'aucune explication rationnelle n'a été trouvée à l'heure où je vous parle.

Quatre Américains sont eux aussi apparus sur le port de Marseille sous le regard de plusieurs dizaines de personnes. Ils sont actuellement interrogés par les ordonniers et déclarent ne rien comprendre à ce qu'il leur arrive.

Il continua d'énumérer ainsi plusieurs autres apparitions suspectes et en arriva à la tragédie.

Un chinois est apparu juste devant un charriot qui roulait à plein régime sur l'autoroute en direction de Londres en Angleterre. Violemment percuté par l'engin l'homme est mort sur le coup. À présent, regardez bien ces images ; âmes sensibles s'abstenir…

Il apparut à l'écran le film enregistré par l'une des caméras incorporées au camion, montrant au loin une voiture et d'un seul coup un homme sur un vélo sorti de nulle part, se faisant percuter de plein fouet sur la calandre de l'engin.

À cet instant Jocelyn eut une réaction de recul.

- Toujours choqué, le charrieur n'a pas repris le volant, continua le journaliste, mais le plus étrange est que tout indique qu'il est venu directement de Chine avec son vélo. En effet, aucun « Passe-Frontière » ni aucun visa n'ont été retrouvés sur le malheureux. Vingt-deux disparitions ; oui, il s'agit là d'une véritable vague mystérieuse qui entoure ces faits.

Il énuméra cette fois-ci les phénomènes les uns après les autres, dont celui du professeur Allan Thibault qui avait disparu sous les yeux du gardien Christian, sur le toit de la bâtisse.

« Le professeur aurait été retrouvé à Limoges, d'où notre envoyé spécial devrait nous donner sous peu de plus amples renseignements.

Le journaliste poursuivit de la même manière avec les vingt et un autres cas, traita deux ou trois autres sujets pour finir par la météo.

- « C'est donc ça », pensa Jocelyn qui ne savait plus trop que penser de tout cela.

À priori, ce professeur pourrait sûrement l'aider, puisqu'il venait de vivre la même chose, mais lui était toujours dans sa dimension. Comment cela pouvait être possible ?

Par quel miracle avait-il pu ne pas se retrouver dans un autre monde, alors que Jocelyn était obligé de faire face au sosie parfait de la femme qu'il aime ; et il savait qu'il se retrouverait face à lui-même dans peu de temps selon toute vraisemblance.

Emma qui avait terminé de se changer sortit de la salle de bains vêtue d'une chemise de nuit comme celle que mettait l'Emma de son monde.

- Les nouvelles sont bonnes, dit-elle en se replaçant une mèche de cheveux rebelle par-dessus la tête ?

Désireux de jouer « Carte sur table », Jocelyn entra dans le vif du sujet.

- Lui aussi a « voyagé », n'est-ce pas ?

Surprise, Emma eut du mal à articuler sa réponse.

- De... de quoi tu parles ?

- Ils ont parlé du professeur Thibault à la tél... Au visiophone et ils ont décrit une histoire bien étrange...

- C'est justement ce dont je voulais te parler, reprit-elle prise de court. Qu'ont-ils dit au juste ?

- Ils ont simplement dit qu'il s'était subitement volatilisé sur le toit de la Faculté où il enseigne et qu'il avait été retrouvé ici à Limoges.

- Ils n'ont rien dit d'autre ?

- Il n'est pas le seul à s'être volatilisé ; ils en ont annoncé vingt-deux en tout !

- Pas possible, fit Emma effarée en s'asseyant sur le lit !

Mais alors, s'ils ont parlé de disparitions, ils ont probablement dû évoquer des apparitions comme toi.

- Oui, une trentaine, mais le nombre est inexact, parce que je n'en fais pas partie. Alors, comment savoir s'il y en a eu d'autres?

- Mais qu'est ce qu'il se passe en ce moment, reprit Emma pensive ; la terre devient folle !

- Je n'en sais rien, mais ces phénomènes ont déjà coûté la vie à un homme, qui s'est retrouvé de but en blanc devant un camion, je veux dire un charriot lancé à pleine vitesse et en voyant ça, je me suis estimé heureux d'avoir atterri sur cette petite route de campagne !

- Ils ont montré la scène au visiophone ?

- Oui c'était terrible ; il n'a même pas eu le temps de se retourner, tu imagines…

- Quelle horreur !

- Heureusement que le conducteur avait placé une caméra sur son tableau de bord, sinon j'ose à peine imaginer le pétrin dans lequel il se serait retrouvé !

- Tous les charriots ainsi que les voitures en sont équipés, tu sais…

- Ah bon !

- Oui, il y a eu trop d'abus. Vous en êtes équipés vous aussi, n'est-ce pas ?

- Non, nous n'en avons pas, mais il ne faut pas désespérer, étant donné que nous sommes en pleine période de sécurité routière, on est en droit de penser que ça leur viendra à l'esprit.

- Vous avez vraiment du temps à rattraper, taquina Emma !

- Oui, j'ai presque honte de te raconter mon monde.

- Ne t'en fais pas pour ça ; nous avons eu aussi notre ère folklorique.

Le voyant préoccupé, elle se rapprocha de lui. Ils étaient à moitié allongés sur le lit, chacun de son côté, prenant appui sur le coude gauche pour l'un et droit pour l'autre. Elle mit sa main sur celle de Jocelyn et le regarda droit dans les yeux, tentant vainement de ne pas le dévorer du regard.

- Ça va aller ; demain, nous irons chercher le professeur et il te sortira sûrement de là.

Pour toute réponse Jocelyn lui fournit un sourire se voulant approbateur. Il ne pouvait décidément pas s'empêcher de faire des différences. Cette autre version de sa bien-aimée semblait nettement moins exclusive ; il est vrai que celle-ci avait eu une enfance beaucoup plus heureuse et n'était donc pas en demande excessive d'attention contrairement à son double. Quelquefois, c'était à un point tel que certaines situations avaient largement le temps de se transformer en un véritable cancer conjugal. Cela l'exaspérait au plus haut point, mais il s'efforçait d'être amoureusement compréhensif. Il lui arrivait même de taire ses ressentis jusqu'à l'explosion finale. Comment lui en vouloir ? Ses frères et sœur souffraient eux aussi de ce même syndrome à un détail près ; elle essayait vraiment de se débarrasser de ce fardeau familial lourd et malfaisant.

Quel bonheur de se trouver là, face à la femme qu'on aime sans les travers ; en tout cas pas ceux-là. Peut-être valait-il mieux en profiter, car ce genre d'occasion ne se représenterait probablement pas de sitôt et lui procurerait certainement un peu de répit à commencer par sa personnalité qu'il avait égarée quelque part dans les premières années de leur couple. Il savait au fond de lui qu'il n'aurait jamais dû baisser les bras en acceptant certaines situations improbables aux conséquences catastrophiques. La peur que ressentait Emma dans son être se traduisait toujours par des « Situations Test », pour s'assurer que le trichloréthylène dissout vraiment tout. Alors que penser de ce clone, ne paraissant même pas avoir besoin de s'affirmer, d'attirer l'attention sur elle. Tous ces détails la rendaient beaucoup plus avenante, même si ce n'était qu'une facette du personnage que connaissait mal Jocelyn. Mais il devait bien reconnaître que ce qu'il voyait les distinguait l'une de l'autre. Il découvrait simplement une Emma dénuée de colère, capable de donner une confiance et un amour non restreint par la peur de vivre engendrée par un lourd passé répétitif envahissant et présent dans tous ses faits et gestes. Jocelyn savait parfaitement que « son Emma » ne serait jamais capable de se donner entièrement, sans avoir fait au préalable toute une batterie de tests souvent maladroits, quelquefois destructeurs. Outre les longues périodes de réflexion dont il était coutumier dans le cadre de son travail, pendant lesquelles il passait tout en revue, il pensait, à cet instant précis, aux différentes disputes qu'ils avaient eues dans le passé sur des sujets sensibles, dont les conséquences se faisaient encore ressentir dans certaines circonstances. Pour lui, aimer est avant tout une question de bien-être...

Le voyant à ce point pensif, Emma hésita un instant, puis voulut en avoir le cœur net.

- Joss... Fit-elle d'une voix douce ?

- Oui Emma ; excuse-moi, mon esprit vagabonde... Où en étions-nous déjà ?

- Qu'est-ce qui s'est passé ?

- Tu parles de nous ?

- De qui veux-tu que je parle !

- Je te connais peut-être mal, mais vous vous ressemblez beaucoup dans le fond. Je vois très bien qu'il y a quelque chose qui ne va pas ; pour le coup, tu peux t'abstenir de me préserver... Raconte-moi Joss.

« *Qu'est-ce qui se passe ; que s'est-il passé !?* », se dit Jocelyn.

- Qu'est-ce que tu as, quelque chose ne va pas Joss ?

- C'est étrange... Je veux te raconter l'histoire, mais les

souvenirs se font la malle à chaque fois que je veux en cueillir un !

- Tu as des pertes de mémoire à ton âge, plaisanta Emma ?

- Ça ne me fait pas rigoler autant que toi ; je me souviens des ressentis, mais pas des situations qui les ont engendrés. C'est quand même inquiétant ! Par contre, je suis capable de me rappeler tout le reste…

- Le reste ?

- Oui ; le reste de ma vie… Je commence peut-être à sélectionner mes souvenirs ; les bons d'un côté et les mauvais aux oubliettes ! Je ne me rappelle plus Emma, je ne sais plus… Tout ce que je sais, c'est cette profonde tristesse que j'éprouve en ce moment ; mais de là à en comprendre la raison…

- Je crois que cette maladie porte un nom…

- Oui merci je connais ; mais j'en doute. Je ne pourrai pas te dire pourquoi, mais ça a un rapport avec tout ça. J'en ai l'intime conviction…

- Tout ça ?

- Ce qui m'arrive maintenant.

- Comment peux-tu en être aussi sûr ?

- Parce que je ne suis pas du style à fuir les problèmes !

- Ça, je le sais !

- Tu avais le même à la maison ?

- De ce point de vue, oui ; mais à t'entendre, il ne va pas aussi loin que toi dans les concessions…

Tandis que la machine à penser de Jocelyn tournait à plein régime, Emma saisit son téléphone portable, s'assit à côté de lui et prit une photo de leurs deux visages en visant approximativement. Pris au dépourvu, Jocelyn n'opposa aucune résistance.

- Qu'est-ce que tu fais ?

- Ben tu vois, je nous prends en photo !

- Tu veux un souvenir ?

- Un souvenir qui ne s'effacera pas facilement…

Emma était surexcitée, hilare. C'était un moment simple à consommer sans modération. Une scène de vie croustillante. Précisément ce qui lui avait manqué au début de son couple. Mais il ne s'en souvenait pas. Sur l'instant, il eut le sentiment de réécrire une page de sa vie. Il la regardait réagir et être.

- Joss !

« *Si mes pensées sont fondées, alors qu'est-ce qui me fait douter comme ça ?* »

- Joss !

« *Qu'est-ce qui me brouille l'esprit bon sang ? Le changement de monde ? Possible. Une intervention dans le passé ? Non pas possible, je n'en ai pas l'intention, enfin je ne crois pas!* »

- JOSS !

- Oui, excuse-moi Emma, qu'as-tu l'intention de faire avec cette photo ?

- La garder et la partager, si tu veux.

- Tu veux me l'expédier ?

- Oui, poursuivit Emma, je vais essayer de te l'envoyer. C'est quoi ton numéro ? Jocelyn énuméra les huit chiffres, puis se ressaisit.

- Laisse tomber, ça ne marchera pas.

- Pourquoi pas ?

- Envoie-le-moi plutôt par Bluetooth, tu connais ?

- Non, on est complètement con et ignare !

- Tout doux, je ne voulais pas te mettre en colère !

- Je plaisantais Joss.

Il essayait d'abonder dans le même sens, mais ses yeux le trahissaient. Le journal « visiophoné » qu'il avait vu lui avait fait davantage prendre conscience du surréalisme de ce qu'il vivait.

« *Et s'il n'y avait aucune solution*» pensait-il « *Si je ne rentrais jamais ?*»

Moralement, il était au plus bas. Des tas de questions et de scénarios catastrophes fusaient dans son esprit.

« *Je dois me ressaisir* » se dit-il « *Elle m'aide à comprendre ce qui s'est passé et je n'ai pas le droit de m'apitoyer sur mon sort, je dois l'aider à m'aider. Allez mon vieux, tu en as vu d'autres* » s'encourageait-il.

Il regarda à nouveau Emma, approcha son visage du sien et lui appliqua tendrement un baiser sur le front.

- Je te suis très reconnaissant de faire tout ça pour moi, tu me donnes par ton comportement et surtout par ta présence ici avec moi l'espoir que j'aurais bien pu perdre si j'étais seul. Merci Emma.

Ils se regardèrent intensément. À cet instant, tous deux avaient envie d'aller au-delà des interdits.

Soudain, Jocelyn sentit le vibreur de son téléphone dans sa poche suivi de la sonnerie « Emma » qu'il lui avait particulièrement affectée. Joss sourit.

- Sauvé par le gong on dirait ! C'est elle...
- Qui moi ?
- Non Emma, elle.

Il ne laissa pas la deuxième reprise s'achever et décrocha.
- Allô !

Tout ce qu'il entendit se résuma à un amas de grésillements, d'interférences et d'une multitude de voix semblant converser entre-elles. Sur l'instant, il éprouva le besoin d'éloigner un peu le portable de l'oreille. Emma comprit qu'il y avait un problème.

- Je ne voulais pas te le dire, mais ça me paraissait bizarre que tu puisses recevoir un appel.

- C'est vrai, mais son nom s'est affiché et c'est sa sonnerie. Regarde, reprit-il avec empressement, ça disparaît !

- C'est vrai, ça disparaît et ça réapparaît. Ça fait drôle !

- Elle doit nous surveiller !

- Qui sait !

- Je crois que je n'aurais pas pu.

- Il faut te suivre ! Tu parles de notre regard avant le coup de fil ?

- Oui, je…

Emma se hâta de le rassurer à sa manière.

- C'est vrai que c'est un peu spécial comme situation. Je lui ressemble et tu ressembles au Joss que j'ai épousé…

Pour lui, c'était un peu embrouillé dans son esprit et pourtant il ne voulait pas se laisser aller avec une autre qui était pourtant la même. Quel étrange sentiment que celui de tromper sa femme avec elle-même !

- Il faut être raisonnable, reprit-il, tu n'es pas elle.

Bien qu'elle ne l'aurait pas jugé, elle appréciait à sa juste valeur sa droiture à l'instar de son double qui avait lui aussi cette stabilité d'esprit, mais qui avait été quelquefois remise en question par la vie qu'il mène.

- Nous devrions dormir, dit Emma avec une pointe de regret, tu éteins le visiophone ?

Au moment où il mit la main sur la télécommande qui n'avait rien de différent avec ce qu'il connaissait, il vit un vieil homme à l'écran. Ce dernier avait l'air complètement déboussolé. Il monta le volume et se rendit compte que le vieil homme faisait l'objet d'un flash spécial.

- Tu n'éteins pas, s'étonna Emma encore émoustillée ?

- Attends une minute, je connais cette personne.

- Vindiou, disait le vieil homme, je roulais en direction « d'ma ferme, et v'la que j'me r'trouve » ici à Toulon !

- Mais c'est papi Mousot, dit Jocelyn, c'est lui qui m'a aidé dans les Vosges, apparemment il est allé dedans lui aussi ! Mais il n'a pas changé de dimension, il est toujours dans la sienne comme le professeur.

« Suis-je donc le seul à ne pas avoir de chance ou suis-je devenu l'élu de l'univers! » s'exaspéra-t-il.

Emma passa une main chaleureuse sur la nuque de Jocelyn comme pour l'attirer vers elle.

- T'en fais pas Joss, on trouvera bien une solution.

Jocelyn était mal à l'aise dans cette position de demandeur, il lui semblait que la situation lui échappait quoi qu'il fasse.

- Tu n'imagines pas à quel point c'est frustrant pour moi. D'habitude, c'est moi qui la rassure.

- Qui donc, moi ?

Il esquissa un sourire.

- Peut-être nous sommes-nous rencontrés pour que je te rende la monnaie de sa pièce !

- Va-t'en savoir, hasarda-t-il !

Il pensait au vieux fermier qui n'avait pas hésité à lui venir en aide.

« Il doit se demander ce qu'il se passe le pauvre vieux ! Demain, j'en parlerai au professeur, si je réussis à le caser dans la conversation » se dit-il.

- Joss, je suis épuisée et il est déjà minuit trente-cinq. Si on veut se lever tôt demain matin, on devrait se reposer.

- Tu as raison, bonne nuit Emma.

- Bonne nuit Joss.

Il éteignit le « visiophone », ainsi que la lumière. Emma s'endormit en moins de temps qu'il n'en faut pour le dire. Joss n'y parvint pas, il n'arrêtait pas de visualiser ce passage dans lequel il était tombé, cette accélération de particules que cela avait engendrée, l'Emma qui était allongée à côté de lui, ce Chinois plaqué violemment sur l'avant du camion. Tout cela le tint éveillé jusqu'à quatre heures et demie du matin.

Littéralement épuisé, il réussit cependant à trouver le sommeil.

Au petit matin tandis qu'Emma « ronflonnait », Jocelyn qui dormait toujours à poings fermés n'entendit pas le réveil qu'elle avait réglé à sept heures. Cela n'était d'ailleurs pas nouveau. Il nourrissait depuis bien longtemps une inimitié avec tout ce qui se rapprochait de près ou de loin à « un perturbateur matinal » comme il le dit si souvent.

Emma se réveillait lentement et secoua doucement Jocelyn pour le « ranimer ».

- Joss !

- Mm !

- Joss, il est l'heure, on doit se préparer.

Étant encore à moitié endormi, il eut une réaction qui, loin de déplaire à Emma, la surprit tant, qu'elle hésita à continuer. Il avait les lèvres en avant, et l'invitait à en faire autant.

- Je ne bougerai pas tant que je n'aurai pas eu mon bisou, dit-il d'une voix encore vaseuse et endormie.

Emma ne savait pas si elle devait l'embrasser ou pas.

- J'attends, insista-t-il !

Elle sourit, s'approcha de son visage et lui fit un baiser sur la bouche du bout des lèvres.

- Tu crois qu'avec ça je suis convaincu !

Elle se rapprocha à nouveau et l'embrassa goulûment à pleine bouche sans aucune retenue. Les yeux encore fermés, il apprécia la prestation à sa juste valeur. Dans son sommeil, il se croyait chez lui, à Mazamet. Pour lui, c'était le week-end et il était avec Emma, son Emma.

- Encore, fit-il d'un air taquin à moitié endormi.

Emma qui y prenait de plus en plus de plaisir ne se fit pas prier. Elle l'embrassa de nouveau avec passion, quand soudain, il ouvrit les yeux en découvrant « l'aubergîte » où ils étaient et toutes les circonstances qui vont avec, comme cette Emma avec qui il se comportait comme si elle était sa femme. Cela acheva de le réveiller.

- J'ai bien failli te demander de rester avec moi à la maison, reprit-il un peu gêné par ce qu'il venait de faire, mais c'était quand même bien agréable ! J'imagine que cela a été un supplice pour toi, pourras-tu me le pardonner un jour ?

- Je commence déjà à m'en remettre mis à part ton haleine de cheval ! N'en parlons plus et préparons-nous ! Il est sept heures vingt et nous devons encore prendre le petit-déjeuner.

L'estomac plein ils payèrent puis se dirigèrent vers la voiture. « *En route!* » pensa Jocelyn.

Arrivée sur le parking situé devant l'ordonnerie, Emma lui fit une dernière recommandation.

- Il y a un point important dont j'ai oublié de te parler. Lorsque nous y arriverons et que nous verrons le professeur, tu devras faire comme si tu le connaissais parce que vous êtes censés avoir travaillé ensemble.

- Oui, sur le tournage du film de science-fiction, reprit Jocelyn?

- Exactement, et je crois même que tu l'appelais par son prénom Allan, mais je n'en suis pas certaine. Et ce n'est pas un film, mais un « visionnaire »…

- Ne t'inquiète pas, quand je le verrai, je lui dirai : « Salut vieille branche, ça baigne ! ».

- Vieille branche ! Et moi je suis quoi alors ?

- Une jeune tige !

- Ben voyons, t'as rien de mieux ?

- Tu es encore mieux qu'une tige… Tu es une fleur !

Emma lui lança un regard évocateur, puis reprit.

- Sois sérieux deux minutes et viens avec moi.

Encore fatigué, il se leva péniblement et ils allèrent tous deux chercher le professeur qui était dans une situation délicate. Ils traversèrent la rue qui sépare le parking des voitures de l'ordonnerie et arrivèrent dans le hall d'accueil. Un ordonnier était assis derrière un comptoir de réception et s'affairait à remplir des documents.

- Laisse-moi parler et tout ira bien, fit Emma d'un ton décidé.

- Bonjour Monsieur l'ordonnier, reprit cavalièrement Jocelyn en tendant sa main vers l'avant à la grande surprise d'Emma.

Il ignorait qu'il ne fallait pas s'y prendre de cette façon avec un ordonnier. Dans un monde, et dans une circonstance telle que celle-ci, cela semblerait très équivoque, mais dans celui-ci, c'était le dernier des comportements à avoir. L'ordonnier prit naturellement cela pour une provocation, ainsi que trois autres collègues présents dans le hall.

- Joss, chuchota Emma en le fusillant du regard.

Elle n'eut même pas le temps de terminer sa phrase que l'ordonnier du comptoir saisit la main tendue de Jocelyn et lui vrilla le bras, de sorte qu'il n'eut d'autre choix que de se retourner sur lui-même, le dos plaqué sur le comptoir et les trois autres ordonniers qui avaient accouru entre-temps, terminèrent le travail en le saisissant et en le plaquant au sol face contre terre.

- Ne bougez plus, fit sévèrement l'un des ordonniers !

- Très bien Monsieur l'ordonnier, j'obéis, répondit Jocelyn

maintenant bien réveillé.

Il entendit soudain une voix semblant venir de partout et nulle part à la fois : « *il faudra toujours que tu te fasses remarquer d'une manière ou d'une autre!* »

Joss leva les yeux, regarda à droite, à gauche, derrière.

- Qui a dit ça ?

N'étant entouré que d'ordonniers, l'un d'eux lui répondit sèchement en bégayant.

- Vous n… vous n… vous n…

À cet instant, Jocelyn eut envie de rire, mais préféra se retenir. « *Qu'est-ce qu'il nous fait là, il accélère, il va décoller !* » pensa-t-il amusé par la situation.

Il entendit de nouveau la même voix rigoler et regarda de nouveau partout dans la salle.

- Qui vient de rire ?

- Vous n… vous n… vous n… Et fermez là !

« *Il a enfin réussi à aligner deux mots d'affilée ! Bravo Monsieur l'ordonnier !* »

- Je vais vous m … vous m … vous montrer qui qui qui rigole !

- Je ne dis plus rien, Monsieur l'age… l'ordonnier, fit Jocelyn qui cherchait toujours d'où venait la voix qu'il avait entendue à deux reprises.

Voyant son collègue bafouiller, l'un de ses collègues prit la relève verbale.

- Et arrêtez de vous moquer de nous sinon je vous mets les menottes et je les actionne ! Bien, maintenant donnez-moi vos identifications s'il vous plait.

Emma prit ses papiers et les leur montra en tentant d'apaiser les esprits et surtout de faire diversion avant qu'ils ne demandent les papiers de Jocelyn qui n'avaient rien de commun avec ceux en cours dans ce monde.

- Joss, je t'avais dit de ne pas répéter cette scène avec les vrais ordonniers !

- Qu'êtes-vous en train d'insinuer, Madame ?

- Vous ne le reconnaissez donc pas ? C'est Jocelyn Beaumont, le cascadeur… et après la cascade à Paris qu'il doit faire cette semaine, il tourne des scènes de cascade dans un visionnaire avec le fameux histrion Roland Fabious ! Et il y a une scène similaire à celle-ci.

Jocelyn écoutait ce qu'elle disait, mais ne comprenait rien. Emma ne laissa personne répondre et continua sur sa lancée.

- D'ailleurs, le professeur Thibault que nous sommes venus chercher a travaillé avec lui sur le tournage du visionnaire « Ailleurs » avec Jon Jospinaus et Mylène Loyal dans les rôles principaux. Vous connaissez sûrement ?

Les ordonniers s'interrogèrent du regard, et regardèrent Jocelyn pour le dévisager.

- Mais c'est vrai, fit l'un des ordonniers, regardez le bien, il est passé au visiophone avant-hier !

- Maintenant que tu le dis, dit son collègue en scrutant son visage tel un artiste peintre cherchant un défaut sur une toile de maître, j'ai vu, au visiophone, la pub de la cascade qu'il doit faire à Paris, et c'est bien lui que l'on voit à la fin du spot vantant les mérites de la sécurité routière. Ça me revient maintenant ! Ça alors, Jocelyn Beaumont l'intrépide est dans notre ordonnerie !

À présent, Emma n'existait plus et redoublait de vigilance quant à ce que Jocelyn allait dire.

- Alors Monsieur Beaumont, reprit l'ordonnier en lui mettant une tape amicale dans le dos en guise d'excuse, qu'est-ce qui vous emmène dans notre belle région ? Vous venez voir le professeur si j'ai bien compris ?

Jocelyn était un peu gêné par rapport à Emma, mais vu la situation, il n'avait pas d'autre choix que de prendre les choses en main.

- Oui, c'est exactement ça ! Où se trouve-t-il ?

- Vous le connaissez bien, lui demanda l'ordonnier qui affichait un air grave ?

- Très bien, nous avons souvent travaillé ensemble sur des tournages de fi... visionnaires.

Emma ne disait rien et observait en esquissant un sourire de temps en temps, et sans s'en rendre compte, elle le regardait avec les yeux de l'amour.

- Bien, fit l'ordonnier, avant de vous annoncer la triste nouvelle, je dois vous demander si vous êtes de la famille, ou alors de me donner les coordonnées de l'un de ses proches.

Le couple se regarda, intrigué par ce qu'avait dit l'ordonnier en évoquant « la triste nouvelle ». Préférant ne pas réagir à cela en optant pour la patience, Jocelyn répondit au regard d'Emma en la fixant droit dans les yeux.

- Chérie, tu veux bien me donner le numéro de téléphone de Benjamin, s'il te plait ?

Il se tourna à présent vers l'ordonnier et poursuivit.

- Non, nous ne sommes pas de la famille, seulement de bons amis. De quelle triste nouvelle voulez-vous parler ?

Emma écrivit le numéro sur un papier et le donna à l'ordonnier qui le remit lui-même à l'un de ses collègues. Il regarda fixement Jocelyn, et déclara le plus solennellement du monde.

- Nous pensons que votre ami a perdu la raison. C'est pourquoi nous avons préféré qu'il discute avec notre ordonnier-psy dans un premier temps pour qu'il nous donne son opinion.

Les deux tourtereaux, en restèrent bouche bée et laissèrent s'écouler quelques secondes avant de parler. Cependant, l'idée d'une expérience qu'avait éventuellement pu faire le professeur dans le cadre de ses recherches était bien présente dans leurs esprits. L'essentiel était maintenant de démontrer aux ordonniers qu'il n'était sûrement pas aussi dérangé, mais peut-être un peu excentrique.

Emma ne s'inquiétait pas pour Benjamin ; il était habitué à voir son père en décalage avec son entourage. Elle prit le relais et demanda à voir le professeur. Ayant été prévenu de leur arrivée par Benjamin, l'ordonnier-chef fit prévenir l'ordonnier responsable du secteur où il était enfermé.

- C'est bon ordonnier-chef, ils peuvent y aller !

Jocelyn se réjouissait que l'ordonnier ne lui ait pas demandé ses papiers. Quant à Emma, rassurée de pouvoir à présent s'exprimer à la place de son « nouveau mari », la crainte de le voir faire ou dire une bêtise s'était estompée.

APPRENTISSAGE

« Avec assez de temps tout peut arriver, statistiquement. »
Elisabeth Vonarburg

E lle lui lança un regard furtif très explicite ; il comprit aussitôt le message et tâcha de se mettre en retrait sans pour autant s'effacer.

- Très bien Monsieur Beaumont, je vais vous accompagner et vous pourrez certainement le ramener chez lui, maintenant que nous avons parlé avec son fils. Suivez-moi, je vous prie, c'est par ici, dit l'ordonnier en indiquant de sa main la direction à suivre.

Tandis qu'ils marchaient le long du couloir menant jusqu'à l'endroit où était retenu le professeur, l'ordonnier les briefa en quelques mots sur les raisons qui leur faisaient penser que l'homme n'avait plus toute sa tête.

- Votre ami a été recueilli sur la route en direction de Paris, faisant de l'auto-stop. Lorsque nous nous sommes arrêtés à sa hauteur, c'est tout juste s'il nous a regardés. Il avait l'air perdu. Alors, nous avons stoppé devant lui pour lui proposer notre aide, et quand on lui a demandé ce qu'il faisait là, il a fini par devenir complètement incohérent, mais je préfère vous laisser juger par vous-mêmes. Nous sommes arrivés…

Le professeur était assis face à une table, et l'ordonnier-psy qui s'était entretenu avec lui l'observait depuis une pièce voisine à travers un miroir sans tain, comme s'il eut été un criminel.

- Ah, vous voilà, fit-il en voyant le couple, souhaitez-vous le voir ?

- Oui ordonnier, reprit Emma, nous souhaitons même le ramener chez lui, car Madame Thibault, sa femme, s'inquiète beaucoup depuis sa disparition.

- C'est justement à ce propos que je souhaite vous poser quelques questions avant de vous laisser aller le voir. Votre ami dit s'être déplacé dans l'espace inter dimensionnel, que pouvez-vous me dire à ce sujet ?

Emma tenta de cacher sa gêne tandis que Jocelyn commençait à retrouver espoir.

« *Qu'est-ce que je peux répondre à ça* », pensa-t-elle ?

- Nous ne sommes pas au courant de ses activités, répondit Emma, nous savons seulement qu'il fait des recherches et quelques expériences de temps en temps, mais là, je serais incapable de vous dire de quoi il en retourne. En revanche, je peux vous dire qu'il lui arrive de ne pas toujours être sensé, un peu comme Hitler quand il a inventé la théorie de la relativité.

À cet instant, Jocelyn sentit ses yeux se désorbiter, mais garda cependant le silence.

- Oui, je vois, dit l'ordonnier-psy perplexe.

Il regarda furtivement son collègue et reprit.

- Si vous voulez y aller, je vous en prie, il sera sûrement heureux de vous voir.

- Merci ordonnier, dit timidement le couple.

Ils entrèrent dans la pièce sans trop savoir ce qu'ils allaient dire au vieil homme.

- Bonjour professeur, fit Emma, d'un ton enjoué.

- Emma, Jocelyn, vous n'imaginez pas la joie que j'ai de vous revoir tous les deux...

Il se ravisa un court instant et continua.

- Je croyais que vous aviez divorcé, j'ai sûrement dû mal comprendre... Alors, comment allez-vous les enfants, fit-il en les prenant chacun dans ses bras et en leur tapotant le dos ? Et toi, Jocelyn, ne devais-tu pas être à Paris ?

- Oui professeur, nous y allions, et nous nous sommes arrêtés ici pour vous prendre au passage.

- Professeur ! Te voilà devenu plus courtois... Fut un temps où tu m'appelais Allan !

- Bien sûr, reprit Jocelyn, je vous taquinais...

Emma craignait plus que jamais une nouvelle gaffe de sa part. Il fallait sortir au plus vite Allan de sa prison pour lui expliquer la situation dans laquelle elle s'était retrouvée malgré elle. Quant au professeur, étonné par la réaction de Jocelyn, il s'inquiéta quelque peu et voulut en savoir plus.

- Quelque chose vous préoccupe mon jeune ami, vous n'avez pas l'air dans votre assiette ?

- J'avoue que ces temps derniers, je ne suis plus tout à fait moi-même, dit Jocelyn adoptant un air contrarié, mais intérieurement fier de sa réponse. Je promets de vous en parler Allan, conclut-il en le remerciant des yeux.

- J'y compte bien mon garçon !

Il le regardait étrangement, il avait soupçonné quelque chose.

- Professeur, intervint Emma coupée dans son élan par ce dernier...

- Je vais vous soulager de ce fardeau jeune fille et leur expliquer que mon esprit a divagué. Nous éviterons ainsi une situation aussi gênante pour vous que pour moi, fit-il en leur adressant un sourire rassurant.

« *Et moi qui le prenais pour un vieux fou* », se dit Emma maintenant soulagée à l'idée qu'ils allaient enfin pouvoir envisager une solution pour son « nouvel ex-mari ».

Jocelyn était impatient de sortir de cet endroit, et l'ordonnier-psy qui avait écouté leur conversation sentait « l'arnaque », il voyait bien que le trio semblait très bien s'entendre et décida donc de questionner à nouveau l'étrange professeur auto-stoppeur.

« *Aie!* », pensa Jocelyn en voyant s'approcher l'ordonnier qui n'avait pas la tête de quelqu'un prêt à les laisser s'en aller.

« *Qu'est-ce qu'il y a encore ?* », pensa Emma ayant constaté la même chose.

- J'ai entendu ce que vous avez dit professeur Thibault et j'aimerais savoir ce que vous fabriquiez sur cette route.

- C'est très simple mon cher, j'ai pris le train à Paris en croyant prendre celui de Lyon, mais je me suis trompé, et j'ai embarqué dans celui qui m'a mené jusqu'à chez vous !

- Comment ne vous en êtes-vous pas rendu compte plus tôt ? Ils ne l'ont donc pas annoncé au parlophone ?

Le professeur mit une main rassurante sur l'épaule de l'ordonnier qui ne savait plus que penser de cet homme excentrique à l'allure mystérieuse.

- Ils l'ont certainement fait, mais je n'y ai pas fait attention…

- Soit, je m'étonne tout de même que le vent ne vous ait pas convaincu de rebrousser chemin…

- Il n'y en avait pas tant que ça !

- Suffisamment pour faire décoller les quelques éoliennes situées aux alentours…

- Vous exagérez mon brave !

- Je ne suis pas votre brave, reprit, virulent, l'ordonnier exaspéré.

- Bien Ordonnier, c'est comme vous voudrez !

- Vous vous foutez de moi !?

- Je tenais debout, voyons !

À cet instant, l'ordonnier désamorça l'ogive nucléaire qui menaçait de s'accoupler à sa colère montante, et continua calmement.

- Professeur Thibault, vous étiez à QUINZE KILOMÈTRES de la gare, reprit-il en appuyant ses mots.

- C'est vrai, mais je fais en ce moment une nouvelle expérience dont je ne peux vous parler...

- Pourquoi ne pouvez-vous pas en parler, seriez-vous en train de faire quelque chose d'illégal ?

- Voyons, Ordonnier... Vous ne pensez pas ce que vous dites. Croyez-vous qu'à mon âge je me risquerais dans l'illégalité ? J'ai une bonne situation, une vie de scientifique un peu délurée certes, mais bien rangée, quel intérêt aurais-je de me mettre hors « la loi » !

Il fut tellement convaincant dans sa façon de parler et par son comportement que l'ordonnier finit par baisser les bras, et s'adressa à présent aux deux amoureux.

- Bien, suivez-moi, je vais vous demander une signature sur un document et vous serez libres de partir.

Emma prit en charge la besogne, tandis que Jocelyn et le professeur évoquaient quelques souvenirs de leur collaboration passée. Mais on n'apprend pas à un vieux singe à faire la grimace... Allan s'était aperçu que quelque chose ne collait pas. Mais il préféra en toute intelligence attendre le moment opportun pour en faire état.

Perplexe, l'ordonnier remit l'un des documents signés à Emma, et tous trois se dirigèrent vers la sortie.

- Il y a quelque chose qui ne tourne pas rond, fit l'ordonnier-psy en les regardant s'éloigner, qu'en pensez-vous ordonnier-chef ?

- Ils n'ont pas l'air bien dangereux, reprit ce dernier, ce vieux fou a l'air de croire en ce qu'il raconte, et il a de la chance d'avoir autour de lui des gens tels que ce jeune couple pour s'occuper de lui !

- Si vous le dites...

Ils vaquèrent à leurs occupations tandis que « Vieux fou » et « Jeune couple » se dirigeaient vers la voiture.

Emma proposa au professeur de monter devant, mais celui-ci refusa et laissa cette place à Jocelyn. Ils démarrèrent et commencèrent à rouler. Aucun d'entre eux n'osait prendre la parole, mais Emma finit par se décider à entamer la conversation.

- Si vous êtes fatigués, profitez-en, car nous arriverons vers vingt heures ce soir.

Impatient, Jocelyn craqua et s'adressa au vieil homme.

- Sur quoi travaillez-vous en ce moment Allan ?

- Tu ne t'en rappelles déjà plus ! Wilfried Hitler nous a contacté toi et moi pour une nouvelle collaboration telle que celle que nous avions faite pour le cinéaste Jack Choupla... Il y a seulement trois semaines Jocelyn. Ça n'est pas de toi d'oublier un rendez-vous professionnel !

- Vous dites Hitler ?

- Allons Joss, mon petit Joss, tu ne vois donc pas de qui je veux parler, le fils d'Adolf Hitler, l'un des plus grands hommes de science de ce monde.

- Oui bien sûr, comment ai-je pu oublier ! Rassurez-moi sur un point ; le « BRITANIA » a bien existé n'est-ce pas ?

- Le BRITANIA dites-vous ? Je ne vois pas de quoi vous parlez. Bien, maintenant vous pouvez me dire la vérité, je sais que vous n'êtes pas le Jocelyn que je connais ! S'il vous est arrivé ce que je crois, ça ne va pas être facile de vous ramener, c'est le cas n'est-ce pas ?

Sur l'instant, il regarda Emma comme pour lui demander de l'aide, mais l'envie de se sortir de cette situation prit très vite le pas sur la gêne qu'il éprouvait et il saisit la perche que le professeur lui tendait.

- Il n'y a pas de Wilfried Hitler, n'est-ce pas ?

- Bien sûr que oui, mon jeune ami, il n'y a seulement pas de tournage. Je vous avoue cependant que si vous aviez continué à mettre en doute ce que je vous disais, j'aurais hésité un peu plus longtemps en vous tendant d'autres pièges tels que celui-ci !

- Alors, qu'avez-vous décelé de si différent pour vous en rendre compte aussi rapidement ?

- Votre comportement et la manière dont vous vous êtes adressé à moi. Et pardonnez-moi du peu, mais quelqu'un qui n'est pas à sa place, ça se voit comme le nez au milieu de la figure ! Mais est-ce là le plus important ?

- Non professeur, vous avez raison. Que suggérez-vous que nous fassions ?

- Commencez donc par me raconter dans le détail ce qui vous est arrivé, et appelez-moi Allan, je vous prie !

- Oui Allan, et tout d'abord merci d'être aussi direct car, entre nous, je ne sais pas de quelle façon j'aurais abordé ce sujet avec vous.

Avant même de commencer son récit, le bon vieux « dring » des téléphones d'autrefois, qu'il avait sélectionné parmi les nombreuses sonneries de son portable, retentit. Jocelyn regarda un instant sa poche, quelque peu intrigué.

- Excusez-moi prof…, Allan, je réponds.

- Je vous en prie…

« Étrange qu'il puisse recevoir des appels », pensa-t-il,

« Ça ne devrait pas pouvoir passer, en toute logique ».

- Encore toi chérie, j'espère que ça passera cette fois-ci.

- Allô... Allô !

Il entendit de nouveau le même phénomène qu'au premier appel sans pouvoir distinguer quoi que ce soit. Il raccrocha de nouveau, désespéré de ne plus jamais avoir de nouvelles.

- Vous me semblez soucieux mon jeune ami, un problème ?

- Je ne sais pas trop. Apparemment, quelqu'un essaye de m'appeler, mais quand je décroche, plus rien !

- C'est très étonnant que vous puissiez recevoir un signal, car les ondes ne sont pas les mêmes.

- Comment ça ?

Quelques secondes passèrent. Allan était « parti » dans une réflexion qui le faisait paraître déconnecté de ce monde tel un jouet dont la pile serait arrivée au terme de sa charge.

- Allan, Allan !

- Oui, pardonnez-moi, je pensais ! Je conçois que ça puisse étonner, mais mon entourage s'y est fait ! Bien, poursuivez votre énoncé à présent.

- Oui... vous êtes certain que...

« Oui je suis certain », pensa Allan qui s'impatientait. Il l'encouragea vivement d'un signe de la main à commencer son exposé.

- Je roulais sur l'autoroute en direction de l'Italie... Jocelyn raconta sa mésaventure tandis qu'Emma et Allan l'écoutaient avec une grande attention...

- Jusqu'à ce que j'arrive sur ce viaduc...

- À quelle heure avez-vous dit que cela s'est produit ?

- Il devait être environ vingt-deux heures.

Le professeur réfléchissait et semblait faire des calculs dans sa tête.

131

- À peine croyable, dit-il en regardant le plafond de la voiture. Ça ne va pas être du gâteau, reprit-il.

- Que voulez-vous dire ?

- Je vous expliquerai tout cela en détail lorsque nous serons à Paris. Mais pour l'instant, j'ai besoin de réfléchir ; pour que vous compreniez en quelques mots simples, mon assistant a créé un mécanisme permettant de se déplacer dans plusieurs dimensions, en générant des « brèches » qui s'ouvrent, se referment et se déplacent constamment sur toute la surface du globe. Et cela vous étant arrivé hier soir dans l'endroit que vous m'avez décrit, j'en conclus qu'elles ont déjà fait le tour complet de la planète. Reste donc à savoir où se situent toutes ces brèches et à quelle vitesse elles se déplacent. Mais il n'y a pas que ça, car si mes théories sont exactes, elles pourraient tout aussi bien se déplacer dans un même monde. Nous parlerions alors de voyage dans le temps même si ce n'est que de quelques minutes.

Allan poursuivait sa réflexion à haute voix sans tenir compte de son entourage, comme d'habitude.

- Peut-être que l'expérience de cet accélérateur de particules a laissé des traces indétectables à la surface de la Terre. Il a dû provoquer des interférences sur notre champ magnétique. Mais alors… Tout ne vient pas de ce maudit appareil conçu par Garvey. Le phénomène était déjà latent et il n'a fait qu'appuyer sur un interrupteur créé lors de la mise en route de cette machine souterraine infernale. C'est peut-être grâce à elle que sa commande fonctionne aussi bien. Il ne ferait alors que reprendre ces phénomènes existants en les amplifiant. Cela interférerait directement sur le temps qui s'écoule ici tout en dévoilant les bribes d'un autre temps.

« Ça y est, il a encore déconnecté », pensa Jocelyn !

Il resta silencieux quelques secondes, puis poursuivit dans sa savante réflexion.

- Si nous tenons compte de la relativité, le phénomène n'est pas possible. Nous devons donc ignorer des lois de notre physique et voir plus loin. Donc pas de causalité ni de logique. Il est donc désormais possible d'intercepter d'autres temps, d'autres dimensions. Il y aurait donc des endroits qui se seraient transformés en une espèce de tube géant où le temps s'accélère jusqu'à atteindre les vibrations d'un autre temps jusque-là inaccessible... C'est prodigieux ! Nous avons découvert la machine à remonter le temps... ou à le devancer ! Au même titre que nous avons notre propre perception de ce qui nous entoure, cette commande perçoit tout ce qui se trouve autour de notre univers en accélérant ou freinant à volonté. Sur simple pression d'une malheureuse touche, nous changeons à volonté notre glorieux passé. Si le passé existe, le futur existe aussi. C'est une question d'équilibre comme le Yin et le Yang, le blanc et le noir, le jour et la nuit. Nous pouvons changer le futur, mais pas le passé, car si l'acte n'a pas été accompli, il n'y a rien à modifier. C'est pourquoi nous devons y retourner, conclut-il en se donnant raison d'un hochement de tête.

- Retourner où Allan ?

- Pardon ?

- Rien, laissez tomber !

- Nous avons besoin du passé pour vivre le futur à ceci près...

« *Et il est reparti* », pensa fortement Jocelyn.

- Beaucoup vivent dans le passé ; donc, il n'y a pas de futur possible dans ce cas...

- Allan ?

- Et si c'était tout simplement ça le lien...

- Allan, s'il vous plait ?

C'est dans ces moments-là qu'il illustrait à merveille l'image presque caricaturale du vieux savant fou.

- Je vous ennuie n'est-ce pas ? Je vous écoute mon ami…

- Votre assistant acceptera-t-il de nous aider, fit Jocelyn qui paraissait se poser des questions sur son éventuel retour ?

- Dès qu'il rentrera de son escapade interdimensionnelle ! Il a en effet disparu depuis deux jours lui aussi, mais je ne maitrise pas encore tout sur le sujet, car je suis allé dans un autre monde pendant très peu de temps, puis je suis réapparu là où vous savez.

- Comment pouvez-vous être sûr qu'il rentrera ?

- Il est équipé de son « générateur » et peut donc à priori aller où il veut au moment de son choix.

- Alors, le problème est résolu, s'exclama gaiement Jocelyn, il n'y a qu'à l'attendre et programmer mon retour sur son appareil.

- Je crains que ce ne soit pas aussi simple mon garçon, car lorsque je vous aurai montré l'étendue du problème, vous comprendrez sans même que je vous explique quoi que ce soit.

- Si vous deviez chiffrer mes chances de m'en sortir, à combien les estimeriez-vous ?

- Il me semble entendre le Jocelyn que je connais, vous n'êtes peut-être pas si différents que ça en fin de compte ! Pour répondre à ta question, je dois me replonger dans mes calculs.

Jocelyn remarqua le changement soudain d'attitude d'Allan. Il venait de passer du « vous » au « tu » d'une phrase à l'autre, et même si son sort semblait être scellé, cela le réconfortait quelque part.

Emma conduisait et n'intervenait pas dans leur conversation. Elle ne perdait cependant pas une miette de ce qu'elle entendait ; ce faisant, elle observait discrètement Jocelyn. Une foule de pensées traversait son esprit.

Ayant peu dormi ces deux derniers jours, Allan ressentait une vive fatigue qui l'envahissait peu à peu.

- Les enfants, reprit-il, je vais réfléchir intensément pendant les deux prochaines heures. Pardonnez-moi à l'avance, mais je sens le poids de mes paupières prendre le pas sur ma vigilance.

En disant cela, le professeur s'inclina sur son siège la tête en arrière et s'endormit rapidement. Jocelyn se tourna vers Emma et lui fit part de quelques observations.

- Je te retiens avec tes ordonniers permissifs !

Emma pouffa franchement.

- C'est normal, reprit-elle, tu t'es moqué d'eux. Tu lui as dit « Monsieur l'ordonnier » au lieu de « Ordonnier », et ceux qui étaient là et qui t'ont entendu l'ont pris aussi pour eux.

- Ce n'est tout de même pas si grave, je ne les ai pas insultés !

- Insulté n'est pas le mot, je parlerais plutôt d'une provocation.

« Ordonnier » est considéré comme un prénom en quelque sorte, parce qu'ils sont censés être à l'écoute du peuple. C'est comme si tu m'appelais « Madame Emma ». Cela dit, depuis quelque temps, il y a vraiment un retour aux sources ; ils sont effectivement à notre écoute et sauf provocation, très respectueux tant de nous que de « la loi ».

Lassé par ce qu'il entendait, Allan intervint.

- Vous êtes bien gentils, mais j'ai « mangé » de l'ordonnier ces deux derniers jours, vous ne voudriez pas changer de sujet de conversation ?

Les amoureux frustrés se regardèrent en esquissant un sourire.

- Bien sûr professeur, reprit Emma, nous allons parler d'autre chose. Tandis qu'Allan papillonnait des yeux, Emma et Jocelyn continuaient leur dialogue en évoquant leur vie respective. La rencontre des deux couples dans les deux mondes était similaire, seuls changeaient quelques détails. Leur entourage était le même à l'exception des deux enfants qu'ils avaient eu dans ce monde. Seule leur vie était différente de par les décisions qu'ils avaient prises chacun dans leur monde. Tout se ressemblait et tout était cependant radicalement différent. De même pour les voitures pour ne citer que cet exemple qui, dans ce monde, étaient pour la plupart de marque « Smett », créée au début du siècle, et reprise plus tard par son fils connu de tous pour sa musique dans notre monde.

Cela faisait environ une heure qu'ils papotaient, et Emma commençait à accuser une certaine fatigue.

- Je vois que tu commences à peiner, dit Jocelyn, veux-tu que je conduise ?

- Oui, je veux bien, je ne suis pas habituée à avaler autant de kilomètres en un seul voyage. Tu sauras t'en servir ?

- Ça n'a pas l'air bien difficile, le fait qu'il n'y ait pas de levier de vitesse, je présume que c'est normal ?

- Qu'il n'y ait pas de quoi ?

- Laisse tomber, je me suis trompé dit-il en voulant éviter des explications interminables.

Il profita du temps qu'il restait à Emma à conduire en attendant qu'elle trouve un endroit où se garer, pour examiner la façon dont elle menait l'engin.

« *Pas banal cette voiture, j'avais pas remarqué tout à l'heure, ça doit se conduire comme les automatiques de chez nous* », pensa-t-il les yeux rivés sur les mains et les pieds d'Emma.

« *Deux pédales, sûrement l'accélérateur et le frein, le compteur bloqué à cent cinquante, ça avance tout seul ce machin-là !* »

- Voilà un parking, dit Emma en ralentissant, je ne te donne aucune consigne, un conducteur chevronné comme toi doit tout savoir conduire !

Elle n'éprouva donc pas le besoin de lui spécifier qu'il fallait accélérer progressivement lorsque la position « Route » était enclenchée comme c'était présentement le cas. Il y avait en effet trois positions de conduite sur toutes les voitures de ce monde. La position « Ville », « Route » et « Sport ». La différence se situait au niveau de la puissance tant au démarrage qu'en roulant. Ce dispositif permettait de pouvoir rouler jusqu'à cent quarante kilomètres-heure pendant une minute pour doubler d'autres véhicules sans gêner. Bien entendu, cela était marqué sur l'enregistreur de vitesse, mais il n'y avait pas d'ordonnance pour celui qui n'en abusait pas.

Jocelyn s'installa donc au volant, regarda Emma d'un air assuré et attacha sa ceinture qui était l'un des rares points communs avec les voitures de son monde.

- C'est parti, dit-il en accélérant si violemment qu'Emma se retrouva plaquée sur son siège sans pouvoir bouger et le professeur qui s'était endormi sur la banquette arrière, sentit sa tête projetée en arrière comme s'il s'était pris une « bonne droite » dans lafigure !

Emma rigola de bon cœur.

- Si tu accélères trop sèchement, elle se met automatiquement en position « Sport » !

- En position « Sport » et toute seule ? À quoi fonctionnent vos moteurs ? Au kérosène surboosté ?!

- Tu aurais dû voir ta tête !

Elle laissa passer quelques instants puis reprit.

- C'est fou comme vous vous ressemblez et en même temps vous êtes tellement différents.

Jocelyn préféra éluder la remarque.

- Pourquoi ne pas laisser le choix au conducteur en proposant par exemple un interrupteur ?

137

- C'est simplement plus rapide en cas de dépassement entre autres.

- Mouais… Pourquoi pas !

Tout aussi surpris que ses passagers, Jocelyn trouva rapidement le bon dosage afin de leur éviter une nouvelle sensation forte digne des « Montagnes russes ».

- Excusez-moi pour cette mauvaise manœuvre, reprit-il en essayant d'éviter de rire aux éclats.

Allan avait ses mains autour de son cou, tel un électricien vissant une grosse ampoule et Emma souriait, se moquant gentiment de l'apprenti conducteur.

- Si on s'endort à présent, tu promets de ne pas nous éjecter de nos sièges ?

- C'est promis, je ne me ferai plus surprendre, vous pouvez dormir tranquilles !

Chemin faisant, il vit des ordonniers affairés à contrôler un conducteur.

« *Voilà les flics qui contrôlent le* « *Mouchard* » *d'une voiture, j'aurai vraiment tout vu !* » se dit-il.

À cet instant, il fut pris d'une panique tranquille.

«*Mon permis… il n'est sûrement pas valable, si je me fais arrêter!*» Ni lui ni Emma n'y avaient pensé. Que faire ? La réveiller pour qu'elle reprenne le volant ? Elle s'était si vite endormie.

« *De toute façon, je suis déjà emprisonné ici, que peut-il m'arriver de pire !* »

Il opta de continuer sans rien dire. Il regardait le paysage devant lui, la route, les voitures, les panneaux de signalisation qui n'étaient pas bleus mais bordeaux dans ce monde, mais les indications restaient à peu près les mêmes que celles auxquelles il était habitué.

Les distances semblaient être marquées en kilomètres comme

« PARIS 328 ». Il était rassuré d'avoir le professeur en sa compagnie, car il avait les connaissances nécessaires pour le faire rentrer dans sa dimension et Emma qui dormait à poings fermés, toujours aussi proche de lui... ici comme ailleurs.

Cela faisait une heure et demie qu'il roulait. Une voiture bleue était devant lui depuis qu'il avait démarré. Il conduisait paisiblement, détachant de temps en temps son regard de la route.

« *Vivement qu'on arrive* » pensa-t-il. Il commençait à papillonner des yeux, car il avait eu du mal à s'endormir et avait réussi à se reposer seulement deux heures. Alors que son attention était attirée par un bâtiment aux formes inhabituelles, il l'examinait une seconde sur deux et oscillait des yeux tant qu'il l'avait dans son champ de vision. L'ayant dépassé, il remit les yeux sur la route et ne réalisa pas tout de suite que la voiture bleue n'y était plus.

Il en prit conscience dix secondes plus tard, dix secondes de trop... Perplexe, il ralentit sa vitesse ; il n'avait remarqué aucune sortie ni aucune aire. Seul un camion circulait loin devant. Une voix imprévue vint soudain perturber le "Chauffeur Jocelyn"...
« Ralentis »...

« *Encore toi !* » pensa-t-il. L'ayant déjà rencontrée, il écouta le conseil sans s'affoler. Il regardait le comportement du camion qui freinait par bribes.

« *Qu'est-ce qu'il fait ?* »

Il vit ce dernier ralentir considérablement en continuant de rouler au pas. Prudent, il fit de même en cherchant à voir ce qui l'avait fait réagir ainsi. En s'approchant, il remarqua que le goudron brillait à la manière d'un « effet mirage ». Mais en arrivant sur place, il comprit que quelque chose d'anormal se produisait. Cela n'avait rien d'un mirage ; il avait du mal à croire ce qu'il voyait.

« *Je rêve, c'est pas possible !* » pensa-t-il.

De l'eau semblait sortir du sol et la quantité ne cessait d'augmenter. Il ne comprenait pas ce qu'il se passait. L'eau venait de nulle part. Elle ne tombait pas du ciel ni ne débordait d'un quelconque fossé, car il n'y en avait pas à cet endroit.

Impossible d'envisager la pluie sans aucun nuage dans le ciel et cette manière si singulière de tomber au sol. L'écoulement se faisait de plus en plus abondant, il grossissait à vue d'œil. L'eau se répandait partout et de plus en plus loin. Surpris par autant d'eau, les véhicules qui arrivaient au loin commençaient à zigzaguer, faire des aquaplanages, freiner brusquement et rouler un peu dans tous les sens. L'eau arrivait par trombes, comme si quelque chose obstruait son écoulement dans la « tuyauterie ».

À la fois surpris et curieux, certains conducteurs qui venaient juste de passer s'arrêtèrent deux cents mètres plus loin pour contempler le spectacle et filmer la scène avec leur portable. Mais l'eau s'étalait rapidement et arriva au pied des amateurs d'images. Certains remontèrent dans leur auto pour fuir, d'autres, plus téméraires, se laissèrent tremper pour filmer jusqu'au bout. Il y avait un courant naissant dans cette rivière improvisée qui commençait à les faire tituber.

Mais les évènements qui suivirent le laissèrent sans voix et l'obligèrent à réagir dans l'urgence. Il y eut soudain une énorme trombe beaucoup plus grosse que le flux déjà existant, à peine plus haut que le sol, pareil à une énorme vanne ouverte au maximum avec un débit important et une pression semblable à celle des lances d'incendie des pompiers à la puissance mille. C'était surréaliste. Mais ce n'était là qu'une mise en bouche ! À sa plus grande stupéfaction, il vit apparaitre une petite barque dans la même foulée à cent mètres environ. Cette dernière apparut avec un certain élan comme sortie d'un gros robinet.

Elle se trouvait là, à même l'asphalte mouillé, avec à son bord un homme et un enfant.

En voyant cela, il freina brusquement, provoquant cette fois-ci, à ses deux passagers, l'effet inverse de son départ sur les chapeaux de roues.

Ayant bouclé sa ceinture de sécurité, Emma fut secouée comme un prunier, mais parvint à rester assise, quant à Allan, il se retrouva directement sur le sol entre le siège avant et la banquette arrière. Réveillé en sursaut, et quelque peu agacé, il escalada le siège pour se rassoir.

- Je préfère la conduite de votre double, au moins lorsqu'on fait une cascade avec lui, il prévient !

- Que se passe-t-il, fit Emma encore sous le choc ?

- Je suis le seul à le voir, dit Jocelyn en descendant de la voiture?

« *Comment il fait ça !* », pensa Emma ?

Quant au professeur, il comprit immédiatement ce qu'il se passait. Ils descendirent de voiture, s'approchèrent de la barque et trouvèrent un père et son fils complètement affolés. Jocelyn se doutait fortement de ce qu'ils avaient dû subir.

« *Ils ont du être sacrément secoués!* » se dit-il.

Premier arrivé sur les lieux Jocelyn se précipita vers la barque.

- Rien de cassé, fit-il en s'approchant d'eux, prêt à faire un geste salvateur pour les aider ?

Le père était aussi choqué que son fils et Jocelyn ne pouvait que compatir à leurs émotions ayant lui-même traversé cette espèce de « tube accélérateur » qui lui avait fait visiter un trou noir où régnait le néant, pour le faire atterrir dans ce monde. Emma et Allan arrivèrent à leur tour.

- Qu'est-ce qu'il s'est passé papa, on est où, fit le jeune garçon apeuré, et qu'est-ce qui pique ? Les deux plaisanciers ne savaient plus où envoyer leurs mains pour se soulager.

- J'en sais rien mon fils, répliqua le père qui tentait de garder son sang-froid, ne serait-ce que pour son garçon.

- Ne vous affolez pas, dit le professeur arrivant à hauteur du bateau.

Le père le regardait étrangement, comme s'il avait deviné que c'eût été là tout ce qu'il était en mesure de faire.

- Qui êtes-vous, reprit le père de l'enfant et où sommes-nous ?

- Si je vous répondais, vous ne me croiriez certainement pas, continua Allan qui commençait à se demander où tout cela allait s'arrêter ! Descendez de votre flotteuse, et venez avec nous, nous allons vous aider.

- Monsieur reprit sèchement le père, vous n'avez toujours pas répondu à ma question ! Qui êtes-vous ?

Allan prit la situation en main, et s'approcha du père.

- Vous étiez sur de l'eau, n'est-ce pas ?

- Oui et jusque-là n'importe qui aurait pu en dire autant !

- Écoutez-moi, et faites-moi confiance reprit Allan calmement. Je sais ce qu'il vous est arrivé et je sais comment y remédier ! Êtes-vous prêt à m'accorder votre attention ?

Puis il se ressaisit et ajouta en endossant toute la responsabilité des évènements :

- Je suis le professeur Allan Thibault. J'exerce à l'université de Paris, et je travaille sur différents projets, dont un en particulier, en ce moment. Hélas, il y a eu quelques dysfonctionnements et c'est la raison pour laquelle vous vous retrouvez sur cette route !

- Je ne comprends rien à ce que vous dites, reprit le père en blottissant son fils contre lui de son bras gauche, tout en continuant de se gratter partout avec l'autre.

Allan regarda Jocelyn pour lui faire comprendre qu'il se pourrait bien qu'il ait besoin de son aide. Il acquiesça d'un hochement de tête, ce qui permit au professeur de se lancer dans sa folle explication sans détour.

- Vous êtes dans un autre monde !

- C'est bien ce que je pensais, vous êtes fou à lier ! Ne vous approchez pas.

- Écoutez-moi et taisez-vous ! De toute évidence, vous étiez en train de voguer sur l'eau, et maintenant vous êtes là ! Alors, c'est certain, il s'est passé quelque chose d'inexplicable... Voulez-vous avoir une chance de savoir de quoi il en retourne, ou préférez-vous attendre ici dans votre flotteuse ?

Inquiet et toujours effrayé, l'homme consentit à écouter les explications d'Allan.

- Il se peut que vous n'ayez fait qu'un voyage dans le temps, annonça l'homme de science sérieusement.

Là, Jocelyn fronça les sourcils, car s'il avait atterri dans une autre dimension, pourquoi ne serait-ce pas leur cas ?

- Un voyage dans le temps, rien que ça, reprit le père de l'enfant stupéfait !

- Je sais, tout cela peut vous paraitre fou, mais c'est peut-être le cas.

- Bon, très bien, dit le père, vous m'avez l'air un peu fou, mais pas très vindicatif, et puisque vous dites savoir ce qui nous est arrivé, alors je vous écoute.

Les démangeaisons commençaient à s'estomper...

- Ne restons pas ici, dit Jocelyn, on va finir par provoquer un accident.

Emma décida d'intervenir en pensant apaiser l'angoisse du jeune garçon et de son père.

- Il a raison, dit-elle d'une voix douce, nous ferions mieux de mettre cette flotteuse sur le bas-côté de la route, et aller un peu plus loin pour en parler.

- Bien, nous allons vous suivre, reprit le père.

Au loin, une voiture arrivait à faible allure, probablement à cause de tout ce monde sur la route, et l'eau continuait de couler, inondant la chaussée de part en part.

- Comment vous appelez-vous, dit Jocelyn en se rapprochant de la flotteuse ?

- Moi, c'est Hubert, et voici mon fils Félix.

- Aidez-moi à mettre votre flotteuse dans ces buissons, s'il vous plait.

Tandis que l'eau n'en finissait pas de couler, et qu'Allan observait le phénomène de près, tout le monde embarquait dans la voiture pour se sortir les pieds de l'eau qui atteignait à présent un niveau d'environ trois centimètres sur les voies qui formaient à cet endroit une longue et légère cuvette retenant ainsi ce mini tapis océanique.

À cet instant, le professeur observa un autre phénomène... L'eau s'arrêta de couler. Il put percevoir le cri lointain d'une femme, comme si quelqu'un se trouvait prisonnier des airs en appelant « au secours ». Mais cela ne dura pas. Deux secondes s'écoulèrent, et la voix disparut aussitôt.

- T'as vu papa, dit Félix, l'eau s'est arrêtée de couler !

Tous étaient estomaqués par ce qu'ils venaient de voir. Allan se trouvait toujours au même endroit et remuait lentement ses bras devant lui tel un chasseur de mouche, en marchant tout aussi lentement autour de la « brèche » maintenant refermée.

- Vous venez Allan, lui dit Emma en sortant la tête de la voiture ?

Il semblait pensif, mais commençait à se diriger vers ses amis, en réfléchissant intensément tout en observant les "naufragés" de la route qui avaient apparemment cessé de gesticuler.

- Professeur, reprit Emma impatiente, ne restons pas ici !

Il embarqua à son tour et Jocelyn démarra doucement cette fois-ci.

- Qu'en pensez-vous Allan, lui demanda Emma en se retournant vers lui ?

- J'avoue qu'il y a certains détails qui m'échappent encore, mais je ne fais qu'y réfléchir depuis tout à l'heure.

- Vous voulez bien m'expliquer ce que vous savez, ou tout du moins, de quoi il en retourne, et surtout, comment sommes-nous passés du lac à cette route ?

- Bien sûr cher Monsieur, je vous l'ai promis. Mais pour commencer, racontez-moi ce que vous avez vu depuis le moment où vous étiez sur l'eau jusqu'à ce que vous vous retrouviez ici, je vous prie.

À la seule pensée de revivre la scène, Hubert était mal à l'aise. Allan pensait connaitre la réponse à quelques détails près, mais il était loin de soupçonner ce qu'allait lui expliquer Hubert. Il exposa ainsi les faits :

- Nous étions dans la flotteuse sur le lac, nous venions de faire un signe de la main à ma femme Tiffany, et là je ne comprends toujours pas ce qui s'est produit. Le paysage est devenu comme fou ! Il s'est mis à accélérer d'un coup. Nous avions l'impression d'être dans un tourbillon, mais en ligne droite ! Tout s'est passé très vite, et j'ai même cru voir quelque chose passer au-dessous de nous.

- Comment ça, fit Allan interpelé, vous voulez dire qu'il y avait autre chose, et que cela vous a croisés ?

- Oui, c'est en tout cas ce qui nous a semblé, lorsque nous sommes tombés dans ce « Tourbillon rectiligne », mais c'est

AAILLEURS

allé si vite, c'était si surprenant, si effrayant. Je vous avoue que nous avions vraiment l'esprit ailleurs à ce moment-là. Nous avons été soudainement pris de démangeaisons sur tout le corps. Personnellement, j'ai cru exploser bien que la douleur n'était pas énorme comme pour mon fils. Vous avez une idée sur les picotements ?

- Je pense que oui, mais là encore la réponse va vous étonner...

- Allez-y sans crainte au point où on en est !

- Ces picotements proviennent de vos atomes, si ma théorie est bonne.

- De nos atomes ?

- Oui, nous sommes tous constitués d'atomes. Il faut savoir qu'ils se lient entre eux en fonction des besoins de la Terre donc en l'occurrence et entre autres, « nous ». Nous ne sommes qu'un assemblage d'atomes qui s'empressent de se greffer autre part lorsque nous mourons. Je vous passe les explications pointues, mais vous avez de toute évidence entamé un processus de « décomposition atomique » lors de votre traversée et cela explique les picotements.

- Vous avez bien dit « Décomposition atomique », s'apeura Hubert ?

- Oui, j'ai bien employé « décomposition ». Sachez que les atomes ne sont constitués que de vide et restent assemblés uniquement sous certaines vibrations. À l'échelle atomique, nous sommes un canevas mal ficelé d'une extrême résistance paradoxalement. Cela dit, si nous exerçons une force suffisante à chaque extrémité, donc si nous en changeons les vibrations, il finira par céder en commençant sur les bords, puis se déchirera complètement si ces vibrations durent. C'est la même chose pour nous. Si ces dernières changent, il est normal que les atomes n'interprètent plus de la même manière leur présence

146

sur un corps quel qu'il soit, c'est-à-dire humain, animal, végétal ou encore chimique et cherchent à aller se fixer ailleurs. Je ne vais pas vous faire un cours de chimie, mais il y a quelques « règles » fondamentales sur les atomes quant à leur attirance les uns envers les autres. Il y a beaucoup trop de facteurs à prendre en compte, mais si notre environnement change, nous changeons aussi d'une manière ou d'une autre. Selon moi, il y a eu un laps de temps où votre structure moléculaire à été remise en question, le temps nécessaire à vos atomes de retrouver leurs points de repère, leurs marques, un peu comme un flottement furtif, vous comprenez ?

- J'ai peur de comprendre, fit Hubert en se rapprochant d'Allan afin que son fils n'entende pas, nous sommes « disloquables », n'est-ce pas ?

- Sous certaines vibrations, oui, comme je viens de vous l'expliquer et en outre, votre fils peut entendre…

- Pourquoi dites-vous ça ?

- Je ne sais pas trop à vrai dire, mais je vous le dis !

Allan s'aventurait franchement dans diverses affirmations, mais il avait un doute sur sa théorie. La reconstitution était-elle complète une fois la brèche refermée… Ses yeux s'écarquillèrent soudain. Il jeta un regard furtif à Jocelyn.

« *Vous n'avez pas été disloqué vous ?* » pensa-t-il, « *les vibrations de votre monde ne peuvent en aucun cas correspondre aux nôtres… Ou bien elles ne sont pas si éloignées les unes des autres. Oui, c'est ça, comment n'y ai-je pas songé plus tôt ? Chaque vibration dépend d'un fait et d'un moment bien précis, mais la « structure » reste la même. Il n'y a rien de différent avec nous et s'il peut évoluer parmi nous, cette dispersion moléculaire ne se produit que lors des traversées. Le temps d'adaptation se décide en quelques secondes seulement… Si nous nous adaptons aussi facilement à de nouvelles vibrations alors notre esprit est bien obligé de suivre... Hum, à voir ».*

- Professeur ! Professeur !

- Oui, pardonnez-moi, je réfléchissais.

- Vous avez une explication pour le tourbillon ?

- Ces tourbillons sont le résultat de la rencontre de ces deux mondes. Même un simple déplacement dans le temps génère ce genre de phénomène. Le monde dans lequel nous sommes est différent de celui où j'ai commencé cette phase, car beaucoup de choses se sont produites un peu partout.

Allan réfléchit à nouveau quelques instants.

« Ce qui impliquerait de repasser absolument à l'endroit précis où ils sont apparus, à moins que... si l'invention de ma tête de mule d'assistant a bien été pensée, alors quelques problèmes pourraient disparaître. Ils sont donc passés par un « trou de ver ». Mais comment a-t-il pu rester ouvert aussi longtemps et surtout comment est-il devenu aussi grand ? Garvey, vous avez trouvé le moyen de produire un champ antigravitationnel. Je ne vous le dirai jamais jeune homme, mais vous êtes prodigieux. Vous avez créé « L'œil du cyclone inter dimensionnel ». Quoi qu'il en soit, cet homme et son fils n'ont pas seulement « l'esprit ailleurs ». Nous devons les ramener chez eux ».

- Monsieur, vous vous sentez bien ?

- Oui, pardonnez-moi, je crois que tout n'est pas perdu. Si ce que je pense s'avère exact, vous êtes d'ores et déjà sortis d'affaire !

- C'est une bonne nouvelle, mais que voulez-vous dire ?

- Je veux dire qu'en dépit de ce qu'il vient de vous arriver, la situation n'est peut-être pas aussi dramatique pour vous que pour notre chauffeur !

- Pardon, dit Jocelyn inquiet ?

- Je m'explique. Mon assistant qui a disparu depuis maintenant trois jours a mis au point une machine sous la forme d'un petit boîtier, qui permet de faire apparaitre des "brèches" dans l'espace-temps interdimensionnel ; c'est-à-dire dans d'autres réalités, qu'elles fassent partie ou non de ce que nous sommes, et surtout d'où nous sommes.

Hubert le regarda étrangement.

- Je ne comprends rien !

- C'est normal, reprit Allan, ce n'est pas facile de l'expliquer avec des mots simples. Bien, j'essaie de faire simple pour que tout le monde puisse comprendre. Il existe d'autres réalités que la nôtre, d'autres univers si vous préférez, et mon assistant, Garvey, a créé un appareil qui provoque des failles dans notre univers sous forme de distorsions ponctuelles et par conséquent dans d'autres réalités, comme si l'on écartait les bras pour ouvrir un rideau. Et c'est un peu ce qui vous est arrivé à vous et votre enfant. Mais vous n'avez de toutes évidences pas atterri ailleurs que dans votre propre dimension, et cela je ne peux pas encore l'expliquer.

- Vous voulez dire qu'il y a plusieurs dimensions, fit Hubert un peu amusé ?

- Il n'y a pas de quoi rire mon jeune ami, d'après vous, que vous est-il arrivé ?

- D'accord, j'admets ne rien comprendre à ce qui s'est produit, mais de là à évoquer d'autres mondes, ou un voyage dans le temps, il y a un gouffre !

- Détrompez-vous, interrompit Jocelyn, j'ai eu la même mésaventure que la vôtre, sauf que j'ai dû me rendre à l'évidence que je n'avais pas fait qu'un simple voyage dans le temps.

- Bien entendu, vous allez conclure en me disant que vous venez d'un autre monde, n'est-ce pas ?

- Oui, Hubert, je ne suis pas de ce monde.

- Vous êtes un extra-terrestre alors, dit Félix émerveillé !

« *Je l'avais oublié lui* », pensa Jocelyn.

- Si vous pouviez éviter de me dire ce genre de plaisanterie devant le môme, vous éviteriez de l'effrayer, objecta vivement Hubert.

À ce moment-là, Jocelyn freina presque tout autant brutalement que la première fois, en se rangeant tant bien que mal sur le bas-côté de la route. Là, il se tourna vers l'arrière en parlant sèchement au père incrédule.

- Écoute bien ce que je vais te dire, vous étiez sur l'eau, et vous vous êtes retrouvés sur notre route, ça, c'est déjà une première réalité. Que tu le veuilles ou non, il s'est passé quelque chose de pas banal que le professeur tente de t'expliquer depuis tout à l'heure. Mais tu ne lui facilites pas la tâche en t'obstinant comme tu le fais, et en l'obligeant à chercher ses mots pour que tu comprennes. Et de grâce, ne nous parle plus de ton fils, il était avec toi, donc il est concerné, gamin ou pas, « Capich » ? Alors maintenant, tu te tais, et tu le laisses parler !

Bien décidé, il se retourna et redémarra promptement. Dans la voiture régnait un climat de stupeur et d'étonnement.

« *Il est bien celui-là aussi* » pensa Allan en regardant Jocelyn, et Emma n'en pensait pas moins. Se sentant à présent libre de continuer son explication sans être interrompu toutes les deux phrases, Allan poursuivit.

- Hum… Bien, comme je vous le disais, je ne suis pas absolument certain que ces brèches mènent systématiquement dans d'autres dimensions, puisqu'il y a quelques personnes portées disparues ici dans notre dimension, qui ont été retrouvées le lendemain, pour certaines, deux jours plus tard, pour d'autres à l'autre bout du monde. Et cela continue de se produire, tant pour les apparitions que pour les disparitions.

- Je ne comprends pas, interrompit Hubert, vous insinuez que ça ne s'arrête pas ?

- En tout cas, pas pour le moment. Ayez l'obligeance de mettre la radio Emma, s'il vous plaît. Ne mettez pas le son trop fort, de sorte que je puisse continuer à parler à notre nouvel ami, et lorsque vous entendrez les informations, dites-le-nous et montez le volume. Je vous fais le pari qu'ils annonceront d'autres apparitions et disparitions.

- Oui professeur, je m'en occupe, dit-elle en s'exécutant.

- Je ne vais pas rentrer dans le détail, continua Allan, ce serait beaucoup trop technique, mais ce que nous pouvons observer pour l'instant, c'est que tout cela se déroule d'une manière très aléatoire, et tant que je n'ai pas plus de données entre les mains, je préfère m'abstenir de toutes explications qui pourraient de surcroit s'avérer inexactes par la suite.

- Si vous le permettez professeur, il y a une solution toute simple à essayer pour savoir s'il s'agit d'un simple voyage dans le temps, ou s'ils sont dans une dimension autre que la leur, interrompit Jocelyn.

- Et quelle est-elle mon jeune ami ?

- S'ils sont toujours dans leur monde, ils devraient être en mesure de rassurer leur famille ou leurs proches avec un simple téléphone.

- Mais c'est vrai ça, s'exclama Hubert, avec vos histoires interdimensionnelles, ça ne m'a même pas effleuré l'esprit !

« Il a raison le bougre » pensa Allan, « Pourquoi n'y ai-je pas pensé ? »

- Vous voulez bien me prêter un téléphone s'il vous plaît Jocelyn, dit Hubert bouillonnant d'impatience, si vous avez raison, je vais pouvoir parler à ma femme et lui dire que tout va bien. Nous étions descendus dans une aubergîte en Italie, et je devrai facilement retrouver leur numéro...

Jocelyn ne répondit pas, mais il rigolait intérieurement.

« *Aubergîte, tu as bien de la chance toi* » pensa-t-il,

« *Tu es toujours dans ton monde !* »

Soudain, Emma vint perturber la sérénité qui s'installait peu à peu dans la voiture. Elle tendit son téléphone à Hubert et manipula la radio.

- Écoutez, dit-elle en ordonnant gentiment à tout le monde de se taire, et en augmentant le volume de la radio !

« Mesdames, Messieurs, bonjour, dit la voix des ondes, de nouveaux phénomènes inexplicables se sont produits depuis ce matin ».

À cet instant, tout le monde dans la voiture se tut, et n'eut d'ouïe que pour les paroles du journaliste à la radio.

« Outre toutes ces disparitions et ces apparitions depuis deux jours, il a été constaté, hier dans la soirée, un évènement étrange dans le ciel. Certains ont évoqué des comètes, mais après une observation approfondie, il a été conclu que cela n'était pas suffisamment rapide pour des comètes, et beaucoup trop pour des avions. Les autorités ne se prononcent pas encore sur ce sujet ».

En entendant cela, Hubert se sentit rassuré. Il entendait officiellement qu'ils n'étaient pas les seuls. À croire que l'on doive accorder plus de crédit à la parole d'un boîtier électronique qu'à celle d'un homme. Quant à Allan, il se posait maintenant des questions sur ces choses étranges observées dans le ciel.

Dans son exposé, le journaliste parla de sept nouvelles disparitions et d'autant d'apparitions. Mais la grande nouveauté du jour était l'observation de cet évènement dans le ciel. Depuis quelques jours, les informations avaient des allures de bande-annonce de films de type « catastrophe, science-fiction » et chaque jour qui passait, annonçait un nouveau phénomène.

* * *

Pendant ce temps, Enke et Klaus, disparus deux jours plus tôt, avaient échoués dans une dimension qui n'était pas celle du professeur et d'Emma, et encore moins celle de Jocelyn. Pour eux, le passage avait été plutôt doux. Dans un premier temps, alors que Enke donnait quelques conseils à Klaus pour le déstresser par rapport au contrôle qu'il avait peur de rater ce matin-là à l'école, le paysage ainsi que les nuages dans le ciel avaient accéléré de la même manière que pour Jocelyn sur le viaduc ; mais cela s'était produit en si peu de temps que, concentrés dans leurs conversations, ils ne s'en étaient pas rendu compte de suite. Ce n'est que quelques secondes plus tard qu'Enke avait trouvé étrange que le goudron qu'ils foulaient se soit transformé en terre, et lorsqu'ils avaient regardé autour d'eux, tout avait changé. Ils s'en étaient retrouvés paralysés de peur et de stupéfaction pendant quelques minutes tout en se grattant le corps avec virulence…

- Où est-ce qu'on est maman et qu'est-ce qui gratte comme ça ?

Le jeune garçon n'était pas spécialement effrayé, mais plutôt intrigué.

- Je ne sais pas trésor, reste bien à côté de maman.

- Ça pique trop maman fais quelque chose !

La mère gesticulait tout autant que l'enfant et devait se raisonner pour ne pas exploser nerveusement. Tandis qu'elle entreprenait de soulager son fils, elle sentait les démangeaisons s'amenuiser progressivement.

153

- Tu as toujours autant envie de te gratter, reprit-elle en soupirant ?

- On dirait que ça s'en va, et toi ?

- Oui, trésor, ça commence à passer.

Elle s'efforçait de cacher sa peur ; qu'était-il arrivé ?

Pourquoi tout avait changé d'un simple pas à l'autre ? Enke ne comprenait pas et avait du mal à croire en ce qu'elle voyait. Bien que sa réaction de blottir Klaus contre elle pour le protéger fut celle d'une mère protectrice, elle éprouvait en plus de la surprise, un de ces mal-être annonciateur de mauvais présages. Les maisons, les immeubles, les rues, ainsi que les voitures et le brouhaha ambiant de la ville avaient disparu pratiquement d'une seconde à l'autre. De plus, il était impossible que le soleil commence à se coucher alors qu'il était tout juste huit heures et quart du matin lorsqu'ils étaient partis.

Autour d'eux, régnait en maître la nature. De hautes montagnes se dressaient droit devant eux, et tout autour se trouvait une multitude de territoires vierges et de prairies, mais aucune maison, ni même une ferme, et encore moins âme qui vive. Ainsi, Enke ne pouvait même pas fournir une réponse approximative à Klaus. Elle ne pouvait d'ailleurs pas articuler grand-chose.

L'idée lui vint de se retourner pour vérifier la possibilité d'un éventuel retour en arrière, mais la brèche s'était déjà refermée.

- On est où maman, réitéra l'enfant ?

- Je ne sais pas Klaus, fit la mère inquiète.

- Qu'est-ce qu'on fait maman ?

Enke stressait facilement, et elle savait qu'elle ne devait pas céder à la panique pour ne pas affoler son fils, mais ça en était trop pour elle ; elle perdit pied quelques instants sous l'assaut incessant des questions de Klaus.

- Je n'en sais rien, rétorqua-t-elle sèchement en haussant la voix !

- C'est pas ma faute si on est là, reprit l'enfant en pleurant et en lui lâchant la main.

Se rendant compte de son égarement, elle culpabilisa de ne pas s'être maîtrisée davantage et répara son erreur sur-le-champ. S'étant éloignée de quelques mètres, elle le rejoignit et s'accroupit à sa hauteur. Elle le regarda, lui passa une main tendre et chaleureuse sur le visage et le rassura.

- Excuse-moi mon chéri, je n'aurais pas dû me laisser emporter. Je t'avoue que tout ça m'effraie, mais je vais être une maman courageuse et je te promets de ne plus m'énerver après toi. Tu me pardonnes ?

Comprenant d'une part la situation, et succombant d'autre part au regard tout amour de sa maman, Klaus sécha ses larmes et se blottit contre elle, lui montrant par la même occasion qu'ils devaient rester deux dans un moment pareil et que du haut de ses dix ans, il serait lui aussi présent pour veiller sur elle.

À présent sûre d'elle, Enke décida de prendre les choses en main. Elle fit du regard un tour d'horizon à trois cent soixante degrés, se releva et prit Klaus par la main.

- Nous n'allons pas rester ici sans rien faire, reprit-elle en fixant les prairies. Nous allons marcher par là et nous finirons bien par trouver quelqu'un, une maison ou une ferme, tu es prêt ?

- Oui maman, reprit le jeune garçon enthousiaste, on y va !

Ils commencèrent donc à marcher avec la ferme intention de mettre un terme à ce cauchemar. À ce moment-là, ils ne savaient pas qu'ils étaient surveillés. Des yeux les observaient depuis leur arrivée et les suivaient pas à pas.

Klaus continuait de se poser des questions et harcelait sa mère sans s'en rendre compte, car il voyait bien que ce qu'ils étaient en train de vivre n'avait rien de naturel.

- Pourquoi on est là maman ? Pourquoi Berlin a disparu ? Est-ce qu'on est punis ? Tu crois qu'on va retrouver la maison ?

Enke pensa qu'elle devait le rassurer davantage.

- N'aie pas peur Klaus, nous allons bientôt rentrer.

- Mais c'est pas ça maman, j'ai pas peur, mais c'est toi l'adulte, peut-être que tu ne m'as pas tout dit pour ne pas m'affoler !

Enke se rendit compte qu'elle n'avait pas affaire à un petit gars sans cervelle, et qu'elle devrait dorénavant lui parler comme à un petit homme. Elle s'arrêta, se rabaissa à sa hauteur et s'adressa à lui en oubliant l'enfant qu'il est.

- Je ne peux pas répondre à tes questions pour le moment, mais ce que je peux te dire en revanche, c'est que j'ai autant envie que toi de retrouver Berlin ainsi que nos habitudes.

- D'accord maman, je ne t'embêterai plus avec mes questions.

- Je sais Klaus, on continue ou tu veux faire une halte ?

- Nonmaman, on peut continuer.

Ils reprirent leur marche quand tout à coup une énorme ombre les survola. Au sol, elle était aussi grande qu'un avion volant à basse altitude. Ils levèrent aussitôt les yeux vers le ciel et virent ce qui semblait être un énorme rapace ressemblant à un aigle ou un vautour. À vrai dire, il ne ressemblait à rien de connu dans leur dimension, mais il était gigantesque et paraissait les suivre à distance.

- Cours, hurla Enke affolée.

Il y avait à deux cents mètres de là, un endroit rempli d'arbres suffisamment serrés pour que le monstre ne s'y infiltre pas. L'animal faisait des rasées de plus en plus proche du sol, et semblait attendre la moindre opportunité pour alpaguer l'un d'eux.

Enke et Klaus battaient tous les records pour atteindre cette mini forêt salvatrice. Les arbres se rapprochaient peu à peu, encore cent mètres et une véritable éternité pour les atteindre. L'oiseau géant continuait ses passages incessants, et faisait cette fois des rasées à moins d'un mètre au-dessus d'eux. Au prochain passage, c'est sûr, il ouvrira ses longues griffes et en prendra un dans la foulée. Plus qu'une cinquantaine de mètres avant l'abri, mais c'était encore trop. Enke prit Klaus par la main et courut à toutes jambes ; l'animal fit demi-tour et s'apprêta à un nouveau passage en rase-motte, plus que trente mètres à parcourir pour être en sécurité, mais l'oiseau arrivait, il était là, très près, tel un immeuble équipé d'ailes géantes, ses grandes griffes s'ouvrirent, et se plantèrent directement dans le sol, les encerclant à moins de vingt mètres des arbres.

Enke prit Klaus dans ses bras en pensant au pire. Les griffes allaient certainement s'enrouler autour d'eux en ramassant un lopin de terre dans la foulée. Enke regarda son enfant dans les yeux ; impossible de s'échapper de cette prison faite de griffes géantes. Je t'aime mon fils… Je t'aime maman…

Tous deux se serraient de toutes leurs forces l'un contre l'autre, mais les griffes ne bougeaient pas, elles ne se refermaient pas et là, outre l'énorme cri de l'animal ressemblant à un glapissement d'aigle amplifié cent fois, survint un autre cri beaucoup plus grave celui-là, rappelant le sifflement d'un serpent accompagné d'un énorme rugissement. Enke et Klaus se rendirent à l'évidence, si l'oiseau avait voulu les attraper, il l'aurait fait depuis longtemps. Soudain, les griffes s'envolèrent et alpaguèrent avec une grande violence un grand, gros et long serpent, pour le déposer à plusieurs kilomètres de là. Enke et Klaus étaient tétanisés, et observaient le spectacle.

Le serpent mesurait au moins soixante mètres de long, et son corps était aussi large qu'un camion-citerne. Pour lui, ils devaient être ce qu'une souris est à un python géant. Vu la violence de l'emprise, le serpent devait certainement être mort, quant à l'oiseau, une fois son colis déposé, il fit demi-tour et se dirigea de nouveau en direction de la mère et de l'enfant. C'était difficile à croire, mais ce monstre leur avait sauvé la vie, alors qu'ils n'avaient jamais senti la mort aussi proche. S'étant réfugiés dans les arbres, ils regardèrent l'animal s'approcher, puis se poser à une quinzaine de mètres d'eux. C'est à cet instant qu'ils se rendirent compte de son envergure. Les ailes rabattues sur son corps, il était là, planté devant eux perché sur ses deux énormes pattes. Il était aussi haut qu'un immeuble de trois étages, et était aussi large que la cuisine et le salon réunis. Il émit soudain un glapissement qui avait l'air d'être un cri de victoire. N'écoutant que son instinct, Klaus sortit des arbres et alla à sa rencontre.

- Klaus, cria Enke en tentant de le retenir !

Elle décida donc de le suivre. Klaus n'avait plus peur.

L'animal se pencha de quelques degrés en avant et sembla le fixer dans les yeux. Enke n'en croyait pas les siens, mais restait prudente sur les éventuelles réactions du rapace.

- Merci, dit Klaus.

L'animal lui répondit par un glapissement bref et moins bruyant que le premier. Peut-être lui avait-il répondu « pas de quoi »?

Là, il s'envola en générant une énorme poussière due à son battement d'ailes et s'éloigna dans les airs.

Ils ne savaient pas où ils étaient, mais apparemment quelqu'un ou plutôt quelque chose veillait sur eux.

- Viens Klaus, ne restons pas ici…

GROUND ZERO

« Et souviens-toi encore que Chacun ne vit que le présent, cet infiniment petit. »
Marc Aurèle

Thomas, Kévin, Kurt et Robert sont les quatre ouvriers américains disparus de « Ground Zéro » dans la dimension de Jocelyn. Le passage a été pour eux aussi radical qu'un coup d'éponge sur les immeubles qui les entouraient. Ils se sont retrouvés dans un endroit aseptisé et futuriste. D'un pas à l'autre, ils étaient dans une grande salle peinte de blanc et sans aucune décoration. Il ne semblait y avoir personne et pourtant, au loin, quelques bruits se faisaient entendre...

- C'est quoi ce souk dit Thomas !

Kévin, qui avait toujours réponse à tout, même quand il ne savait pas, ne tarda pas à en fournir une.

- C'est rien les gars, rassurez-vous, on a fait ce même type d'expérience à l'armée et on en est toujours revenus.

Kurt quant à lui, avait souvent des réponses, mais seulement quand il était certain de ne pas raconter d'âneries. Il disait les choses comme elles étaient, sans fioritures, sans manières, quelquefois maladroitement. Il était ainsi fait « L'ami Kurt »

159

dont le sourire amusait tout le monde à cause de la disposition de ses dents qui rappelait les touches en bois brut non usinées d'un piano à queue.

«Je suis comme ça. On me prend comme je suis et puis c'est tout!» Se défendait-il régulièrement.

Il avait une opinion différente sur ces évènements hors du commun, mais il préféra la taire en demandant à Kévin d'approfondir la sienne au cas où pour une fois, il ne raconterait pas n'importe quoi.

- Qu'est-ce que tu veux dire par là, de quelles expériences parles-tu ?

- Ce serait trop long à t'expliquer, laisse tomber !

Robert, qui était un grand gaillard placide, s'exaspérait rapidement de ces querelles d'enfants capricieux.

- Vos gueules, fit-il de sa voix grave et criarde !

Ce fut radical, tout le monde se tut sur-le-champ. C'est vrai que sa carrure de catcheur apprivoisé par une femme et deux enfants, ne donnait pas envie de le contrarier. Même Kévin ne trouvait rien à redire dans ces cas là.

- Je ne sais pas si on fait les frais d'une expérience, continua-t-il, mais quelque chose de bizarre s'est produit lors de cette accélération et maintenant on est là ! Alors, concentrons-nous plutôt sur ce qu'on va faire.

Cette grande salle faite de murs blancs et de vitres ne paraissait avoir aucune porte. Seule une passerelle en fer, surplombant ce qui avait l'air d'être un jardin artificiel, semblait mener dans une autre grande salle semblable à celle-ci.

- Qu'est-ce que vous en dites les gars, fit Robert en fixant cette dernière ?

- Tu... tu crois vraiment que c'est raisonnable de partir d'ici ?

- Tu vois une autre solution, tu vois le chantier quelque part ?

- Bon, très bien, allons-y, reprit Kurt. STOP, hurla-t-il soudainement !

- Qu'est-ce qu'il y a encore, fit Thomas dont l'index officiait de temps à autre dans la spéléologie curative et était présentement en pleine action ?

- Regardez, ici, sur notre gauche ! Vous voyez ce que je vois ?

- Taisez-vous, chuchota Robert, il veut peut-être communiquer avec nous.

Sur leur gauche se tenait un homme dont la tête semblait avoir été trop gonflée ; il se tenait immobile et les fixait avec intensité. L'homme était vêtu de vêtements clairs, comme pour se confondre avec ce qui l'entourait.

- C'est quoi ça, dit Thomas apeuré ?

- Quelqu'un qui a l'air de se demander ce qu'on fabrique là, dit timidement Kurt, à mon avis on est chez « ET » et apparemment il a retrouvé sa maison !

Une voix se fit tout à coup entendre dans leurs têtes.

- *« Qui êtes-vous ? »*

- Vous avez entendu ça, dit Thomas en regardant ses trois comparses, j'ai l'impression d'avoir entendu ça dans ma tête !

Robert regarda à son tour ses trois collègues en s'arrêtant sur Thomas.

- On a tous entendu ça dans nos têtes. Maintenant, laissez-moi lui parler.

- Bonjour Monsieur, nous sommes des ouvriers du bâtiment travaillant sur Ground Zéro à New York, nous avons terminé notre journée de travail, et avons voulu rentrer chez nous, mais nous sommes arrivés, dieu seul sait comment, ici dans votre humble demeure.

Tandis que Robert tentait de cacher sa peur et de garder son calme, « Pastèque-Man » se fit entendre à nouveau de la même manière.

- Je sais comment vous êtes arrivés jusqu'ici et nous pouvons vous aider à rentrer chez vous.

- Vous avez entendu ça, dit Kurt, on va pouvoir rentrer ? Mais au fait, on est où ?

- La question n'est pas où, mais quand êtes-vous, reprit « Grosse tête » !

- Cette espèce de « Monsieur propre mal imité » ne m'inspire aucune confiance, dit Kévin en approchant sa main droite du marteau accroché sur la ceinture de son pantalon parmi une paire de burins et autres outils lui servant dans son travail.

- Kévin, tu te calmes et tu la fermes, fit Robert sèchement et laisse ton marteau tranquille !

Kévin hésita quelques instants, en fusillant "Monsieur propre" du regard. Soudain, tous les outils de Kévin ainsi que ceux de Robert, Thomas et Kurt, sortirent violemment de leurs emplacements pour s'envoler dans les airs et atterrir une dizaine de mètres derrière eux à leur grande surprise.

- C'est lui qui a fait ça, dit Thomas impressionné ?

Les quatre ouvriers se regardaient dénués de toutes réactions.

- OK, dit Robert en mettant ses deux mains en avant dans le but de faire comprendre à « ET » qu'ils ne recommenceront plus, dites-nous comment rentrer chez nous !

Là, il se tourne vers Kévin.

- Recommence à déconner et je te plante moi-même ton marteau dans la cervelle, vu !

Pour une fois, Kévin n'eut pas de réponse à fournir. Cela se voyait que la peur avait motivé son acte. Robert le voyait bien et tenta d'apaiser la situation en lui mettant une main amicale sur l'épaule.

- Nous aussi, on a la trouille au moins autant que toi.

- Excusez-moi les gars, reprit Kévin un peu gêné.

Thomas, qui avait souvent, et bien malgré lui le rôle de souffre-douleur avec Kévin, esquissa un sourire discret en oubliant quelques instants la situation dans laquelle ils étaient.

« Tu avais dû rater l'avion le jour où ils ont fait cette expérience à l'armée ! » pensa-t-il.

Robert avait l'habitude d'être naturellement le porte-parole de ses collègues. Il regarda à nouveau « L'homme qui parlait sans la bouche » et s'adressa calmement à lui.

- D'accord, nous sommes prêts, expliquez-nous.

La voix reprit de plus belle dans les quatre cerveaux.

- Vous êtes sur Terre et je ne suis pas un extra-terrestre, mais un terrien tout comme vous. Je suis né en l'an quatre mille cinq cent deux et nous sommes en quatre mille six cent cinquante-sept.

- Nom de Dieu, interrompit Kurt, il a cent cinquante-cinq ans !

- « La ferme » Kurt et écoute, fit Robert du bout des lèvres.

Ainsi, « Monsieur propre » poursuivit son explication. Ses paroles avaient l'effet d'un coup de massue sur la tête des ouvriers à chaque fin de phrase. Lorsqu'il eut terminé, il les invita à le suivre dans une autre grande pièce blanche…

IL EST TEMPS

« La simplicité n'est pas un but, mais on arrive à la simplicité en dépit de soi, comme on approche le sens réel des choses. »
Aristote

L a petite « Smett » blanche d'Emma faisait route en direction de Paris. Ayant pu parler à sa femme, Hubert était à présent rassuré. Quant à Tiffany, elle n'avait rien compris à la brève explication qu'avait tenté de lui fournir son mari, mais le plus important était qu'elle avait pu les entendre tous les deux, car jusque-là, ils étaient portés disparus. Restait encore à éclaircir le mystère de la voiture dans l'eau.

- Alors que décidez-vous, lui demanda Allan ; désirez-vous la rejoindre ?

Hubert apparut hésitant quelques instants.

- Tout compte fait, nous allons attendre d'être arrivés à Paris, répondit-il en l'invitant d'un signe de la tête à une discussion à huis clos.

- Je vous écoute.

- Maintenant que tout est rentré dans l'ordre, nous allons vous accompagner encore un bout de chemin si vous n'y voyez pas d'inconvénients, car Félix a hâte de voir la suite des évènements ; un peu comme moi je vous l'avoue.

Allan le regarda en arborant un grand sourire parsemé de micromitraillettes entre les dents.

- Vous vous moquez de moi n'est-ce pas ?

- Non, pas du tout, ça n'est pas ce que vous croyez.

Il s'apprêta à l'interrompre, mais Hubert insista.

- S'il vous plaît, écoutez ce que j'ai à dire.

Allan resta silencieux, mais acquiesça d'un léger mouvement de tête peu encourageant.

- Il y a quelque chose que je ne vous ai pas dit. Félix a eu un comportement pour le moins étrange, qui n'a duré que quelques instants, mais qui a tout de même réussi à capter mon attention en dépit de ce qui nous arrivait dans cette espèce de tourbillon infernal. Il s'est mis à me rassurer en me disant qu'on s'en sortirait, puis l'instant suivant, il était mort de peur.

- Je ne vois rien de bien mystérieux vu la circonstance.

- Vous ne l'avez pas entendu à ce moment-là sinon vous vous poseriez les mêmes questions que moi !

- Je comprends. Lui avez-vous demandé une explication depuis ?

- Non, je pense lui en parler après toute cette histoire, à moins qu'il ne le fasse de lui-même.

- Ça aurait été intéressant de savoir. Soit, vous me l'expliquerez plus tard, car nous avons encore à faire. Vous allez donc venir avec nous, mais il serait bien qu'il y retourne ne serait-ce que pour exorciser ce qu'il a vu ou entendu. Par ailleurs, seul son inconscient pourrait s'en souvenir.

- Que voulez-vous dire ?

- Rien n'arrive par hasard, mon brave Hubert, pensez-y.

Il tourna les talons et fit comme si de rien n'était en laissant Hubert à sa réflexion de père attentionné et soucieux.

- Comme vous voudrez, conclut-il.

- Vous n'avez pas envie de revoir votre femme, s'étonna Emma?

- Bien sûr que oui, affirma Hubert, mais c'est une expérience que nous vivrons qu'une fois dans notre vie ; de plus, il y a des vols directs à partir de Paris !

- Je comprends…

Emma était débectée par le comportement d'Hubert.

« *Il disparait sous les yeux de sa femme et lui, il ne pense qu'à ce qui va se passer ici* », pensait-elle ! Elle s'efforçait de ne pas le lui montrer, mais elle commençait malgré elle à réagir telle une militante des droits de la femme.

Félix, quant à lui, était tout aussi excité par cette situation surnaturelle.

- Ça va mon fils, lui fit son père avec enthousiasme ?

- Oh oui papa, répondit ce dernier avec le même entrain !

Emma, Jocelyn et Allan optèrent pour le silence, mais ils n'en pensaient pas moins. La voiture continuait sa route vers Paris. Soudain, Félix remarqua une énorme ombre dans le ciel. Cela n'était pas sans lui rappeler des souvenirs encore frais dans sa tête.

- Regardez, dit-il, c'est Julius !

- Cette énorme masse, reprit son père ?

- Oui papa, j'en suis sûr, je le reconnaitrais entre tous les autres, continua le bambin survitaminé.

- Mais enfin Félix, il y a des milliards d'oiseaux sur cette planète, tu sais ; il lui ressemble peut-être, mais il est cent fois plus gros que celui que vous aviez ramassé avec ton jeune ami.

L'enfant regarda son père d'un air grave et poursuivit en le regardant fixement.

- C'est lui, papa !

Hubert se rendit compte que le bambin ne plaisantait pas et décida d'observer le rapace plus en détail.

- Regarde sa façon de voler papa, tu ne te rappelles pas de son aile ?

- Bien sûr fiston, je m'en rappelle, mais celui-là est énorme ; crois-tu qu'il aurait pu devenir ce que l'on voit là-haut ?

- Je te dis que c'est lui, insista l'enfant.

Jocelyn tentait lui aussi d'observer l'animal en conduisant, et bientôt, tous les occupants de la Smett le regardaient avec attention.

« *Si encore c'était un éléphant volant, je comprendrais qu'il se souvienne* », pensa Allan en bon scientifique qu'il était. « *Mais un rapace !* »

- Vous l'avez recueilli quand il était jeune, demanda-t-il à Félix ?

- Oui monsieur.

- J'imagine qu'il ne devait pas être plus gros qu'un canari à cette époque.

- Oui professeur, reprit le jeune garçon, les yeux brillants de gaieté et je suis sûr qu'il m'a vu !

Hubert tenta de le raisonner.

- Félix, il est au moins à trois cents mètres de nous.

Intrigué, Allan ne put s'empêcher de lui demander quelques précisions supplémentaires.

- Montre-moi avec tes mains quelle taille il mesurait.

Félix écarta ses mains d'environ dix centimètres.

« *Étrange* » pensa Allan, « *quelle race d'oiseau peut devenir aussi énorme en si peu de temps. À moins que ce soit lui, mais d'ailleurs, alors les animaux aussi garderaient les mêmes traits quoiqu'il arrive dans chaque dimension... Existerait-il un autre moi-même dix fois plus grand ou peut-être bien plus petit ? Une*

167

éventualité à creuser, sans perdre de vue que tout animal s'adapte toujours à son environnement s'il veut survivre. Qu'est-ce qui a bien pu provoquer ça ? Ils doivent avoir l'espace adéquat, pour se poser, j'imagine mal un de ces mastodontes se poser dans une ville en pleine journée. La Terre serait-elle devenue un immense désert peuplé de géants ? Mais alors, où se logent les gens ? Peut-être sont-ils moins nombreux, beaucoup moins nombreux dans ce cas ? Que nous sommes-nous fait ? Quelle manette destructrice avons-nous actionnée ? Peut-être que tout ça est l'évolution biologique normale aussi bien pour l'homme que pour l'animal. Mais s'il devient grand, il y a forcément un moment où l'espace se raréfie ? Cet oiseau n'est de toute évidence pas le sien, mais si sa nourriture a grandi en même temps que lui, il y a de quoi se faire du souci. Je suis curieux d'en savoir plus ».

Il regarda de nouveau l'enfant et le questionna plus précisément.

- Tu te souviens de son bec ? Était-il droit, cornu ou un peu arrondi ?

Éveillé, Félix répondit promptement.

- Il était droit ! Pourquoi voulez- vous savoir ça professeur ?

- C'est pour tenter de déterminer de quelle espèce il fait partie.

Tandis que l'animal volait non loin, il disparut soudain sous leurs yeux.

- T'as vu papa, on l'voit plus !

Voyant cela, Hubert réalisa qu'il leur était arrivé la même chose, et sa première pensée fut pour Tiffany.

« Mon Dieu » se dit-il, « *elle a vraiment dû avoir peur* ».

Il se tourna vers son fils en lui appliquant une caresse sur les cheveux.

- On va aller retrouver ta maman qui doit avoir hâte de nous revoir, tu veux bien ?

Il avait lui aussi très envie de revoir sa maman. Il ne répondit point, mais toutes les paroles d'approbation instantanée se trouvaient dans son regard lorsqu'il le regarda en se blottissant dans ses bras.

- Je lui ai dit que nous serions de retour dans trois jours, mais nous allons lui faire une surprise en essayant d'y arriver demain après-midi.

L'enfant ne répondait toujours pas, mais approuva d'un signe de la tête. Emma regardait le ciel où avait disparu le rapace, et esquissa un sourire de satisfaction.

« *Vous remontez dans mon estime* », pensa-t-elle.

Ils s'arrêtèrent environ deux heures et demie plus tard pour faire une pause. Jocelyn dont les yeux sortaient littéralement de leur orbite, se dirigea directement vers le lavabo des toilettes pour se rafraichir le visage et tenter ainsi de lutter contre la fatigue.

Cette halte fut salutaire pour tout le monde. Emma se dégourdissait les jambes, perdue dans ses pensées, le cœur entre les deux Jocelyn, cette situation peu commune qu'ils vivaient ainsi que son devenir.

Allan était quant à lui appuyé sur une portière de la Smett, les deux mains dans les poches et pensait lui aussi très intensément. Y avait-il un moyen de maîtriser tout cela ? Reverrait-il un jour son élève assistant Garvey ? S'était-il perdu dans l'espace-temps ? Était-il toujours vivant ? Et cela ne s'arrêtait pas là. Si le cerveau humain surchauffait en cas de grande réflexion, le sien aurait probablement pris feu !

Enfin, Hubert et Félix marchaient en direction du flanc de la montagne qui bordait le parking. Hubert tentait de mettre un peu d'ordre dans ses esprits et d'assimiler ce qui leur était arrivé.

En sortant des toilettes, Jocelyn stoppa quelques minutes après avoir fait quelques pas et regarda Emma.

« *Je t'en prie* », se dit-il, « *Ne tombe pas amoureuse de moi !* »

Son regard vagabonda ensuite sur un peu tout et rien à la fois. Son attention fut soudain attirée à l'autre extrémité du parking. Le paysage semblait danser à cet endroit-là. Il plissa les yeux pour mieux s'y concentrer.

« *C'est quoi ça encore ?* » pensa-t-il.

Il se mit à marcher vers le lieu en question, sans le quitter des yeux. La roche de la montagne ainsi que les arbres à cet endroit précis dansaient ; ce qui paraissait être une sorte de « danse du serpent » et plus il s'en approchait, plus c'était distinct. Le phénomène s'étendait sur trois ou quatre mètres environ, et semblait débuter du sol jusqu'au ciel, comme si la terre eût été éventrée en son sein. Soudain, un homme apparut quelques secondes, puis disparut aussitôt.

Surpris et stupéfait par ce spectacle, Jocelyn s'arrêta net quelques instants, puis courut à toutes jambes vers les arbres-danseurs en hurlant.

- Professeur Allan, venez vite !

Tout le monde sur le parking se retourna en sa direction sans faire attention au phénomène à l'exception d'un petit garçon, Florent, dont les parents étaient garés tout près et avaient laissé deux malheureuses secondes leur progéniture sans surveillance. Lui aussi avait remarqué ce qui se passait et s'y dirigeait droit dedans. Jocelyn courait aussi vite qu'il le pouvait et continuait de crier.

- Non, n'y va pas ! Reviens !

Le jeune garçon était trop fasciné par ce qu'il voyait pour entendre quoi que ce soit et c'était maintenant ses parents, Jocelyn, Allan et Emma qui lui couraient derrière. Les autres personnes sur le parking ne comprenaient pas ce qu'il se passait; tous restaient figés en regardant la scène. L'enfant n'était plus qu'à quelques pas et était loin de réaliser ce qui allait lui arriver.

- Florent, hurlaient ses parents !

- Arrête-toi, criait Jocelyn !

L'enfant entra directement dans la brèche qui se referma aussitôt derrière lui. Il disparut sous les yeux horrifiés de ses parents. Le paysage était redevenu normal. Jocelyn arriva comme une bombe, se retourna, tâta l'air de ses mains pour le cas où il resterait une infime partie de faille.

- Où est notre enfant, firent les parents affolés ?

Allan, Emma et Hubert qui avaient dit à Félix de rester près de la Smett, arrivèrent à leur tour essoufflés des deux cents bons mètres qu'ils avaient parcourus.

- Florent, criait désespérément la maman !

Elle regardait partout, cherchant vainement un signe, un bruit, un cri, mais il n'y avait que la paroi verticale de la montagne.

- Rendez-moi mon bébé, continuait-elle en pleurs !

Son mari n'en était pas moins paniqué et bouleversé. Il se précipita vers la montagne en brassant l'air de ses bras.

« *Mon fils, où es-tu ?* », pensa-t-il comme s'il s'adressait à la montagne, « *rendez-le-moi!* »

Puis il retourna vers sa femme et tenta de la consoler en la prenant dans ses bras, mais il n'y avait rien à faire, elle devenait hystérique, et ne voulait que son bébé. Désemparé, il regarda Jocelyn.

- Qu'avez-vous vu ? Que s'est-il passé ?

Il ne savait pas que lui répondre. Que penses-tu de :

« *il a disparu dans l'espace-temps, ou dans un autre monde!* » pensa-t-il. « *Je ne sais vraiment pas quoi te dire mon pauvre* ».

Mais il tenta tout de même de lui fournir une explication tandis que les ordonniers alertés dans l'affolement général arrivaient toutes sirènes hurlantes.

« *Il ne manquait plus que ça* », se dit-il cherchant toujours des mots acceptables pour décrire la situation.

- À vrai dire, je n'ai pas vu grand-chose, essaya-t-il de convaincre.

Frustré par cette réponse le père réagit vivement en le prenant par le « Colback ».

- Vous vous moquez de moi ! Pourquoi lui criiez-vous de ne pas y aller ? Où ne devait-il pas aller ?

L'extirpant de ses bras, Hubert et Allan tentèrent à leur tour une vaine réponse.

- Je sais ce que vous ressentez, dit Hubert, j'ai vécu la même chose avant-hier.

- Calmez-vous monsieur, il n'y est pour rien, fit Allan.

Descendus de leur voiture, les ordonniers firent taire tout le monde et séparèrent les deux hommes.

« *On y est* » se dit Jocelyn, « *trouvez quelque chose Allan!* ».

Il regardait Allan, Emma et Hubert, lesquels comprenaient à présent l'embarras dans lequel ils étaient lorsqu'ils l'avaient trouvé dans la flotteuse avec Félix.

- Que se passe-t-il ici, fit l'un des quatre ordonniers.

- Je veux mon bébé, continuait de hurler la mère de l'enfant disparu.

- C'est notre fils Ordonnier, il a disparu et le monsieur qui est là, fit le père en désignant Jocelyn, a tout vu et il prétend maintenant que ça n'est pas le cas.

« *Bon sang, il veut m'envoyer en prison* », pensa Jocelyn qui commençait sérieusement à s'inquiéter de la tournure des évènements.

L'ordonnier se tourna en sa direction en le regardant tel un bandit.

- Bien, alors dites-nous ce que vous avez vu !

Le voyant embarrassé, Emma intervint une nouvelle fois.

- L'enfant se trouvait juste ici, commença-t-elle à expliquer en désignant l'endroit du doigt tout en s'y dirigeant. Mais l'ordonnier l'arrêta dans son élan.

- Madame, s'il vous plaît, je m'adresse à Monsieur, si vous avez vu quelque chose dites-le à mes collègues.

Elle n'insista pas. « *Désolée Joss, cette fois-ci tu devras te débrouiller sans moi!* » pensa-t-elle en le regardant avec des yeux d'excuses.

Contre toute attente, Jocelyn répondit le plus sérieusement du monde.

« *Quitte à passer pour un fou, autant y aller franchement* » se dit-il.

- Très bien, Monsi… Ordonnier, je vais vous dire ce que j'ai vu.

- Oui et expliquez-nous aussi la raison qui vous faisait hurler à mon fils de ne pas y aller, reprit le père.

Jocelyn alla se placer à l'endroit précis où était l'enfant.

- Voilà, dit-il sûr de lui, il se trouvait exactement ici, comme commençait à vous l'expliquer cette jeune dame en désignant Emma, ensuite j'ai vu ce faisceau un peu translucide apparaître juste là…

À cet instant, tout le monde fit les gros yeux.

« *Non Jocelyn, qu'est-ce que vous faites ?* » pensa Allan en lui envoyant un regard qui voulait dire :

« *Ce n'est pas une bonne idée* ».

- De quel faisceau parlez-vous au juste, fit le père ?

- Vous voulez que je raconte ce que j'ai vu ou non ?

Agacé, il le laissa poursuivre.

- Je disais donc qu'il y a eu ce faisceau lumineux un peu translucide ici même, l'enfant s'en est approché, et lorsque je l'ai vu, la seule chose que je me suis dite est qu'il pouvait être dangereux et que l'enfant ne devait pas s'en approcher davantage ; c'est à ce moment-là que je lui ai crié de ne pas y aller.

- Et après, continua l'ordonnier.

- Et bien après, il a disparu !

- Comment ça disparu ?

- Il s'est approché du faisceau, puis je ne l'ai plus vu comme tout le monde sur ce parking d'ailleurs.

L'ordonnier s'approcha du lieu afin de l'inspecter.

- D'où venait ce faisceau ?

- Du ciel, Ordonnier, du ciel.

- Je vois, ne bougez pas d'ici s'il vous plaît, je reviens.

Perplexe, il fit un signe à son collègue qui interrogeait Emma, l'invitant à le rejoindre. Ils s'isolèrent une minute pour parler, puis rejoignirent à leur tour les deux autres qui prenaient des informations auprès d'Hubert et Allan, ainsi que d'autres personnes présentes sur le parking.

Jocelyn se rapprocha d'Emma.

- Ça ne sent pas très bon tout ça, qu'en penses-tu ?

Étonnée et cherchant à sentir une odeur, Emma ne comprit pas promptement ce qu'il voulait dire.

- Je ne sens rien de spécial, pourquoi me dis-tu ça ? Ne crois-tu pas que nous avons d'autres problèmes plus importants à régler pour le moment ?

Jocelyn jeta un coup d'œil dans le ciel comme pour lui demander de l'aide.

- Oublie ce que j'ai dit, je t'expliquerai plus tard.

Ne comprenant toujours pas, elle n'insista pas. Les quatre ordonniers continuaient de discuter entre eux, et évoquaient entre autres les récentes disparitions et apparitions qui faisaient la une de tous les flashes d'information depuis deux jours. Cinq minutes plus tard, ils revinrent à nouveau, mais pour parler aux parents de l'enfant cette fois-ci.

- Avez-vous suivi les informations ces derniers temps, fit l'un des ordonniers ?

La mère toujours effondrée laissa répondre son mari.

- À vrai dire, non ; nous sommes partis avant-hier dans notre deuxième maison à la montagne, et nous ne nous sommes pas du tout préoccupés de ce qui se passait. Pourquoi cette question Ordonnier ?

- Je comprends mieux à présent.

Il demanda à l'un de ses collègues d'aller emprunter un journal parmi les badauds. Il revint pratiquement aussitôt avec le journal du jour en main.

- Tenez Ordonnier-Chef.

Il le prit et montra directement la première page au couple. À la vue des gros titres, l'homme s'alarma.

- Mais qu'est-ce que ça veut dire ? Où sont-ils tous passés et qui sont ces gens arrivés de nulle part ?

- Ça fait deux jours que ça dure et nous ne savons strictement rien sur ces phénomènes. Apparemment, il y aurait un faisceau lumineux qui déclencherait on ne sait quoi !

- Et que comptez-vous faire pour retrouver notre enfant ?

- Donnez-nous son signalement pour commencer, nous allons le diffuser à toutes les ordonneries ainsi qu'aux patrouilles.

- Pensez-vous qu'il s'agisse d'extraterrestres ?

L'ordonnier resta silencieux un court instant.

- Non Madame, bien que ce faisceau m'intrigue. Mais nous

ne nous prononcerons pas tant que nous n'aurons pas plus d'éléments en notre possession. Pour l'instant, je vais vous demander de nous suivre jusqu'à l'ordonnerie pour que nous puissions prendre en compte votre déposition.

- Vous ne cherchez pas notre fils ?

L'ordonnier regarda la montagne qui n'était accessible qu'à partir d'une hauteur d'environ dix mètres.

- À moins que votre enfant soit un champion du saut en hauteur, je ne vois pas où il aurait pu aller.

Offusquée par ce qui lui apparaissait être de la nonchalance, la jeune femme objecta farouchement.

- Il est hors de question que je m'en aille d'ici ! Et je n'arrive pas à croire que vous n'en fassiez pas plus que ça pour le retrouver. Et s'il revenait ?

- Je comprends votre désarroi Madame, mais il y a en vérité un petit visionnaire de quelques minutes que nous allons vous montrer, et je pense que cela vous aidera à mieux comprendre ce qu'il se passe. Nous ne pouvons rien y faire pour le moment, mais je puis vous assurer que nous y travaillons. Venez avec nous, nous souhaitons seulement vous aider, croyez-moi ; peut-être le retrouverez-vous plus tôt que vous ne le pensez.

Confiant, son mari abonda dans ce sens et réussit finalement à convaincre sa femme.

- Très bien Ordonnier, reprit le mari, nous vous suivons.

- Bien, nous partons dans dix minutes, le temps pour nous de prendre les coordonnées des témoins.

Le jeune couple s'en retourna vers leur voiture, mais l'homme se ravisa et fit demi-tour.

- Où vas-tu ?

- Je reviens de suite. Va t'assoir, je te rejoins dans une minute.

Jocelyn le vit se diriger en sa direction.

« *Aïe* » pensa-t-il.

- Monsieur, je vous présente mes excuses pour tout à l'heure, lui dit l'homme d'une voix désespérément triste, je ne me suis pas contrôlé. Êtes-vous sûr d'avoir vu ce faisceau, car j'y pense depuis que vous y avez fait allusion, et je n'ai rien remarqué de tel ?

Se méfiant de sa réaction de père malheureux, Jocelyn décida de lui proposer de l'aide d'une certaine manière.

- Cet homme que vous voyez là-bas, reprit-il en désignant Allan, est un professeur en science à l'université de Paris, et depuis que ces phénomènes ont commencé, il travaille sur le problème et a quelques idées à développer. Mais il préfère garder le silence pour l'instant, et si vous me donnez vos coordonnées je les lui communiquerai et lui demanderai de vous appeler s'il trouve quelque chose. Qu'en dites-vous ?

- Toutes les aides sont les bienvenues. Voici ma carte de visite.

Jocelyn prit la carte en lisant le contenu.

- Laurent Cullier. Ne vous en faites pas Laurent, reprit-il en lui mettant une main amicale sur l'épaule, vous n'êtes pas seul.

La manière qu'il eût de lui dire cela, mit du baume au cœur au papa orphelin.

- Merci Monsieur ; et vous, qui êtes vous ?

- Jocelyn Beaumont.

- Étrange, j'ai déjà entendu ce nom-là.

- C'est normal. Allez-y maintenant, ne faites pas attendre votre épouse.

Intrigué par ces paroles, Laurent, dont la reconnaissance se lisait dans les yeux, retourna à sa voiture.

Le tour d'Emma et Jocelyn arriva.

- Emma Beaumont, vous habitez à Aussillon et à quel numéro vous joint-on ?

Emma lui fournit tous les renseignements demandés. Ce fut ensuite le tour d'Hubert dont les papiers d'identité correspondaient à ce monde, Allan, et enfin Jocelyn.

« *Ça va recommencer* », se dit-il.

- Et vous, fit l'ordonnier, vos identifiants s'il vous plaît.

Seule Emma connaissait le problème. Elle s'apprêta à intervenir à nouveau, quand soudain, comprenant ce qu'il se passait, Allan prit les devants. Il s'approcha de Jocelyn et entreprit une comédie digne des plus grands acteurs à la plus grande surprise d'Emma.

- Quand feras-tu attention tête de linotte, dit-il en appuyant sa main gauche sur le front de Jocelyn, à ton âge je n'aurais jamais oublié mes papiers chez moi, c'est beaucoup trop important !

- Vous ne les avez pas sur vous, reprit l'ordonnier ?

Mais Allan ne lui laissa pas le temps de répondre et continua son jeu en faisant semblant de s'énerver.

- Mais non, il ne les a pas sur lui ! Monsieur les a oubliés chez lui ! Monsieur s'en moque ! Monsieur n'a rien dans la tête ; et s'il t'arrive un accident, comment fais-tu ?

L'ordonnier tenta de la calmer mais en vain.

- Allons, Monsieur, calmez-vous, ce n'est pas bien grave.

- Pas bien grave dites-vous ? Mais c'est tout le contraire ! Il mériterait que vous l'embarquiez en prison pour que ça lui serve de leçon une bonne fois pour toutes !

À cet instant, Jocelyn aurait voulu lui mettre un gros pavé sur la langue.

« *Ça va Allan, il a compris!* » pensa-t-il.

- Quand je pense que ce grand « Dadet » a quarante cinq ans !

Hubert était quelque peu amusé de le voir ainsi rabaissé.

- Monsieur, fit l'ordonnier, comme je vous l'ai dit, ce n'est pas bien grave.

Il poursuivit en s'adressant à Jocelyn et en tentant de masquer un sourire naissant.

- Donnez-moi seulement votre nom ainsi que vos coordonnées, ça suffira.

« *Quel numéro va-t-il fournir ?* » pensa Emma. Mais cette fois-ci, il n'eut besoin d'aucune aide et s'en sortit haut la main.

- Je m'appelle Jocelyn Beaumont, j'habite au numéro trois du chemin des traverses à Aussillon dans le Tarn et pour mon numéro de téléphone, demandez à ma femme, car nous en avons changé il y a peu de temps et c'est elle qui s'en est occupée.

- Décidemment vous oubliez tout ! Votre oncle à raison, vous devriez faire davantage attention. Une dernière chose, où allez-vous ?

- Nous nous dirigeons vers Paris, et pour répondre à votre remarque, je ne risque pas d'oublier quoi que ce soit à l'avenir, fit-il un peu gêné, je m'en souviendrai !

Emma énonça le numéro et l'ordonnier partit rejoindre ses collègues.

- Merci bien Messieurs-Dames, nous vous tiendrons informés. Y serez-vous toujours dans les trois jours à venir ?

- Je ne peux pas vous dire au juste, mais c'est très probable.

- Bien ; s'il y a du changement, faites-le nous savoir. Nos coordonnées sont sur le document que je vous ai remis. Voilà Monsieur, vous pouvez disposer. Bonne route.

- Merci Ordonnier.

Jocelyn alla reprendre place dans la Smett et boucla sa ceinture.

- Emma, Hubert, Tonton, vous venez ?

Il n'était pas fâché, mais la manière qu'il eût de dire cela amusa ses compagnons de route. Tout le monde se réinstalla dans la voiture, dans un silence absolu ; des petits regards furtifs fusaient de part et d'autre. Jocelyn démarra doucement. Quelques kilomètres plus loin, Félix qui avait aperçu brièvement ce qui s'était passé mit directement les pieds dans le plat.

- T'es en colère Boss ?

- Joss, s'il te plaît. Non Félix, je ne le suis pas, j'essaie simplement de retrouver un peu de fierté !

Il lança à ce moment-là un regard à Allan, qu'il était facile de traduire par *«vous n'y êtes pas allé de main morte, si je dois aller voir les ordonniers à Paris, je vais être la risée de toute l'ordonnerie!»*.

- Si Boss, t'es en colère, je le vois, insista le garçon.

Hubert lui tapota légèrement la jambe pour lui faire comprendre de ne pas chercher plus loin. Là, c'en était trop, Jocelyn explosa et répondit sèchement en haussant le ton.

- JOSS bordel ! JOSS ! Capich ?

Personne ne parlait, par peur de rajouter de l'huile sur le feu, mais au bout d'un moment, Allan décida de crever l'abcès.

- Allons Joss, calmez-vous, vous ne devez pas m'en vouloir, je n'ai fait que vous sortir d'une situation embarrassante, pour vous, comme pour nous tous d'ailleurs.

Félix interrompit la conversation, car une question le turlupinait.

- Je peux te poser une question Joss ?

- Oui Félix, qu'est-ce qu'il y a ?

- T'es fâché contre moi dis ?

- Non Félix, je suis seulement énervé, je me suis laissé emporter et c'est moi qui te demande de ne pas m'en vouloir, tu es d'accord ?

Enthousiaste, l'enfant répondit vivement.

- Oui Boss !

Jocelyn comprit rapidement qu'il avait affaire à un gentil « Petit Poison », mais il n'en perdit pas son sens de l'humour pour autant.

- Hubert, fit-il calmement, voulez-vous tordre le cou à votre fils, je vous le rendrai plus tard !

Félix réitéra avec une autre question.

- Joss…

Il commençait à tapoter le volant de ses doigts.

- Oui Félix.

- C'est quoi ton nom de famille, « Bordel » ou « Capich » ?

En attendant cela, tout le monde s'esclaffa, Jocelyn lui, pouffa seulement.

- Tu n'en rates vraiment pas une toi !

- Quentin est le même, tu sais !

S'apercevant de sa maladresse, Emma ravala les derniers mots de sa phrase, mais c'était dit.

- Je ne voulais pas le dire comme ça Joss, excuse-moi.

Dans son monde, il en avait fait le choix, mais dans celui-ci il était le Jocelyn qui n'avait pas d'enfant. Sur l'instant, il ressentit un vide. Il se conforta cependant dans l'idée que tout cela n'était pas sa vie, elle était ailleurs, et il était heureux avec son Emma.

- Tout va bien Emma, c'est pas grave.

Allan comprit le fond du problème. Il mit donc tout naturellement un terme à cette rancune naissante.

- Maintenant, je suis convaincu que vous ne m'en tiendrez pas rigueur, et je sais que vous ne me demanderez pas de culpabiliser d'avoir voulu vous aider. En outre, je vais continuer de le faire lorsque nous serons arrivés.

- Je sais Allan. Sur le moment, je me suis senti rabaissé, je vous l'avoue, mais je vous dois tout de même une fière chandelle.

- Je ne veux pas savoir pourquoi vous me dites cela Joss, mais je préfère me servir de ma lampe torche !

Voyant que cette expression n'avait pas cours dans cette dimension, il n'essaya même pas d'en expliquer la signification.

- Bien Allan, ce sera comme vous voudrez.

Hubert n'avait pas osé intervenir, mais la curiosité le gagna et il ne put s'empêcher de le questionner sur son monde. À présent calmé, il répondit à toutes ses interrogations, ainsi qu'à celles de Félix.

Ils n'étaient plus qu'à vingt kilomètres de la capitale. Jusque-là, l'autoroute correspondait pratiquement en tous points à ce qu'il connaissait, mais il n'avait encore jamais vu ce qui était annoncé sur les panneaux de signalisation. La fin de la route n'était plus qu'à quelques kilomètres, et les indications fléchaient seulement des parkings avec différents noms de quartiers de la ville. Ne sachant pas trop quoi faire, il s'adressa dans un premier temps à Emma qui ne put lui répondre précisément.

- Tout ce que je sais c'est que l'on ne rentre pas dans Paris en voiture. Il y a une multitude de parkings aux abords de la ville où l'on peut se garer et prendre ensuite une anguille qui t'achemine jusqu'au quartier de ton choix. Le sous-sol en est garni ! Vous n'en avez pas dans votre monde ?

- Bien sûr que oui ! Mais nous les mangeons !

- Idiot ! Mieux vaut demander à Allan pour le parking où aller stationner. Je vais le réveiller.

Emma le secoua légèrement.

- Inutile de me secouer comme un prunier jeune fille, je me suis juste un peu assoupi et je vous ai entendu parler. Suivez le numéro « 7 », cette anguille nous y mènera directement.

- Bien Allan, numéro 7.

Jocelyn était secrètement hilare. Une anguille ! Pourquoi

n'ont-ils pas qualifié le train de serpent à sonnettes !

Arrivés à l'entrée où attendaient d'autres voitures, Jocelyn eut envie de plaisanter.

- Tiens, voici le hall à crapauds d'où sortent toutes les mouches qui vont se faire gober par l'anguille qui va nous mener directement jusque dans le nid à cafards. Amis homo sapiens, tenez-vous prêts à débarquer !

Emma rigola de bon cœur. Allan quant à lui, fit une remarque pleine de sagesse.

- Il faut bien que jeunesse se fasse et que vieillesse s'y fasse !

- Alan vous devriez réveiller Hubert et Félix, ça leur laisserait le temps de se mettre les idées en place.

- Vous avez raison Emma.

Il ne plaisantait pas souvent, mais quand il s'y mettait, il pouvait faire preuve d'un humour tout particulier. Il commença par réveiller doucement Félix en lui faisant signe de son doigt devant la bouche de ne rien dire.

- Puisque vous aimez rire, je vous propose d'observer cela, ça marche à tous les coups !

Il s'approcha d'Hubert qui dormait paisiblement et cria :

- Le ravin, on va tomber !

Hubert qui sommeillait paisiblement se réveilla en sursaut, le regard affolé, s'agrippant de sa main gauche sur le siège avant et coinça Félix contre lui pour le protéger. Quelques secondes s'écoulèrent avant qu'il ne réalise la situation. Il n'y avait plus que deux voitures devant eux au niveau de la barrière d'entrée où se trouvait un gardien qui surveillait le bon fonctionnement des opérations. Certains avaient leur place attitrée, d'autres, comme eux, étaient dirigés vers des places d'accueil dites provisoires, moyennant quelques pièces.

Hubert était encore sous le choc, les yeux grands ouverts,

son cœur battait la chamade et quelques gouttes de sueur dues au stress qu'il avait éprouvé, dégoulinaient sur son front. Il regarda le professeur avec mépris.

- Ça y est, vous avez bien rigolé ?

Tout le monde, dans la Smett, riait à en pleurer. Ce n'était certes pas très recherché en matière de blague, surtout venant de la part d'un professeur en science comme Allan, mais ces deux derniers jours de stress intense avaient provoqué une envie irrésistible de se détendre quelque soit le moyen utilisé. Essuyant ses larmes, Allan présenta des excuses à Hubert.

- Pardonnez-moi Hubert ! Je sais que ça n'était pas très malin, mais j'en avais besoin.

Leur tour arriva.

- Bonsoir Messieurs dames, je ne vous reconnais pas, je présume que vous désirez une place provisoire ?

Allan intervint et répondit à la place de Jocelyn en présentant sa carte de l'université.

- Bonsoir mon ami ! Nous allons dans les quartiers universitaires. Ces jeunes gens m'accompagnent et repartiront dans trois jours.

- Bien, alors il vous en coutera douze écus pour le stationnement, et un aller-retour d'anguille. Vous suivrez la lettre "A" et vous garerez sur la place numéro "2382". Le parking est surveillé jour et nuit et si vous devez rester davantage, vous avez la possibilité de vous acquitter des journées supplémentaires dans le hall anguillonnaire de l'Université Beaulieu. Bon séjour!

- Merci Monsieur.

La barrière s'ouvrit, ils gagnèrent leur place de parking et se dirigèrent vers le hall d'embarquement anguillonnaire « Paris-Sud ». En dehors d'Allan qui empruntait souvent les anguilles pour ses déplacements parisiens lorsque sa pétrolette lui faisait défaut, Jocelyn, Emma, Hubert et son fils les découvraient.

Le hall creusé dans le sous-sol était immense ; la hauteur du plafond aurait facilement pu contenir un immeuble de huit étages. Tout semblait avoir été repeint la veille tant c'était propre et moderne. Une musique douce était diffusée pour une attente plus agréable. Aucun haut-parleur n'était visible. Le son semblait sortir de tous les pans de mur. Des publicités défilaient à des endroits ciblés. Impossible de voir d'où elles étaient projetées. Les murs semblaient presque vivants et paraissaient gérer eux-mêmes l'ambiance des lieux. À en juger l'expression du visage des gens présents, il régnait une atmosphère beaucoup plus calme que tout ce qu'ils avaient pu voir jusque-là, semblable à celle qu'ils avaient vue sur l'aire autoroutière.

Probable que ce monde avait réussi sur ce point. Peut-être n'était-ce qu'une question de mœurs ancrée dans les esprits.

Pour une ville comme Paris, cela avait dû être un véritable tour de force pour en arriver à un tel résultat. Jocelyn ne put s'empêcher de questionner Allan.

- C'est comme ça depuis toujours ?
- De quoi parlez-vous, la couleur des murs, l'ambiance ?
Jocelyn sourit sans répondre.
- Non, il y avait beaucoup de pickpockets à une époque. Les ordonniers rôdaient dans tout le hall. Mais un jour, il y a eu un ras-le-bol général. Vous ne le savez pas, mais les mentalités s'étaient unifiées, il n'y a pas très longtemps de cela et il s'est reproduit la même chose dans le secteur anguillonnaire. Ce serait un peu long à vous expliquer, mais...
- Emma m'en a un peu parlé sur la route.
- Elle vous a parlé de cet « unificateur routier » ?
- Un peu oui.

- Eh bien ! C'est ce qu'il s'est passé ici. Tous les voyageurs anguillonnaires n'ont fait qu'une seule et même personne. Ils se sont entraidés les uns les autres à chaque fois qu'il y avait un problème ; si bien que lorsqu'une personne se faisait agresser, ce n'était plus deux ou trois ordonniers qui intervenaient, mais toute une masse de gens présents à ce moment-là. Le coup était pris. Cela avait fonctionné à merveille avec la commanderie, alors vous imaginez avec des voleurs de sacs à main !

- C'est vrai, des milliards de grains de sable peuvent former une montagne.

- Vous avez tout compris mon jeune ami.

Quatre hommes vêtus d'uniformes rouge sombre sillonnaient toute la longueur du quai, mais ils ne semblaient pas être à l'affût de malveillance. En effet, l'un d'eux se dirigea en direction d'un vieil homme surchargé de valises et de sacs pour l'aider. Jocelyn regardait tout cela avec intérêt, s'efforçant de faire des comparaisons. Emma, Hubert et Félix étaient stupéfaits par la démesure du lieu. Observant leurs comportements et leurs stupéfactions, Allan leur souhaita la bienvenue à Paris. Curieux, Jocelyn le questionna.

- Il n'y a pas de périphérique autour de Paris ? Vous savez ce qu'est un périphérique n'est-ce pas ?

- Allons mon jeune ami, vous parlez à un homme de science en activité. Je ne suis pas complètement gâteux !

- Ça n'est pas ce que je voulais dire Allan, mais certains des termes que vous employez sont différents des nôtres pour désigner des situations similaires.

- Certes, vous vous en sortez bien ! Pour répondre à votre question, il y en a un qui mesure en tout et pour tout six kilomètres.

- Seulement ?

- Tous les décideurs n'étaient pas d'accord pour le projet et il a été abandonné deux ans après le début des travaux qui avaient provoqué une vraie polémique. Si bien qu'aujourd'hui, seuls les taxis, les ambulances, les vigiles du feu et les petits camions sont autorisés à circuler dans la capitale. Il n'y a que trente points d'accès, tous les autres ont été fermés.

Jocelyn n'en croyait pas ses oreilles. Impossible d'imaginer cela dans sa dimension. Soudain, un glissement léger et peu bruyant se fit entendre, une anguille apparut pareille à un mini TGV entièrement blanc.

- Elle arrive, s'écria Félix tout excité d'en prendre une pour la première fois de sa vie !

Elle stoppa, les portes s'ouvrirent et tout le monde embarqua ainsi que le vieil homme accompagné de l'homme en rouge.

Jocelyn en était toujours à établir des comparaisons et sourit en voyant la scène.

« *Comment nos mentalités peuvent-elles être aussi différentes avec un équipement cérébral à priori identique !* » Pensa-t-il.

Au même titre que ses comparses, il découvrait l'intérieur de la rame où étaient disposés de chaque côté des parois et sur toute la longueur, des sièges de couleur bordeaux et au centre, des bases de métal fixées du sol au plafond et disposées tous les deux mètres environ. Un signal sonore indiqua la fermeture des portes et le départ s'ensuivit. Des personnes venant tout juste d'arriver et d'embarquer en catastrophe s'installèrent à côté d'eux.

- Bonsoir !
- Bonsoir, répliquèrent-ils !

Félix remarqua la petite fille qui avait apparemment le même âge que lui et la regardait avec des yeux d'apprenti amoureux. La blonde fillette se dirigea en sa direction avec dans ses mains un jeu électronique. À la grande surprise de Jocelyn, ses parents ne l'empêchèrent pas de se lever. Maladroit, Félix ne savait pas s'il devait lui aussi se lever ou rester assis, garder ses jambes repliées sur l'assise du siège, ou les allonger pour paraître plus « décontracte ».

Arrivée à sa hauteur, elle lui sourit et établit le contact.

- Salut !

Félix opta pour une attitude d'amant blasé par la vie.

- Salut, comment tu t'appelles ?

- Céline et toi ?

- Moi c'est Félix !

- Tu habites Paris ?

- Non, dans le sud de la France et avant d'arriver ici, on était en Italie.

À cet instant, son père, ainsi que ses nouveaux amis le regardèrent du coin de l'œil avec inquiétude.

- Waouh, en Italie ! Tu voyages beaucoup ; vous êtes venus en zinc?

- Non, en flotteuse !

Céline s'esclaffa, mais cette réponse inquiéta les parents de la jeune fille qui entamèrent à leur tour la conversation avec le groupe qui était obligé de se remettre en « position vigilance ».

- C'est votre fils, firent-ils en s'adressant à Emma et Jocelyn ?

Hubert répondit promptement.

- Non, c'est mon petit garçon.

- Et Madame est votre épouse, continuaient-ils en désignant Emma ?

- Exactement, pardonnez-moi, j'ai tendance à me l'approprier tant je suis fier de lui ! Et pendant que nous sommes dans les présentations, voici mon cousin Jocelyn et mon oncle Allan, professeur de sciences à l'université Beaulieu.

En disant cela, il tentait de les rassurer. Mais soudain, entre deux phrases, on put entendre clairement la voix du jeune Félix continuant d'expliquer à Céline la façon dont ils étaient arrivés là.

- Et ensuite, tout a accéléré et on s'est retrouvés tous les deux sur la route avec la flotteuse. On a voyagé dans le temps !

Un silence de mort est le terme exact pour décrire la minute qui suivit pendant laquelle tout le monde s'observait avec des yeux de merlan frit. Jocelyn tenta un rattrapage de fortune.

- Mon neveu a une imagination débordante !

- Allez, viens Céline, ordonnèrent ses parents !

Ils se levèrent et s'avancèrent vers la porte pour descendre à la première halte anguillonnaire située non loin de la maison d'Allan.

La jeune fille n'avait pas envie de rompre le contact, mais les ordres sont les ordres ! Mieux vaut ne pas contrarier un cerveau fermé. Lorsqu'ils descendirent, elle tourna la tête en direction de Félix avec dans les yeux : « *Tu avais l'air sympa* ». Il lui fit un signe discret de la main en lui renvoyant un regard: « *Dommage* ». Hubert regardait son fils avec compassion et chercha à le consoler.

- Ne t'en fais pas fiston, si vous devez vous revoir, ça arrivera tôt ou tard. Et puis, tu ne la connais même pas.

Il n'était pas foncièrement triste puisqu'ils venaient tout juste de faire connaissance, il regrettait seulement que les parents puissent s'immiscer dans ces histoires qui ne sont pas les leurs.

- Tu lui en veux, n'est-ce pas, reprit Hubert en parlant de la mère ?

Il regarda son père tristement.

- Oui un peu, c'est pas juste.

- Elle a seulement dû avoir peur pour sa fille ; elle a voulu la protéger d'une certaine façon et ça ne fait pas d'elle une mauvaise mère. Allez, fais-moi un sourire, je n'aime pas te voir triste.

Il lui donna le sourire demandé et se vit plaqué contre son père.

- Viens par ici fiston !

Jocelyn regardait la scène, les yeux vides et en rajouta une petite louche.

- Un peu coincée sur les bords cette femme, vous ne trouvez pas ?

Emma qui regardait le couple et la fillette s'éloigner dans le hall, vit quelque chose d'alarmant et alerta ses amis.

- Regardez ! Ils parlent avec un vigile…

Ils se tournèrent pour les observer.

- Ils regardent vers ici, reprit Emma quelque peu inquiète. !

Soudain, les hommes en rouge se pressèrent en leur direction. Jocelyn ne put se retenir de commenter.

- Mais c'est pas vrai, qu'est-ce qu'elle leur a dit !

« Chez nous, on devient fou lorsqu'on monte dans une voiture et ici, il suffit de descendre d'une putain d'anguille », pensa-t-il.

Les portes étaient toujours ouvertes et dans le hall, ils se rapprochaient de plus en plus.

« Vont-elles finir par se refermer ? » se dit Allan.

Alors qu'ils n'étaient plus qu'à quelques mètres, le signal retentit et les portes s'activèrent : « Clac ».

« Sauvé par le gong » continuait de penser Jocelyn.

Les hommes arrivèrent sur l'anguille en tapant de leurs mains sur la vitre derrière laquelle ils étaient assis. Inquiet Jocelyn questionna Allan.

- À quoi doit-on s'attendre au prochain arrêt ?

- À mon avis, ils auront prévenu leurs collègues du hall

suivant.

- Ont-ils les mêmes pouvoirs que les ordonniers ?

- Non, mais ils peuvent les prévenir selon le cas.

- En clair, on est mal si j'ai bien compris ; qui a une idée ?

Voyant que personne ne réagissait, il ajouta.

- Aujourd'hui, ce serait pas mal !

Le connaissant à travers le Jocelyn de ce monde, Emma savait comment s'y prendre pour le calmer. Elle usa de son charme en posant sa main sur la sienne et en le regardant tendrement.

- On s'en est sortis jusque-là, on s'en sortira ici aussi.

- Il me ressemble donc tant que ça ?

- Dans ce cas précis, je dirais que « Tu » lui ressembles !

Il la regarda avec les mêmes yeux que pour son Emma. Cela le mettait d'ailleurs mal à l'aise. Allan voyait bien que quelque chose se tramait, mais cela ne le regardait pas. Félix regrettait ses paroles et commençait à culpabiliser.

- Tout est ma faute, excusez-moi !

En grand-oncle intérimaire qu'il était, Allan le rassura aussitôt.

- Tu n'as pas à t'en vouloir mon petit ! Après tout, tu n'as fait que dire la vérité. Évidemment si tu ne l'avais pas dit, nous n'aurions pas eu ce problème, mais en t'étant comporté de la sorte, tu as choisi sans le vouloir l'honnêteté, tu ne l'as pas contrôlé. Quelles que soient les conséquences, tu as très bien fait et je te suggère de ne pas changer. Tu es honnête ; reste-le, même si dans certaines situations, tu es obligé de composer avec le monde dans lequel tu vis, le plus important est de ne jamais oublier qui tu es.

Ces simples paroles, à priori banales, ne tombaient apparemment pas dans l'oreille d'un sourd, étant donné l'attention que le jeune garçon manifestait.

- Je vous appellerai les jours où j'ai envie de le vendre, plaisanta Hubert, vous feriez un excellent père par intérim!

- Grand oncle me suffira mon jeune ami ! J'ai toujours été plus compréhensif avec les enfants des autres qu'avec les miens. Peut-être est-ce dû au fait que je suis beaucoup plus exigeant avec eux et que je n'ai jamais su prendre suffisamment de distance pour les prendre tels qu'ils sont.

- Et moi qui vous prenais pour un vieux fou ! Je me rends compte de mon erreur à présent, vous êtes quelqu'un de bien Allan.

- Ça y est, on arrive à l'arrêt suivant, dit Emma avec appréhension !

- Oui, confirma Jocelyn ; et il me semble apercevoir un comité d'accueil !

Ils se regardèrent comme pour se dire « l'au revoir du condamné ». Allan endossa le rôle du vieux sage à la « bonne parole du juste ».

- Consolez-vous en vous disant que nous n'avons rien fait d'autre que de vouloir venir en aide à des gens qui en avaient besoin.

Pendant ce temps, Jocelyn surchauffait en réflexion.

« On ne va tout de même pas se laisser prendre sans rien faire », pensait-il « il y a sûrement une solution ».

Cette pensée n'eut même pas le temps de faire le tour du périphérique de son cerveau, que la solution se présenta d'elle-même, sous les yeux effarés des cinq autres voyageurs présents dans la rame.

Cela commença par la vision d'un paysage enfermé dans ce qui paraissait être une brèche, un peu comme si ce que l'on pouvait voir du reste de l'intérieur de la rame était endommagé à cet endroit-là. Seuls Allan, Jocelyn, Emma, Hubert et Félix pouvaient voir ce qu'il y avait dans cette brèche ; les cinq autres passagers ne virent seulement que l'apparition d'une personne venue de nulle part.

- Garvey, s'écria Allan, vous voila enfin !

Tandis que les cinq spectateurs s'enfonçaient dans leurs sièges au point de pouvoir passer au travers, Garvey, boîtier en main, invita Allan et ses comparses à le suivre.

- Venez, leur disait-il, nous n'avons pas beaucoup de temps devant nous !

Allan était subjugué et surtout très en colère après son élève.

- Mais comment avez-vous su ?

- Pas le temps de vous expliquer, grouillez-vous !

L'anguille longeait déjà le quai du hall, il ne leur restait plus que quelques secondes avant l'arrêt total.

- Allez, insista Garvey, c'est maintenant ou jamais !

Ils se lancèrent tous un regard consultatif et se dirigèrent en direction de l'ouverture encore béante, l'un après l'autre, puis elle se referma derrière eux juste après le passage d'Emma, laquelle hésita quelques instants avant de se lancer. Quant aux cinq témoins de la scène, ils semblaient à présent faire partie intégrante de leurs sièges. Les rouges vigiles qui, eux aussi, les avaient vus disparaitre n'en croyaient pas leurs yeux. Lorsque l'anguille stoppa et ouvrit ses portes, seuls restaient les cinq sièges et leurs nouvelles housses.

Ils tentèrent de les interroger, mais aucun d'entre eux ne put décrocher un mot tant ils étaient apeurés et craignaient de passer pour des fous. Cinq nouvelles disparitions étaient donc à déplorer, mais cette fois-ci il y avait des témoins qui pouvaient jurer que quelqu'un les avait sciemment provoquées.

RAPPEL À L'ORDRE

«Ce que l'on refuse à la minute, aucune éternité ne le rend.»
Héraclite

L a traversée effectuée, tous furent pris de démangeaisons virulentes sur tout le corps pendant quelques secondes.
- Qu'est-ce qu'il m'arrive, fit Emma en gesticulant dans tous les sens au même titre qu'Allan qui semblait être parti à la chasse aux puces ?

- C'est précisément ce que j'expliquais à notre ami Hubert tout à l'heure.

- Oui, j'y ai pensé en vous posant la question, mais c'est infernal, j'ai l'impression de passer dans un hachoir !

- Ça va bientôt s'estomper, reprit Jocelyn qui terminait lui aussi sa danse avec Garvey, Hubert et Félix.

- Nous sommes à l'Université Garvey ?

- Oui professeur.

- Quand sommes-nous ?

- Mais aujourd'hui même, même époque, même année, même jour.

- Bien, je m'occupe de vous tout de suite, jeune tête de mule inconsciente.

Garvey eut un regard évasif, frustré par la réaction d'Allan qui connaissait très bien les réactions du jeune homme.

«Je le tire d'un mauvais pas et voilà le remerciement que j'en ai !» pensa-t-il.

- Vous nous avez peut-être tirés d'affaire, mais tout ceci est arrivé à cause de votre maudite invention et surtout votre désobéissance ! Croyez-vous que je ne vous connaisse pas jeune homme ?

Surpris, Garvey n'insista pas. Allan s'inquiétait pour Emma pour qui cette expérience était une première.

- Tout va bien jeune fille, pas trop secouée ?

Elle n'était pas spécialement choquée, mais seulement surprise de l'effet que provoquait le voyage dans l'espace-temps.

- Tout est allé si vite, j'avais l'impression de me déplacer à trois mille kilomètres à l'heure et à la fin, j'ai vu le moment où nous allions percuter de plein fouet le parking où nous sommes sans parler de ces picotements.

- Personnellement, ça m'a fait la même impression lorsque nous sommes arrivés sur la route, remarqua Hubert et toi Félix ?

- Oui, ça m'a fait pareil et quand on est arrivés j'ai mis les bras devant mon visage pour me protéger.

- Et comment as-tu supporté cette nouvelle expérience, reprit Allan ?

- C'était génial, vivement la troisième !

Cette remarque les amusa et détendit un peu Allan sans pour autant atténuer la colère qu'il éprouvait à l'égard de Garvey.

- Et vous Jocelyn, y-a-t-il une différence pour vous ?

- Une petite, mais pas des moindres ! Cette fois, je m'y attendais.

- C'est vrai que ça supprime l'effet de surprise, surtout pour vous qui l'aviez fait avec votre camion la première fois… Parfait, puisque nous allons tous bien, je vous propose de dormir un peu, parce que nous sommes tous très fatigués. Il y a quelques chambres inoccupées sur le campus. Nous allons nous rendre au poste de garde pour demander le double des clés.

Il remarqua soudain les sacs d'affaires de rechange de Jocelyn et Emma auxquels il n'avait pas prêté attention jusque-là. Il resta en observation quelques instants. Une attitude qui devenait presque banale aux yeux du groupe.

« *Et voilà, il nous remet ça !* » sourit ironiquement Jocelyn.

- Ils sont lourds, fit Allan en le regardant ?

Étonné, Jocelyn jeta un regard furtif et interrogateur en direction de son sac qu'il tenait d'une main par-dessus l'épaule.

- Oui… Heu, non, pourquoi cette question ?

- Pour une raison beaucoup trop technique pour entamer une explication.

- Ah bon !

- Vous permettez, reprit Allan en approchant la main ?

- Bien sûr, tenez, répondit Jocelyn en le lui tendant.

« *Non-professeur, vous faites fausse route* », pensa Garvey qui voyait très bien où il voulait en venir.

Allan saisit le sac en déployant une énergie en rapport avec les informations du « routier sympa », mais ce dernier était habitué à porter des charges lourdes, contrairement à Allan qui, surpris par le poids, posa le sac au sol sans le lâcher. Tout le monde esquissa un sourire en se moquant gentiment du scientifique qui mitrailla Jocelyn du regard.

- Je vous apprendrai la définition du mot « lourd » lorsque nous aurons le temps, fit Allan un peu vexé !

- Désolé, je…

- Ça va, ne vous en faites pas pour ça, j'ai vu ce que je voulais voir.

Il acheva de plomber l'ambiance par son comportement quelque peu enfantin, ainsi que le ton avec lequel il conclut en s'adressant à son élève.

- Quant à vous Garvey, vous vous en sortez bien pour ce soir, mais demain, nous aurons une conversation. Je vais déjà téléphoner à Auguste pour le prévenir de notre arrivée. Il composa donc le « 213 ».

- Poste de garde, Auguste à l'appareil. Identifiez-vous s'il vous plaît, vous téléphonez depuis la salle des sciences et le professeur Thibault est absent.

- Pas du tout Auguste, je suis revenu en compagnie de quelques amis et je souhaiterais avoir les clefs de deux chambres disponibles s'il vous plaît, car nous sommes six avec Garvey !

Allan était porté disparu depuis deux jours et Christian qui avait vu la scène, était chez lui pour quelque temps afin de se remettre de ses émotions. Auguste était donc intrigué et très étonné de lui parler, surtout à une heure pareille d'autant que Garvey était lui aussi porté disparu, mais personne ici ne savait quoi que ce soit à ce sujet.

- Professeur Thibault ! Mais où étiez-vous passé ? Et pourquoi appeler à cette heure-ci ? Ce n'est pas dans vos habitudes.

- Je vous expliquerai plus tard Auguste, dites-moi juste si nous pouvons bénéficier de ces chambres, je vous prie.

- Bien sûr professeur, descendez avec vos amis, je vous prépare les clefs pendant ce temps.

Ils descendirent rejoindre le poste de garde où Auguste les attendait à l'extérieur, devant la porte. Arrivé à quelques mètres, Allan le salua de loin en levant son bras.

- Bonsoir mon brave Auguste, comment allez-vous ?

- Très bien professeur. Bonsoir Messieurs Dames, bonsoir

Garvey.

Ils lui renvoyèrent la politesse.

- Dites professeur, par où êtes-vous rentrés, je ne vous ai pas vu passer ?

- Nous sommes passés par-derrière, car c'était plus court de là où nous venions.

- Bien professeur, je n'insiste pas. Dois-je faire savoir que vous êtes revenus ?

- Pourquoi me demandez-vous ça Auguste ?

- La porte de derrière est condamnée depuis plus d'un mois professeur !

Il y eut à cet instant, un chassé-croisé de regards furtifs et inquiets, pareils à ceux qu'auraient pu avoir des cambrioleurs pris en flagrant délit. Allan était bien embêté par cette situation qui tombait vraiment très mal. Cela lui posait un vrai cas de conscience de mentir à Auguste car il l'appréciait beaucoup et avait une grande estime à son égard. D'un autre côté s'il le faisait, il pourrait toujours se rattraper plus tard en tentant de lui expliquer la situation sans passer pour un malade mental. Il lui était d'ailleurs difficile d'imaginer la scène : « *Pardon de vous avoir menti l'autre jour, les personnes qui m'accompagnaient avaient en vérité voyagé dans le temps pour certaines et changé de dimension pour d'autres* ». Cela n'était simplement pas pensable.

« *Il faut savoir mentir quelquefois si c'est pour la bonne cause* », se dit-il. Lui qui mettait un point d'honneur à respecter les gens qu'il côtoyait et qui avait toujours réponse à tout, se trouvait pris au dépourvu. Il était désemparé, pris au piège, et ne savait pas quoi répondre.

- Ne vous inquiétez pas ! De tous les professeurs qui enseignent ici, vous êtes celui que j'apprécie le plus. Si vous me demandez de ne rien dire, il en sera ainsi et si vous avez besoin de quelque chose, appelez-moi.

- Je vous revaudrai ça au centuple, mon cher Auguste, et je préfère que vous gardiez tout cela sous silence. En tout cas, pour l'instant. Merci Auguste.

- Tenez ! voilà les clefs. C'est le pavillon qui se trouve juste ici, à cent mètres. Bonne nuit à tout le monde.

Quelques secondes s'écoulèrent, puis il ajouta.

- Ne vous levez pas trop tard demain si vous ne voulez pas être vus !

Sur le chemin du pavillon avec ses amis, Allan se retourna et le remercia d'un signe de la main. Auguste s'en retourna à son poste pour préparer sa première ronde.

VIGILANCE RÉCIPROQUE

« Ce que nous cherchons est ici, si seulement la paix de l'esprit ne nous déserte pas. »
Alphonse Allais

A llan ouvrit la porte et Félix aperçut brièvement une silhouette blanche au loin.

- Papa, papa, fit-il en lui secouant le bras et en désignant du bout de son doigt l'autre côté du campus, regarde!

Étonné de cette soudaine précipitation de la part de Félix, tout le monde regarda dans la direction indiquée, mais à la surprise du jeune garçon, elle avait disparu.

- Qu'as-tu vu, demanda son père en regardant à son tour ?

- Il y avait quelqu'un de tout blanc là-bas !

Jocelyn regardait aussi dans cette même direction. Il l'avait entrevu, mais il préféra le taire, car le peu qu'il en avait vu le faisait hésiter entre la fatigue ou une hallucination qui étaient pourtant partagées avec Félix. Étaient-ils épiés ? Si tel était le cas, pour quelle raison ?

Cela n'était pas la première fois que Félix le voyait ; mais il eut l'étrange sensation que cette silhouette blanche l'avait regardé avec davantage d'insistance cette fois-ci. Cependant, cela ne l'affolait pas plus que ça ; certes, il n'en restait pas moins curieux, mais il se sentait inexplicablement en confiance en sa présence, comme s'il eut été un proche. Cette nuit-là, il sera en proie à des rêves résolument réalistes dans la vision comme dans l'appréhension du contenu avec tout de même une touche extraordinaire à certains moments.

La petite tête blonde était sur le point de vivre les premiers instants de sa vie future sans même le savoir.

En entendant cela, Garvey scruta à nouveau l'endroit et les alentours.

« *Pourquoi sont-ils ici ?* » pensa-t-il « *peut-être que je me trompe, ils ne feraient pas ça* ». Il avait ce qu'il appelait communément une « Théoridée », un savant mélange de théorie basée sur une idée. Il était pleinement conscient de ce qu'il avait vu par ailleurs. Il savait que le peu de réponses qu'il avait ne devait être qu'une infime partie de millions d'autres possibilités.

Une seule certitude : tout éveillait en lui le savant fou si souvent écrasé et stoppé net, et pourtant tellement présent dans sa seule attitude. Il jouissait littéralement d'excitation devant tous ces phénomènes. Pas question de se brider pour la bienséance et le respect de l'expérience des anciens. Il a bien l'intention de stocker un maximum d'informations avant qu'un terme soit mis à cette folle aventure d'une manière ou d'une autre.

Le voyant agir de la sorte, Allan s'interrogea à son tour, mais ne le montra pas.

- Allons Garvey, vous venez ou vous avez l'intention de monter la garde devant la porte.

- Euh oui, voilà, j'arrive, fit-il maladroitement !

Regroupés dans la pièce principale, Allan quant à lui ne perdit pas de temps.

- Il y a trois chambres de deux lits chacune, j'imagine que

vous dormirez avec votre fils ?

Hubert acquiesça de la tête.

- Emma, vous allez avec Jocelyn, n'est-ce pas ?

- Oui, Allan, répondit-elle promptement .

- Parfait, reprit Allan ; vous venez Garvey ?

Il s'exécuta à contrecœur, sans oser signifier son envie de dormir sur le sofa du salon. Allan était satisfait de cet état de fait, car il avait l'intention de lui subtiliser le "boîtier à brèches". Mais connaissant son professeur, il prit quelques précautions. Faisant semblant de préparer des affaires, il prit un sac plastique plié en boule, le mit dans sa poche ainsi que le boîtier magique en faisant en sorte que personne ne puisse remarquer quoi que ce soit et se dirigea sans rien dire en direction des toilettes.

Arrivé sur place, il ferma la porte à clef, sortit le sac et le boîtier de sa poche, s'assit sur le trône et prépara le tout discrètement, mais rapidement pour ne pas attirer l'attention au cas où quelqu'un viendrait se soulager, pour le mettre ensuite dans le réservoir d'eau, persuadé que nul ne penserait à venir regarder ici.

Sa petite affaire terminée, il tira la chasse d'eau en guettant un éventuel problème. En dehors d'un léger bruit de plastique froissé qui se faisait entendre, mais qui se perdait dans le bruit du mécanisme lorsqu'on l'actionnait, tout allait bien.

Satisfait, il retourna dans la chambre où le professeur dormait déjà comme une masse. Il jeta un œil sur son sac pour vérifier que rien n'avait bougé, mais Allan avait apparemment et contre toute attente, réussi à s'abstenir.

« *Par moment, je ne le comprends vraiment pas* » pensa Garvey, « *À sa place, j'aurais regardé !* »

Il s'allongea sur son lit et décompressa. Il pensait à ce qu'il avait découvert, aux gens qu'il avait rencontrés ces deux deniers jours.

« *Si seulement vous saviez professeur* » dit-il à voix basse.

La fatigue prit bientôt le pas sur ses pensées et ses yeux se fermaient sans même qu'il ne s'en aperçoive. Seulement quelques minutes s'écoulèrent avant que Morphée ne l'accueille lui aussi jusqu'au petit matin.

Hubert et Félix étaient allongés sur leur lit respectif, et échangeaient quelques mots avant de s'endormir.

- Pourquoi ne m'as-tu pas cru tout à l'heure, fit timidement Félix ?

- Parce qu'il n'y avait personne, bien que je me sois retourné tout de suite.

- Mais je l'ai vu !

- Alors, il avait disparu…

- Si c'était Benoit, tu l'aurais cru lui !

Hubert fit le constat de son erreur et se rattrapa aussitôt.

- Pas plus que toi Félix. Ne crois surtout pas que je fasse une quelconque différence avec ton frère, mais il se trouve qu'il était plus âgé que toi et quand il émettait un avis sur un sujet, la différence d'âge était là, il comprenait certaines choses que tu ne pouvais pas encore comprendre vu ton jeune âge. C'est pourquoi tu as dû avoir cette impression de favoritisme. Mais il n'y en avait pas, son avis était quelquefois plus sensé que le tien, c'est tout. Mets-toi bien en tête que la seule différence qu'il y avait entre vous deux était votre âge et rien de plus. Maman et moi t'aimons très fort au même titre que ton défunt frère. Je t'ai rassuré fiston ?

Félix ressentit à nouveau son importance aux yeux de son père et cela lui suffisait.

- Oui papa, il me manque souvent tu sais.

- Tu t'adresses à l'une des deux personnes qui lui ont donné la vie fiston. À nous aussi il nous manque et terriblement parfois. Mais heureusement que nous t'avons !

Là, il sortit de son lit et se rapprocha de son fils en le regardant fixement.

- Félix, ta mère et moi t'aimons beaucoup plus qu'il n'y aura jamais assez de mots pour l'exprimer. Dans le futur, tu nous entendras souvent parler de Benoit, probablement en bien puisque nous ne pourrons plus l'engueuler pour des bêtises qu'il ne fera plus, mais tu ne devras jamais y voir une différence quelle qu'elle soit avec toi, car tu es tout aussi important pour nous. Tu comprends ?

- Oui papa.

Là, il mit ses bras autour du cou de son père avant d'ajouter,

- Moi aussi, je vous aime très fort !

- Tu réussiras à t'endormir maintenant mon fils ?

- Oui, ça va aller.

- Cette petite larme sur ton visage, remarqua Hubert, c'est ton frère ?

Il ne put répondre promptement et se contenta d'un hochement de tête comme toute réponse.

- Ne t'en fais pas fiston, reprit Hubert en le cajolant, nous y arriverons ensemble, je t'aime mon fils.

Félix se lâcha littéralement en pleurant dans les bras de son père. Emu lui aussi jusqu'aux larmes, Hubert conclut la conversation.

- On ferait mieux de dormir un peu, car on est tous les deux fatigués et je ne sais pas trop ce que sera la journée de demain. Et ne t'inquiète pas pour ta silhouette toute blanche, je te crois.

Il fit une dernière étreinte à son garçon et alla s'installer sur son lit. De même que Garvey et Allan, ils s'endormirent tout aussi rapidement. Seuls, Emma et Jocelyn faisaient encore de la résistance oculaire.

- Comment ça va se passer demain à ton avis ?

- Je n'en sais rien Emma, je pense qu'Hubert et Félix vont prendre le train ou l'avion pour retourner près de leur lac. Garvey va de toute évidence se faire remonter les bretelles après quoi il se penchera avec Allan sur mon retour, enfin je l'espère.

- L'avion ?

- Pardon ; je voulais dire le zinc...

- Jocelyn...

- Oui...

- Je crois que j'ai envie que tu restes, fit timidement Emma. Elle entendit soudain la sonnerie spécifique du téléphone portable de Joss. Il le sortit de sa poche et décrocha par réflexe. Il se produisit alors la même chose que pour les précédents appels. Il regarda l'écran, c'était Emma... son Emma.

- C'est à croire que l'intervention divine est possible entre deux mondes différents, reprit-il presque désolé ; doit-on considérer cette intrusion comme un signe ! Vous croyez en un ou plusieurs Dieux ici ?

- Oui, nous avons nos croyances.

- Toi comme moi n'avions pas l'intention de faire une partie de cartes, pas vrai ?

- Ben...

- Ça tombe trop à point nommé pour être du hasard. Les pensées puissantes et les fortes émotions ne doivent pas avoir de limites dimensionnelles et temporelles. Je crois que nous devrions nous ressaisir et nous coucher directement en nous souhaitant une bonne nuit.

Emma était à la fois admirative et déçue. Il faisait preuve d'une telle droiture sentimentale, laquelle était issue des mœurs

205

et des certitudes dans lesquelles ils avaient évolué chacun dans leur monde. Dans un même temps, cela les empêchait d'être heureux dans ce monde. Elle y voyait une injustice, une malfaçon dans cette situation universelle.

- Nous ne ferions de tort à personne, reprit-elle tristement.

Jocelyn se serait bien laissé aller aussi, mais il savait qu'il n'aurait plus pu soutenir le regard de l'Emma de son monde. Même si en y réfléchissant à deux fois, il ne lui aurait pas été foncièrement infidèle puisque seul un monde sépare les deux femmes, lesquelles sont une seule et même personne avec une évolution différente. Peut-être était-ce une épreuve, un test.

- C'est l'autre moi que tu aimes, pas moi et je n'ai pas l'intention d'abandonner ton double, elle ne le mérite pas, et... je l'aime.

Emma sentait cet amour naître en elle pour cet homme qui était exactement le même que celui qu'elle avait épousé quelques années plus tôt. Elle lui trouvait cependant une petite différence, si infime qu'elle ne pouvait pas encore la définir.

- On ferait mieux de dormir Emma.

Il voyait se profiler à l'horizon une de ces situations gênantes pour lui comme pour elle et il ne voulait pas en arriver là, pas ce soir.

- Bonne nuit Joss.

- Bonne nuit à toi aussi.

Quelque temps plus tard, alors que tout le monde dormait dans le pavillon, l'homme en blanc apparut dans la pièce principale. Ses intentions étaient de toutes évidences pacifiques. Il fit seulement un petit tour dans chacune des chambres en les regardant dormir, puis disparut de la même manière.

Au même moment, Emma entendit Allan bougonner après Garvey au sujet de la lumière tandis que Jocelyn commençait à ronfler.

- Vous n'auriez pas pu y aller plus tôt ?

Elle comprit qu'il parlait des toilettes. « *C'est maintenant ou jamais* » se dit-elle. Elle se leva discrètement et se dirigea vers la chambre à pas de velours. Entendant de nouveau du bruit, Allan alluma sa lampe de chevet.

- Qu'est-ce qu'il y a encore, fit-il sèchement ?

- Euh, je me suis trompé de chambre, excusez-moi.

- Ce n'est rien. Ça n'est que la deuxième fois après tout !

- Non ! Pourquoi dites-vous ça ?

- Vous vous êtes trompée il n'y a pas cinq minutes.

- Non pas du tout. Vous vous méprenez.

« *Où elle est ?* » pensa-t-elle.

- J'aurais pourtant juré le contraire. Ça n'est pas grave, passez une bonne nuit.

- Vous aussi merci, conclut-elle en refermant la porte derrière elle.

À cet instant lui vint une illumination. Il ne l'aura jamais laissée à portée de main. Voyant cela, Garvey éprouva le besoin de retourner aux toilettes. Il n'en fallut pas plus à Emma pour comprendre.

Ouf ! Elle était toujours là. Mais en y regardant d'un peu plus près, il remarqua une différence dans les données qu'il avait entrées. Cela ne pouvait pas être Emma, en tout cas pas maintenant.

RACCOMMODAGES TEMPORELS

« Ce n'est pas dans la connaissance qu'est le bonheur, mais dans l'acquisition de la connaissance. »
Anatole France

Auguste effectuait sa dernière ronde de la nuit ; de même, il jugea utile de réveiller les invités surprises au passage afin de s'assurer qu'ils ne s'oublient pas et aussi pour éviter des problèmes avec la direction pour avoir accueilli en plus d'Allan et Garvey, des personnes étrangères à l'Université sans en informer qui que ce soit.

Il s'avança devant la porte d'entrée et toqua trois fois. Seul Allan l'entendit. Il se leva précipitamment, les yeux encore à moitié clos, et entrouvrit la porte.

- Ah c'est vous ! Bonjour Auguste, quelle heure est-il ?

- Il est six heures moins dix, professeur ! C'est la dernière fois que vous me voyez pour aujourd'hui. Vous feriez bien de vous lever et quitter ce pavillon, car le remplaçant de Christian va bientôt arriver et il ne vous connaît pas.

- Comment pourrai-je un jour vous remercier à la hauteur du service que vous nous rendez ? Dès que tout cela est terminé, je vous explique tout, vous le méritez bien.

- Ne vous en faites pas pour ça, libérez le pavillon le plus rapidement possible. Pour l'instant, c'est ce qui m'importe le plus.

- Très bien mon ami, nous allons nous activer et encore merci Auguste.

Il s'en retourna à son poste, guettant le pavillon du coin de l'œil. Une demi-heure s'était écoulée et personne n'était encore sorti. Il décida d'y retourner en prenant soin cette fois de prendre son passe-partout. Arrivé sur le palier il toqua à nouveau, mais sans aucune réponse. Il essaya une deuxième fois avec le même résultat.

« *S'ils étaient sortis, je les aurais vus passer* » pensa-t-il.

Il décida donc d'ouvrir et découvrit un pavillon vide comme si personne n'y avait séjourné. Il était désemparé ; des questions fusaient dans sa tête.

« *Mais où sont-ils? Je n'ai pourtant pas quitté le pavillon des yeux!* »

- Professeur, hurla-t-il, hello !

Intrigué, il regarda dans toutes les pièces par acquit de conscience.

- Hello, continuait-il de dire, il y a quelqu'un ?

Seul le silence lui répondait. Il dut se rendre à l'évidence, ils étaient partis.

« *Étrange* » se dit-il, sachant pertinemment qu'il fallait à peu près cinq minutes en marchant tranquillement pour rejoindre le bâtiment principal ou la sortie. De plus, en admettant qu'il ne les ait pas vus, Allan ne serait jamais passé devant sa guitoune sans le saluer une dernière fois. Exprimant son incompréhension par un soupir, il ressortit, ferma à clef et retourna à son poste. Chemin faisant, il jeta un œil curieux à la fenêtre de la salle d'Allan et remarqua la lumière allumée.

« *Sacré Allan !* » pensa-t-il.

209

Il prit tout de même son téléphone pour vérifier et composa le numéro de la salle. Tandis qu'Allan sermonnait Garvey pour tous ces évènements survenus, le téléphone retentit de toutes ses cloches.

- Je n'en ai pas terminé avec vous jeune homme, je réponds et je vous reviens.

- Non, objecta vigoureusement Garvey !

Certain que c'était Auguste qui appelait, il ne lui laissa pas le temps de terminer sa phrase et décrocha promptement.

- Oui Auguste, ce n'est que nous, ne vous en faites pas.

- J'en étais sûr professeur, mais je devais m'en assurer.

- Je comprends Auguste, vous ne faites que votre travail et l'Université est entre de bonnes mains avec vous mon ami.

- Merci du compliment. Combien de temps restez-vous cette fois-ci ?

- Comment ça ? Je ne comprends pas Auguste. Que voulez-vous dire ?

- Juste que votre salle était allumée un soir sur deux et lorsque je venais après avoir téléphoné en vain, il n'y avait pas âme qui vive et encore moins de la lumière. Dites-moi que c'était vous, s'il vous plaît !

Comprenant qu'il s'agissait de Garvey, Allan en endossa la responsabilité.

- Oui Auguste et je m'en excuse, mais laissez-moi vous expliquer.

- Non, l'interrompit-il, je ne veux rien savoir ! Évitez-moi seulement des problèmes avec qui vous savez, je ne vous en demande pas plus.

- Comme vous voudrez. Pour information, nous n'allons pas rester et nous partirons comme nous sommes arrivés... discrètement.

- Si vous tardez trop, on risque de vous voir.

- Non, rassurez-vous, personne ne nous verra.

Auguste se passa la main sur la tête avant de répondre et en soupirant à nouveau, tel qu'un père le ferait avec son garnement qui lui en ferait voir de toutes les couleurs.

- Très bien professeur. Bonne chance dans ce que vous faites et à l'avenir, avertissez-moi lorsque vous faites un saut par ici.

- Vous êtes un ange mon ami, encore merci et à bientôt.

- Et bien entendu, je ne vous ai pas vu. Au revoir professeur.

Mais Auguste ne put s'empêcher de surveiller les fenêtres de la salle. Jocelyn, Emma et Hubert s'étaient mis en retrait dans le fond de la salle pour laisser Allan et Garvey s'expliquer. Les guettant du coin de l'œil, ils évoquaient certaines différences entre leurs deux mondes et Félix, lui, était fasciné par la conversation. Allan se tourna vers Garvey et reprit de plus belle.

- Je ne sais pas encore quelle sanction je vous infligerai, mais je ferai en sorte qu'à l'avenir vous ne fassiez plus le contraire de ce que je vous dis. Pour l'instant, nous devons réparer tout le mal qui a été fait, même si ça ne ramène pas ce pauvre Chinois qui est tombé sur le charriot

À cet instant, Garvey baissa les yeux. Il en avait entendu parler aux informations et culpabilisait grandement.

- Je vous en prie professeur, je m'en veux suffisamment comme ça.

- Je le sais Garvey, mais en tant que responsable, je dois répondre de vous, je suis donc tout aussi responsable que vous. Mais dans l'immédiat, le plus important est de trouver une solution à tout ça. Nous reprendrons cette conversation lorsque ce sera terminé. Pour commencer, montrez-moi votre appareil, je vous prie.

Il le prit dans ses mains, le regarda sous toutes ses formes et s'étonna de sa simplicité.

- Il n'y a que deux touches ! Une pour la date et l'année, l'autre pour le lieu et l'heure. Comment avez-vous pu réduire tous les paramètres à deux malheureuses touches ?

Garvey n'osa pas exprimer sa fierté. Il observait l'expression d'Allan, apparemment fasciné par l'objet.

- Et ce petit écran à cristaux liquides permet de visualiser la programmation ! C'est prodigieux ! Et j'imagine que c'est par là que vous remettez les « Neutrinos » en question... Vous êtes une tête de mule... Et vous êtes prodigieux.

En dépit de ce qu'il avait dit juste avant « tête de mule », il redevenait l'espace de quelques instants, le jeune Allan Thibault assoiffé de folles découvertes. Garvey le remarqua, mais fit profil bas.

- Comment cela fonctionne-t-il, montrez-moi Garvey ?

Il prit à nouveau le boîtier, y entra quelques données en appuyant sur le premier bouton, puis appuya sur le deuxième.

- Il y a quelque chose que vous devez savoir professeur, tout est relatif !

- Si c'est vraiment le cas, je vous laisserai l'occasion de me l'expliquer, mais pour l'instant montrez-moi.

Garvey s'exécuta.

- Y a-t-il quelqu'un qui n'est pas d'ici dans cette salle, fit-il solennellement ?

- Il y a Jocelyn... Hubert et Félix n'ont fait que se déplacer dans le temps, fit sérieusement Allan.

- Ils sont d'ici ?

- Tout à fait.

- Ils vous ont raconté ce qu'il leur est arrivé ?

Allan lui expliqua leur histoire en quelques mots. Fort de ces informations, Garvey interpella Hubert.

- Vous rappelez-vous l'heure qu'il était lorsque vous avez disparu avec Félix ?

Étonné par la question, Hubert interrompit sa conversation avec Jocelyn et Emma, puis tenta de répondre précisément.

- Il était à peu près onze heures, peut-être un peu moins.

- C'est à cette heure-là que vous vous trouviez sur l'eau ? Y avait-il longtemps que vous voguiez ?

- Environ une heure.

Tout en le questionnant, Garvey appuyait sur les touches de son appareil.

- Félix sait-il nager ?

- Pourquoi me demandez-vous ça ?

- Parce qu'il vaut mieux que vous réapparaissiez dans l'eau plutôt que sur la rive où vous étiez.

- Vous voulez dire que nous n'avons plus besoin de prendre un train ?

- Exactement Hubert, vous êtes partant ?

Hubert et Félix se regardèrent. Ils étaient à la fois heureux et apeurés.

- Bien entendu Garvey, mais nous allons tomber dans l'eau si je comprends bien ; et il y aura aussi ces picotements ?

- Oui, Hubert, vous avez tout compris !

Hubert s'accroupit un instant à hauteur de son fils.

- Ça ira Félix, ça ne te fait pas peur ?

- Tu seras là de toute façon.

Hubert esquissa un sourire et se releva.

- C'est OK, que devons-nous faire ?

- Je vais ouvrir une brèche par ici et vous aurez un peu moins de dix secondes pour y entrer. Ce sera comme dans l'anguille.

- Allons-nous arriver dans l'eau ou sur l'eau ?

- Ça, je ne peux pas vous le dire. Je pense que vous arriverez au-dessus.

Allan fit les gros yeux et souleva un problème.

- Dites-moi Garvey, s'ils arrivent dans l'eau et que la brèche ne se referme pas de suite, ne croyez-vous pas que nous risquons d'inonder cette salle et accessoirement toutes celles qui se trouvent autour de nous et au rez-de-chaussée ?

- Comment ai-je pu ne pas penser à ce détail !

- Ce détail, s'exclama Allan ; Garvey vous êtes un génie, doublé d'une tête de mule et d'une tête de linotte ! À partir de maintenant, je vais prendre les choses en main. Dans un premier temps, nous allons imprimer sur papier les notes dont nous pourrions avoir besoin, qui sont stockées dans le calculateur. Ainsi, nous n'aurons plus besoin de revenir ici et inquiéter ce pauvre Auguste. À présent Garvey, je vais vous demander d'entrer les coordonnées de mon domicile dans votre appareil, car ma femme doit s'inquiéter et je souhaite avant tout la rassurer. Quant à vous deux, continua-t-il en s'adressant à Hubert et Félix, nous irons dans un champ en banlieue. Cela vous va-t-il ?

- Bien sûr professeur. Ce sera un honneur que de faire la connaissance de Madame Thibault.

À cet instant, Allan préféra ne pas répondre, mais n'en pensait pas moins.

« C'est ça, si vous êtes aussi enthousiaste après notre passage, je suis les Beatles ».

Allan faisait souvent des jeux de mots et en inventait quelque-fois. Dans son monde, les Beatles ne s'étaient jamais formés, mais il y avait là un mystère à éclaircir. Avec Garvey, ils s'étaient souvent posé cette question lors de leurs expériences de recherche.

« *Sommes-nous capables de voir ailleurs ?* »

Hubert s'étonna de la réaction du vieux savant fou et s'interrogea un instant.

Allan s'aperçut à son tour de l'étonnement suspendu aux yeux d'Hubert et lui répondit sur le ton de la plaisanterie assurée.

- Ne vous en faites pas, elle est seulement grogneuse, mais tellement délicate quand elle s'y met !

Hubert et Félix affichèrent un franc sourire en se regardant. Tous deux avaient dû voir le même visage dans leur regard intensément expressif : celui de Tiffany souriante, mais tout de suite remplacé par cette même image en toile de fond complémentaire, tout le stress et l'inquiétude qu'elle devait éprouver en ce moment même.

- Ne t'en fais pas fils, poursuivit Hubert en remballant son sourire, on la reverra bientôt.

- Je sais papa, je ne m'en fais pas et tu me l'as déjà dis !

- Dites-moi mon jeune Garvey, fit Allan en arrivant devant lui et en lui mettant sa main droite sur l'épaule, votre appareil ne permet pas d'arriver à un endroit différent du départ initial?

- Je ne sais pas trop professeur, je n'ai pas encore fait l'essai.

- Normalement, tous les problèmes relatifs à la relativité ne devraient pas se présenter puisque vous n'en avez pas tenu compte.

- Oui, mais il ne s'agit pas de ça. Le passage provoqué par cette commande n'est pas ce à quoi je m'attendais.

- Quel est le problème, la « Tapisserie négative » ?

- Vous savez...

- J'ai fait des expériences bien avant vous, alors je vous écoute !

- Bien professeur, il y a effectivement cette énergie négative tout autour de nous à l'intérieur du vortex. Cela le maintient ouvert suffisamment longtemps pour notre passage et lui procure une taille confortable, mais qui va en grandissant, car c'est le seul moyen de le garder ouvert. Le problème se situe précisément à ce mouvement. Plus il grandit et moins il est précis.

- Je vois, je vous avoue n'avoir aucune réponse pour l'instant, mais nous allons réfléchir à la solution lorsque nous retournerons à l'Université.

- Mais vous disiez…

- Oui Garvey, mais ne prenons pas de risque. Il ne s'agit pas de les renvoyer se faire dépecer dans leur monde !

- Ça ne risque rien à ce niveau là professeur.

- Peut-être pas dans un même monde comme Hubert et Félix, mais pour un autre monde. La perturbation est de plus en plus instable, et ce, à chaque ouverture. Alors, je vous propose de vérifier quelques calculs avant de renvoyer notre ami Jocelyn dans son monde. Vous voulez bien ?

- Bien entendu professeur, vous avez entièrement raison. Il ne faudrait pas envoyer l'image et le son séparément !

Allan se retourna brusquement en le regardant sévèrement.

- Pardon professeur, fit Garvey pareil à un garnement pénitent.

- Bien, quant à vous Jocelyn, nous irons jusqu'au lieu où se trouve votre charriot et nous verrons comment vous renvoyer chez vous.

Jocelyn signifia son accord d'un mouvement de tête et Emma se surprenait à redouter ce moment. Le supporterait-elle ? N'allait-elle pas craquer à la dernière minute en voulant le retenir ? Autant de questions qui se bousculaient dans sa tête. Elle l'aimait à nouveau, d'un amour différent certes, mais elle l'aimait.

Allan se retourna vers Garvey.

- Alors mon jeune ami, vous y êtes ?

- Oui professeur, j'attends les données.

- Vous ne vous rappelez donc pas où j'habite ?

- Professeur, je ne suis venu qu'une seule fois pour vous aider à transporter des documents il y a deux ans de ça et je ne suis pas resté, car j'étais pressé ! Tout ce dont je me souviens, c'est le quartier.

- Fort bien, votre appareil se charge de la conversion « Latitude-Longitude », n'est-ce pas ?

- Oui professeur, c'est exactement ça.

- Bien, alors entrez ceci : 5 boulevard Saint-Clair, à Paris bien sûr. Il vaudrait peut-être mieux arriver dans le jardin à l'arrière de la maison, car ma femme en ferait un infarctus ! Vous pouvez faire cela ?

- À présent oui.

- Que voulez-vous dire par là ?

- Je vous le raconterai professeur, vous serez fasciné, j'en suis sûr ! Mais nous n'avons pas beaucoup de temps devant nous.

- Pour une fois vous avez raison, faisons comme ça.

Étonné par l'aplomb de son élève, Allan sourit et continua.

- Vous voyez Garvey, quand vous voulez, vous réfléchissez !

Garvey voyait bien qu'il s'agissait d'une manœuvre maladroite pour affirmer son statut de vieux sage. Il entra toutes les informations dans son boîtier et s'apprêta au transfert.

- Je suis prêt, fit-il sérieusement. Les voyant se regarder les uns les autres, il ajouta :

- Ça vous fera le même effet que le passage de l'anguille jusqu'ici !

On peut y aller ?

Allan avait du mal à se l'avouer, mais il admirait son élève assistant. Il fit un rapide tour des différentes expressions sur tous les visages présents et dit solennellement, en levant majestueusement sa main droite tel un ténor...

- Allez-y jeune homme, faites un miracle !

Garvey s'exécuta et créa une nouvelle brèche. Un autre vague paysage se distinguait à l'intérieur. Cela étonna Jocelyn qui l'avait déjà remarqué lors du voyage précédent, mais il avait préféré se taire pour ne pas perturber Garvey ainsi que son tuteur scientifique.

- Combien de temps va-t-elle rester ouverte, demanda Allan?

- Je peux l'ouvrir et la fermer à volonté, répondit modestement Garvey.

- Vraiment ?

Allan le regarda avec dans les yeux une once de fierté, comme pour dire :

« *C'est moi qui l'ai formé!* ».

Auguste qui surveillait toujours la salle en y jetant régulièrement un œil, vit soudain la lumière s'éteindre et une autre lumière plus blanche, tremblante, disparaître quinze secondes après son apparition. Il chercha à comprendre, quelques instants, puis s'en remit à sa fiole de whisky, car tout sérieux qu'il était dans son travail, il était aussi un ancien alcoolique et ne se privait pas d'une petite gorgée lorsque le besoin s'en faisait ressentir. Il ne se saoulait certes pas, mais c'était un juste milieu qu'il s'était fixé, c'était sa manière d'être raisonnable.

« *Ne faites pas de bêtises professeur Thibault* », pensa-t-il.

La salle était retombée dans l'obscurité et ne dégageait plus aucun signe de vie. Jean-Claude, le remplaçant de Christian, arriva à son tour.

- Bonjour Auguste.

- Bonjour Jean-Claude, vous êtes en forme ?

- Oui, excellente, merci. Et vous, aucun problème cette nuit ?

Auguste esquissa un sourire rassurant.

- Non, il n'y a rien à signaler, j'aurais presque pu dormir ! Tiens, voilà les premiers arrivants, je vous laisse à votre triste sort, cher collègue. Bonne journée et à demain.

- Merci, à vous aussi Auguste, ou plutôt bonne nuit.

- Ça, ce ne sera pas bien difficile. Je me sauve ; au revoir à ce soir.

Auguste ramassa quelques affaires, puis s'en alla à pied, muni d'un sac sur son épaule. Il ne s'en rendit pas compte, mais il y avait au loin un homme caché dans le parc situé près de l'université qui l'observait sans le suivre.

CONJONCTIONS TEMPORELLES

« Avoir un corps, c'est la grande menace pour l'esprit. »
Marcel Proust

Allan était l'un des habitants chanceux de son quartier, car il jouissait d'un espace « exploitable » orné de petits arbustes, ainsi que d'une variété de différentes fleurs que Damiana, sa femme, prenait plaisir à cultiver et à agencer. Les murs encerclant l'endroit étaient garnis de plantes grimpantes et ce petit coin de paradis d'un demi-hectare où l'on pouvait aisément se cacher des regards indirects, était le lieu idéal pour « apparaître ».

Le premier arrivé fut Jocelyn, puis vint le tour d'Emma qui arriva directement dans ses bras. Aussitôt après arrivèrent Hubert et Félix, suivis d'Allan et de Garvey pour clôturer la balade, ce dernier actionna aussitôt son boîtier pour refermer la brèche. Emma était toujours dans les bras de Jocelyn et paraissait éprouver un immense plaisir. En voyant cela, Allan voulut les taquiner.

- Vous n'en ratez pas une tous les deux !

Pris sur le fait tels deux bambins venant de provoquer une catastrophe, ils se séparèrent sur-le-champ, culpabilisant probablement d'être bien ensemble et de braver là le pire des interdits.

Allan rigola de bon cœur, sans se soucier de l'heure matinale qu'il était.

- Vous êtes deux adolescents !

Les deux tourtereaux se regardèrent furtivement, n'osant même plus parler.

- Qu'est-ce qu'on fait maintenant professeur, fit Félix ?

- Maintenant, je vais aller réveiller ma femme et tenter de trouver les mots justes pour lui expliquer l'histoire de ces trois derniers jours. Installez-vous donc sur ces bancs, je ne serai pas long.

Soudain, une voix de despérado féminine vint les interrompre.

- Ne bougez pas un cil ou je me ferai un plaisir de vous aérer l'esprit !

Armée d'un fusil de chasse, Damiana ne reconnut pas promptement le dos de son mari qui achevait sa phrase et qui était sur le point de se diriger vers l'intérieur. Impressionnés par la détermination de la dame, personne à l'exception d'Allan n'eut le cran de répondre.

- J'ai oublié de vous briefer sur son caractère ! Surtout lorsqu'on la dérange dans son sommeil !

Il se retourna lentement avec dans un élan d'humour les deux mains levées.

- Je t'en prie douceur, tel était le petit nom qu'il lui donnait, quand je t'ai dit que je voulais passer le restant de ma vie avec toi j'étais sérieux !

- Allan, s'exclama-t-elle en faisant les gros yeux !

N'écoutant que son cœur, elle jeta le fusil au sol et accourut vers lui pour l'embrasser et lui montrer toute la détresse qu'elle avait éprouvée ces dernières quarante-huit heures. Mais dans le feu de l'action, lorsque le fusil toucha les dalles qui formaient un chemin qui partait ensuite vers différents endroits de la petite forêt citadine, le coup partit surprenant tout le monde, ainsi que quelques voisins aux alentours faisant un bond dans leur lit. Certains se mirent même à leur fenêtre pour tenter d'apercevoir quelque chose.

- Douceur fait attention, ce n'est pas un jouet et tu aurais pu toucher quelqu'un en faisant ce que tu as fait !

Tout à la fois surprise, apeurée et confuse pour son geste irréfléchi, elle ne trouva pas les mots pour exprimer son désarroi, car le fusil qu'elle tenait n'était en réalité qu'une ruse pour dissuader d'éventuels visiteurs. Les armes la répugnaient et elle en avait peur, surtout lorsqu'on presse la détente. Si elle avait su qu'il était chargé, elle ne l'aurait jamais pris en main.

Tout le monde avait été surpris, à l'exception de Félix qui souriait en voyant la pauvre dame prise dans son propre piège.

« *Elle a pété un câble Mamie Nova* » pensa Jocelyn.

« *Il ne doit pas falloir la contrarier cette gentille dame* » se dit Hubert.

« *Je vais vous aider, vous en avez besoin* » pensait Garvey en adoptant une attitude transcendante pendant quelques secondes.

Emma éprouvait quant à elle de la sollicitude.

« *Elle a drôlement dû avoir peur pour réagir aussi violemment ! Que ferais-je s'il arrivait malheur à Jocelyn ?* »

Elle le regarda brièvement, puis se ravisa.

« *Pour un gentil vieux professeur de sciences censé avoir une vie paisible, je franchis des failles temporelles et ma femme tire sur tout ce qui bouge* », constatait Allan en pensée.

Après avoir été surprenante et presque dramatique, cette situation avait des airs quelque peu comiques. Submergée par l'émotion, elle réussit à s'excuser puis reprit peu à peu ses esprits en le mitraillant de questions.

- Où étais-tu ? Que t'est-il arrivé ? Est-ce que tu vas bien ? Qui sont ces gens ? Par où êtes-vous passés ? Pourquoi êtes-vous là de si bonne heure ?

Allan n'avait même pas le temps de répondre que la question suivante arrivait.

- Rentrons, reprit-il, nous serons plus à l'aise pour parler.

Regardant ses invités surprises, elle voulut se rattraper.

- Pardonnez-moi pour cet accueil, mais nous avons eu un visiteur il y a quelque temps. Donnez-vous la peine d'entrer, je vais vous préparer un petit déjeuner.

Puis elle s'approcha du jeune garçon telle une grand-mère aimante.

- Je ne t'ai pas trop effrayé avec ma maladresse ?

Ayant été plutôt amusé par la situation, Félix rit de bon cœur.

- Non Madame, c'était super !

Le petit homme détendit définitivement l'atmosphère avec sa réaction.

- Il est mignon. C'est le vôtre, dit-elle en regardant Hubert ?

- Oui, répondit-il et nous en somme très fiers !

- C'est étrange, votre visage m'est familier. Ne nous sommes-nous pas déjà rencontrés dans le passé ?

Hubert n'eut pas le temps de répondre que Damiana continua dans la même foulée.

- Oui, ça y est ! Je vous ai vu au visiophone hier soir et vous avez… disparu !

- Douceur, interrompit Allan, nous allons tout te raconter, je viens avec toi dans la cuisine t'aider à préparer le café.

Avant de s'en aller, elle regarda Jocelyn et Emma.

- Je suis heureuse de vous revoir tous les deux, mais je

vous croyais divorcés et j'avais cru comprendre que vous deviez venir seulement cet après-midi. Bon, ce n'est pas grave, maintenant vous êtes là et vous allez pouvoir me raconter ce que vous avez fait ces cinq dernières années.

Emma et Jocelyn se regardèrent un peu inquiets.

« *Qu'est-ce qu'on va bien pouvoir dire* ».

Le vieux couple se dirigea vers la cuisine, tandis que les cinq invités attendaient patiemment et confortablement installés sur les chaises en tissu rembourré du salon. Dans l'attente, ils s'occupaient les yeux en les jetant un peu partout dans la grande pièce. Il y avait du très beau mobilier d'un style rustique, mais indéfinissable. La décoration était sommaire et discrète. Les quelques cadres apposés sur les murs, ainsi que les photographies du couple et de leurs enfants, pouvaient se compter sur les doigts d'une main. Cependant, les trois diplômes d'Allan qui trônaient fièrement sur une splendide commode dans le fond de la pièce et joliment encadrés de bois et d'or faisaient figure d'exception par rapport au reste de la pièce.

Garvey, quant à lui, scrutait le jardin admirablement agencé à ses yeux. Quelque chose le stupéfiait ; il n'arrivait pas à mettre le doigt dessus, mais il émanait de ces petits arbustes, fleurs et autres plantes, une sérénité indescriptible. Bien plus que de l'admiration, il éprouvait une fascination incontrôlable. Tels des gardiens les arbres semblaient veiller sur la maison. Jocelyn remarqua l'intérêt que portait Garvey à l'espace vert.

- Magnifique, n'est-ce pas ?

Mais Garvey semblait littéralement absorbé et n'entendait à l'évidence rien de ce qu'on lui disait. Jocelyn, qui dans ces cas-là n'était pas en reste ni même rancunier, fit lui-même la réponse à sa façon.

- Oui, j'ai entièrement raison, ce jardin est superbe, un régal pour l'œil !

Hubert, Emma et Félix sourirent de cette simplicité bon enfant. Amusé lui aussi par ce qu'il avait entendu, Garvey sortit de son silence.

- Excusez-moi Jocelyn, j'avais l'esprit ailleurs.

- Ne vous en faites pas Garvey, par les temps qui courent, avoir l'esprit ailleurs est normal ! Pour ma part, je fais mieux que vous pour le coup. Non seulement j'ai l'esprit ailleurs, mais le corps a suivi ! Si je ne pouvais avoir que ce problème, j'avoue que de savoir que « Je » dois venir cet après-midi me fait me poser trois mille questions à la minute. Je crois que tout ça commence à me faire peur.

- Ne t'inquiète pas Joss, nous trouverons bien une parade.

- Ce n'est pas pour ça que je m'en fais, c'est de me voir en chair et en os dans le corps d'une autre personne. Je me demande quelle sera ma réaction !

À ces paroles, Emma eut un scintillement dans les yeux.

- À quoi tu penses, continua Jocelyn ?

- Je me pose la même question pour moi !

Félix regarda son père.

- Je comprends rien papa, qu'est-ce qu'ils disent ?

- Je doute que tu puisses comprendre fiston, mais il y a apparemment plusieurs façons de voyager comme nous l'avons fait en flotteuse. Les destinations peuvent varier et nous amener dans des endroits où nous pourrions rencontrer des personnes comme nous.

- Comme des jumeaux ?

- Oui, comme des jumeaux.

- Et nous alors, on en verra ?

- Non, car nous sommes toujours dans le même endroit.

- Mais non, on est plus sur le lac.

- L'endroit dont je parle, c'est « Notre monde », nous sommes toujours dans notre monde.

Voyant qu'Hubert pédalait dans la choucroute, Jocelyn vint à la rescousse.

- Rappelle-toi ce que je disais hier dans la voiture.

- Tu me disais que tu ne t'appelais ni « Bordel », ni « Capish », ni « Boss ».

Emma esquissa un sourire.

- Oui, mais juste avant.

- Que tu étais un extra-terrestre.

- Précisément Félix.

- Tu disais que tu venais d'un autre monde.

- Une autre dimension plus exactement. Même monde, autre dimension, tu comprends ?

- Alors, tu es un extra-terrestre !

- Non Félix, un extra terrestre est extérieur à la Terre, et n'a donc rien d'un terrien et ce n'est pas mon cas. Quant à vous, vous avez changé d'endroit dans la même dimension.

- J'ai rien compris !

Garvey était amusé de la situation et Jocelyn le remarqua.

- Dites Garvey, après tout c'est vous le scientifique à cette table ; et si vous vous y colliez ?

Garvey fixa Félix dans les yeux quelques instants, puis se leva et sortit dans le jardin.

- C'est bien des esprits supérieurs ça, fit Jocelyn sur le ton de l'exaspération, vous leur demandez quelque chose et ils s'en vont !

Félix semblait pensif et calme, beaucoup plus que d'habitude. Il fixa à son tour Jocelyn dans les yeux et lui dit d'une voix sereine.

- Tu rentreras chez toi Jocelyn, mais tu ne retrouveras pas ta vie !

À cet instant, tout le monde se tut et regarda le garçon avec inquiétude.

- Qu'est-ce que tu as dit, reprit Jocelyn surpris par ces paroles?

- Tu as très bien compris et ça te plaira !

Sa façon de s'exprimer avait changé. C'était celle d'un adulte posé, dans le corps d'un enfant avec sa petite voix de gamin. Ça en faisait presque froid dans le dos de voir une telle assurance émaner de ce petit bout de chou.

Hubert dirigea immédiatement son attention en direction de Garvey...

« *Qu'est-ce que vous avez fait à mon fils ?* »

Il observait Garvey, debout, les mains dans le dos dans le jardin. Il semblait méditer ou discuter avec les nuages. Hubert se retint de se lever de sa chaise pour aller demander une explication au jeune savant fou qui devenait de plus en plus étrange.

- Qu'est-ce qui se passe ici ?

Allan revint avec une petite corbeille remplie de pâtisseries.

- Que fait Garvey dans le jardin ?

À sa plus grande surprise, c'est Félix qui lui donna la réplique, et ce, sur le même ton qu'il avait employé avec Jocelyn.

- Il médite professeur, il médite.

Allan jeta un regard suspicieux à Hubert qui tourna la tête vers le jardin désignant Garvey comme unique responsable de cette métamorphose.

Damiana arriva à son tour avec un plateau garni de café, de sucre, de tasses et d'une carafe d'eau. Elle posa le tout sur la table en invitant tout le monde à se servir. Elle s'installa à son tour, et remarqua Garvey qui n'avait toujours pas bougé de place. Elle voulut l'appeler, et au moment d'ouvrir la bouche pour l'appeler, tout le monde put entendre.

- J'arrive tout de suite !

Étonné de cette promptitude à la limite de la voyance, tout le monde observa le silence.

Damiana recevait à présent dignement ses hôtes sans fusil ; elle fit un bref tour de table de conversation avec chacun, en jetant de temps en temps un œil furtif à l'étrange Garvey. Elle se tourna vers son mari et lui fit part de son impression.

- C'est le jeune garçon avec lequel tu étais venu il y a deux ans n'est-ce pas ?

- Oui, c'est lui. Tu as une bonne mémoire, car il n'était pas resté plus de cinq minutes.

- C'est vrai, mais il a une tête qui ne s'oublie pas. Mais aujourd'hui, je le trouve étrange, que fait-il là tout seul ?

- Je ne sais pas douceur, mais ça a suffisamment duré et je vais aller voir ce qu'il fabrique.

Allan sortit à son tour et alors qu'il lui tournait le dos, Garvey sembla sentir son arrivée et se tourna en sa direction avant même qu'il n'eût le temps de poser un pied sur la partie gravillonnée du pas de porte, susceptible d'annoncer son avancée par le bruit de ses pas. Surpris, Allan s'arrêta net en le regardant bizarrement.

- J'arrive professeur, fit-il simplement en esquissant un sourire. Allan resta sans voix, figé de stupéfaction.

« *Vous commencez à me faire peur mon jeune ami* » pensa-t-il. Au moment où Garvey passa à côté de lui, il lui cloua le bec définitivement.

- N'ayez pas peur professeur, je vous expliquerai tout en temps et en heure !

Les deux hommes rentrèrent dans le salon et s'installèrent à nouveau. En s'asseyant, Garvey échangea un regard complice avec Félix. Voyant le manège et désireuse de casser cette ambiance de suspicion, Damiana demanda une explication sur leur présence.

- Allan m'a raconté quelque chose d'extravagant tout à l'heure dans la cuisine.

Elle regarda Hubert.

- Et vous, de quelle planète venez-vous ?

Aidé de Garvey, Allan passa toute l'heure qui suivit à lui expliquer leurs mésaventures au contraire de Félix qui avait compris en un temps record le fond du problème. Garvey, de son côté, n'avait même pas essayé de faire avec Damiana ce qu'il avait fait avec Félix. Non qu'elle n'aurait pas pu comprendre, mais il y avait désormais en Garvey et Félix une relation singulière.

Damiana était abasourdie de ce qu'elle venait d'apprendre. Si quelqu'un d'autre qu'Allan lui avait raconté pareille histoire, elle ne l'aurait jamais cru. Cependant, elle ne connaissait que leurs péripéties, mais au même titre que son mari, Emma, Jocelyn et Hubert, elle ne savait pas tout, le plus « gros » restait encore à venir.

APPRENTISSAGE ACCÉLÉRÉ

« Ce qu'une heure donne, un siècle ne peut le donner. »
Horace Nelson

Elle balaya du regard tous les visages présents et s'arrêta sur celui d'Emma. - Vous, je vous connais ; nous nous sommes déjà rencontrés avec Jocelyn, enfin je veux dire… Vous comprenez n'est-ce pas ?

- Oui Madame Thibault.

Puis vint le tour de Jocelyn.

- Ce n'est pas vous que j'attends cet après-midi ?

- Non madame, c'est la première fois que nous nous voyons. Et enfin, Hubert et Félix.

- Et vous deux ? Vous êtes arrivés ici avec votre flotteuse depuis l'Italie ?

- Oui madame, répondit Félix toujours aussi sérieusement.

Hubert le regarda une brève seconde, puis regarda de nouveau Damiana.

- C'est comme il vous le dit Madame !

- Et vous êtes tous arrivés jusqu'ici avec l'aide de ce petit appareil qu'a fabriqué Garvey ?

Allan remarqua qu'elle n'était pas dans son état normal, et prit la parole.

230

- Garvey va te faire une démonstration mon ange, comme ça tu verras. Garvey, s'il vous plaît !

Il observa un instant la dame abasourdie et actionna son boîtier en annonçant ce qu'il allait faire.

- Je vais disparaître et réapparaître sous vos yeux, cela ne prendra que quelques secondes. Vous êtes prête ?

- Je ne veux pas seulement voir, je veux le faire avec vous !

Allan objecta vivement.

- Non douceur, ne le fais pas !

- Et pourquoi pas ? Crois-tu que je vais laisser se dérouler un tel phénomène sous mes yeux sans m'y intéresser d'un peu plus près ? Je veux le faire ; que tu le veuilles ou non !

« *Son caractère subsiste bien au-delà de son réveil !* » pensa Jocelyn.

- Allez-y doucement, lui imposa Allan.

- N'ayez crainte, je sais quoi faire.

Il régla son appareil sur l'année quatre mille six cent cinquante-sept et programma une arrivée quarante-huit heures avant leur départ. Si bien qu'aux yeux de tous, leur absence ne dura que trois secondes, mais la réalité était tout autre.

Lorsqu'ils réapparurent, Damiana n'était plus la même. Elle fixa Félix et esquissa un sourire que le jeune garçon lui rendit simplement sur la même longueur d'onde. Voyant ce changement, Allan s'affola, s'approcha d'elle et la prit dans ses bras.

- Mon ange, ça va ?

Elle sourit de la même façon et l'embrassa goulûment devant tout le monde.

- Damiana, qu'est-ce que tu as ? Que s'est-il passé ?

Encerclant son cou de ses bras, elle répondit simplement.

- C'est merveilleux Allan, il faut continuer !

Il ne comprenait plus rien, tout comme les autres d'ailleurs.

- Que faut-il continuer ?

- Notre évolution Allan, notre évolution.

- Quoi ? Quelle évolution ?

- Je te l'ai dit Allan, la nôtre ! Nous vivons dans un monde virtuel Allan, nous nous voilons la face, mais le jour où nous ouvrirons les yeux, tout changera.

Il regarda Garvey avec inquiétude, puis se résigna, épuisé.

- Si tu le dis, mon ange !

Il s'écarta de sa femme pour aller se recueillir seul dans le jardin et au passage, il entendit la voix du jeune Félix.

- Elle a raison professeur.

Il stoppa un court instant en l'étudiant du regard, puis reprit sa marche désespérée, perdu dans ses pensées, se demandant s'il n'était pas en train de perdre sa bien-aimée. Il marchait nonchalamment, triste, supportant sur ses épaules le poids de toute la misère de son monde.

« *Qu'est-ce qu'il se passe ici ?* » se disait-il. « *Est-ce cela les prémices de la folie ?* »

Damiana le rejoignit.

- Non mon chéri, ce sont les prémices de l'évolution de l'homme !

Presque apeuré par sa femme, il répondit dans un élan de courage.

- Tu dis…

Elle l'interrompit et continua à sa place.

- Oui, c'est ce que je fais et nous pouvons tous le faire.

Allan ne comprenait rien ; il la regarda comme il ne l'avait jamais fait jusqu'alors. Il y avait dans ses yeux de la méfiance, de la peur.

- J'avoue que tout cela m'effraie un peu. Veux-tu me dire où vous êtes allés ?

- Tu seras la première personne à qui je le dirai, mais dans l'immédiat, nous devons nous occuper d'Hubert et de Félix.

- C'est moi le scientifique du groupe et c'est toi qui me dis quoi faire ! Bien, allez-y, je vais leur dire au revoir.

Garvey et Damiana s'avancèrent vers eux pour le leur annoncer. Voyant cela, Jocelyn et Emma s'approchèrent.

- Eh bien voilà, dit Jocelyn, tout arrive à qui sait attendre. C'était sympa de voyager avec vous, surtout toi garnement !

Il décrocha de son cou un magnifique pendentif qu'il s'était offert à un moment clé de sa vie et s'agenouilla devant l'enfant.

- Tiens Félix, c'est pour toi, fit Jocelyn en le lui passant autour du cou.

Surpris, Félix resta silencieux quelques instants.

- C'est quoi ?

- Un souvenir d'un autre monde petit ; le mien !

- Pourquoi ?

- Atomes crochus, tout bêtement…

Le bambin scruta minutieusement chaque détail du pendentif et s'en retourna dans la léthargie organisée. Joss attendit un instant avant de poursuivre.

- Il te plaît ?

Impassible, l'enfant continuait d'ausculter l'objet avec une grande attention.

- Tu n'en avais jamais vu des comme ça, pas vrai ?

- Ça y est, fit soudainement Félix pareil à un chercheur scientifique ayant mis le doigt sur la solution à une énigme !

Hubert s'inquiéta.

- Qu'est-ce qu'il y a fiston ?

Félix regarda fixement son père avec une certaine intensité.

- C'est ça que je veux papa.
- Tu veux fabriquer des médaillons ?
- Papa…
- Je sais mon fils, j'avais compris, j'en ai bien peur.

L'expression du visage de l'enfant était différente, plus confiante. Tel un adulte, il avait pris une décision, celle qui allait changer son futur. Félix avait certes changé dans son comportement, mais il n'avait toujours pas sa langue dans la poche et lui répondit d'une manière « pince-sans-rire ».

- Moi aussi j'ai apprécié « Boss Capich » !

Cela eut l'avantage de détendre l'atmosphère et Hubert shampouina les cheveux du petit homme avec une certaine fierté.

- Heureux de vous avoir connu, nous pourrons probablement suivre la progression de vos actions au visiophone ! Soyez prudents. Et pendant que j'y pense, voici nos coordonnées, ceci est ma carte de visite.

- Votre carte de visite ? Vous ne perdez pas le Nord vous ! Mais je ne sais pas si mon téléphone voudra franchir les portes du temps.

- Pour tout vous dire, en ce moment nous l'avons quand même un peu perdu, plaisanta-t-il. Et pour les portes, seules celles que nous n'enfonçons pas restent closes.

Jocelyn esquissa un sourire, ausculta la carte et commença à la lire à voix haute.

- Hubert Doran, responsable de l'agence de voyages « Les Paradis ». Vous m'en direz tant ! Alors, vous voulez me faire voyager dans la quatrième dimension !

- C'est une idée à explorer. Mais je pense que vous voyagez déjà suffisamment avec votre métier. Je ne serais simplement pas contre l'idée de garder le contact, car vous m'êtes sympathique. Comme quoi, même en voyage temporel ou interdimensionnel, on peut rencontrer des gens intéressants !

Jocelyn fut interpellé par le jeune garçon qui le regardait intensément. Il semblait vouloir dire quelque chose, mais n'en fit rien. Sentant le poids de ce regard insistant peser sur lui, il en fit autant pendant une seconde ou deux. Ils échangèrent un sourire, puis il reprit la discussion avec Hubert.

- J'en suis convaincu, reprit Jocelyn.

Il regarda à nouveau la carte, la mit dans sa poche arrière et poursuivit.

- Hubert Doran. Il leva les yeux et le regarda fixement, nous penserons à vous Monsieur Doran, téléphonez lorsque vous aurez retrouvé votre femme.

Hubert lui fit une accolade amicale.

- Je n'y manquerai pas « Joss Bordel »!

- Je vois que Félix n'est pas le fils du facteur !

Puis arriva le tour d'Emma qui eut droit à la même faveur. Se faisant, il lui glissa un message dans le creux de l'oreille.

- Ne faites pas la même erreur avec lui.

Elle le regarda en souriant.

- Merci Hubert.

Puis elle se baissa à hauteur de Félix et lui fit une bise sur la joue.

- Au revoir petit homme, peut-être nous reverrons nous un de ces quatre ?

- Non Emma, ça n'arrivera pas !

Surprise, elle lui répondit d'un regard interrogatif. Allan et Damiana eurent également droit à des adieux en bonne et due forme.

- Quelle aventure professeur !

- N'est-ce pas ! Prenez soin de vous mon ami. Qu'allez-vous

dire au sujet de la flotteuse ?

- Ne vous en faites pas professeur, je trouverai !

- Au revoir grand petit homme, fit Allan à Félix, et ne te déçois jamais !

Il le regarda avec une grande intensité et lui tendit la main.

- Regardez-moi ça, tout comme un grand !

« Grand petit homme » restait imperturbable. Allan lui tendit la main à son tour. Les rôles étaient inversés. Il se sentait comme un jeune garçon maladroit avec lui depuis sa « Métamorphose mentale ». Tout ce qu'il disait tombait systématiquement à plat ; il réfléchissait plus qu'il ne l'aurait normalement fait avant de parler, tel un élève voulant donner la bonne réponse à son maître d'école, et cela commençait à le frustrer quelque peu. Alors qu'ils se serraient la poigne, Allan pensait :

« Si je ne lui demande pas maintenant, je ne connaîtrai jamais le motif et surtout le comment de ce changement radical ».

Tout comme Emma, il s'abaissa lui aussi à sa hauteur, non pour lui faire une bise, mais pour satisfaire sa curiosité en lui parlant doucement pour ne pas être entendu de tous, sachant qu'il serait compris au quart de tour, il alla directement au but.

- Dis-moi Félix…

Il s'approcha davantage de l'oreille d'Allan.

- Inutile professeur, vous savez déjà, mais vous ne savez pas que vous savez !

- Et je présume que cela se présentera à moi sans que je demande quoi que ce soit ?

Félix ne répondit pas, et fit seulement un sourire. Allan laissa finalement tomber le morceau.

- Fais bon voyage petit.

Du temps que son fils parlait avec Allan, Hubert avait salué

236

Damiana qui lui avait fait part d'une bonne nouvelle concernant Félix. À présent, Hubert était rassuré et fier de son garçon. Elle se dirigea vers « Einstein Junior », affichant une superbe banane d'une oreille à l'autre. Elle se mit elle aussi au même niveau que lui et le prit dans ses bras.

- Merci Félix de tout mon cœur.

Étant devenu un adepte du langage sans paroles, il fit de nouveau comme toute réponse un simple sourire.

- J'espère que nous nous reverrons bientôt, continua-t-elle.

- Oui Madame Thibault, espérez !

- Tu es mignon. Allez sauve-toi et vas retrouver ta maman qui s'inquiète.

Félix rejoignit son père qui l'attendait auprès de Garvey.

- Vous êtes prêts, fit-il en appuyant sur les touches de son boîtier ?

- Oui Garvey, répondit Hubert en regardant « petit prodige » avec les yeux aimants du père qu'il est.

- OK, poursuivit le jeune scientifique, je vais vous accompagner pour le cas où je ferais une erreur.

Hubert et Félix firent un dernier signe de la main à tout le monde, puis une brèche à l'intérieur de laquelle on pouvait distinguer le « Désordre intemporel » s'ouvrit. Tous trois s'y engouffrèrent, puis disparurent complètement. La brèche se referma de la même façon quelques secondes plus tard. Tous regardaient le spectacle, quelque part fascinés par cette magie. Revenant sur le changement de comportement de sa femme, Allan pensait :

« Ce n'est peut-être pas une si mauvaise chose après tout ? »

De même, Emma, en revanche, était plutôt satisfaite.

« C'est ça qui m'a envoyé mon nouveau Jocelyn ! » Personne ne le voyait, mais ses yeux brillaient.

Jocelyn n'en était pas de reste.

« Et dire que c'est à cette chose que je dois cette situation dans laquelle je me trouve ! Mais il faut reconnaître que ça vaut mille fois internet en matière de connecting people ! »

Quant à Damiana, c'était beaucoup plus solennel.

« Sans ça je n'aurais jamais su ce que je sais désormais ».

Ils étaient tous les quatre plantés là, ayant pu concrètement apprécier le phénomène à sa juste valeur en tant que spectateurs privilégiés, perdus dans leurs pensées et ressentant à un degré plus ou moins fort, un sentiment de manque. Ces deux journées un peu folles, vécues aux côtés de ce papa avec son petit garçon arrivés sur la route d'une balade en barque, les avaient marqués et ils regrettaient déjà de ne pas s'en souvenir lorsque toutes les brèches se refermeraient.

Comme à son habitude, Allan était entré dans une nouvelle phase de longue réflexion et comprit soudain une chose essentielle : les ondes environnantes avaient été perturbées par toutes ces brèches qui ne laissaient pas seulement passer des corps humains de l'eau ou encore des véhicules.

« Oui c'est ça » pensait-il *« tout n'est qu'ondes. Elles ont profité des ouvertures pour se mélanger avec celles déjà présentes dans chaque monde. Le petit Félix, Damiana et les autres étaient, sans le savoir, en contact permanent avec leur double respectif, lesquels ont dû eux aussi éprouver des sentiments inhabituels. C'est pour ça que Félix n'était plus vraiment lui-même. Quoi qu'il en soit, tout devrait rentrer dans l'ordre pour eux quand tout sera terminé. Le plus étrange est qu'Hubert et moi n'avons pas subi ces interférences. Peut-être que nos doubles sont morts. Garvey a dû le découvrir, j'en suis certain ».*

Pendant ce temps, Hubert, Félix et Garvey étaient arrivés à destination, ou plutôt « Ailleurs ».

LES BIENFAITS DE L'UNIVERS

« Écris le chant joyeux de la guérison, le chant précieux
de la délivrance. Ainsi tu te souviendras de ton futur. »
Winston Churchill

L e paysage n'avait rien de commun avec celui du « Lac
de Sainte-Croix » en Italie. Hubert et Félix l'avaient
remarqué, mais peut-être avaient-ils atterri non loin du
lac dans un endroit qu'ils n'avaient pas encore vu. Les voyant
chercher un point de repère, Garvey les briefa.

- Ne cherchez pas, nous ne sommes pas en Italie.

Félix regarda fixement Garvey et fit aussitôt les gros yeux en
jetant un œil sur son père. Le remarquant, Hubert le questionna
du regard.

- Regardez, reprit Garvey et surtout n'intervenez pas, car
vous pourriez déclencher une catastrophe en série. Dites-vous
seulement qu'il y a une bonne raison à notre venue ici.

À ce moment-là arriva un gros véhicule du genre berline de
luxe, conduite pas son fils aîné mort dans ce monde dans un
terrible accident de voiture quelques années auparavant. Son
père comme son frère cadet étaient choqués par cette vision.
Il était huit heures du matin et Hubert pouvait voir son fils
disparu en chair et en os descendre du véhicule pour aller à

son travail. L'émotion prit le dessus et Hubert comme Félix ne purent contenir une larme échappée d'un chagrin bien ancré au fond d'eux.

- Pourquoi nous montrer cela, fit Hubert déstabilisé ?

- Parce que ça va vous aider, affirma Garvey ; je sais que pour vous l'envie d'aller le serrer dans vos bras doit être grande, mais vous devrez passer outre vos sentiments cette fois-ci.

- Vous pensez que ça me donne du baume au cœur de le revoir là, comme ça, aussi vivant qu'il ne le sera plus jamais ?

- Bien sûr que oui !

- Comment pouvez-vous affirmer une telle chose ?

- Parce que dans ce monde, c'est vous et votre femme qui êtes morts, et vos deux enfants ont été recueillis dans une famille d'accueil. De plus, vous saurez dorénavant que quelque part, il vit toujours avec la responsabilité de son jeune frère Félix certes, mais il vit !

- Nous sommes morts, vous dites ?

- Pour lui oui ; dans ce monde, vous l'êtes. Mais imaginez une seconde ce qu'il éprouverait, au même titre que le jeune Félix de cette dimension, s'il savait que vous aussi êtes vivants quelque part ?

Cette simple remarque le fit réfléchir à tel point qu'il entama une « Psychothérapie express » dans sa tête. Après tout, il était là juste sous leurs yeux et bien en vie. Certes, il devait se faire à l'idée qu'il ne le reverrait jamais, mais la chance lui était offerte, l'ultime possibilité de constater qu'il n'était pas tout à fait mort. Et même si ce sentiment de manque persistait toujours, ils avaient eu l'occasion de le revoir. Pouvait-on dire que la vie est mal faite ? Non, au contraire, ce n'est qu'une question d'équilibre.

Félix avait apparemment plus de facilité à encaisser le choc. Mais cette rencontre, ou devrait-on dire cette vision, allait changer du tout au tout leur point de vue. Hubert ne pouvait cependant pas décoller ses yeux de cet autre fils.

« *Vis ta vie mon fils* » pensait-il « *Je saurai désormais que quelque part tu es heureux* ».

Une larme coulait sur son visage, mais ce n'était pas la larme de la détresse, mais plutôt celle de l'espoir. Félix était tout autant ému, mais ces voyages ainsi que la connaissance qu'il avait acquise, l'aidaient à prendre la distance nécessaire pour ne pas sombrer dans un profond chagrin, car désormais, il appréhendait les choses différemment. Hubert regarda Félix et ouvrit son cœur.

- Il a raison fiston, nous sommes très chanceux. Une occasion comme celle-là ne se reproduira pas de sitôt.

À cet instant, Félix devint pensif…

Il se tourna ensuite vers Garvey pour lui exprimer sa reconnaissance.

- Merci du fond du cœur Garvey ! Votre appareil ne provoque pas seulement des catastrophes, il sauve aussi des vies.

- Je savais que vous seriez convaincu et que finalement vous en ressortiriez heureux ! Nous y allons ?

- Attendez encore une minute, s'il vous plaît, laissez-moi profiter de ces instants magiques. Vous ne savez pas ce que la mort d'un enfant provoque pour des parents.

- C'est vrai, mais Jocelyn n'aura jamais cette chance dans son monde.

- Il ne peut pas ?

- Peu importe, le fait est qu'il ne connaîtra jamais la naissance d'un enfant. Cela dit, rien n'est écrit ; tout peut toujours changer d'un instant à l'autre, sans même prévenir. Tout dépend de ce que l'on décide de faire...

- Je comprends ; et comment savez-vous pour Jocelyn, il vous l'a dit ?

- Disons que je me suis renseigné à ma manière.

- Je vois, vous l'avez vu alors qu'il était avec nous !

- Dans notre temps Hubert, il est ici avec nous et s'est adapté à nos vibrations, mais là-bas elles sont différentes. Il est devenu son propre double en quelque sorte. Vous comprenez ?

- J'avoue que là... Mais j'y réfléchirai.

- Vous ne le pourrez pas. Ou plutôt si ; dans votre inconscient... Bien, nous devons partir maintenant. Allez, venez!

Hubert n'y arrivait pas. Impossible de se résoudre à quitter son fils des yeux.

- Hubert, allons ! Vous n'avez plus l'aîné, mais le cadet vous attend.

- Je vous demande encore dix secondes, dix malheureuses secondes Garvey, je vous en prie.

- Bon très bien, mais pas longtemps, car je vous ai donné cette opportunité pour vous aider à faire votre deuil, non pour une rechute. Et c'est précisément ce qu'il vous arrivera si vous restez trop longtemps, car vous allez vouloir le récupérer, ce qui est normal quelque part, mais malsain pour tout le monde.

- Vous avez raison, mais il y a une chose qui m'échappe cependant. Comment connaissez-vous son existence étant donné que j'en ai parlé à personne d'entre vous ?

Garvey le regarda fixement pendant une seconde ; mais préférant ne pas s'embarquer dans une explication interminable, il opta pour une réponse satisfaisante.

- Vous l'avez dit vous-même tout à l'heure Hubert, répondit-il en mettant son faiseur de brèches en avant, cet appareil ne provoque pas seulement des catastrophes, il fait aussi des bienfaits. Il y a beaucoup de choses qui nous échappent en ce bas monde, ainsi que dans d'autres d'ailleurs ! Mais il y en a certains où se trouvent des gens très... comment dire... différents, des gens qui réagissent à l'inverse de nous. C'est-à-dire à qui rien n'échappe, bien au contraire, ce sont eux qui échappent à leur monde !

Pensant qu'il n'avait pas terminé son explication, Hubert attendait la suite. Puis, voyant qu'il ne disait plus rien, s'en étonna.

- Vous avez fini ?

- Oui Hubert, j'ai fini.

- Ne m'en veuillez pas, mais je n'ai rien compris, et j'imagine que je vais devoir m'en contenter ?

- Vous avez tout compris Hubert !

- Bien, dans ce cas, je n'insiste pas et si nous devons y aller, alors ainsi soit-il.

Puis il lui mit une main amicale sur l'épaule avant de poursuivre.

- Vous avez atteint votre objectif en nous menant jusqu'ici et je vous en serai à jamais reconnaissant.

À ce moment-là, Garvey eut une pensée amusée...

« *Puisque je te dis que tu ne te rappelleras de rien !* »

- C'est dommage que ma femme Tiffany ne puisse pas jouir de cette opportunité, mais je suis certain que je trouverai les mots pour la réconforter à présent. Merci encore Garvey et continuez de désobéir à votre professeur !

- Il n'y a pas de quoi Hubert, il aurait été dommage que je ne le fasse pas, puisque j'en ai créé la possibilité ! Je vous raccompagne maintenant ?

Hubert regarda une dernière fois en direction du bâtiment où travaillait son cher enfant disparu en prenant la main de

Félix.

- « *Au revoir mon fils, nous t'aimerons toujours.* »

- J'ouvre la brèche ; venez, fit Garvey !

Ils se jetèrent tous trois à l'intérieur et arrivèrent près du « Lac de Sainte-Croix » en Italie. Hubert et Félix auscultèrent le paysage et s'écrièrent,

- Ça a marché ! On est revenus !

- Il ne faudra pas le crier trop fort ici, spécifia Garvey.

- Pourquoi donc ?

- Parce que nous sommes revenus dix minutes avant que vous ne disparaissiez et vous êtes actuellement sur le lac où vous allez couler sous peu. Vous devrez plonger à nouveau et rejoindre votre femme.

- Tu entends ça fiston, fit-il impressionné ? Ta mère ne s'inquiètera que quelques minutes tout au plus. Nous partirons d'ici et nous n'aurons qu'une centaine de mètres à nager. C'est phénoménal ! Mais vous ne l'avez dit à personne, remarqua-t-il.

- Exact, vous avez le sens de l'observation Hubert !

- Puis-je vous demander pourquoi l'avoir tu à tout le monde et non à nous ?

- Oui bien sûr.

Il laissa s'écouler quelques secondes sans rien dire.

- Garvey !

- Oui Hubert ?

- Et bien, je vous ai posé une question !

- Je sais…

- Vous ne voulez pas répondre ?

- Je l'ai fait !

- Mais enfin Garvey, à quoi jouez-vous ?

- Je ne joue pas Hubert, vous m'avez demandé si vous pouviez savoir pourquoi et je vous ai dit oui !

- J'ai compris, c'est très drôle et je suis hilare ! Maintenant, dites-moi pourquoi s'il vous plaît !

- Pourquoi ?

- Garvey, je vous en prie, cessez de faire le zouave !

- Je vous demandais pourquoi vous vouliez le savoir.

- Bon tant pis, laissez tomber !

- De toute façon, vous l'aurez oublié dans dix minutes.

- Je voulais simplement connaitre la raison de cette différence.

- Il n'y en a pas !

- Je ne comprends pas.

- Vous êtes rentré chez vous, tout comme le conducteur que vous avez croisé.

- Pardon ?

- Oui, vous ne vous rappelez pas ? Cela signifie qu'en retournant dans votre dimension, il en va de même pour ce conducteur. C'est ce que j'appelle « L'effet balance ».

- Si nous ne l'avions pas croisé, il en serait toujours au même point alors ?

- C'est ça.

- Mais, nous ne l'avons pas croisé dans ce voyage-ci ?

- C'est normal, nous sommes en avance sur le temps. Il se retrouvera sur la route où il roulait avant de « tomber dans l'eau » et il ne se rendra compte ni ne se souviendra de quoi que ce soit, puisque tout cela n'aura jamais eu lieu…

Hubert regardait de temps en temps Félix pour voir ses réactions, lequel n'avait pas l'air spécialement surpris par ce qu'expliquait l'intrépide scientifique. Là, il regarda de nouveau Garvey pour lui demander une précision.

- Dites-moi Garvey, ce changement brutal chez Félix…

Il l'interrompit dans sa lancée et le rassura.

- Il a reçu beaucoup d'informations d'un seul coup et c'est ce qui explique en partie le comportement qu'il a eu ; mais tout ça va très vite s'estomper, il redeviendra le petit garçon que vous avez toujours connu, car dans les dix minutes à venir, il ne se rappellera de rien, tout comme vous Hubert ! Vous ne vous souviendrez que d'avoir chaviré.

À cet instant, Hubert affichait une certaine déception.

- Et ce que vous nous avez montré dans l'autre dimension ?

- Pareil ! Et c'est normal puisque lorsque cette brèche se refermera, ça reviendra à dire que vous n'avez jamais vécu cette aventure. Mais si ça peut vous rassurer, le cerveau humain emmagasine tout ce qui est vu et entendu et vous ne le perdrez jamais vraiment complètement.

Résigné et désolé d'entendre pareille nouvelle, Hubert posa une dernière question.

- Quelle est l'autre explication au sujet du comportement de mon fils ?

Garvey le regarda solennellement.

- Votre fils est un « Indigo ».

Ayant mal compris, Hubert se sentit touché en plein cœur ainsi que dans sa fierté. Il eut alors une vive réaction en le mitraillant des yeux tel un soldat au combat.

- Je vous demande pardon ; mon fils, un nigaud ?

Amusé, Garvey tenta une rectification.

- Hubert, je…

Exaspéré par ce qu'il avait interprété, il ne lui laissa même pas une chance de s'expliquer.

- Taisez-vous ! Me dire une chose pareille sur « MON FILS » après ce que vous nous avez montré est en dessous de tout ! Je sais bien qu'il lui arrive parfois d'être sur sa planète, mais de là à le traiter de nigaud en me regardant dans le blanc des yeux !

Dans sa plaidoirie de père protecteur, il consola son fils du regard et s'aperçut à sa plus grande surprise qu'il souriait.

- Fiston, continua-t-il fièrement, tu ne dois pas sourire lorsque quelqu'un te manque de respect de cette façon !

- Écoute papa, écoute-le mieux.

Stoppé net dans son élan et quelque peu décontenancé, Hubert se calma et laissa poursuivre Garvey.

- Très bien, de toute évidence, quelque chose m'échappe, continuez !

- Lisez sur mes lèvres au besoin ! Je n'ai pas dit « NIGAUD », mais « INDIGO ».

- C'est quoi ça ? Une nouvelle manière de qualifier les personnes qui ne se fondent pas dans le moule ?

- Non Hubert, les Êtres « Indigos » ne savent pas ce qu'ils sont. Ils s'en rendent compte avec le temps, en grandissant sans pour autant pouvoir y mettre un qualificatif tel que celui-ci, mais en se sentant différents de ce qui les entoure. D'ailleurs, ils le sont vraiment. Félix a toujours été en décalage n'est-ce pas ?

Le jeune garçon resta impassible, sortit son portable et se mit à appuyer sur les touches. Hubert lorgna son fils quelques instants. Il était concentré sur ce qu'il faisait.

«On parle de lui et qu'est-ce qu'il fait, il tape un message!» se dit Hubert, désorienté par le comportement de l'enfant. *«Qu'est-ce qu'il écrit ? Joss C... Pourquoi note-t-il ça sur son portable?»*

Hubert comprit soudain la démarche du petit prodige devenu apprenti génie.

« Il veut se rappeler ! T'es vraiment pas bête mon fils ! ».

Garvey voyait Hubert regarder son fils avec compassion et attendait toujours sa réponse.

- Hubert ? Vous êtes toujours avec moi ?

- Oui, pardonnez-moi. Que me disiez-vous déjà ?

- Je vous parlais du décalage.

- Oui c'est vrai qu'il l'est souvent, comme vous pouvez présentement le constater, mais…

- Curieux de tout et cependant impassible ?

- Oui c'est juste. Depuis sa plus tendre enfance.

- On vous a souvent dit qu'il avait un problème d'ordre psychologique. Alors qu'en comparaison ce n'est pas lui, mais ceux-là mêmes qui le lui disent qui en ont un. Ils ne le comprennent pas et ne le comprendront sans doute jamais. Félix a certaines portes mentales qui s'ouvrent plus facilement que la moyenne. Il est capable de tout comprendre au quart de tour, beaucoup plus vite que n'importe qui.

- Alors, les Êtres Indigos sont des génies qui s'ignorent si je comprends bien ce que vous dites ?

- Je dirais plutôt des personnes normalement constituées dans un monde de « fainéants spirituels ». Les indigos ne se laissent pas polluer l'esprit par les ratages de la vie. Ils sont peut-être turbulents au début de leur existence, le temps de s'adapter, mais deviennent souvent des hommes ou des femmes redoutablement solides et sensées.

- Quand vous dites solide vous voulez dire physiquement ?

- Pas spécialement Hubert. Mais dans ce monde, quelqu'un qui est capable de se promener dans les esprits des personnes qu'il croise tout au long de sa vie est insaisissable ; je dirais même indestructible.

- Je vois, mon garçon est un extraterrestre en somme !

À cet instant, Garvey esquissa un sourire évocateur.

- On pourrait presque le définir ainsi, Hubert.

- Mais « Indigo », c'est une couleur !

- Justement Hubert.

- Comment ça justement? Hey, mais qu'est-ce que vous faites?

« *Il ne va tout de même pas me laisser comme ça ?* » se dit-il en voyant Garvey l'abandonner.

- Garvey ! Garvey !

- Papa laisse le ; la brèche pourrait se refermer.

Il n'en dirait de toute manière pas davantage ; il se retourna et se dirigea vers la brèche en leur faisant un signe d'adieu. Étonné, Hubert tenta en vain d'en savoir davantage.

- Attendez ! Ne partez pas ! Je n'ai pas compris ce que vous avez dit.

- Au revoir Hubert, au revoir Félix et belle vie à vous trois !

Garvey continuait d'avancer vers la brèche, y entra et disparut avec elle. Hubert cherchait toujours à comprendre avec un peu d'inquiétude.

« *Un indigo ! Qu'est-ce que c'est ?* »

La brèche fermée, les souvenirs de ces derniers jours commençaient lentement à s'effacer l'un après l'autre.

- Mettons-nous à l'eau avant d'oublier ce qu'on fait là, reprit Hubert en prenant Félix par la main.

- Dire que si on le croise de nouveau on ne se souviendra même pas de lui, c'est extraordinaire, mais qu'il le veuille ou non, nous l'avons bel et bien vécue cette histoire !

- De quoi tu parles papa, fit Félix qui ne se rappelait déjà plus de leur mésaventure ?

- Et bien je te parle de… de…

Il hésita quelques instants puis se reprit.

- Je ne sais plus ce que je voulais te dire fiston, ni même ce que je te disais. Étrange ! Viens retournons voir ta mère, ça nous reviendra peut-être en nageant.

Soudain, des cris d'affolement jaillirent de l'eau et de Tiffany.

- Regarde papa, la flotteuse s'est retournée !

« *Bon sang, c'est vrai ! On doit être vraiment choqués pour ne pas s'en souvenir !* » pensa Hubert.

- Viens Félix, allons rassurer ta mère…

METAMORPHOSE

«Doit-on épouser la situation ? Oui, mais en juste noces.»
Simone Weil

D ans la maison parisienne, tout le monde s'était réinstallé autour de la table du salon et s'était resservi, tout en continuant de parler de mondes parallèles et autres brèches. Pour eux, il y avait seulement quelques minutes que Garvey, Hubert et Félix étaient partis. Tandis qu'ils en étaient encore à remuer leur tasse de café pour les uns et de chocolat pour les autres, une faille s'ouvrit dans le jardin livrant le jeune physicien seul.

Il aurait pu réapparaître instantanément, mais il avait choisi de procéder ainsi pour éviter toutes questions inutiles. Tout le monde s'interrompit pour observer le phénomène qui, même si cela devenait familier, demeurait tout de même un spectacle hors du commun.

- Ha ! Vous voilà déjà, fit Allan !

Pressé de réparer une erreur, Garvey était prêt à repartir.

- Oui, répondit-il ; et je vais à présent m'occuper des cas les plus urgents. Quant à vous Jocelyn, vous rentrerez en dernier puisque vous savez où vous êtes et ce qui vous est arrivé. Ce n'est pas le cas des autres personnes qui ont été victimes de mon invention.

- Je comprends, répondit Jocelyn, faites ce que vous avez à faire, je ne suis plus à une heure près de toute façon.

Sur ces mots, Emma le regarda tristement.

« *Je dois faire quelque chose* », pensa-t-elle. Puis, elle fixa de nouveau l'un des biscuits rescapés posé à côté de son bol de chocolat.

- Venez donc vous asseoir avec nous cinq minutes mon jeune ami et prenez une tasse de bon café allemand que ma femme a préparé. Vos sauvetages peuvent bien attendre trois minutes, vous ne croyez pas ?

Jocelyn s'étonna en silence : « *Le bon café allemand ?* »

Garvey eut une réaction similaire : « *Mon jeune ami... les prémices d'un pardon ?* »

- Bien professeur, vous gagnez, je viens goûter au café salvateur de votre femme.

Il prit une chaise et s'assit avec ses comparses. Emma le regardait avec insistance et bouillait littéralement d'impatience de lui faire part d'une décision qu'elle venait de prendre. Mais impossible de le dire devant tout le monde, il fallait attendre une occasion, elle devait le « coincer » seul. Mais par-dessus tout, était-il judicieux d'en parler ?

Damiana remarqua la détresse qui transperçait les yeux de la jeune femme. Elle tenta d'exploiter une partie de ses nouvelles compétences pour lui venir en aide. Elle chercha à croiser son regard et ne mit pas longtemps à y parvenir.

Alors qu'Allan s'apprêtait à reprendre la parole, elle fit littéralement un bond sur sa chaise et s'écria vivement d'une manière presque désabusée.

- Emma, nous allons devoir parler au plus vite !

Tous les regards se posèrent immédiatement sur elle, ainsi

que celui de Garvey qui comprit tout de suite le problème. Allan et Jocelyn se regardèrent sans rien comprendre.

« *Qu'est-ce qu'il y a encore ?* » pensèrent-ils.

Emma se sentait gênée et ne savait pas quoi faire pour éviter une confrontation. Ayant bu seulement une gorgée du « Bon café allemand » et soucieux de ne pas embarrasser qui que ce soit, Garvey se leva de sa chaise.

- Emma, Damiana, suivez-moi dans le jardin je vous prie !

Allan tenta vainement de comprendre et commença à se lever en même temps que les deux femmes. De tous les comportements étranges dont il avait été le témoin ces derniers jours, Jocelyn, quant à lui, commençait à ne plus avoir envie de se creuser la tête et adopta un comportement pacifique, préférant attendre de voir.

Garvey stoppa net l'élan du professeur, lui faisant comprendre de sa main placée devant lui tel un « ordonnier » arrêtant une voiture, de ne pas insister et de se rassoir.

- Non professeur, seulement votre femme et Emma ! Je vous raconterai tout le moment venu, je vous le promets.

- Mais enfin, Garvey, que se passe-t-il ? Je vous rappelle que vous êtes mon assistant, je n'ose plus dire mon élève !

- Je vous en prie professeur, ne compliquez pas les choses, elles le sont suffisamment comme ça, reprit le jeune homme en se dirigeant vers l'extérieur où l'attendaient déjà les deux femmes qui semblaient discuter sérieusement et gravement.

Allan se trouvait à nouveau mis à l'écart et cela l'exaspérait de plus en plus. Il se retrouvait donc là, chez lui, assis sur une chaise de son salon, à ne pouvoir rien faire d'autre que d'observer et presque obéir sagement.

Amusé par la situation et par l'expression qu'affichait le visage du scientifique déchu, Jocelyn ne put contrôler l'ébauche d'un sourire que remarqua Allan.

- Ça vous fait rire vous, dit-il sèchement ?

Jocelyn hésita un instant avant de répondre.

- Ne m'en voulez pas Allan, mais oui ça me fait rire !

Allan le regarda en s'efforçant de rester sérieux et froid, mais ne put contenir à son tour un air amusé en exprimant un rictus. Pendant ce temps, la réunion au sommet dans le jardin sévissait; l'on pouvait y voir entre autres Emma qui se décomposait de seconde en seconde et Damiana qui s'exprimait avec une certaine virulence.

- Vous rendez-vous compte de ce que vous voulez faire mon enfant ? Vous n'y pensez pas ? Avez-vous songé aux conséquences ? En avez-vous parlé à Jocelyn ?

Garvey apaisa le ton de la conversation et proposa une solution.

- Calmez-vous Damiana, ce n'est pas bien grave du moment que tout le monde est d'accord. Nous allons tout simplement y aller et vous direz ce que vous avez à dire, vous êtes d'accord Emma ?

Étonnée et heureuse de cette proposition, Emma ne se fit pas prier et accepta promptement. Damiana était surprise de cette décision prise selon elle « à la va-vite ».

- Je suppose que vous savez ce que vous faites jeune garçon !

Garvey la regarda fixement sans rien dire. À partir de cet instant, ce fut, aux yeux d'Allan et de Jocelyn qui regardaient la scène avec attention, une conversation sans paroles, ainsi que la disparition et réapparition immédiate à peine visible d'Emma et de Garvey. Un peu comme si un rayon de soleil avait rendu flous leurs corps l'espace d'un instant. Lorsque tous trois rentrèrent de nouveau dans le salon, "Médor et Brutus" qui n'avaient pas bougé d'un pouce, les suivirent du regard tels deux chiens de garde attendant un ordre. Jocelyn regardait Emma et finit même par scruter son visage. Quelque chose ne tournait pas rond dans son attitude, quelque chose avait changé. De quoi avaient-ils parlé là dehors? Pourquoi Emma semblait être choquée après avoir eu l'air heureuse deux minutes avant? Garvey ne se rassit même pas, il prit sa tasse de café encore tiède et avala le restant d'une traite.

Trépignant presque comme un petit garçon impatient d'être accompagné aux manèges d'une fête foraine, Allan s'exprima timidement.

- Quel est le programme à présent ?

Éprouvant en dépit des apparences un profond respect pour Allan, Garvey opta pour une réponse solennelle.

- Professeur, vous m'avez « presque tout appris » et je vous ai toujours admiré ; vous et votre sale caractère.

À ce moment, Allan eut une réaction qu'il refréna aussitôt.

- C'est pourquoi vous allez m'accompagner dans les opérations qui vont suivre, car comme je vous l'ai dit, je vais tout vous expliquer et tout vous montrer. Vous l'avez bien mérité ! Si vous le voulez bien, nous allons commencer par faire réapparaître les disparus et faire disparaitre les apparus !

Agréablement surpris, Allan décida de se laisser faire et de fermer les yeux sur le « sale caractère » évoqué par le jeune homme passé de l'état d'élève à celui de maître en l'espace de deux malheureuses journées.

- Très bien, Garvey, je vous suis.

« *Pas si mauvais ce petit !* » se dit-il.

À cet instant, Damiana s'approcha de lui en lui faisant un baiser sur la joue.

- Tu verras, ce petit a vraiment plus d'un tour dans son sac, fais un bon voyage mon adoré.

- Enfin, tu as retrouvé un peu d'humanité ! Et moi qui croyais t'avoir perdue !

- Tu ne m'as jamais perdue Allan, je suis seulement en train de faire connaissance avec moi ! Allez vas-t-en vite, nous reprendrons cette conversation plus tard si tu le souhaites.

Garvey était prêt, il ne lui restait plus qu'à appuyer sur une touche.

- Vous y êtes professeur ?

- Oui mon jeune ami, allons-y !

Garvey actionna sa commande et les deux hommes disparurent dans le jardin. Jocelyn vit Damiana parler avec Emma telle une mère protectrice.

- Ne vous inquiétez pas mon enfant, rien n'est encore fait.

Il voyait Emma se comporter avec sollicitude et il commençait à se poser des questions sur ces changements incessants. Il laissa terminer Damiana puis voulut en avoir le cœur net. Avant d'aller travailler un peu dans son jardin, elle termina avec cette phrase :

- Ça ira ?

Emma ne répondit pas et acquiesça seulement d'un mouvement de tête. Jocelyn observait en silence, mais n'en pensait pas moins.

« *Qu'est-ce qui t'arrive ma belle ?* ».

Il avait l'impression qu'elle s'interdisait de poser les yeux sur lui. Pourquoi cette distance soudaine ? N'y tenant plus, il décida de la rejoindre. Emma tentait vainement de cacher son appréhension qui émanait d'elle à la puissance mille. Arrivé à sa hauteur, il apposa une main sur le haut de son dos pour la réconforter.

- Tout va bien ?

- Oui, fit-elle d'une voix tremblante et fragile.

- Dans ce cas-là, lorsque je vois l'Emma de mon monde dans cet état, je la prends dans mes bras et je la serre très fort contre moi. Mais je…

Elle ne lui laissa même pas le temps de terminer sa phrase et se blottit contre lui en l'agrippant pareil à un sauveteur qui l'aurait sortie de la noyade. Quelque peu gêné, Jocelyn tenta de se dégager,mais l'emprise était si forte qu'il arrivait tout juste à respirer.

- Emma, tu serres !

Il ne le voyait pas, mais une larme coulait sur le visage de la jeune femme éplorée.

- Emma, reprit-il, j'étouffe !

Un sourire apparut alors sur son visage et elle lâcha prise.

- Qu'est-ce que tu as ? Je te trouve bien étrange depuis tout à l'heure. C'est parce que je vais partir ?

- Oui Joss, je crois que c'est ça.

- Mais nous en avons discuté, tu sais très bien que je ne peux pas rester ici.

- Je sais Joss, laisse-moi juste le temps de m'y faire.

- C'est précisément ça qui nous manque le plus : et j'ai déjà une Emma qui m'aime dans mon monde, tu le sais, et toi, un Jocelyn qui t'aime.

Elle le regarda étrangement de ses yeux suffisamment expressifs, au travers desquels tout ce qu'elle ressentait ressortait aussi clairement que si elle l'avait exprimé oralement. Conscient de sa méprise, Jocelyn se reprit.

- Excuse-moi, j'avais oublié, mais même si vous êtes divorcés, il t'a aimée et peut-être qu'il t'aime toujours ; maintenant s'il est aussi maladroit que moi pour dire ce qu'il a à dire, tu ne le sauras jamais !

- Je ne sais pas quoi penser Joss.

- De plus, je ne pourrais jamais rester ici en sachant qu'un autre moi vit sous le même ciel ; ça provoquerait peut-être un déséquilibre quelque part. Je m'exprime sans doute mal, mais tu comprends ce que je veux dire n'est-ce pas ?

- Oui, je comprends très bien.

Elle marqua un temps d'arrêt puis poursuivit.

- Serais-tu prêt à renoncer à ton monde si le Jocelyn d'ici y allait ?

- Là tu me fais peur Emma. Tu es sérieuse ?

- Réponds-moi, c'est tout !

- Non Emma, ce n'est pas mon monde, ma vie est ailleurs et j'aime l'Emma que j'y ai rencontrée. Pourquoi parlons-nous encore de tout ça ? Je croyais que la question était réglée.

- Ne m'en veut pas Joss, je suis un peu perdue en ce moment.

- Tu es surtout amoureuse, mais pas de moi ; l'homme que tu as aimé c'est lui et non moi.

Emma semblait vraiment perdre pieds. Était-ce Joss numéro un qu'elle aimait ou bien Joss numéro deux. À ses yeux, numéro deux avait eu des comportements dont elle reprochait l'absence chez numéro un. Depuis sa plus tendre enfance, on lui avait toujours dit que tout pouvait s'arranger lorsqu'on savait ce qu'on voulait et en y mettant la motivation nécessaire. Mais peut-on changer une personne contre son gré ? Ne serait-il pas judicieux de prendre ce qu'on a toujours voulu et qui se trouve juste là à portée de main ? Il y avait vraiment de quoi se taper la tête contre les murs.

Constatant sa détresse, Jocelyn s'inquiéta.

- Tout va bien ? Tu sais que ce n'est pas possible.

- Je sais Joss, je sais, répondit-elle tristement.

Jocelyn tenta une manœuvre pour alléger l'atmosphère.

- Il y a autre chose, à laquelle je pense.

- Oui laquelle ?

À cet instant, il l'aurait bien prise dans ses bras, peut-être même l'aurait-il embrassée pour lui montrer de la compassion, voire de l'amour, mais il s'y refusa, car son départ était trop imminent, et une certaine sagesse s'emparait de lui.

Non, c'était décidé ; il ne voulait pas compliquer davantage la situation entre eux. Il apposa une main sur son visage, presque tendrement. Elle approuva le geste de sa main sur son avant-bras, lequel décontenança Jocelyn. Jusque-là, seule l'Emma envers qui il restait fidèle réagissait de cette façon.

- C'est fou ce que vous vous ressemblez par moments...

AUTRES TEMPS, AUTRES MŒURS

« L'homme a beau vouloir enrayer son imperfection, il n'en reste pas moins un être humain évoluant à son rythme. ». MM.

Garvey et Allan se trouvaient à présent en Chine, dans la ville de Pékin.

- Qu'est-ce qu'on fait là, interrogea Allan ?

- Nous allons retirer les morts des informations de ces deux derniers jours !

- Que s'est-il passé ?

- Dans cette usine, rien ; un homme du nom de Ching Changsung Boudsang va avoir terminé sa journée de travail dans moins de cinq minutes. Il prendra sa bicyclette pour rentrer chez lui, comme il le fait chaque jour, mais une brèche va s'ouvrir devant lui et il n'aura pas d'autre choix que de percuter de plein fouet un charriot à l'arrivée. Mais nous allons faire en sorte que cela n'arrive jamais.

- Oui maintenant que vous le dites, j'en ai effectivement entendu parler. Mais alors, c'est sensationnel ! Vous pouvez aussi contrôler le temps avec cet appareil ?

- Oui professeur, nous le pouvons.

- Mais dites-moi, ce n'est pas le même que celui que vous

m'aviez montré à l'Université, ou je me trompe ?

- Non professeur, vous ne vous trompez pas, il est différent et surtout doté de beaucoup plus de fonctions que le premier modèle.

- Vous l'avez créé à l'Université, n'est-ce pas ?

- En partie seulement, je vous présenterai les gens qui m'y ont aidé.

- Où sont-ils ?

- Ailleurs ! Surveillons la sortie de l'usine si vous le voulez bien, ils ne vont plus tarder.

Au fond de lui, Allan était aux anges, il vivait là ce dont il avait toujours rêvé.

- Qu'allez-vous faire Garvey ?

- Je vais tout simplement inverser le processus.

- Je peux imaginer à peu de chose près ce que vous allez faire, mais je suis bien forcé de reconnaître que je suis un peu largué depuis quelques jours.

- Ne vous en faites pas professeur, je vous propose de tout remettre en ordre dans un premier temps et ensuite, vous saurez tout. Et...

Voyant qu'Allan éprouvait une certaine gêne, Garvey le rassura.

- Oui...

- La seule différence qu'il y ait entre nous, c'est notre génération. J'ai osé mettre en pratique ce que vous vous êtes toujours interdit de faire.

Allan le regarda un peu de biais.

- En tout cas, on ne pourra pas vous enlever votre franchise mon jeune ami !

Garvey sourit et reprit sa surveillance. Soudain, une sonnerie retentit dans toute l'usine.

- Attention, fit Garvey prêt à actionner son boîtier, ils vont sortir et nous ne devons pas le manquer.

Sur le grand parking situé devant l'usine où se trouvaient campés les deux scientifiques, tels deux touristes contemplant la différence de la disposition des étoiles avec le ciel qui les abrite habituellement, se tenaient dans le fond de grands buissons, à l'intérieur desquels se cachait un homme qui semblait les surveiller. Sentant sa présence, Garvey se retourna et le distingua au loin.

« *Ils n'ont vraiment pas confiance* », pensa-t-il.

- Les voilà qui commencent à sortir, venez professeur, nous devons être à l'endroit où la brèche s'est ouverte.

Ils disparurent discrètement pour aller sur le boulevard où Ching Changsung avait tragiquement disparu.

- C'est lui, je ne dois pas rater mon coup, car il me sera impossible d'aller le chercher dans notre dimension !

- Pourquoi ?

- Parce que le malheureux arrive directement sur la calandre d'un charriot et je dois la refermer sitôt qu'elle s'ouvrira. Il se demandera ce que c'est, mais je n'ai pas le choix, c'est le seul moyen de lui sauver la vie.

Quoique légèrement dépassé par les évènements, Allan comprenait très bien ce qu'il se passait. Ching Changsung arriva au moment précis où la brèche s'ouvrit et Garvey réussit la manœuvre du premier coup, si bien que le cycliste nocturne vit quelque chose devant lui qu'il ne pourra jamais expliquer puisque cela ne dura qu'un centième de seconde. Mais, il sera présent pour le raconter à ses enfants et petits-enfants.

« *Bravo moi* », pensa Garvey ; « *Ce n'était pas évident.* »

- Voilà qui est fait, s'exclama Allan, où allons-nous maintenant ?

- Nous allons rejoindre « Enke et Klaus » qui ont fait une découverte formidable.

- De quoi s'agit-il ?

- D'une autre évolution.

- En quoi diffère-t-elle ?

- Vous verrez bien, je vous en fais la surprise.

Garvey provoqua une nouvelle faille ; ils se retrouvèrent dans le monde où les oiseaux semblent protéger la race humaine. Regardant autour de lui, Allan s'étonna.

- Mais c'est le désert ici ! Nous sommes dans la préhistoire ?

- Non professeur, il n'y a pas de date ici, mais s'il y en avait une, nous serions en vingt-quatre mille trois cent trente-sept !

- Étrange, je ne vois aucun signe de civilisation.

Soudain, Allan réalisa que ce monde n'était pas inconnu au jeune assistant.

- Mais dites-moi Garvey, vous êtes déjà venu ici, n'est-ce pas ?

- Oui professeur, rien ne vous échappe !

- Dans ce cas, pourquoi ne pas avoir fait le nécessaire la première fois ?

- J'étais bien trop fasciné et le petit Klaus voulait rester encore un peu lorsque je suis allé les chercher. À ce moment-là, c'était encore possible.

Allan resta sans voix ; il allait d'étonnement en étonnement.

- J'ose à peine vous poser la question, qu'est-ce qui est fascinant ?

Garvey attendit quelques instants avant de répondre. Il scruta le ciel et esquissa un sourire.

- Ça, répondit-il en désignant les nuages d'un mouvement de tête !

Allan regarda à son tour et aperçut une forme au loin qui n'en finissait pas de grossir. Allan était intrigué, impossible de la quitter des yeux.

- Je jurerais que ce zinc est vivant !

Garvey afficha un large sourire, tandis qu'Allan, effrayé, commençait à comprendre ce qu'il voyait.

« *C'est pas vrai ! C'est pas ce que je crois ?* » Pensa-t-il.

« La chose » entamait une descente en leur direction ; Allan, lui, paniqua.

- Fuyez Garvey, courez, hurla-t-il en prenant ses jambes à son cou !

Courant et regardant droit devant lui, Allan continuait de parler.

- Vous l'aviez vu ça ?

N'obtenant aucune réponse, il regarda à côté de lui, s'arrêta, puis se retourna. Il constata qu'il était seul et que Garvey semblait attendre bien sagement l'arrivée de "l'avion à plumes". Les glapissements de l'animal se faisaient de plus en plus puissants et inquiétants pour Allan.

- Que faites-vous Garvey ? Venez !

Ne le voyant pas bouger, il pensa dans un premier temps que le jeune homme était pétrifié par la peur.

« *Pauvre Garvey, je ne peux pas le laisser là !* »

- J'arrive mon ami, reprit-il en revenant sur ses pas.

« L'avion hurlant » était sur le point de se poser, mais tant pis il devait l'aider quitte à y laisser des plumes, car au fond de lui, il estimait énormément cet élève surdoué qu'il admirait en secret pour son talent et sa perspicacité.

Il n'eut pas le temps de faire dix mètres que l'oiseau se posa à seulement quelques pas de Garvey, générant un tel nuage de poussière qu'il était impossible de voir à plus de deux mètres.

- Garvey, tout va bien, fit Allan en continuant d'avancer à tâtons ?

- Rassurez-vous professeur, nous n'avons rien à craindre.

La poussière s'estompait peu à peu et Allan commençait à distinguer l'énormité de la bête et à sa grande surprise, il vit l'intrépide jeune homme prendre place sur l'une des deux pattes de l'animal. Il était stupéfait par cette scène surréaliste.

« *Qu'est-ce qui se passe ici ?* » se dit-il. « *Cet oiseau est aussi grand que ma maison !* »

- Vous savez ce que vous faites mon garçon ?

- Oui professeur, venez avec moi, nous ne devons pas nous attarder dans le coin, car ici, si ces rapaces géants sont nos amis, il y a d'autres bestioles beaucoup moins accueillantes qui rôdent.

- C'est bon, je viens.

Allan ne pouvait pas s'empêcher de contempler de haut en bas et de bas en haut la taille exceptionnelle du géant volant.

«Je peux dire que là vous réussissez à me clouer le bec mon ami!» pensait-il en se dirigeant en direction de l'énorme patte de l'animal où semblait être aménagée une sorte de nacelle arrimée à l'aide de cordes rudimentaires.

« *Tout ça ne me dit rien qui vaille* ».

Arrivé au pied de l'immeuble volant, il inspecta l'installation.

- Vous êtes certain de la solidité, demanda-t-il un peu inquiet?

- Non professeur, mais les autres y ont confiance et ça me suffit ! De plus, ils s'en servent tous les jours.

Perplexe, Allan hésitait à embarquer.

- Oui, peut-être, mais quand même !

Soudain, le ton de Garvey se durcit.

- Nom de Dieu, fit-il les yeux exorbités, venez professeur, montez vite !

- Que vous arrive-t-il Garvey, un peu de respect je vous prie !

Le géant qui avait repéré la même bosse mouvante sous

265

le sable, alpaga Allan d'un coup de griffe sans le blesser et s'envola aussitôt. Allan ne comprit rien à l'action. Tous deux se trouvaient à présent dans les airs, Garvey confortablement installé et Allan recroquevillé sur lui-même dans les griffes du géant noir.

« *Qu'est-ce qui s'est passé ?* » pensait-il, « *on vole !* »

Il pouvait voir le paysage défiler à toute vitesse entre les griffes. Pour lui, la situation était improbable. Ce pauvre professeur en science, à la vie bien rangée, se retrouvait dans les griffes d'une espèce d'aigle nourri aux OGM, à plus de cent mètres du sol, volant à vive allure, allant à la rencontre de gens dont il ne savait rien et le tout dans une autre dimension !

Le trajet ne dura que quelques minutes. Au loin, on pouvait distinguer en approche des petites bâtisses en bois perchées sur un énorme roc. Elles semblaient être habitées par une poignée de personnes qui semblaient guetter l'arrivée de l'airbus aux réacteurs grinçants.

Garvey se laissait paisiblement porter, tandis qu'Allan se demandait à quelles autres mésaventures il devait s'attendre. L'atterrissage fut relativement délicat pour Garvey, mais le pauvre Allan se retrouva lâché des griffes au ras du sol pour terminer en roulé-boulé en n'ayant d'autre choix que de faire une nouvelle indigestion de poussière.

- Vous auriez du monter avec moi professeur, taquina Garvey !

La première chose qui sauta aux yeux d'Allan fut la taille des personnes présentes. Hommes et femmes mesuraient en moyenne trois mètres cinquante et les enfants arrivaient pour certains jusqu'à presque deux mètres.

Le grand homme s'approcha de l'aigle à une dizaine de mètres environ. Ce dernier baissa la tête velue d'une couleur brun doré, donc apparemment déjà âgée et fixa l'homme dans les yeux quelques secondes, puis s'envola vers son énorme nid perché sur un récif un peu plus loin. Voyant cela, Allan pensa comprendre ce qu'il venait de se passer, mais s'en étonna.

- Ont-ils bien fait ce que je crois qu'ils ont fait ?

- Oui professeur, de toute évidence, ces deux-là viennent de communiquer entre eux. Mais ce n'est rien professeur, vous n'êtes pas au bout de vos surprises !

Pendant qu'ils parlaient, Allan regardait avec fascination toutes ces grandes personnes qui semblaient avoir reçu des coups de pieds au derrière depuis leur plus tendre enfance tant leur taille était impressionnante.

Les habitants des lieux semblaient incarner la beauté dans toute sa splendeur. L'un d'eux s'approcha de ce qui était pour eux des « petits êtres » en leur baragouinant quelque chose de tout à fait incompréhensible. Seul Garvey rendit la réplique au plus grand étonnement d'Allan qui continuait de se dépoussiérer.

- Que vous êtes-vous dit, questionna-t-il ?

- Il nous souhaite la bienvenue et je l'ai remercié.

- Je ne m'étonne plus de rien avec vous ! J'imagine que le fait que vous compreniez ce langage est dû à l'acquisition récente de votre potentiel ?

- Non professeur, permettez-moi de vous dire que vous vous trompez ! J'ai seulement acquis la clé pour m'en servir.

- Hum, je vois.

Le grand homme poursuivit son accueil et s'adressa de nouveau à Garvey. Allan le regarda sans dire mot.

- Il nous invite à le suivre professeur, venez.

Chemin faisant, ils passèrent devant ce qui paraissait être un barbecue de quinze mètres de long. Dans les braises, semblait mijotée une énorme saucisse. Allan ne pouvait s'empêcher de regarder ce mets hors gabarit. Soudain, quelque chose l'intrigua.

« *Tiens, bizarre cette saucisse, on dirait...* ».

À cet instant, il fut pris de terreur.

- Mais c'est une tête ! Mon Dieu, c'est un ver, un ver géant ! Vous avez vu ça Garvey ?

- Oui professeur, lorsque je suis venu dans ce monde et ils vont le manger !

- Ils vont manger cette horreur ? À moins qu'ils aient évolué avec leur taille, il n'y a qu'un œsophage et deux gros vaisseaux à manger !

- Comme vous dites professeur, ils ont dû évoluer avec le temps, car ici, comme vous le voyez, ils vont peut-être le manger, mais si l'un deux a le malheur de se promener dans des endroits non arborés, ce sont eux qui se font manger !

- Des vers de terre qui mangent de la viande ?

- Ils sont apparemment devenus carnivores !

- À peine croyable ! Je ne l'aurais jamais cru si je ne l'avais pas vu de mes yeux.

- Tout change professeur, il n'y a qu'à voir la taille de ces hommes, ainsi que leur visage…

- Ça aussi, si je ne l'avais pas vu…

Garvey regardait Allan se comporter tel un enfant émerveillé par la découverte du monde.

« *Vous aurez beau vous en défendre cher professeur* » pensa Garvey « *mais vous êtes comme moi ; nous nous ressemblons beaucoup* ».

Les trois hommes se dirigeaient vers une grande hutte en bois dans laquelle se trouvait un gros « caillou » de cristal au beau milieu de la pièce. Émerveillé par sa beauté, Allan ne put s'empêcher de l'admirer à haute voix.

- Cette pierre est de toute beauté, n'est-ce pas mon jeune ami?

- Oui professeur, elle est magnifique !

L'homme leur signifia de ses mains de prendre place sur l'un des fauteuils de bois installés tout autour.

- Savez-vous ce que nous allons faire ?

- Non professeur, mais suivons ses indications et nous verrons bien.

Tous trois s'assirent et le géant présenta ses deux mains, les paumes dirigées en avant en direction du cristal. Allan et Garvey étaient quelque peu impatients de voir la suite des évènements. « Goliath » ferma les yeux et se concentra comme s'il allait faire une prière. Quelques instants passèrent, le cristal se teinta de plusieurs couleurs opaques les unes après les autres. Et soudain, des images commencèrent à apparaître. Il s'agissait d'images en 3D. Allan et Garvey devinrent les témoins privilégiés de l'histoire de l'homme depuis son apparition sur Terre.

Toutes les époques et les faits importants y étaient d'une certaine manière enregistrés. Les deux « petits êtres » étaient comme devant un bon film au cinéma. Ainsi, ils purent voir des bribes de chaque époque jusqu'à notre ère, mais aussi, toutes celles qui marqueront notre futur jusqu'en vingt-quatre mille cinq cent douze précisément. Ils constatèrent également que l'homme avait atteint son paroxysme égocentrique et plus simplement égoïste quelques dix-sept mille ans après notre ère et que devenu peu à peu conscient de cela, il changea radicalement son mode de vie en avantageant, adoptant et vivant en parfaite harmonie avec ce qui nous paraît être pure folie aujourd'hui, mais pourtant bel et bien réelle à cette époque; la nature dans tout ce qu'elle peut offrir pour nous aider à évoluer, en commençant par des animaux tels que les oiseaux devenus de vrais mastodontes.

Vu de l'extérieur, une conclusion s'imposerait d'elle-même... Retour à la « Préhistoire du futur ». Mais il y avait là une grande différence. L'homme était maintenant capable de pouvoir faire concrètement la part des choses en matière de besoin vital, car il arrive un moment où à force de trop de confort et d'assistance, l'homme n'est plus un homme, mais une espèce de robot humain ne vivant que pour être « confortable », sans tenir compte de sa propre évolution. Donc, en ne s'attachant qu'à la futilité, tel un enfant qui aurait été pourri gâté depuis son plus jeune âge et qui prendrait conscience une fois adulte que le plus important n'est pas là.

Les voyant ainsi absorbés par le film, leur hôte prit la parole.

- Quant aux animaux, ils sont comme nous, ils s'adaptent à ce qui les entoure. Et le fait que par exemple, les rapaces soient devenus de vrais « Boeing à sang chaud » n'est pas dû au hasard. Les hommes, ainsi qu'une multitude d'animaux, ont grandi en partie à cause du climat, mais pas seulement. Il existe un phénomène persistant dont nous n'avons pas conscience et qui fait pourtant partie de ce que nous sommes. Certains appellent cela « l'Évolution psychoactive ». Nous pourrions tout aussi bien appeler cela « L'adaptation suggestive ». De tout temps, l'homme a façonné son image en fonction de ses ressentis, que ce soit la peur, le besoin de se protéger, ou de se préparer à un évènement annoncé ou secrètement deviné. Notre destin n'est pas écrit, nous le fabriquons jour après jour, essentiellement avec les décisions que nous prenons tout au long de notre vie.

« *Tiens, il parle comme nous l'animal !* », pensa Allan.

Sont aussi présentes dans le film en « 3D », des scènes pour le moins déconcertantes que continue de commenter le grand homme...

- Les hommes du futur rendent visite à leurs ancêtres pour, entre autres, voir ce qu'ils étaient jadis et observer leur évolution depuis les temps où l'homme a cru savoir qui il était et pourquoi il était là, en envoyant des missions de connaissance et de surveillance sous la forme « d'espions humains ». Que ce soit à notre époque, dans le passé ou notre futur, l'homme fera toujours une espèce d'état des lieux de l'humanité en l'aidant de temps en temps à grandir et à évoluer dans le bon sens. Nous n'avions aucun mal à nous fondre dans la masse étant donné que tout cela revenait à nous étudier nous-mêmes sans le savoir quelques fois. C'est d'autant plus facile ; au début, on pense que c'est de la science-fiction, mais plus tard, on finit par y croire.

- Pardon de vous interrompre, je ne comprends pas ! Qui est « On » ?

- Vous dans quelque temps ! Je n'ai certes pas été clair, je le reconnais, mais nous sommes tout de même ce que vous allez devenir ! De même que vos enfants. J'ai remarqué que vous dévisagiez mon fils tout à l'heure. Sûrement parce qu'il ne me ressemble pas et c'est tout à fait exact parce qu'il ne l'est pas !

- Il n'est pas votre fils ?

- Aujourd'hui si, mais il n'est pas de moi. Vous en êtes encore à vous approprier vos enfants alors que les nôtres font partie d'un clan. Ils ont à eux seuls, tout un groupe de parents dont ils ont la reconnaissance. Il n'y a plus ce phénomène d'exclusivité et d'appartenance. Ils s'en retrouvent d'autant moins perturbés parce que quoi qu'il arrive, ils ont toujours la reconnaissance de quelqu'un. Une cohésion se crée entre nos enfants et le groupe. Il n'y a donc plus ce sentiment de rejet et ils éprouvent une sérénité au plus profond de leurs âmes toute leur vie.

En y regardant de plus près, cela se voyait, se sentait. Tous les enfants qu'observèrent les « visiteurs » à ce moment-là ne semblaient pas être dérangés par quoi que ce soit. Il régnait une simplicité de vie qu'il ne leur avait jamais été donné de voir jusque-là. Était-ce la clef du bien-être ? Certainement à en juger les « vieux jeunes bambins » avec tous leurs parents. Cela remettait en cause toutes leurs certitudes. Et peut-être, qui sait, allaient-ils graver cette information quelque part dans l'un des nombreux tiroirs peu souvent ouverts de leurs esprits?

Même si Garvey avait acquis plutôt soudainement un certain savoir, il était tout aussi estomaqué qu'Allan à la vue de ce spectacle très instructif. À présent, beaucoup de choses pouvaient logiquement s'expliquer dans les nombreuses recherches menées dans leur dimension, ainsi que pour les nombreuses questions d'ordre paranormal fréquemment soulevées.

Lorsque le film s'acheva, les deux compères qui étaient sous le choc de ces nouvelles connaissances restèrent quelques instants pantois devant le cristal redevenu objet de décoration.

- Vous avez vu ça, fit Allan ? Nous changeons de planète et nous nous apercevons que notre destin est le même.

- C'est logique quelque part, vous ne croyez pas professeur ?

- Certainement, mais quelle est la finalité de tout ça ?

- Toujours cette même question existentielle. Pourquoi existons-nous ?

- Oui mon jeune ami, pourquoi ? Que ce soit sur cette Terre ou une plus grosse, notre devenir reste scellé.

- Cela revient à dire que nous nous posons les mêmes questions ici et ailleurs.

- Comment continuer de vivre normalement en sachant tout cela, observa Allan ?

- Je pense que vous ne vous en souviendrez pas, assura Garvey.

- Parce qu'il n'y aura plus aucun rapport entre les deux mondes, n'est-ce pas ?

- C'est exact professeur, puis-je faire une remarque ?

- Bien sûr.

- Il ne vous manque que l'audace de ma génération.

Allan fit un petit sourire ironique et ajouta :

- N'en faites pas trop Garvey !

- Je m'en garderais professeur.

Goliath interrompit soudainement la conversation.

- Comment vous sentez-vous Messieurs ?

Perplexe, Allan réagit sur le vif.

- Pourquoi ne pas nous avoir accueillis dans ce langage puisque vous comprenez notre langue ?

- Je voulais voir où vous en êtes exactement.

- Je ne comprends pas.

- Nous avons commencé à parler différemment lorsque nous avons pris conscience de ce que nous sommes. Et lorsque nous nous sommes rendus compte que nous pouvions communiquer autrement qu'avec la parole, notre langue a peu à peu évolué vers une forme beaucoup plus simple. Nous ne parlons plus avec des mots ; nous exprimons nos émotions et nos envies ! L'époque dans laquelle vous vivez est faite d'une communication par les mots et l'écriture, mais cela va évoluer. L'écriture va se simplifier, ce ne sera plus de la grande littérature, mais de la phonétique. Viendra ensuite l'ère des dessins.

- Des dessins ?

- Oui, la phonétique est née des outils de communication électroniques. Mais lorsqu'ils ont cessé d'exister, ils ont laissé la place aux dessins. Cela s'est fait en moins de sept générations. Il faut reconnaître qu'il n'y avait qu'un pas entre ces deux moyens de communication. Au début, c'était un savant mélange des deux. On mettait un dessin de temps en temps, puis systématiquement dans chaque échange « écrit » pour égayer la phonétique.

- Pardon, mais il s'agit bien de nos générations, non des vôtres, n'est-ce pas ?

- J'avais oublié ! Oui, c'est exact. Ensuite, nous trouvions plus marrant de nous faire deviner ce que nous voulions dire avec des dessins sous forme de charade par exemple. Pour finir, nous en sommes venus à chercher à nous deviner sans mots ni dessins et nous avons tous, peu à peu, appris à lire dans nos pensées même à distance.

- Tout le monde s'y est mis sans rien dire, aussi facilement ?

- Bien sûr que non ! Cela a commencé par des clans qui communiquaient de cette manière seulement entre eux, puis ça s'est peu à peu répandu au monde entier.

Garvey et Allan buvaient littéralement les paroles du géant, mais ils avaient encore beaucoup à faire, même s'ils avaient découvert que le temps n'était plus un problème majeur.

- Pardon de vous interrompre, fit Garvey, de toute manière, nous ne nous rappellerons de rien, voulez-vous nous accompagner jusqu'à Enke et Klaus, car c'est pour eux que nous sommes ici.

- Je sais, fit sereinement « géant vert », toujours aussi pressés n'est-ce pas ?

- Nous ne vous apprenons rien, rétorqua fièrement Garvey.

L'homme sourit et leur fit signe de le suivre. Tous trois se dirigèrent vers une autre « Grande-Petite » maison. Allan ne put s'empêcher d'observer à nouveau tout ce qui l'entourait en ayant le même regard de dégoût à la vue de l'étrange saucisse.

- Je suis d'accord avec vous professeur, fit Garvey amusé.

Géant vert remarqua leur comportement, vola l'information puis décida de se distraire.

- Vous en voulez une part ?

Allan fit comme s'il n'avait rien entendu, mais Garvey signifia sa volonté de s'abstenir.

- Ne me dites pas que notre nourriture n'attire pas votre attention puisque vous la regardiez déjà tout à l'heure.

« *Seigneur, empêchez-le d'insister* », pensa fortement Allan qui en était malade à l'avance.

Tandis que les immeubles ailés allaient et venaient au-dessus du petit village perché, telles des sentinelles à l'affût, Allan et Garvey lançaient un deuxième regard, donc plus approfondi, aux grandes personnes qui semblaient toutes mesurer leur degré de connaissance. Géant vert voyait bien qu'ils tentaient de noyer le poisson ; il réitéra donc sa proposition.

- Allons, ne soyez pas gênés, suivez-moi, nous allons déguster. Non, Allan je ne vous ai pas oublié !

- Vous auriez dû, je ne vous en aurais pas tenu rigueur !

- Eh bien, vous êtes chercheurs ou pas ? Vous devriez être curieux de tout ce que vous voyez !

Le disciple et son maître se regardèrent nonchalamment.

Certes, ils n'auraient sûrement plus jamais l'occasion de se voir proposer un tel mets, mais pour le coup, ils étaient prêts à faire l'impasse. Leurs pas se faisant de plus en plus hésitants au fur et à mesure qu'ils se rapprochaient de la merguez. Ce qu'ils voyaient dans les plats leur provoquait le désir soudain et pourtant cruellement réel de chercher en eux un talent caché de scénariste pour feindre à tout prix l'épreuve.

- Vous aurez au moins la chance de ne pas vous en souvenir professeur, fit Garvey qui tentait de se donner du courage.

- Mon jeune ami, dans ces cas-là, ce ne sont pas les souvenirs qui comptent, mais le vécu.

La saucisse n'était pas encore prête. Elle cuisait à petit feu sur toute sa longueur et seule une circonférence d'environ dix centimètres d'épaisseur était mangeable. Les voyant s'approcher, l'une des géantes prépara trois plats remplis de ce qu'ils estimaient être le meilleur : le dessus encore cru du cervelas gris-noir.

« *Oh, mon Dieu !* » pensa Allan.

« *Il faut trouver quelque chose* », se dit Garvey.

La grande dame leur tendit une bonne assiette. Cela ressemblait à une espèce de flan visqueux et gluant de couleur blanchâtre.

- Cette partie-là ne se mange pas, elle se gobe, précisa géant vert junior !

- Regardez, continua-t-il en leur montrant l'exemple !

- Vous ne devez pas réfléchir Garvey, allez-y franchement !

Ensuite, tout se déroula rapidement. Les deux scientifiques, sur le point de vomir, ne purent plus parler durant les trois minutes qui suivirent pour le plus grand amusement de leur hôte. À la question : « vous avez aimé ? », ils ne purent répondre que par un hochement de tête qui se voulait rassurant. « *Oui, on aime tellement que les mots nous manquent !* »

La petite maisonnée n'était plus qu'à quelques enjambées à présent. Grande asperge leur fit signe de le suivre. Il ouvrit la porte d'entrée de quatre mètres de hauteur et les invita à entrer. Là, ils trouvèrent le jeune garçon et sa mère en pleine conversation avec l'un des enfants du clan. L'enfant s'adressait à eux tel un professeur en parlant de sa faible expérience de vie.

Allan ignorait que l'espérance de vie avait évolué en même temps que la taille. Le jeune géant était âgé de trois cent vingt-six ans, soit vingt-quatre ans avant l'âge adulte.

- Pardon de vous interrompre, fit timidement Allan du haut de son mètre soixante-treize, nous sommes venus chercher Enke et son fils Klaus.

Malgré son grand âge, le jeune homme semblait n'avoir qu'une vingtaine d'années. Il le regarda froidement et remit quelque peu le pauvre Allan à sa place.

- Qui êtes-vous pour oser m'interrompre de la sorte alors que je discute avec des invités !

Surpris de cette réaction, Allan réagit de la même façon, bien décidé à ne pas se laisser manquer de respect par ce qui était à ses yeux un jeune insolent. Amusés, géant vert et Garvey laissèrent couler.

- Un peu de respect pour vos aînés, jeune homme, on ne vous l'a donc pas appris ?

Le jeune géant, ainsi que Klaus et sa maman, rirent aux éclats. Allan se tourna vers Garvey. Offusqué est le mot juste pour décrire ce qu'il ressentait.

- Ah, elle est belle l'évolution ! Personnellement, je ne vois rien de changé avec notre époque à part la taille !

- Vous oubliez l'âge professeur, fit Garvey tentant de le calmer.

- De quel âge parlez-vous ? Celui de ce jeune irrespectueux personnage ?

- Oui professeur. Ici, ils vieillissent beaucoup moins rapidement que chez nous et ce jeune homme est à lui seul, cinq fois plus âgé que vous et moi réunis.

- Que voulez-vous dire ?

- Il a plus de trois cents ans professeur !

- Vous dites plus de trois cents ans ?

Allan n'en croyait pas ses oreilles.

- Oui professeur, ce jeunot peut se permettre de demander le silence lorsqu'il s'exprime devant des personnes comme nous !

Ne sachant plus très bien quel comportement adopter, Allan se tut, laissant le « Vieux jeune homme » poursuivre son récit devant Enke et Klaus qui buvaient littéralement chacune de ses paroles.

- Aujourd'hui, nous ne vous visitons plus, poursuivait tranquillement le jeune garçon tricentenaire, car nous doutions encore de nous il y a quelques siècles de cela, mais depuis que nous savons pourquoi nous sommes là, nous n'éprouvons plus le besoin de le faire. Enke et Klaus étaient fascinés. Bien qu'ils lui parlaient en allemand, « Grandin » comprenait aisément, puisqu'il l'avait appris à l'école de la communauté. Tous apprenaient les différentes langues de notre époque en cours d'histoire.

- Lorsque vous parlez de visites, à quoi faites-vous allusion ?

- Nous nous déplacions dans des vaisseaux inter dimensionnels qui pouvaient dépasser la vitesse de la lumière, ce qui nous permettait de voyager plus vite que le temps, bien au-delà de toutes les règles de votre science.

Allan et Garvey commençaient à comprendre peu à peu où il voulait en venir. Ils écoutaient avec une grande attention.

- Et que faisiez-vous alors, continua Enke qui commençait elle aussi à se poser des questions philosophiques ?

- Au commencement des civilisations, nous sommes venus vous visiter. Nous vous avons remis des plans et des écrits. Nous pensions que cela vous ferait évoluer dans le bon sens. Mais à cette époque de notre évolution, nous ignorions que nous œuvrions pour nous. Ces plans vous fournissaient la possibilité de construire de grands monuments mortuaires à l'intérieur desquels devaient reposer vos prophètes et vos dieux dont vous aviez besoin pour avoir le sentiment d'acquérir la sagesse. Ils vous expliquaient aussi la manière de vivre avec votre environnement, de vous servir de ce que vous avez sous la main, comme le fer caché sur la roche qui vient de l'espace.

- Vous parlez des météorites, n'est-ce pas ?

- Exact ! Avant votre venue, les hommes que vous étiez ne connaissaient même pas l'existence du feu. C'est à partir de là que vous avez commencé à prendre conscience des possibilités de votre planète. Mais, vous avez aussi entamé une longue guerre de territoires qui est en outre toujours d'actualité, même si elle s'est refroidie ces derniers temps.

- Peut-être davantage civilisée.

- S'il est possible de parler de guerre civilisée, alors oui. C'est d'ailleurs à cause de nos visites que vous avez pu développer des armes de plus en plus meurtrières. Un jour, l'un de vos savants a récupéré des débris de vaisseaux tombés sur Terre. Il faut savoir que nos vaisseaux ont des propriétés organiques et dans le cas d'un crash, ces éléments sont recyclables. Après un bon nombre d'essais, il s'était rendu compte des possibilités de cette matière. Pour résumer, au début il avait l'intention de faire un élixir de jouvence et en fin de compte, il a créé la poudre à canon !

- Ce n'est pas vraiment la même utilisation.

- En effet et en dépit de cette fierté mal placée qui vous étouffe, c'est la peur qui guide vos pas.

- Peur de quoi ?

- De tout, à commencer par vous-mêmes ! Quant aux écrits, c'était simplement le code de votre bible qui fait partie de l'enseignement de la sagesse et des connaissances. Tout cela se passait environ deux mille cinq cents ans avant votre Jésus Christ. Nous avons appris plus tard qu'il était inscrit entre autres dans cet enseignement, que nous avions nous-mêmes hérité de nos ancêtres, une phrase à laquelle nous n'avions pas spécialement prêté attention qui disait ceci :

« Un prophète viendra, engendrera une nouvelle race d'hommes qui seront pris pour des Dieux ».

- Il ne nous a fallu que quelques générations pour comprendre qu'il s'agissait de nous. Nos descendants en ont fait autant quelques millénaires plus tard. Mais nous venions cette fois pour constater les résultats.

- Pardon, mais nous ferons nous aussi la même chose dans des milliers d'années à des hommes qui n'en seront qu'à notre stade d'évolution alors ?

- Je ne peux pas vous répondre avec exactitude, car toutes les évolutions sont différentes par les multiples décisions qu'il est possible d'envisager dans chaque situation et à chaque instant.

- On en revient toujours au même point. Nos instincts, nos humeurs, les circonstances.

Tout le monde regarda Allan qui s'était de toute évidence de nouveau envolé. Il s'en aperçut seulement quelques instants après et fut gêné.

- Excusez-moi, vous disiez être revenus ?

- Oui, nous vous observions, nous vous étudiions et quelques fois, nous vous empruntions. Mais nous n'avions pas tout à fait le même aspect qu'aujourd'hui. Notre évolution avait été tellement fulgurante en si peu de temps que notre tête s'en était retrouvée presque doublée de volume. Il n'y a que huit mille ans environ que nous nous sommes stabilisés et que nous avons continué de grandir uniformément. Ainsi, nous avons compris que vous et nous ne faisions qu'une seule et unique race. Nous sommes votre futur !

Garvey ne fut pas étonné, il le savait depuis peu, mais il voulut en savoir davantage.

- Permettez-moi de vous interrompre, fit-il cordialement, mais quelque chose m'échappe. Votre dernière visite remonte-t-elle à longtemps ?

- Pourquoi cette question ? Vous vous demandez peut-être comment nous pratiquons ?

- Tout à fait, je vois vos maisons sans aucune technologie, votre manière de vivre, vos habits et en dehors de vos aigles géants, je ne vois aucun vaisseau ni véhicule pour voyager.

- Je comprends votre étonnement ; mais ne vous fiez pas aux apparences, elles sont trompeuses. Nous avons maîtrisé la technologie pendant des millénaires et nous n'avons pas tout banni. Elle n'est pas que néfaste, elle a aussi ses vertus. Nous avons accès à un immense hangar construit à l'intérieur d'une montagne à quelques kilomètres d'ici où il nous est possible de nous déplacer dans les ères de notre choix. Cela constitue pour nous une porte de sortie au cas où ; et nous sommes toute une équipe à le surveiller. Mais bien que tout soit régulièrement entretenu et en excellent état de marche, nous ne l'utilisons plus depuis des siècles.

- Comme vous dites, on ne sait jamais. Et c'est quand même bien pratique.

Géant vert le regarda sans rien dire avec un petit sourire.

« *Ça change tout* » pensa Garvey, « *Alors ce sont eux qui sont venus il y a trois mille ans. Ce sont eux qui ont transmis leur savoir aux ignares sauvages qu'on devait être à leurs yeux* ».

- Il y a autre chose, fit gentil colosse à Garvey, lequel semblait vouloir des réponses supplémentaires ?

- Oui, encore deux questions si vous le voulez bien. Quel type d'évènement vous ferait réutiliser cette installation en dehors d'un cataclysme ?

- Aujourd'hui, plus rien, car nous sommes à un stade de notre évolution où nous ne voulons plus rien changer du passé. Mais nous préférons avoir tout de même une issue de secours pour le cas où notre décision évoluerait, car même si nous avons décidé de ne plus vivre dans la peur, nous nous octroyons le droit d'avoir envie de sauver notre espèce.

- C'est logique, vous avez déjà modifié le passé !

Le grand homme afficha une petite gêne qu'il effaça aussitôt, puis reprit :

- Nous avons fait cette erreur quelques fois dans l'unique but de donner un coup de pouce à l'évolution, mais c'est comme tout, certaines erreurs sont parfois bonnes à faire pour comprendre et surtout savoir regarder concrètement les conséquences de nos actes.

- C'est une réaction humaine !

- Bien sûr, nous ne l'avons pas perdue. Il y avait une deuxième question, je crois ?

- Oui merci. Celle-ci sera un peu plus terre-à-terre. Quel genre de monde avez-vous visité ?

- Je vous livre la version courte si vous n'y voyez pas d'inconvénients. Nous avons vu un monde où la Terre n'est pas celle que nous connaissons. C'est là que nous avons compris que certaines évolutions ont engendré la destruction de la planète pour une autre un peu plus grande et tout aussi hospitalière. Mais il a fallu éradiquer les espèces de monstres beaucoup trop dangereux pour l'homme avant d'emménager et ainsi survivre et évoluer en toute quiétude. Pour ces peuples en mal de Terre, l'opération a duré huit cents ans pour que les choses reviennent à la normale après les bombes nucléaires semées un peu partout.

« *Le big-bang* » pensa Garvey ironiquement. « *Mais alors après*

282

quoi courons-nous ? Toutes ces théories, toutes ces formules, tout ce temps passé et tout ça pour ça ! On est donc si nuls que ça ? Après tout, l'homme est capable de détruire cent fois la planète alors... Tant que les hommes chercheront à s'entretuer, il ne pourra en rester qu'un ! Qui disait ça déjà ? »

Allan observait le jeune Garvey qui commençait à mimer inconsciemment le comportement de son maître à penser. Tout aussi subjugués et émerveillés, les autres invités n'en pensaient pas moins à leur manière. Le jeune Klaus était définitivement mordu. Quant à Enke, elle n'en croyait pas ses oreilles.

- Mais alors, vous êtes... fit Garvey en pleine réflexion.

- Les êtres que vous considériez comme extérieurs à votre monde. Mais comme je vous le disais, maintenant que nous connaissons la raison de notre présence sur Terre, nous ne faisons plus aucune recherche et votre tour viendra dans quelques milliers d'années.

« *Extraordinaire !* » disaient les yeux de Klaus et de sa mère.

« *Et pourquoi sommes-nous là ?* » pensèrent simultanément Allan et Garvey. À leur grande surprise, le jeune géant vert se retourna en leur répondant simplement :

- Pour vivre Messieurs !

« *Nous aussi !* » continuaient les deux scientifiques en silence.

- Non messieurs, vous vous trompez ! Tâchez de prendre un peu de recul sur vos vies respectives.

Ceux qui n'étaient aux yeux des géants que deux pauvres attardés mentaux restèrent muets quelques instants. Cependant, Garvey entreprit de sauver la face.

- Je crois que je comprends ce que vous dites !

- Et que comprenez-vous, reprit asperge verte ?

- Simplement que nous avons d'autres centres d'intérêt.

- Oui, on peut le considérer ainsi.

- Pardonnez-moi de revenir là-dessus, fit Allan, mais nous sommes venus pour ramener vos invités !

Amusé par ce qu'il entendait, « Géant père » fit ure remarque pertinente.

- Je comprends maintenant pourquoi nous avons mis tant de temps à évoluer !

Éprouvant le besoin de se justifier, Allan répliqua d'une manière sereine.

- Je vois fort bien où vous voulez en venir cher ami, mais nous devons vivre avec notre temps sous peine de ne pouvoir trouver place dans le monde dans lequel nous sommes nés.

- Très intéressante remarque petit homme, taquina géant vert junior !

Son père le regarda fixement sans dire mot. Il lui envoyait probablement une pensée, peut-être même une remise en place à en juger les regards qu'ils échangeaient. Garvey tenta d'intercepter le contenu de la conversation silencieuse, mais n'y parvint pas. Envoyant un dernier message à son fils, il jeta succinctement un œil à Garvey.

- Vous n'y arriverez pas, nous vous bloquons !

Surpris, Garvey haussa les sourcils et fut en admiration devant l'aisance avec laquelle ils maîtrisaient cette capacité. Enke et Klaus étaient tout aussi amusés par la situation, ils seraient presque restés dans ce monde s'ils n'avaient pas leur vie bien rangée et pleine de projets dans le monde du stress. Ils se levèrent et se rapprochèrent de leurs sauveurs.

- Attendez un instant, fit Allan le scientifique avide de connaissances, j'ai encore une question ou deux à poser.

Leurs deux hôtes le regardèrent et commencèrent à répondre chacun leur tour avant même qu'il n'eût le temps de dire quoi que ce soit. Surpris, mais pas étonné, Allan écouta attentivement les deux géants.

- Oui Allan, fit Junior, ce que vous avez vu dans le cristal ce sont bien des embryons que nous placions dans différents mondes y compris le vôtre. À votre époque, vous ne le savez pas encore, mais lorsqu'ils auront fini par vous convaincre de qui ils sont, non en vous le disant, mais par leur comportement, vous aurez pendant un long moment une réaction de rejet. Mais vous vous comparerez peu à peu à eux et finirez par les accepter en tant que tels. Cela se fera en peu de temps ; environ cent cinquante ans et vous leur donnerez le qualificatif « d'Enfants Indigos ». Ces derniers seront régulièrement et systématiquement enlevés pour étude, au même titre que certains autres « non indigos » pour comparaison, car au point de l'évolution que nous avions acquise il ya plus de cinq mille ans de cela, nous ne comprenions pas cette différence entre vous et nous. Cela n'était pas tant pour ce que nous avions développé, mais plutôt pour notre apparence. Nos têtes avaient grossi en l'espace de deux millénaires. Nous étions devenus de pâles caricatures de nous-mêmes. Plus tard, nous en avons découvert la raison. Ayant trouvé le moyen d'exploiter nos ressources endormies, nous nous sommes axés principalement là-dessus. Plus nous les domptions, plus nous voulions en découvrir davantage. Nous avons ainsi laissé largement de côté notre aspect physique en faveur du berceau de notre cerveau. Ce n'est que bien plus tard que nous avons trouvé notre équilibre comme nous vous le disions il y a deux minutes.

« *Deux minutes !* » pensa Allan, « *il s'en est écoulé au moins vingt !* ».

Tout ce qu'il pensait était lu par les deux pylônes humains et c'est le père qui prit la parole cette fois-ci.

- C'est exact Allan, le temps s'écoule un peu moins vite pour nous que pour vous.

L'homme sourit et poursuivit.

- Je vois que vous vous posez encore beaucoup de questions et je vais répondre à l'une d'entre elles. Vous, votre femme, ainsi que vous Garvey, êtes tous trois des enfants Indigos qui ont évolué dans le monde d'où vous venez, et vous avez été tous les trois régulièrement enlevés à intervalles réguliers sans même que vous ne soupçonniez quoi que ce soit. Vous n'en avez aucun souvenir, seulement quelques absences à certains moments précis de votre existence.

Continuant de lire les questions, il enchaîna avec une autre réponse.

- Nous manipulions votre vision. Pour vous en souvenir, il vous faudrait réveiller votre inconscient, car nous ne pouvons pas intervenir à ce stade sous peine de nous y perdre.

- Oui Garvey, votre inconscient vous protège.

- Bien sûr Allan, il y en a des milliers, voire des millions, nous ne le savons pas exactement. Nous avons évolué de différentes manières. Il est écrit dans nos livres d'histoire que nous n'existons plus dans certains mondes, dans d'autres, l'évolution a été retardée par la technologie utilisée sur les hommes pour différentes raisons ; ailleurs, c'est la technologie elle-même qui a survécu en créant sa propre évolution sur la base humaine et en éradiquant toutes vies sur la planète. Et je ne vous parle pas de l'évolution de la planète qui n'a eu de cesse de se remodeler encore et encore en provoquant des catastrophes naturelles équilibrantes pour le quota humain. Dans celui-ci, les animaux ont évolué avec nous, nous permettant ainsi de vivre en totale symbiose avec eux.

Il entendit Garvey qui à son tour s'interrogeait sur quelques points.

- Oui Garvey, vous avez entièrement raison, il n'y a pas de hasard. Ce que vous apprenez là, ainsi qu'Allan, Enke et Klaus, restera à jamais gravé dans un coin de votre tête et vous vous en servirez tous d'une manière ou d'une autre, tôt ou tard sans en avoir conscience.

- La réponse est oui, Allan. Les deux personnes que vous êtes venus récupérer sont comme vous. Elles aussi apporteront leur contribution à des changements primordiaux.

- Bien entendu Allan, je comprends très bien. Lorsque nous avons pris conscience de notre aboutissement, nous avons décidé de faire un ultime voyage remontant pour vous à quelques milliers d'années seulement. Nous avons mis par écrit ce qui était à nos yeux les principales règles de vie, ainsi qu'une partie de nos connaissances, et nous vous les avons remises pour que vous évoluiez plus rapidement. Cela nous avait amusés, car nous avions alors à vingt centimètres près, la taille que nous avons aujourd'hui, et vous nous avez tout simplement pris pour des dieux, car nous arrivions du ciel à la vitesse de l'éclair. Mais vous avez hélas très mal interprété la plupart des conseils que nous vous donnions en dehors de quelques exceptions que vous avez rapidement assimilées ; la cupidité l'a emporté sur presque tous les plans. Vous commencez seulement à entamer le processus qui vous mènera à la paix.

- Quelle paix ?

- Celle qui ne vous obligera plus à vous méfier les uns des autres. Tant qu'il y aura des armées, il y aura toujours quelque chose à défendre. Nul n'est obligé de suivre un dictateur dans sa folie, mais on en revient toujours à ce même problème : vous avez besoin d'un guide qu'il soit bon ou mauvais. Mais personne ne bougera avant un long moment dans votre monde

287

d'égoïsme et de lâcheté pestilentielle.

Allan ne lui laissa pas le temps de lire quoi que ce soit et réagit promptement.

- Nous ne sommes pas tous comme ça, voyons !

- Non, je n'ai pas dit ça, mais les gens comme vous, êtes dans votre monde ce que de petites îles sont à l'océan !

Là, il regarda Garvey et conclut.

- Vous allez rentrer chez vous avec des connaissances qui ne vous serviront pas ; en tout cas pas consciemment. Mais je vois que vous allez rencontrer d'autres personnes, qui pourront elles aussi vous enseigner et qui sait, vous faire partager un peu de leur expérience.

- Vous voulez parler…

- Oui Garvey, de ce que nous étions jadis. Dans leur monde, ils font eux aussi des « Placements » et des « Visites ».

Les deux géants se tournèrent vers Enke et son fils.

- Peut-être nous reverrons-nous, dans vos pensées. Votre séjour parmi nous vous a plu ?

Klaus les regarda en souriant.

- Sehr gut ! (Très bien) répondit-il spontanément?

- Danke schön (Merci beaucoup), ajouta Enke.

Géant sénior envoya une pensée au mastodonte ailé, un appel sans paroles. Une question taraudait encore Allan, mais il n'osait pas la poser. Interceptant sa pensée, Junior répondit.

- Nous sommes donc si effrayants, plaisanta-t-il ; nous maintenons notre propre décompte à jour des journées passées, mon père est âgé de huit cent quarante-trois ans !

- Huit cent quarante…

- Trois ans Allan. Si vous évoluez de la même manière, vous y arriverez vous aussi.

Ces quelques paroles le laissèrent rêveur. Il lança un regard à

Garvey et se dirigea vers l'extérieur. C'est à ce moment-là que l'aigle « mousse costaud » arriva en refaisant le « maquillage » d'Allan façon poussiéreuse.

- Garvey, hurla-t-il, n'y a-t-il pas moyen de s'en aller à partir d'ici ?

- Bien sûr que si professeur, il suffit de rentrer les coordonnées de cet endroit et le tour est joué !

- Hum… Nous n'avons plus besoin de tes services oiseau de malheur, tu peux repartir d'où tu viens.

Il se retourna vers « géant vert sénior » qui était fort amusé par la scène.

- Vous le saviez, vous, n'est-ce pas ?

L'homme riait à présent aux éclats.

- Au revoir Allan et prenez soin de vous.

Allan soupira comme pour exprimer un ras-le-bol.

- Je n'y manquerai pas ! Garvey, Enke, Klaus, vous venez ?

Ils saluèrent une dernière fois leur hôte et rejoignirent grincheux. Alors qu'ils étaient prêts à partir, Garvey se tourna vers junior qui lui répondit aussitôt de la même manière…

Puis Junior reprit,

- Si vous le désirez, vous ne le perdrez pas. Il suffit de le travailler et surtout de l'entretenir.

Garvey les salua de sa main : « *Merci* » et Allan en fit autant. Il actionna la commande et ouvrit le passage. Soudain, il se rendit compte avec horreur qu'il s'était trompé dans ses réglages et somma tout le monde de stopper net.

- N'y entrez pas ! J'ai oublié un léger détail. Je dois corriger une erreur.

- Qu'y a-t-il mon jeune ami, fit Allan ?

- Si nous avions franchi cette brèche, nous nous serions retrouvés en France à douze mètres du sol !

- Oui, en effet, il est plus sage de recommencer, ironisa gentiment grincheux.

Tandis que la brèche ouverte était sur le point de se refermer, l'aigle reprit son envol sur ordre de son maître et s'engouffra sans le vouloir à l'intérieur. L'ayant vu disparaître sous leurs yeux, l'affolement commença à gagner la petite communauté tout de suite après l'effet de surprise. « Géant vert Père » s'approcha du groupe en courant.

- Cherchez-le et ramenez-le-moi, fit-il sèchement, ne m'obligez pas à le faire moi-même. Nous comptons sur vous !

Désolé de ce qui venait de se passer, Garvey le rassura.

- Oui, vous pouvez compter sur nous, nous vous le ramènerons. Que lui dites vous lorsque vous l'appelez ?

- Je ne lui dis rien. Je lui envoie une émotion.

- Très bien, je comprends.

« Ça ne va pas être facile », continua-t-il en pensée. Il se tourna vers Enke et Klaus, bien décidé à réparer sa faute.

- Préparez-vous, on y va ! Vous allez revivre la même chose qui vous a amené ici. Vous êtes prêts ?

Klaus et sa mère acquiescèrent d'un hochement de tête sans besoin de traduction.

- Professeur ?

- Nous vous attendons mon ami !

Après avoir vérifié deux fois sa programmation, il actionna le boîtier magique et créa une nouvelle faille.

- Aucune erreur n'est ce pas, fit Allan avant de s'engager ?

- Aucune, professeur, allez y confiant.

Allan entra dans l'ouverture, suivi de Klaus, sa mère et Garvey qui rassura une ultime fois du regard culpabilisant les gentils géants. Le passage se referma seulement cinq secondes plus tard. Un silence de mort régnait dans la petite communauté des grands. Inquiets, junior et son père se regardèrent en s'échangeant leurs pensées dans leur dialecte émotionnel.

- Espérons qu'il tienne parole, reprit junior qui avait intercepté la dernière pensée de Garvey.

- Oui fils, espérons. Peut-être est-il retourné là d'où il vient. Rappelle-toi le petit oiseau qu'il était quand nous l'avons recueilli.

- Oui, mais je l'aimais bien.

- Moi aussi fils, moi aussi.

- Tu as vu la réaction qu'il a eue avec eux ? Il n'a pas eu peur !

- J'ai davantage observé son comportement avec vous depuis toutes ces années. Il s'est toujours senti bien en votre compagnie.

- Les enfants que nous sommes ?

- Oui fils.

Il ne voulait pas le blesser, mais il savait qu'il ne le reverrait jamais au même titre qu'il était convaincu que les souvenirs et les ressentis se transmettent de génération en génération même chez les rapaces.

FILS DE DIEU...

«L'utopie est simplement ce qui n'a pas encore été essayé.»
Benjamin Franklin

Pour enrayer définitivement toutes ces « brèches folles » qui continuaient de s'ouvrir un peu partout en provoquant de nouvelles disparitions et apparitions, Garvey avait la lourde tâche de revenir sur chacune d'entre elles pour remettre les choses à leur place. Ayant amélioré le système de son boîtier lors d'une visite dans un monde parallèle, ce dernier émettait un bip à chaque nouveau phénomène imprévu. Allan, au même titre que les autres, n'y avait pas fait attention jusqu'à ce que Garvey réagisse au dernier bip émis à leur arrivée en Allemagne. Après lui avoir demandé l'explication, Allan ressentit un certain découragement.

- Eh bien, on n'est pas sorti de l'aubergîte, s'exclama-t-il !

Garvey avait programmé leur arrivée à peine une seconde après la disparition d'Enke et Klaus qui du coup, avaient disparu et réapparu aussitôt sous les yeux éberlués du vieil homme assis non loin de là sur un banc et qui ne signalera par conséquent jamais cette disparition. Mais plutôt une apparition suivie d'une disparition deux minutes plus tard. Celle d'Allan et de Garvey. Pour lui, le résultat restera identique ; s'il en parle, on le considèrera comme quelqu'un de « dérangé du ciboulot ».

Après avoir remercié et salué les deux scientifiques, Klaus et sa maman continuèrent leur trajet initial avec une seconde de retard, en oubliant au fil de leurs pas leur mésaventure devenue un acquis inconscient.

Allan et Garvey continuèrent à courir après les brèches un long moment, ramenant tour à tour les gens chez eux, non sans mal pour certains de par le côté surréaliste du problème. Ils arrivèrent ainsi dans un vaisseau spatial où se trouvait Florent, le jeune garçon disparu au pied de la petite montagne située à proximité de l'aire de repos où s'étaient arrêtés ses parents, ainsi que deux autres enfants. Tout avait l'air de bien aller pour eux, mais Allan n'était pas du tout rassuré. L'endroit était encore plus blanc que ne peut le définir l'appellation de la couleur et on pouvait distinguer des hublots, à travers lesquels n'apparaissaient que du noir et de minuscules soleils.

- Où sommes-nous, fit Allan inquiet, et cependant interpelé par l'endroit ?

- Nous sommes dans le vaisseau spatial où ne se trouvent que des amis !

- Ne me dites pas que vous êtes déjà venu ici ?

- Comme vous voudrez professeur.

- Garvey, vous prenez certaines libertés que vous n'auriez jamais prises avant !

- Il n'y a rien de méchant professeur, vous n'êtes pas tranquille ici, je n'ai fait que détourner un peu votre attention. Pour vous répondre, oui, je suis déjà venu ici et ils m'ont aidé à améliorer la commande de sorte que je puisse régler précisément l'endroit, le jour et l'heure exacte de mes déplacements, ainsi qu'un signal pour chaque nouvelle faille.

- Oui vous me l'aviez dit. Que faisons-nous à présent ?

- Nous attendons nos hôtes. Mais je dois vous prévenir d'un détail avant qu'ils arrivent.

- Quel est-il mon jeune ami ?

- Ils n'ont pas tout à fait la même apparence que nous.

- Bah ! Ne vous en faites donc pas pour moi, je saurai contrôler mes émotions et de vous à moi, j'en ai vu d'autres, assura Allan avec une grande sagesse !

Quelques minutes s'écoulèrent et personne n'était arrivé.

- Vous êtes certain que nous devons attendre ici ?

- Oui professeur ; et nous ne pourrions de toute façon aller nulle part puisque toutes les issues sont protégées par un champ magnétique.

- Alors comment avons-nous pu arriver jusqu'ici ?

- Il n'y a que les issues dans le vaisseau qui sont sécurisées. Ils ne protègent le vaisseau tout entier qu'en cas de nécessité absolue.

- Je vois, fit Allan en contemplant la grande salle blanche.

Ce faisant, de drôles d'impressions vinrent perturber son esprit. Il s'isola quelques instants dans les recoins de son cerveau.

« Je connais cet endroit » pensait-il, « comment est-ce possible, nous sommes à bord d'un vaisseau spatial censé abriter des extra-terrestres ».

Garvey remarqua l'évasion d'Allan.

- Tout va bien professeur ?

Mais il était parti trop loin pour entendre quoi que ce soit. Plus il regardait cette salle blanche, plus cette impression de déjà vu s'accentuait. Le vieux sage perdait-il la raison ? Il était assez excentrique pour avoir des comportements de ce type, mais de là à se sentir comme chez soi dans un vaisseau spatial se trouvant à des années lumières...

Faisant dos à Garvey, une main se posa sur l'épaule d'Allan qui, pensant qu'il s'agissait de son jeune assistant devenu à présent son égal et même davantage, se retourna en direction du propriétaire de la main.

- Vous n'avez nul besoin de me rassurer, vous ai-je dit, mais c'est quand même gentil à...

Lorsqu'il découvrit le visage de l'être devant lequel il se retrouva pratiquement « nez à nez », il émit un court, mais puissant cri de peur et de surprise.

- J'ai essayé de vous prévenir professeur ! Je vous avoue avoir été surpris la première fois moi aussi !

Cette vision lui rappela quelques mauvais cauchemars de son enfance. Pendant deux secondes il se comporta tel un enfant de sept ans se réveillant après une nuit agitée. L'être était de grande taille et doté d'une tête disproportionnée par rapport à son corps. Ce dernier semblait frêle, fragile tel un homme n'ayant jamais forcé de sa vie qui aurait encaissé un poids relativement lourd sur le crâne pour lui faire enfler le cerveau et lui dilater les yeux en les colorant de noir. Le tout recouvert d'une espèce de blouse laissant apparaitre ses petits bras et ses maigres mollets. Allan reprit ses esprits en acquiesçant la situation.

- Qui êtes-vous ?

- Un être humain cinq mille ans après votre ère et mon nom est Isos !

- C'est donc ça que nous deviendrons !

- Pas forcément, en tout cas pas de partout.

- Oui je sais, nous prendrons des décisions dans certains mondes qui nous mèneront à un tout autre résultat.

- C'est exact, mais entre nous, vous êtes sur la bonne voie.

- Vous voulez dire que nous allons connaître une évolution saine ?

- On peut dire ça, car vos enfants ne sont pas trop perturbés par ce qu'ils ont vu jusqu'à aujourd'hui.

- Les enfants de notre monde, n'est-ce pas ?

« *Oui c'est de cela qu'il s'agit* », envoya « gros yeux » à Allan en pensée.

- Vous aussi, je présume que vous avez salué mon assistant de la même manière lorsque vous m'avez surpris ?

- On ne peut rien vous cacher « Grand Indigo » !

- Voilà que je prends du galon à présent !

- Venez, nous allons retrouver les trois enfants que nous vous avons empruntés.

Ils se dirigèrent vers un sas non loin de là pour pénétrer dans une autre salle un peu plus petite où se trouvaient d'autres « grosses têtes » enfants et adultes, en compagnie des bambins qu'ils étaient venus chercher. Contrairement à beaucoup d'idées préconçues émises sur les gens comme eux, l'accueil fut agréable, même chaleureux. On était très loin de la peur ou de la méfiance que l'on aurait sans doute pu imaginer dans de telles circonstances. Ce qui sautait aux yeux, c'est qu'ils semblaient avoir attendu leur visite. C'était simplement surréaliste.

« *Moches, mais à l'évidence très gentils* » pensa Allan. Garvey intercepta sa pensée et prit soin de le prévenir.

- Faites attention à ce que vous pensez professeur. Par ici, mieux vaut faire le vide dans sa tête !

Isos revint vers eux après leur avoir demandé de patienter un instant et être allé discuter avec ses congénères.

- Il a raison Grand Indigo, nous lisons toutes vos pensées et pour votre gouverne, à nos yeux c'est vous qui êtes moches !

Il les invita à prendre place sur deux des quinze sièges disposés en arc de cercle.

- Prenez place, nous aurons vite terminé.

Isos s'assit à côté d'eux en regardant les trois petits êtres qu'ils étudiaient simplement en discutant et en faisant des exercices de mesure avec eux. Tous trois avaient été apeurés à leur arrivée, mais cela était du passé à présent.

- Vous n'avez pas l'air surpris, s'étonna Isos en s'adressant à Allan !

- Vous ne lisez plus mes pensées ?

- Même si je me le suis permis à votre arrivée, nous ne le faisons pas systématiquement depuis bien longtemps.

- Vous le faisiez avant ?

- Tout à fait. Cela remonte à plus de quatre mille ans, époque où nous avions récemment découvert une multitude de capacités en nous avec lesquelles nous avons joué dans un premier temps, puis peu à peu, appris à vivre avec.

- Permettez-moi une question mon brave. À quoi vous sert d'emprunter ces enfants ?

- Il n'y a pas que des enfants. Nous étudions l'évolution de tous les êtres que nous plaçons dans différents mondes pour mieux comprendre notre propre évolution, et ce, quel que soit leur âge.

- Vous voulez dire que ces enfants sont les vôtres ?

- Oui et non. Leurs âmes ont été implantées dans le ventre de différentes femmes dans différents mondes. Ils ont par conséquent, l'apparence de ceux qui les entourent.

- Les âmes dites-vous, s'étonna Allan ?

- Oui, certaines sont bienveillantes, d'autres moins.

- Qu'insinuez-vous ? Les âmes que vous placez peuvent être mauvaises ?

- Cela peut arriver, personne n'est parfait. Quelques-unes ont profité de la situation. La plupart ne connaissaient pas leurs origines, mais avaient en eux des pouvoirs qu'ils se découvraient tout au long de leur vie. Il y a eu aussi des erreurs commises dans les placements. Même encore aujourd'hui d'ailleurs. L'entourage d'un enfant peut être décisif dans son devenir. Bien sûr, lorsque nous nous en apercevions, nous tentions de réparer, mais nous nous sommes rendus compte qu'il valait mieux laisser faire, car il faut de tout pour faire un monde comme vous dites et cela permet de faire la différence. C'est aussi un bon moyen d'observer et d'étudier diverses réactions.

- Vous dites « pouvoirs » ; quels sont-ils ?

- Pour résumer, tous ceux qui obligent les gens à agir contre leur gré comme le pouvoir de persuasion avancée, la manipulation mentale, etc.

- La persuasion avancée ?

- Oui, ou la capacité d'entrer dans la tête des gens sans même qu'ils s'en rendent compte.

- C'est fascinant ! Quelque chose m'échappe cependant. Que deviennent les âmes non réincarnées ?

- Elles errent en attendant de trouver un hôte. Elles attendent leur heure.

- Quelle différence y a-t-il entre les vôtres et les nôtres ?

- Elles se ressemblent toutes. C'est plus tard qu'elles se distinguent. Certaines n'ont pas la patience d'attendre et vont renaître dans un autre univers. Elles se déplacent et peuvent parfois faire de longs voyages.

- Je ne l'aurais jamais imaginé !

- Mais si Allan, puisque c'est déjà en vous.

Soudain, il eut une prise de conscience qui le laissa sans voix.

« *Alors mon moi profond est un extra-terrestre !* » se dit-il.

Isos intercepta la conclusion sans rien dire, seulement un petit regard du coin de l'œil pour étudier sa réaction. Garvey écoutait et observait sans dire mot lui non plus. Isos reprit la conversation et changea de sujet.

- Permettez que je précise l'une des pensées que j'ai interceptées malgré moi tout à l'heure.

- Laquelle ?

- Vous pensiez que nous faisions du mal aux personnes que nous enlevons. À ce sujet, vous devez savoir qu'il y a eu des évolutions presque similaires à la nôtre, à ceci près. Certains ont grandement profité de leur avantage par rapport à des êtres tels que ceux qui vous entourent et d'autres continuent en outre…

- Que voulez-vous dire au juste ?

- Regardez ces enfants, ils ne sont guère évolués comparé à nous, mais leur base est saine. Ils sont votre futur et nous les faisons venir ici pour nous assurer qu'ils évolueront dans le bon sens. Il est vrai qu'il est nécessaire que tout évolue, le mal comme le bien, car cela permet de voir concrètement où les erreurs ont été commises. Cela dit, tant que nous n'avons pas toutes nos réponses, nous nous efforçons de guider les mondes qui à nos yeux, en ont grandement besoin. Ainsi, nous immisçons certaines de nos vieilles âmes chez les nouveaux nés pour tenter d'apporter quelque chose de positif en matière de sagesse dans ces mondes où tout va de travers. Cependant, certains d'entre vous ayant acquis les mêmes connaissances que les nôtres n'ont cherché qu'à abuser de cette situation ; et c'est toujours le cas aujourd'hui dans certains mondes, y compris le vôtre.

- Ces enfants seraient la clef de notre réussite spirituelle ?

- Exactement Allan, tout comme vous Garvey, ou encore Jocelyn, ou devrai-je dire « les Jocelyn Beaumont » de chaque monde.

- Tous les Jocelyn ?

- Ainsi que tous les Allan Thibaud ou les Emma Dumont ou encore les Damiana Duquesse de leur nom de jeune fille, les Hubert et les Félix Doran, etc. Vous êtes précisément cent personnes par monde à être sélectionnées, car il est plus facile pour nous de vous repérer par la suite.

- Mais les autres ne font-ils pas comme vous ?

- Malheureusement oui et nous ne pouvons rien contrôler. Nous avons opté pour cette solution, mais ils procèdent avec des implants émetteurs pour leur repérage, car ce n'est hélas pas la seule raison pour laquelle nous vous étudions.

- Vous commencez à me faire peur, quelle est-elle ?

- Il y a un facteur important dans la loi de l'espace, car il évolue au même titre que les habitants des différents mondes. Il n'est fait que de création et de destruction. Tout n'est qu'un éternel recommencement et nul ne peut rien y changer. Le grand espace est constitué d'une multitude de petits univers. Tôt ou tard, ils s'autodétruisent irrémédiablement et nous savons que cela va nous arriver tout comme vous. Bien entendu, à notre échelle du temps, nous pouvons nous permettre de chercher en toute quiétude un autre univers où nous installer.

- Vous voulez dire que nous serons obligés de quitter notre planète un jour prochain ?

- Tout à fait, mais pour y parvenir, vous serez obligés de développer la technologie nécessaire comme nous sommes en train de le faire, car chaque dimension a sa propre vibration ; et à moins de créer un énorme « trou de ver » qui resterait ouvert suffisamment longtemps pour que toute la population puisse partir, ce qui n'est matériellement pas faisable, c'est l'unique solution. Je vois que le terme vibration vous pose un problème?

- On ne peut rien vous cacher ! Je crois comprendre ce que

vous dites, mais je n'en suis pas certain.

- Ces vibrations proviennent de la puissance et de la rapidité des champs magnétiques qui sont différents dans chaque dimension. Par exemple, ce que vous appelez « l'au-delà » est une dimension qui certes est différente de la vôtre, mais il suffirait d'une petite accélération de votre champ pour la percevoir et côtoyer ainsi vos défunts.

- Certaines personnes y parviennent pourtant...

- Chaque être est doté d'une énergie qui lui est propre. Lorsqu'un individu certifie communiquer avec les morts, c'est en réalité son âme qui le fait et il est vrai que dans certains cas, l'esprit intercepte certaines choses et peut donc parvenir à le faire consciemment, mais il ne peut pas le faire trop longtemps, car il s'épuiserait rapidement et risquerait de stagner entre deux dimensions. Chaque monde, chaque être dégage sa propre énergie. Quand on parvient à distinguer une autre dimension quelle qu'elle soit, sans bouger de la nôtre, c'est un peu sous la forme d'un hologramme qu'elle nous apparait sauf dans le cas où l'on peut y accéder bien évidemment comme vous le faites depuis hier.

- Si je comprends bien, nous avons tous notre propre bulle d'énergie et nous sommes régentés par une énorme bulle.

- C'est vite dit, mais c'est effectivement le principe. C'est de cette manière que nous visitons des mondes sans être vus. Mais nous ne pouvons pas toujours nous limiter à cela. Outre les différentes évolutions qui nous sont données de voir, nous examinons divers endroits et leurs habitants, pour voir si une compatibilité est possible.

- Alors, vous ne m'avez pas tout dit tout à l'heure ! Ces êtres Indigos que vous placez dans tous ces mondes sont en quelque sorte des témoins ou des rapporteurs, n'est-ce pas ?

- Oui Allan, nous choisissons les mêmes personnes dans chaque monde de plusieurs univers et nous y insérons nos âmes à la naissance. Ce sont les êtres potentiellement plus évolués, tels que vous, qui feront peu à peu avancer l'évolution de vos mondes respectifs et vous prospecterez vous aussi de la même façon que nous pour que votre race subsiste. Tous font avancer leur monde à leur façon ; ils ne sont pas là uniquement pour vivre une vie, mais ils n'en ont pas conscience. Si nous cherchions dans nos souvenirs qui vont bien au-delà de toutes les vies que nous pouvons avoir, nous nous apercevrions que chaque monde, si différent soit-il, a une étape d'avance sur le précédent, car nous renaissons toujours au sein d'une même évolution, mais à des époques différentes bien évidemment.

À la fin de la phrase, on put voir Allan lever la main tel un écolier.

- Oui, fit Isos en souriant de sa bouche édentée.

- Vous parlez des différentes vies que nous avons ici-bas, n'est-ce pas ?

- Bien entendu, à votre époque, on parle de vies antérieures sans vraiment savoir de quoi on parle et le plus souvent exclusivement sous hypnose. Vous ignorez simplement que ces souvenirs proviennent des autres dimensions qui vous entourent.

- Si je comprends bien, reprit Allan, nous n'avons pas vécu ces vies, nous les vivons ailleurs.

- Exactement ! Vous êtes perspicace pour un homme de votre ère !

- Merci du compliment !

- Vous connaîtrez aussi des voyages vers des mondes ultérieurs, un peu comme vous actuellement, mais cela deviendra une simple formalité. Certains mondes se sont autodétruits comme les images que je vous envoie, vous voyez?

- Impressionnant, s'exclama Allan !

- Dans son âme, l'homme est allé jusqu'au bout de sa folie nucléaire. Rien ni personne n'y a survécu. Cependant, la vie y reviendra un jour prochain, un énième recommencement.

- Et il y en a eu plusieurs, questionna Garvey ?

- Bien entendu ! Beaucoup d'autres races d'hommes et d'humanoïdes ont évolué. D'ailleurs, nous en avions visité juste avant vous.

- Peut-on les voir en images ?

- C'est possible, mais je n'en ferai rien, car ce n'est pas votre évolution et si vous n'avez plus d'images à l'état conscient, elles y seront quand même.

- Oui je sais, fit Allan sans trop savoir pourquoi.

- C'est un peu comme une bataille qui se fait au-dessus de nos têtes si je comprends bien. Tout le monde se visite un jour ou l'autre ! ajouta Garvey.

- En quelque sorte oui. Et je pense que nous devons nous-mêmes faire l'objet d'une recherche pour d'autres civilisations plus évoluées que nous.

Allan leva la tête vers le ciel ou plutôt vers les étoiles et eut un instant d'hésitation.

- Heu… Ne me demandez pas pourquoi, mais je pense que vous faites erreur.

- Bien, je ne vous demande pas pourquoi. En êtes-vous certain ?

- Je ne sais plus au juste, je n'arrive pas à me rappeler, mais je crois qu'un jour prochain, nous n'aurons plus envie de prospecter et nous finirons par nous poser.

- Rien n'est dû au hasard, et ce, quoiqu'il arrive ; J'irai même jusqu'à dire que c'est une loi universelle !

- Quelque chose m'échappe, fit Garvey dont l'esprit fusait. Vous nous parlez des mondes et des univers que vous visitez. Vous dites que nous devons ignorer certaines choses, alors pourquoi vous laisser apercevoir par les populations puisque vous avez la possibilité de vous rendre invisibles ?

- Nous devons nous laisser voir par vos satellites en orbite simplement pour que vous preniez conscience qu'il y a autre chose, que vous n'êtes pas seuls. En outre, c'est quelques fois un vrai spectacle pour nous lorsque nous vous observons. Votre escapade vers votre satellite que vous appelez « Lune », nous a grandement amusés. Isturias que vous voyez au fond de cette salle ne pouvait plus s'arrêter de rire en vous voyant évoluer dans l'espace avec ce gros tronc d'arbre lissé à la technologie aussi évoluée que mon pense bête ! Nous vous y avions même suivis pendant un court moment.

- En somme, vous vous amusez bien sur notre dos !

- Nous aurions tort de nous en priver. Nous ne sommes que des êtres humains plus évolués que vous après tout ! Cela nous permet de nous retrouver devant nos erreurs et de rectifier le tir éventuellement. Et si nous ne vous visitions pas pour vous transmettre un peu de notre savoir, nous ne serions peut-être pas ce que nous sommes aujourd'hui.

- Vous le seriez devenus plus tard, ponctua Allan.

- Cela va sans dire ! Tous les mondes évoluent. Peut-être sommes-nous lassés de voyager. Peut-être sommes-nous impatients de nous poser. Il est vrai que nous avons la prétention de vous enseigner des connaissances, mais le moule dans lequel nous sommes fabriqués est identique au vôtre. Nous avons tous autant que nous sommes, été de petits humanoïdes dont la taille ne dépassait pas dix centimètres.

Ces paroles provoquèrent l'étonnement général dans le petit

groupe inter dimensionnel.

- Vraiment, fit Garvey, dix centimètres ?

- Oui nous étions un peu différents, mais nous étions des hommes. Il est normal que vous ne le sachiez pas, car pour vous cela remonte à quarante deux millions d'années et vous ne connaissez pour ainsi dire rien de votre évolution.

- Ah ! Mais je suis désolé, objecta virulemment Allan, nous en avons appris beaucoup plus que vous ne le pensez !

Il énuméra quelques trouvailles fossilisées, ainsi que de vieilles écritures trouvées çà et là en insistant sur quelques points lui paraissant importants. Isos rigola de son beau sourire avec dents en option et continua.

- C'est ce que je disais, vous ne savez rien !

- Puis-je me permettre, fit sérieusement Garvey ?

- Bien sûr je vous écoute.

- Vous êtes plus évolués que nous, vous pouvez aller dans tous les mondes existants. Pourquoi ne pas aller directement dans un monde qui vous ressemble ? Un monde où vous trouveriez vos semblables ?

- Parce que ça ne marche pas comme ça. Nous ne ferions que stagner dans notre évolution. Nous devons la poursuivre et non continuer celle des autres. Vous comprenez ?

- Oui, mais comment ont fait les premiers dans ce cas ?

- Outre notre évolution, dans tous les univers de l'espace, vous ne devez pas confondre commencement et évolution. L'un est précisément la suite de l'autre. Des mondes sont nés dès le début de notre apparition, et c'est seulement à partir de ce moment là que la multiplication a démarré en fonction du vécu et de nos décisions.

- Oui, mais d'où sortaient ces petits hommes à la base ?

- Toute vie quelle qu'elle soit est microscopique au début de son existence puis elle évolue et s'adapte peu à peu à son environnement. Cela commence d'abord par un développement organique, puis la naissance d'un esprit créé par les besoins et les envies du « dit organisme ». Tous deux évoluent ensuite en osmose au fil du temps et du changement perpétuel de leur environnement, qui nous façonne d'une certaine manière. Certains organismes choisissent si l'on peut le dire ainsi, de devenir homme. D'autres se dirigent vers d'autres sphères plus ou moins basiques ou plus ou moins animales.

- Vous voulez dire que nous choisissons qui nous serons plus tard ?

- Oui et non. C'est un choix qui se fait lentement étape après étape. Certains se sont arrêtés en cours d'évolution et sont devenus, pour ne citer qu'un exemple, les singes que vous connaissez. Bien qu'ils aient eux aussi évolué à leur manière. D'autres ont continué pour devenir des lynx, des moustiques ou encore des serpents. C'est principalement leur environnement qui les a fait devenir ce qu'ils sont tout comme vous.

- Oui mais l'homme raisonne beaucoup plus que les animaux lesquels ont sans aucun doute fait le choix de la facilité…

- Ce que vous dites n'est pas faux. La facilité a été pour eux ce que dans votre monde, la télécommande est à la télévision pour vous-mêmes, mais en y regardant d'un peu plus près, chacune de ces espèces excelle dans sa spécialité.

- Peut-être bien, reprit Allan, mais je persiste à croire que nous arriverons un jour à saturation et que nous aurons tôt ou tard envie de nous arrêter et de nous reposer. Peut-être arriverons-nous au bout de nos capacités.

- Pourquoi pensez-vous une chose pareille ? Même si je vous l'avoue, cela ne manque pas de bon sens.

- Parce que lorsque nous saurons qui nous sommes et surtout

pourquoi nous sommes, nous n'éprouverons peut-être plus le besoin de survivre, mais seulement d'accepter le temps que nous avons à vivre et de laisser la place à d'autres êtres donc d'autres évolutions. C'est peut-être cela la loi des grands espaces.

Garvey et « Face de citrouille ovale » le regardèrent bizarrement. Ils étaient à la fois sans voix et impressionnés. Quant à Allan, il ne savait même pas pourquoi il avait dit cela, mais il en avait l'intime conviction.

« Comment peut-il se rappeler ? Il devrait avoir oublié ce qu'il a vu. »

Tant qu'il était connecté à son boîtier et que toutes les failles temporelles n'étaient pas refermées, Garvey était la seule personne à pouvoir garder consciemment en mémoire l'intégralité des allées et venues dans les différents mondes. Cette connexion avait été rendue possible grâce au micro système organique qui avait été rajouté à son appareil simpliste aux yeux d'Isos. De plus, cela aurait pu être dangereux, voire fatal pour le jeune assistant de ne pas se souvenir. Isos voulut se procurer l'information à sa manière, mais sa tentative fut vaine, car Allan faisait blocage à toutes intrusions non sollicitées. Au plus grand étonnement d'Isos et Garvey, il commençait déjà à développer certaines facultés. Garvey voulut en avoir le cœur net.

- Dites professeur…

- Oui mon jeune ami, dit Allan en souriant.

- Voudrez-vous venir avec moi récupérer l'aigle tout à l'heure ?

- De quel aigle parlez-vous mon brave. Non attendez, ne me répondez pas, mon esprit est un peu embrouillé et je ne comprends pas ce qui m'arrive, mais même si je n'ai aucun souvenir de cet aigle, ce que vous me dites ne m'étonne pas.

- Je crois que quelque chose se passe en vous professeur. Si vous sentez quoi que ce soit d'inhabituel, vous me le direz n'est-ce pas ?

- Bien sûr Garvey, étant donné les circonstances, vous serez le premier averti.

Garvey sentait que quelque chose d'étrange planait dans l'air. Soudain, Allan s'adressa à Isos, comme il l'aurait fait avec un ami et ce dernier qui n'avait rien laissé transparaître jusque-là, semblait éprouver de l'inquiétude.

- Vous n'avez pas l'intention de vous installer sur notre planète n'est-ce pas ?

Isos paraissait se décomposer un peu plus à chaque mot d'Allan sous les yeux interrogatifs de Garvey.

- Qu'est-ce qui vous fait dire cela Allan ?

- Je ne vous dirais pas cela si je ne le savais pas.

Il regardait Isos avec intensité.

- Je n'aurais jamais dû le découvrir, n'est-ce pas ?

Là, Garvey était à son tour complètement largué. Certains semblables d'Isos entendirent les paroles d'Allan et se tournèrent en direction des trois hommes, laissant de côté leurs occupations pendant quelques instants. Allan semblait bouleversé et continuait d'exposer sa découverte.

- C'est pour ça que vous l'avez aidé, poursuivit-il en désignant son élève d'un signe de la tête ?

À présent, tout le monde avait les yeux rivés sur eux.

- Il y a un peu de ça Allan, fit Isos avec émotion, mais ça n'est pas la seule raison.

N'y tenant plus, Garvey craqua.

- Mais qu'est-ce qui se passe ici ?

Personne n'y fit attention. Allan se dirigea vers les congénères d'Isos et arriva devant l'un d'entre eux, ou plutôt l'une d'entre eux. Il resta planté devant quelques instants, puis apposa ses mains sur son visage. Garvey commençait à comprendre et n'en croyait pas ses yeux. Allan se comportait tel un enfant. Ses mains façonnaient le visage de l'extra-terrestre qui semblait elle-même émue. Puis il la prit calmement et tendrement dans ses bras en positionnant sa tête contre sa poitrine. Surprise et cependant heureuse elle mit à son tour ses deux bras fins autour d'Allan.

La scène était surréaliste. Ces deux êtres à l'apparence diamétralement opposée avaient de toute évidence des atomes crochus ainsi que, qui sait, le même ADN et donc la consanguinité parentale, laquelle avait souvent œuvré pour la bonne santé d'Allan. C'est vrai qu'il n'était jamais tombé malade. D'ailleurs, cela en était devenu un jeu dans son enfance si l'on peut dire.

À son époque, un homme, un vrai, ne devait pas être faible. Allan avait souvent usé de cet avantage. Ses parents d'adoption se faisaient régulièrement des cheveux blancs avec cet enfant hypertendu dont le cerveau avait fonctionné dès le départ à deux mille à l'heure sans aucune période de répit. Le pauvre môme était souvent bridé, mais il s'était rattrapé depuis. Allan était serein, apaisé. Tous restèrent comme cela trois longues minutes. Il régnait un silence absolu. Isos se tourna vers Garvey.

- Cela n'aurait jamais dû arriver. Vous l'avez compris, nous l'avons placé dans ce monde. Allan est notre enfant !

Garvey haussa les sourcils. Pour une nouvelle, ça en était une!

- Je crois que j'avais compris. Je m'attendais à toutes les éventualités en créant ce jouet, mais ça !

- Normalement il ne s'en rappellera plus en repartant d'ici.

- Il ne devrait pas, c'est vrai, mais avec tout ce que j'ai vu, je me pose la question.

Pendant leur étreinte une question traversa l'esprit d'Allan. Interceptant sa pensée, Keisha se décolla de son enfant sacrifié et lui expliqua.

- Tu ne nous ressembles pas, car avant de t'injecter dans le ventre de ta maman d'adoption, nous avons fait en sorte que tes gènes mutent et soient comme les leurs. Ensuite, la nature fait le reste. En t'envoyant dans ce monde, nous comptions sur toi pour que tu contribues à une évolution similaire à la nôtre, pour que notre race puisse survivre au futur chaos de notre monde. Tu n'en verras hélas pas le résultat, car ton espérance de vie est devenue désormais inférieure à celle que tu aurais dû avoir ; enfin normalement… Nous ne pourrons envisager de nous y installer que dans plusieurs siècles, voire quelques millénaires. Tout dépendra de votre évolution. Mais rien n'est certain, car nous avons voyagé au-delà de votre espace-temps ; et ce que nous avons vu ne nous encourage pas à persister dans cette voie. Cela dit, tout peut encore changer selon les décisions qui seront prises aux « moments clefs » de votre histoire.

- C'est en fonction des décisions que nous prendrons, que perdurera ou non notre planète ?

- Oui, c'est tout à fait exact. Au même titre que votre évolution personnelle, toutes les décisions que vous pourrez prendre feront la différence.

- Si seulement j'avais le savoir que j'aurais dû avoir si j'étais resté ici, beaucoup de questions ne se poseraient plus.

- Oui mon fils, mais si tu l'avais, tu ne pourrais pas vivre dans le monde où tu es né. Tu dois avancer au même rythme que tes congénères.

Allan ressentit à cet instant un élan de révolte quant à son sort.

- Pourquoi m'avoir choisi ?

Keisha émit un cri aigu que seules des cordes vocales comme les siennes pouvaient émettre.

- Tu remues le couteau dans la plaie mon fils, car tu n'es pas le seul à avoir été envoyé ailleurs. Quelques-uns et quelques-unes de tes frères et sœurs ont été désignés pour aider l'évolution des différents mondes où vous êtes nés. Crois-tu que je vous ai regardés partir loin de nous de gaieté de cœur ?

Allan resta sans voix.

- Pas du tout, continua Keisha, j'avais le cœur brisé à chaque fois que nous expédiions l'un ou l'une d'entre vous dans ces endroits arriérés. Tu ne pourras jamais imaginer ce que peut représenter la séparation définitive avec l'un de ses propres enfants quelle qu'en soit la cause ; même pour sauver toute une race. Alors, tout ce que je peux te dire mon fils c'est... Montre leur... Sois leur guide. Rends-moi fière de toi !

Les questions se bousculaient au portique dans le cerveau d'Allan.

- Avez-vous déjà essayé de nous envoyer dans une ère plus proche de la nôtre, ne serait-ce que pour que l'on se retrouve avec des gens dotés d'une évolution similaire ?

- Une seule et unique fois. Leur monde en était au même point que le nôtre et vu que tout cela se passait en temps réel par rapport à nous, nous avons préféré le rapatrier avec sa famille, car cela ne nous avançait à rien. Pour tout te dire, il a été le premier à partir et c'était d'autant plus facile qu'il n'y avait rien à faire en matière d'intégration, car tout était pareil à notre monde. Mais lorsque nous avons pris conscience de cet échec, nous nous sommes rendus compte que tous les mondes, quels qu'ils soient, ont une durée de vie plus ou moins identique. Aujourd'hui, nous pensons que nous n'avons qu'un laps de temps pour évoluer dans tous ces mondes ; à nous de le vouloir ou pas. C'est pourquoi il y a beaucoup de mondes qui vont dans le bon sens et d'autres courent à la catastrophe. Cela revient à vouloir attraper un oiseau en plein vol sans jamais y parvenir en fin de compte. Nous n'avons sûrement pas fait tout ça pour rien, il le fallait pour que nous soyons en mesure de le voir, mais cela fait longtemps, trop longtemps que nous cherchons une terre d'accueil pour notre race ; et nous nous demandons quelques fois pour quelle vraie raison nous faisons tout cela. Nous commençons à douter de ce après quoi nous courons. Et si c'était ainsi que doit se faire l'évolution ?

- Tu veux dire que vous doutez de la raison pour laquelle vous m'avez sacrifié ?

- Pardonne-moi mon fils, mais par moment oui, car il faudra de toute manière que vous recommenciez à votre tour. C'est une histoire sans fin et cela nous pose un vrai problème de conscience.

- Peut-être ouvrez-vous les yeux vers autre chose.

- Oui, très certainement, mais quoi ?

- Nous aurons beau chercher des solutions écologiques pour sauver notre planète, nous ne ferons que retarder d'un court instant notre triste fin, n'est-ce pas ?

Elle sourit et le serra de nouveau contre elle.

- Je te reconnais bien là mon fils.

Garvey attira son attention en lui faisant signe de la main. « *Nous avons encore à faire !* » Mais Allan n'y prêta pas attention, trop occupé à retrouver les siens.

- Tu ne t'en souviendras pas, reprit « Maman ET », mais tu seras désormais apaisé. Ta vie est avec eux et je vais devoir te pleurer une seconde fois. Va mon fils, donne-nous raison, confirme notre choix et sois heureux.

Allan savait qu'il n'en aurait aucun souvenir et voulait savourer ce moment unique au maximum. Il n'aurait plus jamais une telle occasion. Mais il y aurait en revanche une espèce d'équilibre inconscient qui se tiendrait en lieu et place de ce manque, dont il ne soupçonnait même pas l'existence, tel un ordre subliminal injecté dans sa tête. Sans le savoir, Allan allait repartir plus solide, plus fort, peut-être même plus humain.

ÉVOLUTIONS

« On peut tuer le temps ou soi-même ; cela revient au même, strictement. »
Elsa Triolet

Bollène, le lendemain matin.

Alors que Béatrice était ressortie en douce tard le soir pour s'assurer du bien-être de son invité, elle avait passé une nuit agitée et avait très peu dormi. Les plaies de ses blessures lui tiraient la peau et lui provoquaient un léger boitement. Elle ne pensait qu'à une seule chose, aller voir son étrange invité. Mais il ne fallait pas éveiller les soupçons. Elle prépara une cafetière entière pour toute la famille. Ses parents qui étaient toujours les premiers levés furent étonnés de voir ainsi leur fille s'activer dans la cuisine.

- Bonjour ma chérie, fit sa mère en lui faisant une bise sur la joue, tu n'as pas trop souffert de tes blessures cette nuit ?

Après que son père lui ait apposé à son tour une bise sur le front, elle s'assit sur une chaise, ce qui eut pour effet d'accentuer les douleurs qu'elle avait l'impression de ressentir par moments sur son corps tout entier. Elle savait que ses parents devaient s'absenter une bonne partie de la journée. Restait encore à résoudre le problème « Annie », qui avait du mal à se lever à la première sonnerie de son réveil.

- Nous partirons vers neuf heures, fit Gabrielle et nous rentrerons vers seize heures cet après-midi. Je vous ai préparé du poulet « basquaise » pour le repas de midi, comme vous l'aimez.

- Merci maman.

- Et tu me nettoieras ces plaies, elles ne sont pas belles à voir.

- Oui t'en fais pas.

Soudain, une voix se fit entendre dans sa tête.

- Bonjour Trice, je m'occuperai de vos blessures si vous le désirez.

- Vous pouvez faire quelque chose, reprit la jeune fille à haute voix ?

Elle se rendit compte soudain de sa maladresse et ses parents la regardèrent bizarrement.

- Que veux-tu que nous fassions, fit Roger interpellé par le comportement étrange de sa fille depuis la veille ?

« *Je dois trouver quelque chose* », pensa-t-elle. Cela ne lui prit pas beaucoup de temps, car son imagination était à toute épreuve.

- J'aimerais que vous fassiez une course pour moi si vous en avez le temps, car j'aurai un peu de mal à me déplacer aujourd'hui.

- De quoi as-tu besoin ?

- D'un marqueur fluorescent rouge.

- Celui que tu as ne fonctionne déjà plus ? Il me semblait t'en avoir vu un pratiquement neuf entre les mains il y a tout juste quinze jours.

- Je m'en sers beaucoup en ce moment.

- Bien, nous t'en ramènerons un.

« *Elle est étrange, elle nous cache quelque chose* » se dit Roger en regardant Gabrielle qui n'y faisait pas attention.

- Bien répondu, reprit la voix volante, c'est quoi un marqueur fluorescent ?

Béatrice laissa échapper un rictus à peine audible, pareil à celui de la veille, mais un peu moins flagrant. Tandis que Gabrielle était occupée à préparer le petit déjeuner d'Annie, Roger le remarqua.

- Tu es sûre que tout va bien fillotte ?

Telle était la manière dont il appelait ses deux filles.

- Ton papa à l'air de vite comprendre et de bien te connaître, continua la voix.

- La ferme, ne put contenir une nouvelle fois Béatrice à voix haute !

Roger vit rouge et remit l'indélicate à sa place.

- Ma fille, que tu aies un problème et que tu ne souhaites pas nous en parler ne regarde que toi, mais je ne tolérerai pas que tu me parles sur ce ton !

Sa voix grave de ténor reconverti réveilla la petite Annie qui descendit plus par curiosité que par inquiétude. Pour une fois qu'elle ne faisait pas l'objet d'une engueulade !

Gabrielle regardait sa fille avec inquiétude. Sur le moment, elle lâcha la tartine qu'elle préparait pour Annie en se posant tout autant de questions que Roger.

- Parle-nous Béatrice, dis-nous ce qu'il y a. Ces réactions ne te ressemblent pas ma fille.

La jeune fille était décomposée. Que dire ?

- « Si tu m'entends penser, j'ai besoin d'un conseil, maintenant ! »

- « C'est le bon moment », répondit la voix.

- « On ne pourrait pas plaisanter plus tard ? »

- « Dis-leur que tu es en train de te découvrir des dons médium-niques et que tu entends des voix ! »

316

- « *Ils vont me prendre pour une folle !* »
- « *Absolument, mais si tu ajoutes que tu ne contrôles rien et que ça te fait peur, tu as une chance de les interpeller. Dis-leur aussi qu'ils vont avoir un incident sans gravité cet après-midi* ».

- Quoi, fit-elle de nouveau à voix haute ?

Annie venait juste d'entrer dans la pièce et fut surprise par l'ambiance qui y régnait. Sur l'instant, elle crut que sa sœur s'adressait à elle.

- Je n'ai rien dit Béa !

Elle regarda ses parents en train de regarder sa grande sœur comme si elle venait d'une autre planète.

- Dis-leur, insista la voix.

- Bon d'accord, je ne voulais pas vous en parler, mais j'ai effectivement un problème.

S'étant calmé, Roger lui demanda d'approfondir, tandis que Gabrielle prit place autour de la table pour écouter sa fille s'expliquer sur ce soudain changement.

- Vous n'allez pas me croire et c'est un peu délicat à dire.

Roger apposa une main rassurante sur l'épaule de la malchanceuse.

- Dis-nous fillotte, ça te fera sûrement du bien d'en parler.

- J'entends des voix et je crois que je peux voir l'avenir !

Ses parents se regardèrent en se disant de leurs yeux : « *Mais qu'est-ce qu'on a manqué ?* »

Annie esquissa un sourire et se demandait de quelle manière elle pourrait tirer avantage de cette nouvelle situation. Une question vint à l'esprit de Roger. Il voulut en avoir le cœur net.

- Tu consommes des drogues ma fille ?

Dans ces cas-là, « Fillotte » passait en second plan. Désemparée, Béatrice ne pouvait que constater qu'elle n'aurait jamais dû se lancer dans une aventure pareille, mais elle tâcha tout de même de faire face.

- Très bien, vous l'aurez voulu ! Vous aurez un léger accrochage cet après-midi, et NON je ne me drogue pas !

- Tu ne nous en avais jamais parlé, remarqua Gabrielle, pourquoi ne pas nous l'avoir dit plus tôt ?

Béatrice ne savait plus quoi dire pour se débarrasser de cette conversation.

« *Je ne m'en sortirai jamais* » se disait-elle, « *Je dois trouver quelque*

chose pour mettre un terme à cette comédie ».

- J'avais peur de votre réaction.

- Mais tu sais très bien que nous ne sommes pas étroits d'esprit, reprit Roger et il me semble que nous avons souvent fait preuve de compréhension avec vous.

- « *Dis-leur que leur jugement est beaucoup trop important à tes yeux, pour que tu prennes le risque d'en essuyer un mauvais* », lui conseilla la voix.

Elle répéta textuellement la phrase en ajoutant :

- On pourrait en reparler plus tard, lorsque vous rentrerez par exemple ?

Inquiète comme une mère qu'elle est, Gabrielle préféra la rassurer.

- Bien sûr ma chérie, mais n'aie plus peur de nous parler. Ce n'est pas ce que nous t'avons montré, d'accord ma fille ?

- Oui maman, merci.

- Un dernier détail fillotte, ajouta Roger qui semblait préoccupé, de quelle couleur est la voiture qui doit nous accrocher cet après-midi ?

- « *Bleu foncé* », fit la voix.

- « *Merci !* »

Elle passa le message à son père, puis se leva de table pour aller s'isoler dans le séjour. Dans la cuisine régnait la stupeur. Annie sentit deux regards oppressants posés sur elle.

« *Aie !* » pensa-t-elle.

- Tu étais au courant du don de vision de ta sœur, questionna Roger ?

- Non papa, c'est la première fois que j'en entends parler.

Gabrielle interrompit la conversation, mais n'en était pas moins inquiète.

- Roger, râla-t-elle en essayant de détourner l'attention portée à Béatrice, nous lui en parlerons à notre retour si tu veux, mais nous devons être à Orange à neuf heures et demie. Nous ferions mieux de terminer notre petit déjeuner et d'aller nous préparer si on ne veut pas être en retard.

Roger savait très bien où elle voulait en venir en disant cela et bien que rien ne pressait, raisonnablement parlant, il acquiesça d'un hochement de tête et reprit la peinture de sa tartine.

Pendant ce temps, « Irma » qui était assise sur le sofa les yeux rivés sur le paysage extérieur, conversait en silence avec son ami.

- Comment es-tu apparu sur la route ?

- Il y a certainement quelqu'un dans ton monde qui joue avec les couloirs du temps.

- Quelqu'un de mon monde ? Les couloirs du temps ? Je sais que je peux être naïve par moments, mais là, même si tu maîtrises la communication extra-sensorielle, tu y vas un peu fort !

- Je ne cherche pas à te faire peur ni à te mentir ; mais t'es-tu seulement rendu compte que tu la pratiques très facilement toi aussi ?

Elle marqua à cet instant un silence.

- C'est vrai, tu as raison, je n'y avais pas fait attention. Ça alors, je n'en reviens pas, j'ai le don de télécommunication !

- Pourquoi dis-tu « le don » ? Ce n'est qu'une capacité comme une autre que tu as développée.

- Mais je n'avais jamais fait ça avant.

- Si tu n'avais personne dans ton entourage avec qui le pratiquer, c'est normal.

- C'est logique ! C'est peut-être la raison pour laquelle on s'est tutoyés si rapidement, car je ne m'en étais pas rendu compte non plus, je ne l'ai même pas vu venir.

- Tu es drôle Trice, tu m'amuses beaucoup. Cela doit être dû au fait que nous sommes sur la même longueur d'onde.

- Peut-être ! En tout cas pour la communication. Puis-je te poser une question délicate ?

- Bien sûr Trice !

- Béa, pourquoi as-tu une si grosse tête ?

Il rigola franchement.

- Nous sommes comme ça !

- Tu maintiens toujours que tu n'es pas de notre monde ?

- J'ai su que je changeais de dimension lorsque le paysage dans lequel je me trouvais s'est mis à accélérer brusquement. C'est allé si vite que je n'ai pas eu le temps de réagir et je vois bien que je suis ailleurs. Tout est différent, à commencer par vous.

- Très bien, admettons que tu ne sois pas d'ici. Vous vous amusez souvent à ce petit jeu ?

- Jamais ! Seuls, quelques hommes de science s'y aventurent de temps à autre dans le cadre d'expériences spatiales temporelles. Nous connaissons donc l'existence du phénomène, mais ce n'est pas une attraction de masse. Tu es en train de penser que je suis un extraterrestre, n'est-ce pas ?

- Oui, et...

- Je ne ressemble pas du tout à l'image que vous en avez.

- Encore exact, et...

- C'est normal, nous sommes des êtres humains comme vous, mais nous avons changé au fil du temps. En quelle année êtes-vous ?

- En deux mille seize.

- Nous, nous sommes en trois mille sept cent dix-sept. Nous avons un peu plus de mille sept cents ans d'avance sur votre évolution !

- Des êtres humains comme nous ?

- Que veux-tu que nous soyons ?

- Je ne sais pas trop, mais en tout cas différents de nous.

- Sur quoi te bases-tu pour affirmer ça ?

- Ton apparence, tes pouvoirs.

- De quels pouvoirs parles-tu ?

- Tu sais bien, toutes ces choses que nous faisons ensemble et que tu as l'air de trouver normales.

- Mais cela fait partie de l'homme, chère Trice, et si nous pouvons avoir ce type de communication, d'autres hommes et femmes de ton monde le peuvent également, à moins que tu ne sois toi-même un extraterrestre !

- Tu plaisantes n'est-ce pas ?

- Oui et non. À vrai dire, c'est ce que vous êtes sur cette Terre au même titre que nous, en outre. C'est ce que vous découvrirez en effectuant des recherches sur vos origines. Nous ne sommes pas nés avec la terre, nous sommes importés de différents univers.

- Une main géante a déposé un homme et une femme un beau matin du mois de mai !

- On pourrait comparer ta main géante aux assauts de l'espace sur les planètes et l'homme et la femme à des micros organismes dotés d'une adaptation sans limites.

- Vous en savez plus que nous sur la question ?

- Pour le savoir vraiment, il faudrait y aller, mais les conditions climatiques de cette époque ne le permettent pas. L'air est irrespirable ; la Terre est très hostile. On a essayé d'y envoyer un « robhomme » il y a quelque temps de cela. Les implants qu'il avait reçus lui permettaient d'évoluer dans des endroits inaccessibles pour nous. Mais nous n'avons plus jamais entendu parler de lui par la suite.

- C'est quoi un robhomme ?

- Tout simplement un homme pourvu d'une multitude d'implants faisant de lui un être davantage technologique qu'humain. N'as-tu jamais entendu parler de la nanotechnologie ?

- De temps en temps, dans certaines émissions scientifiques-sur une chaîne culturelle.

- Dans mon monde, il y a deux races bien distinctes : "Nous" et les "Branchés". C'est l'un des surnoms que nous leur donnons et nous cherchons à nous séparer d'eux, car nous avons peur de ce que cette situation va engendrer. Certains robhommes commencent à mettre au monde des bébés avec des nano circuits intégrés. J'ai moi-même du mal à y croire, mais cela fait à présent partie de leur anatomie et maintenant plus que jamais nous ne voulons à aucun prix nous mélanger avec eux, car il est hors de question de prendre le risque de naître « préimplantés ».

- J'aurais peur moi aussi !

- Ils ne jurent que par ça contrairement à nous, qui pensons que ce que nous sommes ne découle pas de nos aptitudes, mais des choix que nous faisons. J'ai peut-être une tête plus grosse que la vôtre, mais le reste de mon corps est pareil au vôtre en dehors de votre ventre.

- Que veux-tu dire par là ?

- Personne n'est difforme là d'où je viens, à l'inverse de ton père par exemple.

- S'il t'entendait, il t'en retournerait une sur-le-champ !

- C'est gentil ça, une quoi ?

- Une torgnole !

- Je ne sais pas ce que c'est, mais ça part sûrement d'un bon sentiment.

Béatrice esquissa un sourire. Elle commençait à tomber sous le coup de l'amitié.

- Alors, espérons qu'il n'éprouve aucun bon sentiment à ton égard ! De toute manière, vous ne vous rencontrerez probablement jamais.

- Cela fait un jour que je suis ici et je vous trouve bien étranges par moment !

- Peut-être, mais pour moi, c'est toi qui es étrange parce que même si tu as l'air sincère, je ne rencontre pas tous les jours quelqu'un qui certifie venir d'un autre monde avec une pastèque en guise de tête, qui parle sans remuer les lèvres et qui a trois poils sur le caillou à la Homer Simpson !

- Je ne les ai jamais comptés, mais j'en ai plus que tu le dis me semble-t-il.

- Ce n'est qu'une façon de parler, nous avons tendance à tout exagérer !

- Je comprends.

- Tout le monde a autant de cheveux sur le crâne là d'où tu viens ?

- Oui et non !

- Ça, c'est une réponse claire !

- Mes semblables n'en ont pas ou très peu.

- Même les femmes ?

- Surtout les femmes !

- J'ose à peine imaginer ce à quoi elles doivent ressembler !

- À de très belles femmes.

- Excuse-moi, je n'ai pas voulu être irrespectueuse.

- Je sais, je ne t'en veux pas. Cependant, il y a d'autres personnes dans notre monde qui ont toujours autant de cheveux que vous.

- Les robhommes ?

- Oui ; nous respectons cette communauté, mais nous ne vivons pas ensemble. Le choix qu'ils ont fait ne regarde qu'eux, nous ne nous immisçons pas dans leur vie et vice-versa. Il y a donc deux gouvernements différents, deux polices et nous sommes deux mondes en un. Cela fait quatre siècles que notre cohabitation est sereine, mais les débuts ont été difficiles et nos ancêtres ont bien failli vivre une guerre idéologique. Pour en revenir à mon apparence, elle est similaire à la vôtre, nous nous servons seulement davantage de notre cerveau. Mais s'il y a une chose que je sais, c'est que nous étions jadis comme vous.

- Vraiment ?

- Oui, nous avons découvert une multitude de capacités psychiques qui sommeillaient en nous depuis toujours. Nous n'avions concrètement rien exploité jusqu'en deux mille vingt, en tout cas rien que notre « Intelligence technologique ». Mais cette année-là a marqué le début d'une nouvelle ère. Certains ont continué de croire en la technologie et d'autres à leurs propres capacités psychiques et intellectuelles dont je fais partie, et nous nous sommes rapidement divisés en deux groupes bien distincts : les hommes et les robhommes appelés aussi les « chevelus ».

- Maintenant je comprends mieux ; dis-moi en davantage sur ces robhommes ?

- Comme je te l'ai dit, nous les avons appelés comme ça, car ils sont nés hommes, mais ils n'ont plus grand-chose d'humain en dehors de la base et de l'apparence physique ; et ils ont beau se transplanter des micros circuits dans leurs corps pour se surpasser, ils ne vivent cependant pas aussi longtemps que nous. Nous pensons que l'homme est pareil à un dépôt, une banque de logiciels qu'il n'utilise jamais.

- Alors, heureusement qu'il ne les utilise pas tous, parce que si on tient compte du fait qu'il n'a fait que « boguer » depuis son apparition, il vaudra mieux sécuriser l'accès aux logiciels avec un mot de passe en béton !

- Vous utilisez du béton dans vos ordinateurs ?

Béatrice éclata de rire.

- Non, oublie ce que je t'ai dit et continue ton explication.

- Je viens de comprendre, mais vos qualificatifs sont quelques fois différents des nôtres.

- Que dites-vous dans ce cas ?

- Nous évoquons le cristal.

- Rien que ça ! Remarque, ça ne m'étonne pas.

- Tu en connais les vertus ?

- Vaguement, je l'assimile à la pureté.

- Eh bien c'est précisément notre cheval de bataille. Nous avons entamé un long travail sur nous-mêmes en apprenant à « cliquer sur les bons programmes ». L'homme se sous-estime toute sa vie en se mettant lui-même ses propres barrières, quelle qu'en soit la raison. Le corps humain est pourtant capable de supporter beaucoup plus que nous le croyions, à commencer par la vie. Nos plaies, comme les vôtres, se referment puis cicatrisent. Notre corps se soigne de lui-même et cela fait partie de nos programmes actifs. Mais nous ne pouvons qu'être et réagir en fonction de ce qui nous entoure. La subtilité se situe simplement à trouver notre juste milieu.

- « NOTRE » juste milieu ?

- Il dépend de la personnalité et des envies de chacun.

- C'est que ça ne saute pas aux yeux, mais tu es parfaitement clair et concis.

- Pourquoi dis-tu cela Trice ?

- Parce que c'est tellement simple à t'entendre.

- Je vois, mais il y a des siècles que le processus a commencé. J'ai grandi dans ce contexte et j'aurais beaucoup de mal à ressentir ce que tu ressens, mais je dois t'avouer que j'étais très doué en histoire !

- En histoire, on croirait entendre parler de la préhistoire !

- C'est très ancien pour nous. Pour tout te dire, vous représentez l'amorce de ce que nous qualifions « le début du pic de la fin ».

- Oui, pour te résumer, nous ne sommes que des arriérés mentaux à vos yeux !

- Non, est-ce de cette manière que vous considérez vos ancêtres qui, cela dit en passant, sont les mêmes que les nôtres, mais d'une époque encore plus lointaine ?

- Non, tu as raison, mis à part quelques exceptions, nous les admirons.

Homer esquissa un sourire discret, seul dans sa cabane, guidé par la sagesse.

- Bon très bien, tu m'as cloué le bec, mais n'en rajoute pas pour autant !

- Depuis que nous conversons, c'est la première fois que j'entends une expression que nous employons aussi. Nous nous clouons le bec dans notre monde, sûrement des restes de notre préhistoire…

- C'est ça moque-toi bien, à la première occasion tu y as droit!

- À quoi ?

- La monnaie de ta pièce.

- Celle-là aussi nous l'employons !

- Je m'en fous, fit sèchement Trice sur le ton de la plaisanterie! Et les robhommes, ils peuvent voyager comme vous le faites?

- Pas à ma connaissance. Cela est dû à leur état.

- Comment ça ?

- Nous ne sommes pas beaucoup informés sur ces expériences, mais je sais pour l'avoir lu que les réglages sont différents pour nous et les robhommes. Cela dit, nous pensons qu'ils l'ont déjà essayé sans faire de vagues.

- Un homme et un robhomme ne peuvent pas voyager ensemble alors ?

- Certainement pas, car l'un des deux se désintègrerait. C'est en partie la raison pour laquelle nous envisageons de voyager dans différents univers en quête d'une nouvelle terre d'accueil pour nous séparer d'eux une bonne fois pour toutes. Mais cela prend du temps, beaucoup de temps, car nous ne connaissons concrètement les voyages inter dimensionnels que depuis à peine deux cents ans et même si nos savants font des essais depuis plus d'un siècle, ce n'est pas encore au point, donc pas dans le domaine public. Avec un peu de chance, peut-être en verrai-je le commencement.

- Quelles sont les autres raisons ?

- Nous savons entre autres que notre planète court à sa destruction, quoi que nous fassions pour la sauver.

- Alors, vous en êtes plus proches que nous, reprit Béatrice, car nous commençons à en parler ici aussi. Ça n'est pas pour demain la veille, mais nous sommes convaincus que nous allons aussi y avoir droit. Toutes les recherches que l'on fait vont systématiquement dans ce sens.

- Je n'en suis pas étonné parce que même si nous ne voyageons pas encore, les chercheurs qui le mettent en pratique font des rapports publics. Mais ils sont censurés et filtrés par les autorités. Pour résumer, ne comprend que celui qui veut comprendre. À propos, puisque je suis ici, comment sont les vôtres ?

- Nos autorités ?

- Oui.

- Pourquoi cette question ?

- Parce qu'il y a une période charnière dans notre histoire et je suis curieux de nature.

- Ça commence à être l'anarchie de la justice.

- Je vois ce que tu veux dire. À force de constater qu'ils peuvent se permettre à peu près n'importe quoi, les postes à haute responsabilité attirent tous les névrosés de votre monde ! Tous les gouvernements sont les mêmes. Quelque part ils n'ont pas le choix. Normalement, les constitutions sont conçues par et pour l'homme, mais il ne sera jamais plus que le résultat de sa propre évolution en tant que telle.

- Ben dit donc, il faut s'accrocher avec toi !

- Où ?

- Je voulais dire qu'il faut te suivre.

- Je suis d'accord, mais où ?

- Laisse tomber, s'exaspéra nonchalamment Béatrice !

- Je ne tiens rien dans mes mains.

- C'est pas vrai, tu le fais exprès !

- Oui.

- Parce que… Pardon ?

- J'ai dit OUI !

- C'est parfait, maintenant tu te fous de ma gueule !

- Pardonne-moi, j'ai trouvé ça amusant. Je ne t'ennuie pas

davantage. Poursuis ton exposé, je t'en prie. Nous évoquions les fous du pouvoir. C'est bien comme ça que vous dites, n'est-ce pas ?

- On ne le dit pas, mais on le pense très fortement. Cela dit, ce n'est pas une première. Aujourd'hui, il devient difficile d'élire quelqu'un dans notre démocratie, car on ne sait plus s'ils sont là pour des idéaux ou pour leur carrière, sans parler de la rétribution. Dernièrement, un président a multiplié par dix son salaire sous prétexte qu'il ne percevait pas suffisamment par rapport à ses ministres, alors qu'il aurait été si simple de baisser les leurs. De cette manière, ils auraient été à égalité en respectant la différence de statut. Mais quand on voit ça, il est difficile de penser qu'ils ne sont pas là pour l'argent. Mais on leur fait apparemment toujours confiance puisqu'il y a encore beaucoup d'adhérents. D'une certaine façon, je trouve ça plutôt triste. Où cela va-t-il nous mener ?

- Je pense être en mesure de pouvoir répondre à cette question Trice, car notre histoire relate des faits similaires et le résultat n'est pas des plus joyeux.

- Quelque chose m'échappe dans ce que tu m'expliques.

- Je t'écoute Trice.

- Béa... Tu as l'air de dire qu'il y a plusieurs évolutions différentes, on est d'accord ?

- Oui Béa, c'est ce que les chercheurs en la matière nous disent.

- Alors pourquoi y aurait-il plusieurs mondes s'ils doivent tous évoluer de la même manière ? Et ajoute « Trice », s'il te plaît !

- Oui Béa et Trice. Il y a plusieurs mondes, on en est certain. Mais il y a aussi une multitude de détails qui diffèrent. Dernièrement, l'un de nos savants est revenu avec des affirmations plus qu'instructives. En gros, toutes ces évolutions ne se ressemblaient pas tant que ça. Les premiers disent que les mêmes personnages se retrouvent dans tous les univers, mais sous différents aspects. Pour faire simple, les décisions que peut prendre une même personne dans un univers ne seront pas les mêmes dans un autre et le tout dans une même période. Mais nous sommes en train de découvrir que ce phénomène n'est pas unique. Il y a aussi le facteur temps.

- Comment ça ? C'est BEATRICE mon prénom !

- L'espace est formé de trous à travers lesquels le temps est remis en question. Cela revient à dire qu'en voyageant dans d'autres dimensions, nous voyageons ou plutôt nous sommes appelés à voyager aussi dans le temps.

- Il y a environ quinze milliards de personnes actuellement et…

- Combien dis-tu ?

- Quinze milliards. Je sais qu'à votre époque, vous êtes à peu près huit milliards et que vous êtes sur le point de changer de pôle. Cela aura évidemment des conséquences fâcheuses, mais vous y survivrez en dépit d'une sélection naturelle, car la nature n'est pas faite pour nous obéir. Elle reprend toujours ses droits. Si la planète est surchargée, elle fera en sorte de se sentir plus légère. Nous sommes comme des puces sur un chien, sauf que la Terre se secoue à sa manière. Elle s'équilibre toute seule en quelque sorte.

- Comment le sais-tu ?

- Je connais mes classiques.

- Je vois, bougonna « Trice » ; et vous réussissez encore à trouver de la place sur Terre ?

- Bien sûr, il y en a beaucoup plus que tu ne l'imagines et au risque de t'étonner, il reste encore énormément d'endroits exploitables.

- Ça représente donc autant de possibilités de mondes différents...

- Exactement puisque chacun d'entre nous peut avoir une multitude de réactions diverses à chaque situation qui se présente, lesquelles peuvent à leur tour changer celles des autres. Peut-être bien que les robhommes n'existent pas ailleurs. Nous faisons et façonnons notre monde à chaque seconde qui passe et il y a dans toute nouvelle naissance une dimension nouvelle.

- Je n'ose pas imaginer vivre et évoluer dans cet esprit, ce doit être génial ! Mais dit donc pour quelqu'un censé ne pas connaître, tu en dis long !

- Comme je te le disais, je me tiens informé.

- Mais ces dimensions dont tu parles n'existent pas à la base ?

- Bien sûr que oui, mais elles attendent leur tour en quelque sorte.

- Tu veux dire qu'elles attendent les naissances pour exister ?

- Non, dit Homer en riant, elles n'attendent pas de signal et ne sont pas à l'arrêt jusqu'à l'actionnement d'un interrupteur géant ! Je dis qu'il y a de nombreuses dimensions pour chacun d'entre nous dans lesquelles nous pouvons très bien aller et revenir plusieurs fois et nous les découvrons tout au long de notre vie. D'ailleurs, il peut arriver que certaines se mélangent entre elles.

- Heu, excuse-moi une seconde. Quand tu dis « Nous les découvrons tout au long de notre vie... »

- Oui, pardonne-moi. Nous ne les découvrons pas, nous les traversons sans le savoir.

- Sans le savoir ! Mais tu disais...

- C'est un peu compliqué à expliquer à un ignorant. Je vais te donner une explication que tu pourras comprendre !

Béatrice ne réagit pas, mais elle n'en pensait pas moins. Elle bouillait littéralement.

- L'univers est comme une énorme pendule dont chaque élément qui la compose à une fonction bien précise et s'actionne toujours en temps et en heure, simplement parce qu'il le faut. Libre à nous ensuite d'en tenir compte ou pas. Cela peut parfois provoquer des irrégularités ponctuelles, comme voir arriver l'une de vos voitures de nulle part, alors qu'il n'y avait personne à l'origine.

- Oui, c'est vrai, ça m'est arrivé quelques fois.

- Il s'agit alors d'un choc interdimensionnel qui ne dure jamais plus de quelques secondes.

- Mais, quelque chose m'intrigue. Si toutes les dimensions s'entrechoquent, nous devrions avoir déjà vu d'autres civilisations plus avancées que la nôtre !

- Non Trice, ma présence ici a été sciemment provoquée si l'on peut dire. Mais autrement, seules les dimensions semblables s'attirent et s'entremêlent régulièrement. L'une de mes dimensions peut éventuellement être celle de mon voisin. Mais il y a tellement de facteurs qui entrent en jeu, qu'il est difficile et je dirais même impossible de prévoir quelque chose à l'avance.

Homer laisse s'écouler quelques secondes, puis poursuit par une remarque inattendue.

- Tu as sur ton visage l'expression d'une personne ne comprenant pas mes paroles. Tu dois me le dire si c'est le cas !

- Tu peux voir ça, fit Béatrice surprise ?

- Oui.

- Arrête-moi si je me trompe. Nous découvrons nos dimensions à chaque instant de notre vie, sans même nous en rendre compte, n'est-ce pas ?

- On peut le dire ainsi ; ce faisant, on fait connaissance avec nous-mêmes. Mais je ne sais pas si c'est une bonne méthode.

- Pourquoi ?

- Parce qu'il y a certaines choses qu'il est préférable d'ignorer. Car si, comme ils disent, les souvenirs s'effacent, nos yeux ont aussi une mémoire et comme tu le sais, les ondes et les vibrations ne s'arrêtent jamais.

- Je ne comprends pas.

- Nous sommes des milliers, voire des millions de personnes identiques et lorsqu'il y en a une qui voit quelque chose, c'est un peu comme si l'information se gravait simultanément dans le cerveau de chacun d'eux. C'est ce qu'on appelle le "déjà vu".

- Si les mêmes personnes apparaissent dans chaque monde qu'ils se marient et ont les mêmes enfants, tout se rejoint alors!

- Oui Trice c'est exact.

- À quoi bon tous ces mondes dans ce cas ?

- Chacun d'entre eux représente une partie de nous-mêmes. Ils ont tous une raison d'être parce que rien n'arrive par hasard. Nous avons les robhommes car nous n'avons pas été suffisamment virulents. Je suis convaincu qu'il y a d'autres mondes similaires au nôtre où ils n'existent pas. Des mondes où nous avons ainsi évolué d'une manière différente.

- Ces passages vers d'autres dimensions mènent toujours à des mondes qui nous ressemblent ?

- Tu veux sans doute parler des dimensions à basses vibrations où nous ne sommes que des esprits errants sans enveloppe charnelle ?

- Oui c'est ça. Les esprits ou les fantômes, je ne sais pas comment vous appelez ça dans votre monde.

- Nous les désignons comme vous. Le langage évolue, mais

les pensées restent les mêmes. Pour répondre à ta question, je ne suis pas suffisamment connaisseur et je ne peux donc pas être précis, mais si j'ai bien compris, il ne s'agit que d'un simple réglage.

- Alors, c'est possible ?

- Je crois même qu'ils ont commencé par ça, car ces dimensions sont les plus proches et les plus accessibles et quand ils ont vu que ça fonctionnait, ils se sont penchés sur d'autres dimensions. On les désigne en tant que dimensions parallèles, car elles nous ressemblent sur presque tous les points. Seules les évolutions sont différentes. Cependant, nous avons une certitude, les informations communiquent entre elles.

- Que veux-tu dire ?

- Chaque personne informe automatiquement ses doubles lorsqu'elle apprend quelque chose d'important pour elle. Ce serait long à expliquer. Pour résumer, nous pensons que nous nous informons tous autant que nous sommes pour ne pas nous perdre dans les différentes personnalités que nous sommes capables d'avoir.

« C'est dingue, je suis en train de parler par télépathie d'un truc qu'on ne voit que dans des films de science-fiction avec quelqu'un venu d'ailleurs ! » pensa Béatrice.

- J'ai entendu !

- J'avais encore oublié !

- Juste une petite précision. Je ne viens pas d'ailleurs, j'arrive d'ailleurs, ce n'est pas la même chose ; même si le résultat est identique. Je n'ai pas voulu être ici. J'espère seulement que je pourrai trouver le moyen de rentrer chez moi.

- Pour ça il faudrait trouver quelqu'un qui s'y intéresse et personnellement, je ne connais personne dans ce domaine.

- Ne t'en fais pas Trice et Béa, je vois que tu t'es rendormie, alors je vais en faire autant en mettant un écran devant moi pour le cas où l'un des membres de ta famille viendrait par ici.

- Je dors ? Pourquoi j'ai l'impression de flotter dans l'air ? Mais... qu'est-ce qui se passe? Je me vois. Je peux me voir du haut de la pièce ! Est-ce que je dois avoir peur ?

- Si les « Esprits-Écran » et la décorporation vous effraient oui; sinon cela fait partie du processus de la télépathie, ou plutôt d'un des processus devrais-je dire. Toi, tu as choisi la solution la plus simple. Ainsi, nos deux esprits se sont rencontrés, car j'ai bien été forcé d'en faire autant.

- D'accord, mais avant de m'endormir, comment j'ai fait ?

- Tu l'avais déjà fait sans le savoir. C'est-à-dire que tu continues de réagir à ce qui t'entoure, en l'occurrence au plus important, mais ton esprit est ailleurs. Et c'est quelque chose que tu fais apparemment souvent, car tu le fais avec une grande facilité.

- Et qu'entends-tu par écran ?

- C'est une « forme pensée » que je déploie pour donner l'illusion que je ne suis pas là.

- Tu deviens invisible ?

- En quelque sorte, mais je dirais plutôt que je me noie dans le décor, ou que je rends la personne qui s'approcherait de moi aveugle quand elle regarde l'endroit où je suis.

- Un peu comme si tu mettais une grande image de la pièce vide devant toi ?

- Exactement, tu as tout compris ! Tu ferais mieux de te surveiller et de ne pas te perdre de vue... « C"est Béatrice ». Parce que c'est un coup à ne pas pouvoir revenir si tu n'y fais pas attention. Dors bien Béatrice et à tout à l'heure.

- À tout à l'heure... Une dernière chose... C'est géant de t'avoir rencontré !

- Nous ne sommes pas si grands que ça.

- Laisse tomber, à plus tard.

- Oui « Trice-Béatrice-Béa ». Vous êtes vraiment étranges, c'est difficile de vous comprendre sans analyse.

Cette conversation « de tête à tête » n'avait duré qu'une dizaine de minutes. Tandis qu'Annie terminait son petit-déjeuner, Roger et Gaby allèrent se préparer. Ils s'arrêtèrent quelques instants dans le salon pour observer leur fille qui ferait désormais l'objet d'une attention toute particulière.

- Nous allons devoir faire preuve d'une grande ouverture d'esprit avec elle, fit Roger.

- Nous le sommes déjà, ce n'est pas là dessus que nous allons devoir faire un effort, mais plutôt sur les conséquences et les changements dans notre vie, que cette nouvelle situation occasionnera, reprit Gabrielle.

- Tu as sûrement raison. Allons nous préparer.

Annie se dépêchait d'avaler sa dernière tartine pour aller voir sa sœur. Elle était à la fois excitée et inquiète. Elle qui était jusque-là la petite dernière dont toutes les bêtises étaient plus facilement pardonnées qu'à son aînée, à présent elle devrait probablement partager son statut « d'intouchable » et remettre ainsi toute sa petite vie en question. Une certaine jalousie, presque une rancœur commençait à s'installer dans son jeune esprit. Personne, non personne ne lui enlèverait ce privilège de pouvoir faire des conneries en toute quiétude, mais par-dessus tout, hors de question de perdre la vedette. Que faire ? Une certitude grandissait.

« Miss petite peste par intermittence » était en bonne voie pour que son surnom prenne tout son sens. Elle s'en retourna dans sa chambre afin de réfléchir à une solution. Elle s'allongea sur son lit, prit dans ses mains une bande dessinée en faisant semblant de la lire et imagina une multitude de stratagèmes pour discréditer sa sœur.

« Avoir un don à son tour? Non, il faut le prouver ; dire qu'elle se drogue. Elle est bien trop sérieuse, personne n'y croira ; faire courir le bruit qu'elle s'est acoquinée avec le « Billy the Kid » local ? Pourquoi pas? Ce serait un début... On le garde sous le bras ».

Elle eut soudain l'illumination qui lui fit apparaître un sourire de satisfaction.

« Pour commencer, y a pas mieux pour ramener les parents sur Terre... »

Elle ferma son livre, le jeta sur son lit après s'être levée précipitamment, vérifia que sa sœur était toujours bien en train de dormir et attendit patiemment que leurs parents s'en aillent. Elle alluma la télévision, s'installa sur l'une des chaises du salon et visionna quelques dessins animés en prenant soin de régler le volume pour ne pas réveiller « Trice » en jetant de temps en temps un œil sur les yeux de cette dernière.

« Lorsque papa et maman verront ça, ils penseront que je suis un amour de petite sœur de respecter son sommeil ».

Satisfaite du bon déroulement de son plan, elle se conforta dans une victoire à ses yeux avancée. Fins prêts, Roger et Gabrielle étaient sur le départ et firent quelques recommandations à la fillette.

- Sois sage et écoute ta sœur. Si elle ne s'est pas réveillée d'ici à la fin de tes émissions, secoue-la un peu et surtout ne vous disputez pas !

Pour la première fois, c'était elle la jeune Annie qui recevait des instructions ; elle devait veiller sur sa sœur aînée.

- Oui papa, bien sûr maman, aucun problème.

Le temps d'embarquer dans leur voiture et les deux sœurs se retrouvèrent bientôt seules dans la grande maison. Elle regarda ses parents partir en leur faisant un signe de la main et mit son plan en application sans plus attendre.

Elle retourna dans sa chambre se changer et se dirigea tranquillement dans la cabane du jardin pour y prendre son vélo. « Homer Simpson » s'était absenté depuis peu pour se sortir de ses quatre murs de bois. Elle enfourcha son engin, sortit jusque dans l'allée centrale et jeta un dernier coup d'œil à la maison avant de partir. Elle se mit à pédaler si rapidement qu'elle pouvait entendre le vent heurter son vélo provoquant un souffle léger et continu.

Au premier virage, elle hésita un court instant, se ravisa, puis continua à pédaler de plus belle. Chemin faisant, elle vit Madame Lambert, une proche voisine à qui elle ne manqua pas de faire de grands signes pour la saluer, mais surtout pour montrer à qui veut le voir qu'elle n'est pas accompagnée.

Arrivée au deuxième virage, elle se décida, prit son courage à deux mains et continua tout droit en fermant les yeux. Elle sentit dans sa course folle qu'elle avait quitté la route, mais elle ne tombait pas, ni ne heurtait d'obstacles. Cela dura environ cinq secondes, puis étonnée de cet état de fait, ouvrit les yeux. Sur l'instant elle ne crut pas possible ce qui se passait. Elle volait !

« C'est pas vrai ! » se dit-elle, « je continue d'avancer sans toucher le sol ; Je vole ! » s'écria t-elle, « Je sais voler ! ». Elle voyait les herbes, les buissons et tout ce qui constituait la forêt défiler à toute allure sous ses roues et le plus fabuleux était que son vélo semblait être guidé et évitait les arbres tel un skieur faisant un slalom. Elle était davantage émerveillée qu'apeurée. Dans un élan de lucidité, elle se posa tout de même une question.

« Mais comment je fais ça ? ».

Toujours guidée par une force invisible à ses yeux, le vélo

ralentit de plus en plus jusqu'à s'arrêter au beau milieu des arbres, dans les broussailles. Elle avait parcouru ainsi plus de deux kilomètres et se retrouvait à présent parmi les châtaigniers, les pieds et les roues de son vélo ancrés dans les mauvaises herbes et autres orties qui s'épanouissaient dans cet endroit de prédilection. Elle regarda tout autour d'elle et se rendit à l'évidence. Elle allait devoir faire machine arrière, sans pouvoir se servir de son vélo, sur ce tapis très inhospitalier pour son petit trente deux, couvert de simple tennis en toile fine, enfilées par-dessus des socquettes ne montant guère plus haut que sa chausse « taille basse ».

Certes, elle n'était pas enchantée de cet état de fait, mais elle eut largement le temps de penser et de réfléchir à la situation dans laquelle elle était, dans l'heure et demie qui lui fallut pour rejoindre la route en luttant contre la verte nature à chaque pas qu'elle faisait.

Lorsqu'elle rejoignit enfin le goudron, elle regarda ses jambes qui la faisaient souffrir de toutes les éraflures et les égratignures occasionnées par la promenade boisée. Elle remonta sur son vélo sans même se reposer ne serait-ce qu'une minute et retourna chez elle. Cette fois-ci, elle ne se préoccupa pas de faire un quelconque signe de la main à qui que ce soit. Madame Lambert était de nouveau présente lors du passage de celle qui était devenue une véritable fusée humaine tant elle pédalait rapidement.

Rendue dans le jardin en bas de sa maison, elle ne prit même pas la peine de ranger « Ariane » dans le cabanon. Elle jeta le tout par terre, se dirigea au pas de course à l'intérieur, se précipita dans la cuisine où se trouvait sa sœur en train de préparer le repas de midi, ainsi que la mise en forme de la table, l'encercla de ses bras comme si c'était la dernière fois qu'elle pouvait le faire et lui présenta de plates excuses en bonne et due forme. Surprise, et surtout inquiète, Béatrice réfréna l'élan de sa jeune sœur.

- Où étais-tu passée ? Tu as une idée du temps que j'ai eu à me demander ce qu'il t'était arrivé ? Ça fait plus de deux heures que tu es partie !

Mais Annie ne lâchait pas prise.

- Excuse-moi Béa, disait-elle sans relâche.

Cela n'était pas dans les habitudes de la jeune fille de se confondre ainsi en excuses. Béatrice faisait souvent preuve de patience et de bravoure envers petite peste, mais là il y avait quelque chose d'inhabituel dans son comportement. Elle semblait vraiment penser ce qu'elle disait. C'était différent de toutes les excuses qu'elle avait faites jusqu'à présent. Béatrice se dégagea et lui posa cette simple question sans aucune colère.

- Qu'est-ce qui s'est passé ?

La gamine avait les larmes au bord des yeux.

- Je m'en veux Béa, je m'en veux beaucoup.

- Si c'est pour le sang d'encre que je me suis fait à ton sujet, sans parler de la réaction que papa et maman auraient eu s'il t'était arrivé quoi que ce soit, c'est oublié, je ne t'en veux pas, mais il y a quelque chose que tu ne me dis pas.

Annie n'eut même pas recours au courage pour tout expliquer, les mots sortirent de sa bouche simplement et sans détour. Elle raconta ainsi sa mésaventure, les raisons pour lesquelles elle avait agi de la sorte, sans oublier l'aspect inexplicable de la « Séquence forêt » et acheva son récit sur la prise de conscience des sentiments qu'elle éprouve à son égard, ainsi qu'une complète remise en question sur ce que son acte avait fait d'elle.

« *C'est donc pour ça que je n'arrivais plus à te parler* » pensa-t-elle.

- Oui, c'est pour ça, envoya « crâne rasé », ta petite sœur n'est pas une mauvaise personne, elle s'est juste un peu égarée !

- Je sais, merci pour ce que tu as fait.

- Ce n'est rien Trice.

Annie se rendit compte de l'évasion soudaine de sa sœur.

- Béa ?

- Penses-tu que je peux lui en parler ?

- Oui Trice, elle peut l'entendre et sa présence nous sera utile.

- Bien, je vais venir avec elle dans ce cas, le temps de la préparer à ce qu'elle verra et entendra.

- À tout à l'heure Trice.

- Béa… Trice s'il te plaît, à tout à l'heure.

- N'ayant obtenu aucune réponse, Annie réitéra.

- Béa, tu m'entends ?

À cet instant, elle « raccrocha » et répondit enfin à sa petite sœur.

- Oui, Annie excuse-moi.

- Tu n'as pas réagi quand je t'ai parlé du vélo dans la forêt, tu ne semblais pas étonnée alors que j'étais certaine que tu penserais que je suis folle.

- C'est normal petite sœur, lorsque tu auras vu ce que je vais te montrer, tu comprendras ma réaction et beaucoup d'autres choses.

- De quoi tu parles ?

« *N'était-elle pas un peu jeune pour s'investir dans une telle histoire* », pensait Béatrice. D'un autre côté, son aide serait la bienvenue car ce serait bien trop compliqué de cacher cela à tout le monde. Elle prit Annie par la main, l'amena dans la pièce voisine et l'invita à s'asseoir sur l'une des chaises autour de la table de la salle à manger.

- Attends-moi ici petite sœur, nous allons discuter de tout ça en mangeant.

La préparation ne fut pas longue, elle n'eut pas besoin de plus de cinq minutes pour apporter assiettes, couverts, boissons et plats chauds. Elle s'assit à son tour, fit le service et entama le briefing. Lorsqu'elle eut terminé, Annie n'en croyait ses oreilles, mais elle était cependant toute excitée à l'idée d'aller découvrir « ET ». Elle se hâta de terminer son repas en bouillant d'impatience. Béatrice l'observait et esquissa un sourire.

- On va y aller Annie, encore cinq minutes.

Elle termina à son tour et alla dans la cuisine se préparer un café.

- Il est vraiment effrayant, questionna petite peste repentie ?

- J'ai surtout été surprise, fit Béa en revenant avec sa tasse de café. La manière dont tu vas le voir n'est pas du tout celle qu'il a eu de se présenter à moi. C'est sa tête qui surprend le plus. Elle est juste un peu plus grosse, c'est tout.

- Je pourrai lui demander mon avenir ?

- Non Annie, il est très gentil, mais il est surtout perdu ici, je dirais même échoué !

Elle fit la moue mais s'accommoda tout de même de la réponse.

- Tu as fini ton café ?

- Non !

Là, elle avala la dernière gorgée et posa calmement la tasse sur la sous-tasse. Annie voyait bien la taquinerie, elle était sur le bord de l'implosion.

- Tu as fini, fit-elle agacée ?

- Oui.

Dans un dessin animé, de la fumée serait probablement sortie de sa tête.

- On y va !

- Tu es pressée ?

- BEA, dit Annie sur un ton aux décibels montants !

- Oui petite sœur, continua Béatrice en rigolant.

- ON Y VA, grogna-t-elle !

Béatrice cessa la torture et se dirigea vers la porte d'entrée. Annie s'attendait à un nouveau revers de situation et ne se leva pas promptement. Voyant cela, Béatrice se retourna vers sa sœur.

- Alors, qu'est-ce que tu fais ? Je t'attends !

Elle ne se fit pas prier, se leva d'un bond et se pressa vers la sortie.

- Allez viens, je t'ai suffisamment fait mariner.

Annie ne dit mot, mais regarda sa sœur telle une fouine attendant son heure de délivrance. Arrivée à trois mètres du cabanon, Béatrice stoppa net.

- Tu te souviens de ce que je t'ai dit sœurette, il surprend la première fois.

- Ça va Béa, tu me l'as expliqué en long, en large et en travers.

Elles se trouvaient à présent devant la porte de la « chambre d'hôtes provisoire extraterrestre ». Béatrice lança un regard à sa sœur. Elle ne le montrait pas, mais elle s'inquiétait de sa réaction. Elle semblait enthousiaste, certes ; mais si par aventure elle prenait peur en s'enfuyant et en courant, elle alerterait ainsi tout le quartier.

« *On verra bien* » se dit-elle.

- Alors, qu'est-ce qu'on attend, s'impatientait Annie ?

- Tu es prête ?

- Vas-y !

- Je peux sortir ou bien vous pouvez ouvrir la porte si vous le désirez, proposa Homer.

- J'ai entendu une voix, s'exclama Annie ; il a une belle voix dans la tête !

- Ne t'inquiète pas Trice, tout se passera bien.

Elle ouvrit la porte et une ombre provoquée par le soleil pénétrant par le « was ist das », apparue sur le sol.

- Qu'est-ce qu'il est grand, s'étonna Annie avec ses gros yeux de gamine émerveillée !

L'ombre disparue soudainement laissant à l'intérieur comme unique vision les outils et autres machines de jardinerie et de bricolage.

- Où il est, fit Annie tout excitée ?

Béatrice voulut immédiatement mettre un terme à la plaisanterie.

- Homer, dit-elle sérieusement à voix haute !

Quelques secondes s'écoulèrent sans aucune réponse.

- Homer, répéta-t-elle sèchement telle une mère exaspérée par les bêtises de son enfant !

La même ombre grandit brusquement de l'arrière vers l'avant créant l'effet de surprise escompté et une main vint se poser sur l'épaule gauche d'Annie qui, surprise, se retourna aussitôt en découvrant le visage d'Homer. Elle poussa un cri bref et succomba à la fascination l'instant d'après. Il était vêtu de vêtements blancs, amples cachant tous les contours de son corps, sans arriver cependant à masquer sa grande taille ainsi que sa tête surdimensionnée.

- Il est bizarre, mais il n'a pas l'air bien méchant, remarqua Annie qui se comportait telle une touriste visitant un zoo.

- Prends garde, fit Homer de vive voix, je mords et je dévore aussi, ajouta-t-il en grognant.

- Ça y est, on a bien ri, tu peux redevenir sérieux maintenant si tu veux, fit Béa en tentant de détourner l'attention d'Annie.

- Tu veux qu'on t'aide ou pas ?

- Inutile de t'énerver Trice, regarde ta jeune sœur, elle est prête.

- Béatrice, bon sang, ce n'est pourtant pas compliqué ! Prête à quoi ? Fit-elle en adoptant le comportement de la grande sœur protectrice.

- À assumer ce qu'elle est. Elle sera toujours la petite peste que tu connais, mais elle privilégiera désormais les sentiments qu'elle éprouve envers les personnes qu'elle aime.

- C'est profond ce que tu dis là.

- Profond ? Comment mesurez-vous les paroles ici ?

- Laisse tomber, rétorqua Béatrice qui n'avait aucune envie de se lancer dans une explication interminable !

- Je n'ai rien dans mes mains et si c'était le cas, je ne le lâcherais pas, ça risquerait de se casser ! Vous êtes vraiment étranges dans ton monde, même insensés à certains moments.

Annie souriait, elle commençait à le trouver amusant.

- Je voulais dire que nous avons d'autres chats… que nous avons d'autres problèmes plus importants à régler.

- Tu veux parler de mon départ de votre monde sans doute ?

- Oui, je n'ai pas de plan pour le moment, mais je compte sur toi pour nous y aider.

En disant cela, elle se rendit compte qu'il n'y avait aucune conviction dans ses paroles. Elle présentait précisément le contraire et cette pensée l'affolait quelque peu. Homer adopta un air résigné, sans pour autant l'exacerber, mais c'était plus fort que lui. Ce qui émanait de sa personne à ce moment précis, n'était pas très réjouissant. Ressentant cela telle une gifle, Annie ne put se contenir.

- Tu vas rester ici pas vrai ?

Bien que consciente d'une catastrophe imminente, mais aussi

soucieuse de conserver intact le moral des troupes, Béatrice s'offusqua.

- Annie, fit-elle militairement !

Homer la regarda dans les yeux et lui fit partager son impression.

- Je pense que je ne rentrerai pas Béatrice, ta jeune sœur a vu juste.

- Mais comment peut-on s'avouer vaincu aussi facilement ! s'indigna-t-elle.

- De la même façon que je sais que vos parents emboutiront leur auto, je ne pourrai pas faire le chemin inverse.

- Depuis quand le sais-tu ?

- À peu de temps près, depuis que je me suis réveillé ce matin.

- Mais alors, tout ce que tu m'as dis à propos de ton monde ?

- De bons souvenirs Béatrice, rien que de bons souvenirs.

- Alors il nous reste plus qu'à baisser les bras et ne rien faire !

- Il vaut mieux tenter quelque chose, juste au cas où, ne serait-ce que pour ne pas avoir ce sentiment de regrets, mais de toute façon, j'ai vu le résultat. Deux hommes viendront jusqu'ici pour m'aider, mais les tentatives seront vaines.

- Et comment peux-tu rester impassible en disant ça ?

- Je ne le suis pas ! Mais que faire d'autre ?

- Et qui sont ces deux hommes ?

- Ils sont d'un monde différent du vôtre, mais ils sont à votre image, ils n'ont que cinq ans d'avance temporelle sur votre dimension. D'ailleurs, j'emploie ce mot, mais il est inapproprié. Il serait plus juste de parler d'univers, car dans chacun d'eux, correspond un monde bien précis. Je ne suis pas connaisseur en la matière, mais ça, je le sais !

- Par vos savants explorateurs ?

- C'est exact Béatrice.

- Au point où on en est, tu peux m'appeler Béa si tu veux.

- Je sais ce que je veux, mais toi, le sais-tu vraiment ?

- Comment vois-tu toutes ces choses, demanda Annie quelque peu curieuse ?

- C'est inscrit dans le temps.

- Comment ça ?

- Nous avons tous une âme et si nous le désirons, nous la laissons gambader où bon lui semble, ce qui pour elle est l'occasion de nous ramener toutes sortes d'informations plus ou moins intéressantes.

- Alors c'est ça avoir des dons de voyance ?

- Oui, on peut le dire comme ça, mais ce n'est pas un don chez nous.

- C'est quoi alors ?

- C'est normal, fit-il en souriant !

- Et toi Béa ?

- C'était lui sœurette, il me communiquait les infos car je devais me sortir de l'embarras dans lequel j'étais ce matin avec papa et maman.

- Tu as triché alors !

- Oui sœurette, j'y étais obligée ! Et si tu rapportes quoi que ce soit je t'étrangle !

- Elle ne plaisante pas ta sœur !

- Bon alors, qu'est-ce qu'on fait maintenant, fit Annie ?

Béatrice regardait Homer tristement. Elle savait très bien qu'il n'y avait pas lieu de douter de sa parole. Jusque là, cette situation était étrange, excitante même, mais elle était devenue désespérée. Comment faire retourner quelqu'un d'un autre monde chez lui ? À qui en parler ?

- Ne te tracasse pas Béatrice, fit Homer, là d'où je viens, nous croyons en notre destin et si le mien est de rester coincé ici, alors ainsi soit-il !

Béatrice était désemparée. Elle aurait tant voulu pouvoir lui dire qu'il se trompait, que ses visions n'étaient peut-être pas fiables à cent pour cent.

- Ces deux hommes dont tu parlais, quand arrivent-ils ?

Soudain, l'attention d'Annie fut attirée par une lueur provenant du fond du jardin. Homer observa le spectacle du coin de l'œil et voyant cela, Béatrice finit par se retourner à son tour. Annie se rapprocha de sa sœur en accolant ses deux mains sur son bras.

- Qu'est-ce… qu'est-ce que c'est ?
- C'est une ouverture temporelle, dit Homer.

À ce moment-là, Béatrice fit le rapprochement avec l'apparition d'Homer sur la petite route à l'arrière de la maison et questionna Homer.

- C'est comme ça que tu es arrivé ?
- Oui, enfin il me semble.
- Alors, c'est gagné ! Tu n'as qu'à entrer là-dedans et tu retourneras chez toi.
- Je ne crois pas que ce soit aussi simple. Attendons de voir ce qui va suivre.

Plus de huit secondes s'écoulèrent avant que Garvey et Allan fassent leur apparition. Ils arrivèrent « en vrac », contrairement à leurs autres escapades. Cette arrivée fut beaucoup plus mouvementée que les autres. Le temps passé à l'intérieur du passage s'était allongé et leur atterrissage fut plus chaotique. Une balle de ping-pong aurait sûrement moins rebondi en la jetant violemment sur le sol. Un peu choqués, les deux hommes se relevèrent et reprirent leurs esprits.

- Bon Dieu Garvey, fit virulemment Allan, que s'est-il passé ?

Garvey était allongé sur le sol ; il commença par se relever, puis s'interrogea. La faille s'était refermée trop rapidement. « *Quelque chose cloche* », se disait-il.

- Je ne sais pas trop quoi en penser professeur. À moins que…

- À moins que quoi Garvey ?

- Quelque chose ne tourne pas rond. C'est assez étrange.

- Allez-vous dévoiler le mystère ou dois-je d'abord répondre à une question piège ?

- Regardez Allan, reprit Garvey en lui montrant le petit écran de son appareil, parmi les ouvertures qu'il nous reste à vérifier, il y a quelqu'un d'un autre monde ici.

- Quelqu'un d'étranger à ce monde ?

- Oui

- Et alors, nous sommes en plein dedans. Je ne comprends pas votre étonnement !

- Il viendrait apparemment de l'an trois mille sept cent dix-sept !

- Si loin ! Mais comment est-ce possible ?

- En tout cas, c'est ce qui est affiché ici. Je ne comprends pas comment ça a pu se faire tout seul.

- Sûrement de la même manière que les autres.

- Je ne crois pas professeur.

- Et pourquoi donc jeune homme ?

- Tout simplement parce que j'ai visité toutes les autres, mais pas celle-là.

Les deux hommes se regardèrent avec inquiétude.

- Je crois que nous pensons la même chose mon jeune ami. « La loi des univers ».

- Oui professeur, cet appareil a ses limites.

- Nous serions bien trop présomptueux de penser que ce minuscule boîtier peut défier indéfiniment le grand univers. Voilà une bonne leçon à retenir !

- Comme vous dites professeur et nous devons nous dépêcher si nous ne voulons pas rester coincés quelque part.

- Regardez Garvey… Non derrière vous.

- D'où ils sortent ceux-là ?

- Pour eux, je crois que c'est nous qui sortons de nulle part.

- C'est étrange professeur, rien ne va dans ce voyage, je ne peux même pas dire qui nous devons aider. Allons les voir. Ça aussi c'est étrange, ils n'ont pas l'air étonnés de nous voir !

Ils n'étaient plus qu'à une trentaine de mètres du trio et pouvaient à présent distinguer leurs visages.

- Réflexion faite mon ami, nous savons pour qui nous sommes venus !

- Vous en êtes certain professeur, plaisanta Garvey. Il a l'air d'être entre deux évolutions ?

- Garvey, à chaque balade, il me faut un certain temps pour me rappeler ce que nous faisons contrairement à vous et je n'ai aucun souvenir des mondes que nous avons visités. Je n'ai donc aucun élément de comparaison. Cela dit, je n'arrive pas à m'expliquer la raison pour laquelle je ne suis pas étonné de le voir.

- Je sais professeur, et je ne pense pas que je vous le rappellerai. D'ailleurs, je ne pense pas m'en souvenir lorsque tout sera terminé.

- Bonjour, firent les deux hommes faisant les derniers pas pour arriver.

- Bonjour, répondirent Homer et ses deux apprenties sauveteurs.

Garvey resta pensif devant Béatrice.

- Je jurerais vous avoir déjà vu quelque part. Puis-je me permettre de vous demander ce que vous faites dans la vie?

- Garvey, nous ne sommes pas ici pour ça voyons, sermonna

Allan !

- Laissez, fit Béatrice, un peu vieillot comme approche, mais j'ai l'habitude !

- Mais ça n'est pas du tout ce que vous croyez, je dis simplement…

- Garvey, je vous en prie, interrompit Allan en lui faisant comprendre d'un signe de la tête de se mettre un gros pavé sur la langue !

- Ça ne me dérange pas, insista Béatrice.

- Oubliez ma question, continua Garvey qui se rendait bien compte qu'il passerait probablement plus de temps en explications inutiles que de construire une tour Eiffel dans chaque monde ; mon collègue a raison, nous n'avons pas le temps.

« *Son collègue* » pensa Allan, « il ne manque pas de toupet ! »

- Bien collègue ; et si nous nous occupions de ce pour quoi nous sommes venus, qu'en dites-vous ?

- Oui professeur.

Garvey s'adressa directement à l'intéressé.

- C'est bien le vingt-neuf octobre trois mille sept cent dix-sept, n'est-ce pas ?

- En effet, mais votre commande dysfonctionne, c'est juste ?

Étonné, Garvey regarda Allan, puis répondit à Homer.

- C'est exact ! Mais comment le savez-vous ?

- Peu importe. Vous devriez repartir avant de ne plus pouvoir le faire.

- Vous en savez des choses vous ! Mais la réponse est non, pas avant d'avoir tout essayé et nous allons commencer dès maintenant.

Il entra les coordonnées dans son appareil magique, mais rien ne fonctionna.

«*Je m'y attendais*», pensa-t-il «*Mais il ne peut pas rester ici et nous n'avons pas beaucoup de temps devant nous! Comment faire?*»

Homer intercepta ses pensées et s'empressa de le déculpabiliser.

- Ne cherchez pas Garvey, occupez-vous des autres personnes qui ont besoin de vous et qui vous attendent.

- Mais comment connait-il mon prénom ?

- Comment savez-vous? Je vois, j'ai compris… Mais je me refuse à vous abandonner !

- Vous n'avez pas le choix jeune homme, vous devez repartir avant que tout ne se précipite.

Un gros bruit sourd et grave se fit soudain entendre. Cela semblait venir du ciel, plus précisément des étoiles. À cet instant, tout le monde leva les yeux et observa une immense forme indéfinie assez élevée juste au-dessus d'eux. Béatrice n'en croyait pas ses yeux. Annie n'était même pas effrayée.

- Regardez, disait-elle en pointant son index vers le ciel !

Allan était tout autant ébahi et Garvey affichait l'expression de quelqu'un qui comprenait ce qu'il se passait.

« *Tiens, ils tombent à point nommé ! Papa et maman viennent à la rescousse du fiston* » pensa-t-il en regardant Allan du coin de l'œil .

Allan s'en rendit compte et céda à la curiosité.

- Y a-t-il quelque chose que je devrais savoir ?

- Non professeur, rassurez-vous.

Il n'en crut pas un mot, mais il savait que son jeune ami savait désormais très bien ce qu'il faisait.

Homer ne comprenait pas ce qui se passait, il était terrifié, beaucoup plus que Béatrice, au contraire d'Annie qui était fascinée par le spectacle. Tous avaient les yeux fixés sur le gigantesque vaisseau qui, à vue de nez, mesurait au moins un kilomètre de circonférence, pareil à une cité flottante. Il était si bas que la ville tout entière et peut-être même une bonne partie de la région pouvaient le voir. Il ne bougeait pas. Seule la multitude de lumières blanches, bleues et vertes scintillait sous la coque. Les autorités déployèrent bientôt une armada pour le cas où quelque chose arriverait, ainsi que quelques pilotes chevronnés dans les airs prêts à tirer. Tout cela ne prit pas plus de dix minutes pour se mettre en place.

- Qu'est-ce qu'ils font, fit Annie ?

- Ils sont là pour moi, répondit Homer.

- Tu l'as vu ?

- À l'instant.

- Mais qu'est-ce qu'ils attendent comme ça, pensa Béatrice à voix haute ?

- Ils règlent seulement quelques paramètres temporels pour ramener notre ami chez lui, fit Allan sûr de lui et étonné la seconde suivante d'avoir ainsi répondu.

Interpellé par ce qu'il venait d'entendre, Garvey le regarda en fronçant les sourcils, mais ne releva pas.

« C'est pas possible ! » se dit-il, « Il ne peut pas se souvenir... pas ici ».

- Qu'en savez-vous, continua Béatrice ?

- Je... Je le sais, c'est tout !

Homer lui posa la question à sa manière, de façon nominative et discrète pour qu'il soit le seul à l'entendre.

- C'est là d'où vous venez, n'est-ce pas ?

Allan se tourna vers Homer en le regardant d'un air satisfait et approbatif. Garvey avait vaguement observé la scène d'un regard évasif, mais bien ciblé.

« Alors là, je ne comprends plus rien ! » pensa-t-il, « Bon qu'est-ce qu'ils fabriquent, ils ont prévu un week-end en famille ? ».

Sentant quelque chose arriver, Homer regarda Béatrice et Annie en souriant.

- Merci de votre aide, dit-il à haute voix.

- Nous n'avons rien fait, répondit la grande sœur, c'est plutôt toi qui nous as aidées !

- Vous m'avez soutenu alors que vous auriez pu réagir tout autrement.

- On ne se connait que depuis hier et tu as changé nos vies à tout jamais. Je ne regarderai plus le ciel comme avant.

- Moi non plus « Trice ».

- Je t'en prie, entre nous, appelle-moi Béa...

- Vous n'êtes pas si étranges que je le pensais.

Béatrice lâcha une petite larme chargée d'émotion. Annie n'était pas aussi émue que sa sœur et elle ne put s'empêcher de faire ce qu'elle avait en tête depuis peu. Elle fit signe à Homer de se baisser à sa hauteur et lui fit une bise sur la joue. Surpris, il en fit autant en disant à haute voix ce qu'elle avait à l'esprit.

- Voilà qui est fait, petite fille, tu as embrassé un extra-terrestre !

- Waouh !! C'est exactement ce que je pensais !

Les yeux de la sagesse la regardèrent intensément quelques instants.

- Tu es encore jeune petite. Ton âge a pardonné tes actes. Mais tu as grandi par la leçon que tu as prise aujourd'hui. Sache qu'on ne peut pas toujours bien réagir. Ceux qui se font passer pour des êtres parfaits mentent.

- Pourquoi ? Tu crois que ce n'est pas possible ?

- Qui peut s'en vanter en dehors de ceux qui cherchent précisément à le montrer ? Certainement pas ceux qui en ont le potentiel. Apprends que ceux qui veulent paraître cachent leur véritable nature. Si des êtres parfaits existaient, ils ne le montreraient pas, surtout dans un monde comme le tien ! Continue de faire des erreurs, de te tromper, c'est la meilleure manière d'atteindre la perfection.

Allan et Garvey n'en perdaient pas une miette. Ils écoutaient avec attention la « Voix du futur ».

- Pourquoi as-tu été surpris de mon bisou, vous ne faites pas ça chez vous ?

- Il n'y a pas beaucoup de contacts. Ils ont peu à peu disparu au fil du temps. Nous accordons davantage d'importance à ce que nous sommes et ce que nous pensons. Nous sommes beaucoup plus cérébraux ; nous avons d'autres centres d'intérêt si tu préfères. Tout dans notre existence qui dure plus longtemps que la vôtre, s'en trouve changé par rapport au passé qui sera un jour votre présent. Nos goûts alimentaires ont évolué. Nous mangeons moins de viande, nous dormons beaucoup moins et ne sommes pratiquement plus malades. Notre hygiène de vie est très équilibrée. Voilà jeune fille, ai-je répondu à ta question?

Annie acquiesça d'un hochement de tête.

« *Comment font-ils les enfants s'il n'y a plus de contacts ? Pas par transmission de pensée tout de même !* » pensa Allan. Homer le regarda en souriant.

- Exactement comme vous Allan, mais ce qui est pour vous une jouissance n'est pour nous que le moyen de procréer et nos femmes portent l'enfant de cinq à six mois en moyenne et de trois à quatre mois pour les prématurés.

- Hum, merci monsieur, fit Allan quelque peu gêné !

Puis il se tourna vers Béatrice.

- Tu veux baiser un extraterrestre toi aussi ?

- Homer, ça pourrait être mal interprété par ici !

- Très bien. Veux-tu faire la même chose que ta jeune sœur ? Elle sourit à son tour et lui répondit.

355

- Après tout, ce n'est pas tous les jours qu'on fait une rencontre du troisième type… Si tu veux !

Béatrice en fit autant, ou plutôt voulut en faire autant, mais Homer disparut soudainement sous ses yeux, apparemment enlevé par une sorte de faisceau lumineux tout droit sorti du centre du vaisseau.

Sur l'instant, elle émit un petit cri de surprise. L'action ne dura qu'une seconde et Homer n'eut pas le temps de saluer les deux hommes venus d'ailleurs pour l'aider. En entrant dans le faisceau, Homer put distinguer en arrière-plan une infime partie du paysage de son monde. La marchandise embarquée, le faisceau disparu ; puis ce fut le tour du vaisseau qui gronda tel un frelon géant quelques instants en commençant à prendre doucement de l'altitude et s'en alla à la vitesse de l'éclair.

Du point noir qu'il devint rapidement, tout le monde le vit s'effacer du paysage d'un seul coup, comme si une porte s'était ouverte dans le ciel pour se refermer subitement derrière son passage. Les autorités, toujours en état d'alerte, ne comprenaient pas le but de la manœuvre. Qui étaient-ils ? Pourquoi étaient-ils venus pour repartir moins d'un quart d'heure plus tard ? Allaient-ils revenir ? Telles étaient les questions ; en d'autres termes, c'était la panique générale.

- Eh bien le voilà tiré d'affaire, fit Garvey !

- Espérons-le, reprit Béatrice qui regardait toujours en direction des astres ! Il y a quelques fois des rencontres brèves qui nous marquent à vie. Certaines nous font découvrir les sentiments qui rendent heureux, un alter ego, d'autres ce qu'il y a de pire dans le comportement humain, mais quelle qu'en soit la nature, elles changent à jamais notre vie.

Lorsque Gabrielle et Roger rentreront dans l'après-midi, leur voiture aura effectivement subi un choc. Béatrice prendra même une photo de l'impact et s'en fera un souvenir symbolique. Ses parents lui reparleront de ce don révélateur. Elle dira simplement que ce n'est pas le moment pour elle et que lorsque viendra le temps de le développer, elle se penchera sur la question.

Annie ne doutera plus jamais de l'intérêt que lui porte son proche entourage, au même titre que les relations extra familiales qu'elle aura l'occasion de développer plus tard. En d'autres termes, elle aura confiance en elle et en la vie. Et par-dessus tout, les deux sœurs savaient désormais que quelque part, loin d'ici, ailleurs, d'autres civilisations existent.

Garvey et Allan n'avaient pas fait exception quant au spectacle et même s'ils avaient des raisons de ne pas s'en faire une montagne, ils l'avaient regardé avec la même fascination.

- Nous devrions nous en aller à présent professeur.

- Oui mon jeune ami, le temps passe.

Avant d'actionner sa commande, Garvey fit une dernière remarque à Béatrice.

- Si d'aventure il vous prenait l'envie de chanter, n'hésitez pas, vous avez une voix splendide là d'où nous venons. Et toi, poursuivit-il en s'adressant à la « petite », tu es la non moins célébrissime sœur de notre grande chanteuse à voix. Tu ne chantes pas, mais tu as su remettre à leur place des journalistes un peu trop envahissants lors d'une interview en direct de ta grande sœur. Tu as pu ainsi montrer ton caractère en acier trempé devant des millions d'yeux et on vous adore toutes les deux !

Perplexe, Béatrice posa cette simple question.

- Comment voulez-vous qu'elle remette qui que ce soit en place à son âge ?

- Pardonnez-moi, j'avais oublié, vous avez douze ans de plus dans notre monde…

Il marqua un temps d'arrêt, puis ajouta une précision.

- Toutes les deux bien sûr !

- Le temps est décalé, s'étonna Béatrice ?

- C'est une question litigieuse, mais je serais tenté de vous dire qu'il n'y a pas de temps.

- Pas de temps ? Mais comment est-ce possible, on peut le mesurer, donc il existe !

- Ce n'est pas aussi simple que ça, mais vous devez trouver vous-mêmes la réponse à cette question, car nous devons partir maintenant. Au revoir, ou plutôt adieu et belle vie à vous deux.

- Au revoir Mademoiselle, surenchérit Allan.

Garvey appuya sur les petites touches et le petit voyant vert s'alluma. Une nouvelle ouverture se créa sous leurs yeux.

- C'est le moment professeur, nous pouvons y aller.

Les deux sœurs regardaient le phénomène avec autant d'intérêt que la première fois.

- Ce sera difficile de raconter ça à nos amis, qu'en penses-tu sœurette ?

PERMUTATION ?

« Nos actes sont nos anges, bons ou mauvais,ombres du destin, marchant à nos côtés. »
Jonathan Swift

De retour au bercail, Allan et Garvey arrivèrent dans le jardinet.

- Tiens ! Voilà nos deux voyageurs du temps, fit Jocelyn en regardant Emma qui ne semblait pas être dans son assiette, quelque peu distante et relativement agitée.

- Qu'est-ce que tu as à te dandiner comme ça ?

- C'est ce pull-over qui me démange.

- À te voir, on dirait vraiment que tu reviens d'une balade inter dimensionnelle !

« J'ai déjà vu ce pull », se dit Jocelyn.

- Tu ne l'avais pas ce pull hier ?

- Non, je l'ai pris dans mes affaires de rechange, pourquoi ?

- Rien de grave, simple curiosité.

« Elle me cache quelque chose ».

Emma sentit le scepticisme de Jocelyn. Elle tenta de détourner son attention.

- Tiens, fit Emma en lui tendant une pierre précieuse qu'elle avait achetée quelque temps en arrière en pensant à lui.

- Tu me la donnes ?

- Oui, prends-la.

- Tu sais que je ne suis pas très « bijou ».

- Oui, mais celui-ci a de la valeur parce que je te l'offre et peut-être te fera-t-il penser à moi quand tu seras rentré.

- Ça oui, enfin j'espère !

Quelque chose tracassait la jeune femme. Elle s'efforçait de ne rien laisser transpirer, mais cela se voyait ; un aveugle l'aurait vu.

- Tout va bien Emma, continua-t-il en se rapprochant d'elle ?

Elle le regarda comme elle ne l'avait encore jamais fait depuis son arrivée.

- Qu'y a-t-il Emma ? Tu me regardes comme ça parce que je vais partir ?

Il remarqua soudain un détail et la regarda à deux fois.

- Qu'est-ce que tu as fait à tes cheveux depuis tout à l'heure? On dirait qu'ils ont rallongé, fit-il en se voulant drôle et cependant intrigué!

Voyant qu'elle ne réagissait pas, il n'insista pas, lui sourit et la serra contre lui.

- Toi et moi savons que je ne suis pas à ma place ici. Je suis certain que mon double peut être raisonnable en regardant ce qui lui a toujours échappé depuis tant d'années. À charge pour toi de le lui autoriser et de ne pas sembler vouloir le mordre dès qu'il s'approchera de toi. Si je suis capable de t'aimer dans ma dimension, il doit pouvoir en faire autant dans la sienne.

Il se tut quelques instants, puis reprit en usant de psychologie.

- Laisse-moi une chance de t'approcher, de venir vers toi dans ce monde. Aide-moi à te montrer ce que j'éprouve pour toi. Après tout, nous sommes tous les mêmes personnages avec des destinées et des vies différentes. Et si tout va bien, on devrait oublier cette aventure quand tout sera terminé.

Toujours collés l'un à l'autre, il passa sa main dans le dos d'Emma, comme pour lui essuyer une tâche rebelle.

- On ne doit pas chercher à corriger nos erreurs avec d'autres personnes que celles avec qui on les a commises.

Jocelyn commençait à être en rupture de belles phrases philosophiques qui se voulaient réconfortantes. Il était désarmé face à cette situation qui semblait ne pas avoir de solution.

« *Que faire ?* » pensait-il « *Que dire ? Je ne peux tout de même pas rester ici parce qu'elle ne veut pas que je m'en aille ? Ne me laisse pas partir comme ça, je t'en prie. Je n'ai pas besoin de ça.* »

C'était comme si son cœur s'était arrêté de battre. Elle ne disait rien, elle ne faisait que le regarder tristement.

- Inutile de revenir là-dessus pas vrai ? On en a déjà parlé.

Il vit soudain une larme couler sur le doux visage de la jeune Emma ; elle semblait être anéantie.

- Emma, je t'en prie, ne me fais pas ça. C'est elle que j'aime et pas toi, tu le sais !

Elle se leva brusquement et s'en alla, seule dans le jardin. Voyant cela, Allan s'en étonna et voulut la réconforter.

- Allons mon enfant, fit Allan en s'avançant vers elle tel un père protecteur, que vous arrive-t-il ?

Elle pleurait à présent à chaudes larmes et fut incapable de prononcer un mot. Jocelyn observait la scène en s'empêchant tout élan amoureux.

- Parlez-moi jeune femme, faites de moi votre confident, je vous l'autorise.

Elle se replia sur elle-même et continuait de verser le triste liquide de ses pensées en réussissant toutefois à décrocher ces quelques mots.

- Je ne peux pas professeur, je ne peux pas…

- Vous ne pouvez pas quoi ?

Elle en était au stade inconfortable du « Ramassage à la petite cuillère ».

- Laissez-moi, reprit-elle en s'éloignant vers le fond du jardin, ça me passera !

« Alors là quelque chose m'échappe » pensa Allan.

Il regarda Jocelyn qui était toujours à l'intérieur de la maison en lui faisant comprendre qu'il ne pouvait rien faire. Garvey suivait la scène sans rien dire, mais commençait à se poser quelques questions.

« Pourquoi un changement si brutal ? »

Une idée lui effleura l'esprit, mais elle ne lui paraissait pas possible. Jocelyn ne savait franchement plus quoi faire. Qu'adviendrait-il s'il restait ici ? Avait-il envie de rester dans ce monde ? Et Emma alors… son Emma ? Il tentait désespérément de retourner le problème dans tous les sens, mais l'issue était toujours la même, il devait rentrer… il voulait rentrer !

La voir effondrée de la sorte lui brisait le cœur. Il remarqua cependant une différence dans son comportement, puis il se ravisa en se persuadant qu'elles étaient toutes les deux identiques, mais…

Tandis qu'Allan se trouvait un peu démuni face à la situation, Garvey hésita à utiliser sa nouvelle faculté de persuasion, puis il vit Jocelyn se diriger vers elle et préféra le laisser faire. Damiana observait la scène depuis le salon et sentait elle aussi que quelque chose avait changé. Arrivé à deux mètres de la malheureuse, Jocelyn se jeta à l'eau.

- Emma…

Il n'eut pas le temps d'en dire davantage qu'elle se jeta dans ses bras en s'excusant entre deux sanglots.

- Mais qu'est-ce que tu as ? Je croyais qu'on avait clarifié tout ça. Si tu t'en donnes la peine, tu pourras le récupérer en faisant une ou deux concessions ; et vous avez aussi deux magnifiques enfants qui…

En entendant ces paroles, elle s'effondra littéralement, l'interrompant net.

- Enfin Emma, ressaisis-toi, je n'ai pas ma place dans ce monde et même si les enfants n'y verraient que du feu, je ne réussirais jamais à leur mentir.

- Ne m'en veut pas Jossy, je suis désolée.

Il fronça les sourcils, se décolla d'Emma en tendant ses bras, la regarda fixement dans les yeux et la fit répéter ses paroles.

- Comment tu m'as appelé ?

Confuse, elle tenta une pirouette.

- Jossy, je l'appelais comme ça de temps en temps et ça m'a échappé.

- Il n'y a qu'elle qui m'appelle comme ça et depuis que je suis là, tu ne me l'avais pas encore servie celle-là !

- Je ne suis pas dans mon assiette aujourd'hui, ne fais pas attention à ce que je dis.

- Pourquoi j'ai l'étrange sensation que tu me caches quelque chose et que ce qu'il se passe ici va changer le reste de ma vie ?

Osant à peine s'approcher du couple, Garvey suggéra de se dépêcher avant que toutes les failles ne se referment, provoquant ainsi des dégâts irréparables.

- J'arrive Garvey ! Pouvez-vous répondre à deux questions avant ?

- Si je connais les réponses.

- Vous ne vous êtes pas séparé de votre appareil une seconde, n'est-ce pas ?

- Non, il ne me semble pas, pourquoi ?

Emma le regarda en dissimulant son affolement.

- Comme ça, ce n'est qu'une question et garde-t-on la mémoire de son monde longtemps quand on est dans un autre, c'est-à-dire comme moi ?

- Vous avez peur de perdre vos souvenirs ? Parce que dans ce cas, rassurez-vous, tant que la faille par laquelle vous êtes arrivé est toujours active, même refermée elle peut s'ouvrir à nouveau tant que je n'y ai pas mis un terme moi-même et dans ce cas, vous gardez vos souvenirs.

- Je vois, conclut Jocelyn préoccupé.

Avant de partir, il se tourna vers Emma pour lui poser une dernière question en faisant en sorte que personne d'autre qu'elle n'entende.

- Tu n'as pas fait ça ?

- De quoi tu parles ?

- Chaton, reprit-il lui tendant ainsi un piège réactionnel, car c'est avec ce mignon petit surnom qu'il lui arrive de s'adresser à « son » Emma.

Emma se ressaisit et fit preuve cette fois-ci de présence d'esprit.

- Toi aussi, tu l'appelles comme ça ?

- Tu vas me dire qu'il lui arrivait de te le dire ?

Ces quelques paroles le rassurèrent, il ne doutait plus ou très peu.

- Oui, ça lui arrivait quelques fois dans des moments privilégiés.

- Je t'avoue que je me suis demandé si…

Elle lui mit la main sur la bouche en le regardant amoureusement.

- Non, Joss, ne dit plus rien. Si Garvey m'y autorise, je vais vous accompagner pour assister à ton départ.

Le regard qu'ils échangèrent à ce moment-là était intense,

riche en émotion. Allan interrompit à son tour les tourtereaux.

- Nous devons y aller Jocelyn, faites vos adieux !

- Je peux vous accompagner, demanda calmement Emma qui semblait moins bouleversée.

- Je n'y vois aucun inconvénient, fit Garvey.

Elle retourna dans le salon récupérer son gilet. Damiana n'avait rien dit, mais elle y voyait clair à présent. Lorsqu'Emma arriva près d'elle, elle lui parla d'une voix monocorde et de manière tellement simple et naturelle qu'elle déstabilisa la jeune femme.

- Vous êtes certaine que c'est ce que vous voulez ?

- Oui, s'étonna Emma, je vais seulement le regarder partir et je reviens avec votre mari et Garvey.

- Ne faites pas semblant de ne pas comprendre, c'est vous, n'est-ce pas ?

« *Je vous en prie, ne dites rien !* » lui répondit-elle de ses yeux.

- Je serai là si vous avez besoin d'aide jeune fille. D'ailleurs, je reçois Jocelyn cet après-midi, « Le vôtre » dorénavant.

Emma sourit et la remercia de la même manière sans ne dire mot.

- Il n'y a pas de quoi ! Allez, filez maintenant !

Elle rejoginit les trois hommes et Garvey sortit sa commande de sa poche.

- Nous devons d'abord aller à Aussillon pour que vous récupériez votre charriot et ensuite dans les Vosges où vous êtes apparu ; je ne me trompe pas ?

- Non Garvey, c'est bien ça, confirma Jocelyn qui était à la fois triste de partir en quittant ces sympathiques personnes, ainsi que cette Emma avec qui il avait passé de bons moments, mais aussi heureux de retrouver sa vie et « son Emma ».

Il alla dire adieu à Damiana puis revint dans le groupe.

- Vous êtes prêts, fit Garvey ?

- Attendez un instant, reprit Allan en regardant son épouse.

- Tu veux nous accompagner mon ange ?

- Non partez sans moi, je préfère rester ici.

- Bien, alors en route !

Garvey ouvrit une nouvelle faille et tout le monde s'y engouffra. N'en ayant pas raté une miette Damiana pensa :

« *Je crois que je ne m'y ferai jamais !* ».

- Attendez, fit Jocelyn, je dois prendre mon sac d'affaires de rechange !

- Allez-y, je vous attends !

MÉTEMPSYCOSE

« À vivre, on apprend toujours quelque chose.»
MM.

Garvey avait entré les coordonnées d'arrivée dans un bois non loin des quartiers où était stationné le camion de Jocelyn. Ils arrivèrent tous à bon port et se dirigèrent en direction de la maison du Jocelyn et de l'Emma de ce monde. Il ne s'écoula même pas dix minutes avant qu'Emma ne reconnaisse la couleur du camion.

- Il est là, fit-elle enjouée !

Cependant, le fait de savoir qu'elle ne verrait plus jamais ce camion l'attristait quelque peu. Marchant en direction de l'engin, Garvey briefa Jocelyn sur les évènements à venir.

- Nous allons aller sur une route peu fréquentée pour que vous puissiez disparaître en toute quiétude. Là, vous irez dans les Vosges où nous nous retrouverons et c'est à partir de cet endroit que vous pourrez continuer votre route dans votre monde.

« Dire que j'ai encore plus de la moitié de la semaine à faire » pensa Jocelyn.

Arrivé devant l'engin, il saisit les clés, ouvrit la porte, grimpa et mit en route.

- C'est une drôle de machine que vous avez là remarqua Allan; je n'en ai jamais vue de semblable !

- Ça, c'est vrai, confirma Garvey, les charriots de ce monde sont bien différents !

- Tu n'en profites pas pour prendre quelques affaires chez toi, fit Jocelyn en s'adressant à Emma ?

- Nous n'avons que peu de temps, objecta Garvey et vous n'étiez pas censée venir jusqu'ici avec nous !

- Très bien, dans ce cas montez dans la cabine. On va aller sur une petite route à trois kilomètres d'ici ; il n'y a jamais personne par là-bas.

Assis sur la couchette à l'arrière de la cabine, les deux scientifiques auscultaient l'intérieur de la cabine. C'était la première fois de leur vie qu'ils pénétraient dans un camion, qui plus est d'un autre monde.

Quant à Emma elle en avait gros sur la patate, mais ne le montrait pas. Installée sur le siège passager, elle regardait Jocelyn conduire du coin de l'œil. C'était la « Der des ders », les derniers mouvements, les derniers tics, les derniers instants qu'elle passerait aux côtés de l'homme qu'elle aime. Elle voulait s'en gaver, même si à l'issue de cette aventure, elle le savait, les souvenirs s'effaceraient irrémédiablement. Quoique ; qui peut être en mesure de l'affirmer ? Ne peuvent-ils pas se ranger dans l'un des nombreux « dossiers information » que notre cerveau serait capable de stocker, quelque part dans un endroit où seul l'inconscient peut avoir accès ?

C'est avec ce maigre espoir qu'elle se délectait dans un lourd silence. Jocelyn jetait un œil discret de temps en temps en souriant. Des sourires qui exprimaient tour à tour la compassion, la tristesse et la désolation. Il brisa soudain le silence mortuaire qui régnait en maître, pour annoncer leur arrivée sur la petite route déserte.

- Et voilà, nous sommes arrivés ! Route déserte, deux minutes d'arrêt, tout le monde descend !

Il laissa le contact et regarda machinalement les différents manomètres du tableau de bord. Il s'aperçut que le niveau de gasoil n'était plus qu'à la moitié au lieu d'être aux trois quarts comme il aurait dû l'être.

« *Bon sang !* » se dit-il « *j'avais plus pensé à ça ! Comment vais-je le lui expliquer ?*

« *Bonjour Gérard, il me manque trois cents litres de gasoil parce que j'ai été contraint de bifurquer dans une autre dimension !* »

« *Si je lui dis ça, il me fait tout de suite enfermer en me demandant d'arrêter la drogue et il n'aura pas tort. J'en ferais autant à sa place !* ».

Emma le regardait avec une grande tendresse. Elle souriait. Elle voulait se laisser aller à ses pulsions qui devenaient de plus en plus oppressantes.

- Qu'est-ce qu'il te dit ?

- Hein, quoi ? fit Jocelyn qui semblait sortir d'un état semi-comateux ?

- Le tableau de bord qu'est-ce qu'il te dit ? T'avais l'air d'être en pleine communication transcendante avec lui !

Jocelyn sourit à son tour.

- Oui, on était en grande conversation tous les deux. Il me disait que j'avais utilisé environ trois cents litres de gazole pour descendre des Vosges et qu'il était désolé pour moi quand je rentrerai pour expliquer ça à mon chef vendredi !

- Pourquoi tu t'en fais, le courant passe bien entre vous deux ?

- Oui, mais ce n'est pas rien. On peut me voler cent litres à la rigueur deux cents, mais trois cents ça fait une grosse quantité. Faut pas qu'il soit en voiture mon voleur ! Mais

au fait, comment peux-tu connaître notre bonne entente toi…
Il ne me semble pas te l'avoir dit ?

Emma s'en voulut de ne pas avoir fait attention et trouva
immédiatement la pirouette adéquate.

- Si, tu m'en as parlée quand on est passé devant le magasin
près de la maison. Tu me disais que c'était l'endroit où tu
travaillais…

- Si tu le dis, je ne m'en rappelle pas du tout.

- Bon j'y vais, à tout à l'heure, fit-elle inquiète par sa méprise!

Elle s'apprêta à descendre, mais Jocelyn lui prit la main et
l'attira vers lui, invitant Allan et Garvey à sortir en premier.
Les deux savants se regardèrent en souriant et s'exécutèrent.

- Refermez la porte derrière vous s'il vous plait, ordonna-t-il
gentiment !

Emma se sentait bien. Elle aurait voulu que ce moment
dure toute la vie. Sans ne dire mot, ils se regardèrent dans
le blanc des yeux, d'un de ces regards qui en disent très long en
quelques secondes. À cet instant, aucun des deux ne contrôlait
quoi que ce soit. Ils s'approchèrent sans se quitter des yeux
et s'embrassèrent tendrement pendant plus de deux minutes.
Allan et Garvey attendaient patiemment à l'extérieur.

- Ils le font long, s'exclama Garvey, il doit lui soigner une
carie !

- Patience jeune garçon, vous n'apprécieriez pas d'être interrompu lorsque votre tour viendra !

- Pourquoi vous me dites ça ? Vous croyez que je ne sais pas
ce que c'est ?

Allan le regarda sérieusement, lui mit une main sur l'épaule
et répondit sans ménagement.

- Oui mon jeune ami, je le crois !

Un peu gêné, le jeune homme ne répondit pas, mais Allan en

rajouta une petite louche dans le souci de le rassurer.

- Moi non plus Garvey, à votre âge je ne savais pas ce que c'était.

Heureusement qu'il n'y avait qu'eux sur la route, car il était à présent vraiment mal à l'aise. Voyant cela, Allan n'ajouta rien et préféra laisser faire le temps. Tandis que les deux tourtereaux étaient toujours collés, Allan décida d'aller se soulager.

- Je reviens de suite, précisa-t-il, je n'aurai jamais pissé aussi loin !

Cette simple remarque eut l'avantage de détendre l'atmosphère qui s'était quelque peu alourdie depuis le rappel de leur expérience d'homme. Le jeune couple en était maintenant aux adieux verbaux.

- Avec un peu d'imagination, on peut dire qu'on va se retrouver, ailleurs, dans un autre monde, plaisanta Jocelyn.

- Qui sait ?

- Je crois que c'est le moment, je vais retrouver Emma, « La mienne ». Je ne l'ai pas acheté, mais…

Dans son chagrin, elle réussit à afficher un sourire.

- C'est bien de toi ça ! C'est tout à fait ton style !

- Tu veux dire le sien ?

- Oui, je veux dire le sien… et…

Soudain la radio se mit en marche avec le volume à fond. Même s'il y était habitué, il sursautait systématiquement.

Emma sursauta aussi. Sur le coup de la surprise, elle se jeta de nouveau dans ses bras.

- Tu devrais le faire réparer !

- S'il n'y a que ça pour te rendre heureuse ! Au fait, tout à l'heure quand on s'embrassait, j'étais avec elle…

Ces mots la remplirent de bonheur.

- Je sais Joss. Tu ne devrais pas tarder, nos savants fous font une nouvelle ornière sur la route avec leurs cent pas !

- De toute façon, un autre arrêt est prévu dans les Vosges, tu te souviens ? Je te dirais bien de rester avec moi jusque-là bas, mais on ne sait jamais ce qui peut arriver.

- À tout de suite... là-bas.

Emma descendit enfin du camion pour le plus grand bonheur des marcheurs en rond.

- Ah tout de même, fit Allan, on se préparait à passer la soirée ! Vous pourrez vous refaire des adieux une fois arrivés dans les Vosges. Allez zou !

Puis, il se tourna vers Garvey pour lui demander une ultime précision.

- Vous connaissez la fréquentation de cette route où il va atterrir ?

Embarrassé, Garvey courut voir Jocelyn.

- J'en étais sûr, fit Allan, il n'y a pas pensé ! Tête de linotte, soupira-t-il !

Après avoir parlé une minute avec Jocelyn, il revint en toute hâte et appuya sur la touche faiseuse de brèches.

- Alors jeune homme sans cervelle, qu'en est-il ?

- C'est bon professeur, il n'a rencontré personne d'autre qu'un petit vieux dans sa vieille voiture quand il est arrivé et d'après ce qu'ils s'étaient dit, c'est toujours comme ça.

- Bon si vous le dites, après tout c'est vous qui avez la situation en main.

- Y a-t-il une allure spécifique qu'il est censé atteindre, s'inquiéta Emma ?

- Absolument pas mon enfant, mais il doit tout de même rouler ! Faites attention, il arrive.

Jocelyn se souvenait des vibrations, de ce qu'il avait éprouvé lors de son premier passage au volant du camion et il appréhendait son arrivée dans la faille qui se rapprochait à cinquante kilomètres-heure. Peut-être qu'avec une vitesse réduite, les perturbations seraient moindres, se disait-il. Il ne lâchait pas le trou des yeux. Attention mon vieux, c'est maintenant ! Il agrippait son volant comme pour le maintenir fixé sur son axe. Trois, deux, un… L'engin entra dans la faille sous les yeux d'Emma et de ses amis qui devaient en faire autant juste derrière.

- Ça y est, fit Garvey, c'est à nous maintenant !

Ils coururent à l'intérieur, puis elle se referma quelques secondes plus tard. Ils arrivèrent au bon endroit. C'était bien la route sur laquelle Jocelyn avait fait irruption dans ce monde. S'étant arrêté de suite après son atterrissage, il alla à la rencontre des trois suiveurs.

- Pas trop chaotique cette traversée, fit Allan en s'adressant à Jocelyn ?

- Beaucoup moins que la première ! Dites donc Garvey, une question m'est venue à l'esprit après que vous soyez venu me parler de l'autre route.

- Lorsque j'y suis arrivé pour la première fois, je venais d'une autoroute. C'était peut-être en début de soirée, mais il y avait encore du monde qui roulait.

- C'est un risque à prendre, reprit Garvey, car même si je fais une traversée de reconnaissance, rien ne dit qu'il n'y aura pas quelqu'un lors de votre arrivée. Je suis désolé Joss !

- Ça n'est pas très rassurant tout ça !

- Je ne peux pas mieux vous dire. Vous devez absolument retourner à l'endroit et à l'heure précise de votre disparition, quoique… peut-être pas…

Allan était à nouveau perdu dans ses pensées.

«Garvey vous avez déjà réussi cette prouesse me semble-t-il, non?»

Voulant tenter de le rassurer, il intervint.

- Ça ne vous rassurera pas davantage, mais vous êtes sur le point de prendre un risque calculé, tout comme votre double que je connais très bien. Vous pourriez être lui !

- Vous avez raison Allan.

- Vous voyez !

- Ça ne me rassure pas du tout !

- Vous souvenez-vous du trafic qu'il y avait lorsque ça s'est produit, fit Garvey ?

- Je crois que j'étais seul à ce moment-là, mais j'ai un doute, j'étais assez fatigué.

- Normalement, vous devriez vous retrouver dans les mêmes conditions que celles que vous avez laissées. Mais il y a toujours un léger décalage, car tout est en mouvement perpétuel et même en réglant l'appareil sur la seconde précise où vous avez disparu, vous n'arriverez pas exactement à l'endroit voulu. Il y a donc un risque et je ne peux rien y faire.

Un bruit lointain de moteur attira soudain leur attention. Jocelyn esquissa un sourire.

« *Papi Mousot !* »

- Dépêchons-nous, fit Garvey, quelqu'un arrive !

- Je sais qui c'est, assura Jocelyn, laissez-moi faire !

Entendant cela, Allan s'interposa vivement en lui coupant l'élan de son bras.

- Vous voulez parler du vieil homme ?

- Oui, ça ne peut être que lui.

- Réfléchissez un instant, nous sommes le jour et l'heure où vous l'avez rencontré, il ne vous connait donc pas !

- Vous avez raison Allan, je n'avais pas pensé à ce détail.

- Vous devriez partir maintenant.

- Préparez votre appareil, fit Jocelyn d'un ton décidé.

Il s'approcha d'Emma un instant, lui apposa la main droite sur la joue en caressant son visage de son pouce.

- Bonne route Jossy, fit-elle avec intensité et ne t'inquiète pas, tu n'es pas malade.

Il lui sourit avec toute la tendresse qu'un homme amoureux peut avoir, puis fit ses adieux aux « cerveaux ».

- Au revoir Allan, fit-il en lui serrant la main. Je vais essayer de ne pas vous oublier, mais je ne vous garantis rien ! Pareil pour vous Garvey, prenez soin de vous et merci pour tout, à tous les trois. Je serais presque tenté de dire que c'était une aventure mémorable, mais…

- Allez, sauvez-vous maintenant, le moteur se rapproche !

Il monta dans son camion, le redémarra et entama son avancée. Il leur fit un dernier signe de la main, ainsi qu'un ultime regard à Emma. Elle ressentait un grand vide, plus que quelques secondes et elle ne le reverrait plus jamais. Elle savait qu'il devait partir, mais elle avait envie qu'il reste.

À cet instant précis, elle souffrirait moins si on lui arrachait le cœur. Elle le regardait partir la mort dans l'âme. Elle se retenait de craquer, mais elle ne put contenir une larme qui coulait lentement sur sa joue.

« Au revoir mon Jossy, bonne semaine et sois prudent »

Garvey prépara l'ouverture de la brèche, tandis que Jocelyn continuait de prendre de la vitesse. Lui aussi était malheureux, mais en même temps heureux de rentrer à la maison. La ligne droite qu'offrait la route à cet endroit-là faisait près de cinq kilomètres. Il était maintenant au maximum de sa vitesse, soit quatre-vingt-dix kilomètres à l'heure. L'entrée n'était plus loin. Il repassait en revue tout ce qu'il avait vécu dans ce monde jusqu'aux dernières paroles d'Emma qu'elle lui avait dites dix minutes avant : « Ils font les cent pas sur la route », « Bonne route

Jossy », « *Ne t'inquiète pas, tu n'es pas malade* ».

Ses pensées se bousculaient. D'ailleurs, il le fallait bien, car il ne se rappellerait de rien le quart d'heure suivant. La brèche était sur le point de s'ouvrir et il l'appréhendait. La première fois, lors de son arrivée, l'effet de surprise ne lui avait pas laissé le temps de regarder l'action dans le détail. Mais cette fois-ci, c'était différent, il l'attendait. Il voulait voir absolument le processus de A à Z, quitte à ne plus s'en rappeler, mais il aurait vu ça au moins une fois dans sa vie, même si cette dernière était d'ailleurs !

Il guettait le panorama cherchant à tout prix à capter la première seconde de l'ouverture intemporelle. Le paysage s'échappait de plus en plus vite de chaque côté de l'engin redevenu pour l'occasion un OTI (Objet Traversant Identifié). Soudain, le grand boum, pareil à celui qu'il avait entendu lors de sa première traversée. Tout devant lui se mit à flotter, à onduler comme s'il eut été sous l'eau. En dépit de la situation, il assistait presque émerveillé à la première de l'apparition de la faille que Garvey nommait « Mise en place ».

Quel spectacle extraordinaire et saisissant pour les yeux de Jocelyn rivés sur la naissance du phénomène. Il cherca à en apercevoir les contours, mais l'ampleur du phénomène était telle qu'il lui aurait fallu en être au moins à cinq kilomètres. Il pouvait déjà entendre le bourdonnement grandissant et incessant qui suit la « mise en place ». C'était comme si un énorme moteur bien réglé tournait au ralenti pour alimenter cette énorme machine semblable au ronronnement d'un OVNI immobilisé à cet endroit.

Difficile de définir la distance jusqu'à l'entrée de la galerie infernale, mais la traversée semble imminente. À présent, tout autour de lui est remis en question : les arbres et le paysage semblent disparaître et réapparaître à chaque seconde qui passe. Il peut maintenant distinguer le tourbillon où tout parait « Démolécularisé », nommé quant à lui « La passerelle ». Ce paysage vers un autre monde qui se dessine au loin, censé le ramener chez lui, ressemblait davantage à un trou noir décoré qu'à la solution à son problème. Il repensait encore et encore à ces quelques jours passés ici, ainsi qu'aux réactions et aux paroles d'Emma. Quelque chose ne tournait pas rond.

Il n'était plus qu'à quelques mètres de l'ouverture et comprit ce qui s'était passé. Il était horrifié et ne comprenait pas le choix qu'elle avait fait. Impossible de s'arrêter à présent, il fallait continuer. « Emma NON » hurla-t-il ; « Pourquoi ? ». Il était désorienté, perdu. Tandis qu'il entrait à toute allure dans la brèche, papi Mousot sortit du virage au volant de sa vieille voiture et assista à sa plus grande stupéfaction à la disparition en direct du géant de fer. Il s'arrêta net. Il ne pouvait pas croire en ce qu'il venait de voir. Il regardait droit devant lui, béat, sous le choc.

- C'est pas vrai ! J'ai pourtant arrêté l'alcool depuis six mois vindiou !

Puis il vit au loin trois personnes discuter sur la route.

- Qu'est-ce que c'est que ça encore !

À cet instant, Garvey ouvrit une nouvelle brèche pour retourner à Paris avec Allan et Emma. Ils marchaient en direction du vieil homme. Il ne pouvait pas voir la faille de derrière, car seule l'entrée est visible. Pour lui, le spectacle se résuma à trois personnes marchant sur la route pendant quelques instants pour disparaître d'un coup.

- Vindiou, qu'est-ce qui m'arrive moi ! Je jure de ne plus jamais boire une goutte d'alcool alors !

Jocelyn était arrivé à bon port dans une circulation calme.

Par chance, il n'y eut personne devant ni derrière lorsqu'il apparut. Son esprit vagabondait de tristesse et de désespoir. Pourquoi l'avait-elle quitté ? Il ne se rappelait plus le nombre d'heures qui lui restaient à rouler. Il n'était pas loin de vingt et une heures et sa journée devait probablement être sur le point de s'achever. Il décida donc de s'arrêter pour sortir le disque du mouchard et vérifier. Cela faisait environ cinq minutes que la faille s'était refermée et sa mémoire commençait à s'embrouiller. Il éprouvait toujours du chagrin, mais il ne savait plus pourquoi. Deux kilomètres le séparaient d'une aire autoroutière et les souvenirs de l'autre monde s'estompaient peu à peu. Il pensait maintenant à Emma et se languissait de la fin de la semaine pour la retrouver. Chanceux, il trouva une place de parking fraîchement libérée et s'y gara.

Lorsqu'il retira le disque où se trouvent tous les renseignements tels que la ville de départ et d'arrivée, la vitesse à laquelle il roulait, le nombre d'heures qu'il avait effectuées ainsi que les arrêts, il ne comprit rien. Il semblait s'être écoulé deux jours pendant lesquels le camion n'avait pas roulé. Il regarda la date et l'heure indiquées sur l'appareil... Mercredi sept mai deux mille seize

« Ça alors ! » pensa-t-il, « c'est quoi ce bordel ! Je me suis endormi, c'est pas possible autrement ! ».

Il remarqua aussi le niveau du gasoil sur le manomètre de la jauge du réservoir. Il avait pratiquement baissé de moitié. De plus, il avait le sentiment étrange d'avoir eu un « Trou noir ». Il ne se rappelait même pas être arrivé jusqu'ici. Il se souvint en revanche des disparitions et apparitions du début de la journée. En tout cas, celles de lundi...

Alors que tout un tas de questions se bousculaient au portillon, son téléphone sonna ; mais il était trop occupé à penser à trouver une explication rationnelle à tout ça pour répondre.

« *Mais alors, j'ai disparu moi aussi ! Pourquoi je ne me rappelle de rien ? J'ai peut-être été enlevé par des extraterrestres et ils m'ont simplement effacé la mémoire ! Non, mieux encore, mes deux hémisphères ne sont plus en phase* ».

Il eut l'idée de descendre vérifier si l'un de ses deux réservoirs n'était pas percé. Il inspecta consciencieusement la moindre tache sur le sol, puis regarda autour des réservoirs sans ne rien déceler.

« *C'est quand même bizarre* » pensa-t-il « *À moins qu'on m'en ait pompé. Si c'est le cas, ils n'y sont pas allés de main morte ! * ».

Il remonta dans sa cabine, décidé de ne plus se martyriser l'esprit ; enfin presque ! Il remarqua soudain l'absence de son médaillon dans le reflet du pare-brise.

« *Allons bon ! Qu'est-ce que j'en ai fait ? * ».

Il ne le quittait pour ainsi dire jamais et n'arrivait pas à se rappeler du moment où il l'avait détaché. Il fouilla sa cabine pendant quelques minutes, puis se résolut finalement au fait qu'il avait probablement dû le laisser à la maison. Il saisit son téléphone et appela Emma qui décrocha immédiatement.

- Allô, bonsoir ma chérie.

- C'est pas trop tôt, J'étais inquiète !

- Pourquoi donc ? Je t'appelle souvent à cette heure-là !

- Heu… oui c'est vrai ! Excuse-moi.

- Tu es certaine que tout va bien ?

- Oui Joss, à merveille.

- T'es un peu bizarre aujourd'hui. Je te réveille peut-être ?

- Oui c'est ça, mais ça va mieux maintenant.

- Mouais, si je ne te connaissais pas, je dirais que tu me caches quelque chose… Passons. Je t'appelais pour deux raisons en particulier. Je cherche mon médaillon partout et je me demande s'il n'est pas dans la chambre. Tu ne voudrais pas aller vérifier ?

Emma savait parfaitement où il était, mais que répondre ? Elle fit semblant de s'exécuter puis reprit.

- Je ne le trouve pas Joss ! Quelle est la deuxième raison ?

- Je voulais que tu me dises quel jour on est.

- Et tu dis que je suis bizarre !

- Oh ! Je n'ai rien dis, mais dis-moi juste quel jour on est s'il te plaît !

- On est bien lundi mon cœur et tu es parti ce matin. Pourquoi?

- Je te rappelle dans un quart d'heure, je t'expliquerai.

Il mit finalement cette bizarrerie sur le compte d'un dys-fonctionnement de l'appareil. Après avoir tout remis en ordre, il prépara sa cabine pour la nuit, débarrassa sa couchette des quelques documents qui y trainaient, tira les rideaux latéraux et rappela Emma pour lui faire part entre autres de son désarroi.

De son côté, Emma s'installait doucement dans cette nouvelle vie. Ce Jocelyn n'avait certes pas la notoriété de son double, mais il était beaucoup plus à l'écoute, davantage impliqué dans son couple et il menait une vie simple à l'abri des projecteurs. Elle savourait à l'avance ce qui l'attendait. La décision de laisser son double prendre les commandes maternelles de ses enfants n'avait pas été facile à prendre, mais elle savait cependant qu'une mère similaire en tous points s'occuperait d'eux avec le même amour, la même volonté de les rendre heureux et en faire des hommes bien.

De même, elle pouvait donner un ou deux enfants à ce nouveau « Jossy » avec seulement quelques années de retard. Pour « Joss le cascadeur », l'Emma qu'il allait retrouver, était pour ainsi dire la même, mais sans le passif de leur couple séparé et les réactions qu'elle aurait eues en le voyant ne seraient

380

guidées que par l'amour qu'elle éprouve pour lui et non par la discorde et toutes ces situations tendues qu'il y avait eues avec son double. Il y avait donc de grandes chances pour qu'elle réussisse à le reconquérir. Mais elle avait à présent un bonus, un cadeau tombé du ciel : deux magnifiques enfants qu'elle élèverait comme s'ils étaient sortis de son ventre, ce qui aurait très bien pu arriver ailleurs, là où elle allait passer le reste de sa vie. Cette folle aventure au départ rocambolesque et fantastique avait finalement comblé un vide chez quatre personnes dont la vie allait être à tout jamais différente.

Mais en y regardant mieux, tout le monde y avait trouvé son compte. Béatrice et Annie ne seraient plus jamais les mêmes. Leurs vies allaient être plus sereines et meilleures. Le jeune Félix n'en avait pas conscience, mais il avait changé. Certes, il ne se comportait plus comme un schizophrène endormi, mais cette expérience avait débloqué quelque chose en lui ; une porte s'était ouverte. Hubert ne ressentait rien de spécial, mais son comportement changeait, il ne réagissait plus avec ses vieux fantômes, il était tout simplement ce que l'homme peut être, s'il ne se base pas sur les traumas qu'il a connus pour vivre. Quelqu'un de bien dans sa peau et dans sa tête.

BRIEFING FAMILIAL

« Arrivé à un certain stade de remise en question, on ne peut que trouver des réponses. »
MM.

Allan, Garvey et Emma venaient d'arriver dans le jardin. L'homme en blanc était présent lui aussi, mais invisible. Il guettait leurs moindres faits et gestes.

- Tout s'est bien passé, demanda Damiana ?

- Oui Madame Thibault parfaitement bien, répondit Garvey.

- Et vous, Emma, vous allez bien ?

- Oui merci, répondit-elle perdue dans ses pensées, en la regardant à peine…

« Ai-je bien fait ? Si je m'étais trompée ! Si j'avais été seulement aveuglée par les enfants ? Je ne reverrai plus jamais Jossy. Je peux encore demander à Garvey de me ramener. Il aura raison de se mettre en colère après nous en apprenant ça. Que faire mon Dieu, que faire ? »

La voyant ainsi tracassée, Damiana s'approcha d'elle et lui fit une accolade amicale.

- Ne soyez pas triste comme ça, vous me flanquez le cafard ! Pensez à vos enfants.

Ces mots lui rendirent un semblant de sourire, mais elle

éprouvait à nouveau un énorme vide. Elle ne se souvenait plus comment Jocelyn était parti, mais elle le savait. Elle était à égalité avec Allan sur ce point. La différence se situait au niveau de sa mémoire de l'autre dimension, celle où elle avait vécu jusqu'ici. Ses souvenirs là, au même titre que son double, ne pouvaient pas s'effacer, car elles ne pouvaient pas échanger leur mémoire, mais elles s'étaient briefées sur les conséquences des voyages inter- dimensionnels.

L'Emma de ce monde lui avait dit qu'elle risquerait d'avoir l'esprit un peu embrouillé lors de son arrivée dans cette dimension, mais qu'elle ne devait jamais oublier la raison qui l'avait conduite jusqu'ici.

Cette situation devenait fantastique, mais dans cette réalité, Damiana avait su apprécier son double en peu de temps. La différence entre les deux se situait au niveau de leurs réactions dues à leur éducation respective.

L'Emma de ce monde qui se trouvait actuellement dans la dimension des policiers et des barques, avait connu une enfance heureuse et remplie de considération contrairement à la nouvelle veuve, qui avait été mise à l'écart depuis sa plus tendre enfance. Si bien que ses rapports avec son frère et ses sœurs n'avaient rien de comparable avec ce qu'elle allait découvrir ici. Son père était toujours vivant, sa sœur Mira l'aimait vraiment au même titre que son frère et son autre sœur ; et l'ambiance pouvait se décrire comme quelque chose d'agréable, de convivial, simple et fraternel. Ses parents n'avaient jamais fait de différences entre les enfants. L'Emma qui faisait désormais partie de son monde natal, allait quant à elle découvrir une famille complètement disloquée, victime de tous les non-dits qui ne faisaient qu'accroître leur colère, leur haine et leur bêtise.

Dans ce monde, son frère et ses sœurs avaient été élevés comme des enfants rois à l'inverse de son double. Cela avait largement contribué à la fabrication d'adultes au comportement souvent égoïste, insensés et sans aucune valeur. Des gens dont le plus gros souci est de paraître à travers le matériel et les biens. Leur plus grand savoir-faire étant d'avoir la "Faux-Culté" de se dire innocents devant le fait accompli. Plutôt mourir que d'assumer leur responsabilité. C'était normal, triste, mais normal ; car telle avait été leur éducation.

Renier un proche le plus facilement du monde était monnaie courante tout comme se poignarder dans le dos à tour de bras. L'une de leurs spécialités était de s'impliquer les uns les autres dans leurs problèmes personnels pour pouvoir le cas échéant se rejeter la faute et avoir ainsi un coupable idéal de passe à portée de main !

C'était une exposition publique permanente des dents et de véritables parties d'enculage réciproque et frénétique. Mais à trop baisser les bras de la sorte, ne peut-il pas arriver que les omoplates ne se souviennent plus du mouvement à faire pour les lever ?

Certains membres de cette famille ne s'adressaient plus la parole sans trop savoir pourquoi. Les raisons qui en étaient la cause initiale devaient probablement être notées sur un calepin pour ne pas les oublier. Il y avait aussi le pauvre Axel qui avait été élevé par sa mère et qui s'était engagé dans l'armée pendant quinze ans. Lui non plus n'avait pas échappé à la règle. La première raison venue fut la bonne pour se fâcher définitivement avec sa mère dès l'âge de vingt-quatre ans et depuis, il courait après une famille de substitution en tentant de se faire accepter par les uns et les autres en tant qu'enfant ou homme de la famille et avoir ainsi des bribes de petits bonheurs qu'il n'avait jamais eus.

Cette conjonction les rendait différents de ce qu'ils étaient dans ce monde. Ici, personne ne cherchait à se faire valoir d'une manière ou d'une autre et à être accepté à tout prix ; car tous avaient évolué dans une atmosphère saine qui ne les avait pas transformés en compétiteurs sentimentaux.

C'est en connaissance de cause qu'elles avaient échangé leur place. L'une n'avait pas d'enfant, ne s'entendait pas avec sa famille et allait vivre précisément le contraire avec un homme qui certes était un peu plus égoïste et égocentrique, mais cependant « coulé dans le même moule » ; et l'autre qui n'avait jamais su attirer l'attention de l'homme qu'elle aime et qui n'avait que ses enfants et sa famille pour s'en consoler, allait pouvoir fonder un nouveau foyer cette fois-ci avec un homme qui teindrait compte de son existence.

Elles avaient chacune une part de sacrifice, mais elles allaient vivre ce qu'elles n'auraient jamais osé espérer jusque-là. L'invention de Garvey comptait finalement plus de bienfaits qu'il ne l'avait imaginé.

Allan avait rejoint son épouse pour parler de toute cette histoire et Emma alla s'isoler un moment dans le jardin.

- Vous ne dérangez pas jeune femme, vous pouvez rester, fit gentiment Allan.

Elle n'eut pas le cœur de répondre et sortit en silence.

- Laisse-la Allan, elle est malheureuse cette petite, elle me brise le cœur. Laisse-lui le temps de digérer tout ça.

- D'accord mon ange, mais les choses sont redevenues ce qu'elles doivent être et elle devra s'y faire de toute manière.

Damiana ne trahirait jamais le secret. Peut-être le lui dirait-elle un jour, mais plus tard, beaucoup plus tard.

- Tu as raison « Panou », reprit-elle, tout rentre dans l'ordre.

Panou était un petit nom qu'elle lui donnait de temps en temps et qui ne voulait rien dire en particulier. C'était simplement mignon.

- Comment te sens-tu, poursuivit Allan ?

- Bien. Pourquoi ?

- Je te demande ça par rapport à tout à l'heure, ce comportement étrange que tu as eu.

- Je ne saurais pas très bien l'expliquer, mais je sens que je suis en train de le perdre petit à petit.

- Comment se fait-il que tu aies pu être capable de ça et pas moi ? Je t'avoue que ça m'intrigue un peu.

- Je te l'ai dit, je ne pourrais pas te donner d'explication exacte, mais je peux te parler en revanche de cette clarté dans mon esprit. Je sais maintenant que c'est ce que l'on ressent lorsqu'on meurt !

- Lorsqu'on meurt ? Mais comment le sais-tu ?

- Je le sais, c'est tout et j'ai vu beaucoup de choses aussi… !

- Je peux savoir ?

- Ce qui s'est passé avec votre appareil est très proche de la réalité dans laquelle nous sommes à ceci près, nous ne le voyons pas.

Allan fronça les sourcils, cela voulait dire : « *continue !* ».

- Ça fait plaisir de voir que tu ne sais pas de temps à autre, plaisanta-t-elle, ça t'humanise !

- Eh oui mon amour, je ne suis qu'un être humain !

- Peut-être en reparlerons-nous un jour…

- Que veux-tu dire par là ?

- Âmes, esprits et entités se mélangent tout autour de nous.

- Tu veux dire qu'il y a des fantômes autour de nous ?

- Oui Allan, c'est un tout. La mort est aux esprits errants ce que la vie est à nos êtres futurs.

- Attends un instant ! Tu es en train de me dire que les hommes du futur nous visitent et qu'ils sont dans le même état d'esprit que celui de nos morts ?

- Oui, et je vais même te dire mieux ! Ils communiquent entre eux.

- Et tu as pu voir tout ça ?

- Oui mon chéri, je les ai vus. Je vois que ton cerveau de scientifique cartésien t'empêche de m'écouter des deux oreilles!

- Non, c'est pas ça ! Mais depuis peu, ça fait beaucoup d'informations d'un seul coup. Mais le plus étrange dans tout ça, c'est que j'ai l'impression, je dirais même la conviction, de le savoir depuis toujours.

Damiana le regarda en esquissant un sourire.

- Qu'y a-t-il mon ange, fit Allan en le lui rendant ?

- Rien, je t'aime c'est tout !

- Moi aussi, continua-t-il en la prenant dans ses bras.

Damiana regarda la pauvre Emma qui semblait être en pleine conversation avec le ciel.

- Allons réconforter cette petite, elle en a besoin.

- Je ne comprends pas sa réaction, elle le savait qu'il devait partir !

- Ne cherche pas, ça lui passera.

- Peut-être devrais-je demander à Garvey de lui ouvrir une brèche pour rentrer directement chez elle avec sa voiture ?

- Peut-être oui…

Garvey était assis sur une chaise devant la table du salon à continuer de se creuser les méninges pour l'aigle.

- Alors mon jeune ami, à quoi pensez-vous, fit Allan ?

- À l'aigle géant.

- À quoi ?

- Ah oui c'est vrai ! Laissez tomber ce n'est pas grave.

- Pensez-vous pouvoir accompagner Emma jusque chez elle?

- Vous voulez dire avec ça, fit Garvey en arborant sa commande ? Oui ça devrait pouvoir se faire, pourquoi ?

- Nous pensons qu'elle n'est pas en état de conduire, il vaudrait mieux qu'elle n'ait que quelques kilomètres à faire.

- Je comprends.

- Vous me parliez d'un aigle géant à l'instant…

- Oui, je pense avoir trouvé une solution, je m'en occuperai sitôt que j'en aurai terminé avec Emma.

- C'est vous qui voyez Garvey ! Je ne comprends rien, mais vous maîtrisez la situation de toute évidence.

Emma appréhendait la rencontre avec les enfants qui étaient désormais les siens. La panique augmentait au fur et à mesure que le temps avançait. Damiana se dirigea vers elle en faisant signe de sa main de ne pas la suivre.

- Vous arrivez à surmonter la situation jeune fille ?

- Je ne sais pas trop, mais je suis là maintenant.

- Vous avez encore la possibilité de renoncer et retourner chez vous. Vous vous demandez si c'est la bonne décision n'est-ce pas ?

- Oui, je me demande aussi si je ne vais pas en payer le prix.

- De quelle façon ?

- J'ai toujours pensé que nous devons surmonter les épreuves de la vie et non les contourner. C'est une occasion inespérée pour moi d'avoir ce que j'ai toujours désiré, mais je ne suis pas convaincue du bien-fondé de ce que nous avons fait.

- Si je vous ai bien comprise, vous aimez énormément Jocelyn et vous vous demandez si vous méritez d'être mère ?

Emma se sentit gênée et ne sut que répondre.

- Votre double m'en a touché un mot avant son deuxième départ et après être retournée quelques heures à Aussillon.

388

- En effet, j'ai un doute et Jocelyn me manque terriblement.

- Ce n'est pas facile n'est-ce pas ?

- Vous êtes clairvoyante !

- Vous voyez bien que vous avez toujours le sens de l'humour, tout n'est pas perdu ! Pourquoi êtes-vous venue jusqu'ici ?

- Pour les enfants…

- Et Jocelyn, celui de ce monde bien sûr ?

- Oui, mais je ne le connais pas…

- Ça ne va pas tarder, reprit Damiana en regardant sa montre. Que vous a dit votre double sur les enfants ?

- Elle ne les abandonnera jamais puisque je suis là.

- Avez-vous le sentiment de les mériter ?

- Je ne comprends pas !

- Pensez-vous avoir suffisamment souffert de ne pas en avoir eu ?

- Je crois pouvoir dire que j'avais fait la paix avec ça. Mais Joss y était pour beaucoup.

- Certes, mais vous aviez tout de même fini par l'accepter, n'est-ce pas ?

- Il le fallait bien.

- Votre double avait-il aussi fini par accepter cette situation avec Jocelyn, même si elle l'aimait toujours. N'y voyez-vous pas une certaine justice ?

- Peut-être, mais…

- Au même titre que vos parents…

- Que voulez-vous insinuer ?

- Vous êtes en conflit permanent. S'ils n'étaient pas ce qu'ils sont, vos rapports avec eux ainsi qu'avec vos frère et sœurs seraient meilleurs n'est-ce pas ?

- Comment le savez-vous ?

- Je dois vraiment vous répondre ?

Emma remua simplement la tête de gauche à droite sans rien dire.

- Normalement vous auriez dû connaître une autre version de vos parents dans votre prochaine vie, mais vous êtes parvenue à les accepter tels qu'ils sont avec leurs qualités et leurs défauts. Très peu de personnes peuvent en dire autant. La plupart des gens vivent en parfaite harmonie avec leur névrose obsessionnelle. Pour parler simplement, vous avez pris un peu d'avance sur le temps. Votre double a déjà ces bases et même si elle est partie, elle les gardera toujours dans son cœur, car elle a été éduquée dans ce sens. Mais vous, c'est différent, vous avez été forcée de vous les créer après avoir compris que la carapace que vous vous étiez forgée n'avait pas réponse à tout. Vous avez fait le choix de voir vos problèmes, de les comprendre, les accepter et enfin, les régler définitivement. En général, ça prend toute une vie et encore. Mais vous y êtes arrivée. Vous avez le droit à présent de penser à vous, de regarder dans d'autres directions. C'est ce que l'on appelle être libre. Je comprends que la situation est délicate pour vous. Vous avez le sentiment de laisser tomber Jocelyn, mais en même temps, vous savez que vous allez le retrouver dans une autre version au même titre que votre double vous « donne » ses enfants, mais elle sera toujours là à travers vous.

- C'est à y perdre la raison !

- Ça peut arriver quand on se prend en main, ce n'est pas toujours facile de prendre les bonnes décisions ! Ne réagissez plus dans la peur. Ne la laissez pas prendre le dessus sur vos décisions. Une occasion en or se présente à vous aujourd'hui. Ne vous laissez pas distraire, décidez !

- Et si vous vous trompiez, si nous nous trompions ?

- Et si vous aviez toutes les deux réussi à tourner la page

dans vos vies respectives ? Si vous étiez parvenues à classer définitivement vos épreuves de vie parmi les dossiers classés ?

- Je n'avais pas pensé à ça, ce ne serait donc pas un hasard?

- Pourriez-vous l'envisager ?

- Ça voudrait dire que mon temps de souffrance est terminé?

- Qu'en pensez-vous?

- Et Joss, je l'aime !

- Rien ne vous empêche de l'aimer. Celui de ce monde est différent, mais ils sont faits sur une base identique. En l'aimant, vous continuerez d'aimer celui que vous avez toujours connu. Peut-être même réussira-t-il à vous le faire oublier !

- Qui vous dit que je parviendrai à recoller les morceaux ?

- Je sais qu'il s'est radouci depuis quelque temps, il s'est responsabilisé et il m'a avoué avoir très envie de recoller les morceaux comme vous dites !

- J'ai si peur…

- Il ne faut pas. Essayez d'apprécier cette nouvelle vie qui s'offre à vous. Vous le méritez Emma. Une épreuve ne s'annule pas tant qu'on n'a pas compris, mais pour vous, c'est différent. Vous seule pouvez reconquérir son cœur, car vous n'avez pas tous ces ressentis qu'avait votre double à son égard. Vous ne vous êtes jamais disputée avec lui. Il verra concrètement qu'il n'y a aucune rancœur de votre côté, ce qui l'incitera probablement à en faire autant !

- Et s'il me demande de lui donner un troisième enfant ?

- Vous ne pourrez pas !

- Mais il va être déçu !

- Mais vous vous aimerez et connaîtrez le bonheur d'en élever déjà deux.

Emma s'écroula en pleurs dans ses bras en tentant d'articuler une dernière question à peine audible.

- Et si je n'étais pas une Bonne Mère ?

- Et si vous vous taisiez jeune femme !

Les larmes coulaient à flot sur l'épaule droite de Damiana. Emma ne réussit qu'à murmurer un mot.

- Merci.

- Comptez sur moi quoiqu'il arrive. Vous avez aussi le soutien et l'amour de votre famille une fois sur place. Vous voyez vous n'êtes pas seule.

- Mon double n'aura pas cette chance, poursuivit Emma en essuyant ses larmes.

- Certes pas, mais elle n'aura pas vos réactions exaspérées et risque fort de les déstabiliser.

La jeune femme l'interrogea du regard.

- Je savais pour ça aussi, reprit Damiana.

- Je vais essayer.

- Seulement ?

- Je vais le faire, reprit-elle en ajoutant un sourire à ses paroles.

- Vous allez faire quoi ?

- Madame Thibault !

- Dites-le !

- Je vais vivre !

- Encore une fois, mais avec de la conviction maintenant.

- JE VAIS VIIIIVRE, hurla-t-elle sous le regard quelque peu étonné d'Allan et Garvey !

La sonnette d'entrée se fit soudain entendre. Les deux femmes se regardèrent d'un regard presque complice et éloquent.

- Enfin quelqu'un qui pénètrera normalement dans cette maison aujourd'hui, plaisanta Damiana en allant vers la porte d'entrée !

Allan rejoignit Garvey en toute hâte.

- Vous devriez partir maintenant vous occuper de votre rapace, ça évitera des explications inutiles.

- J'y vais professeur.

Il ouvrit un passage et disparut. Pendant ce temps Damiana accueillit Jocelyn et lui fit enlever sa veste en l'invitant à entrer dans le salon. Emma était un peu nerveuse. Allait-elle réussir à le voir en tant que Jocelyn ou simplement comme un double ? Elle trépignait d'impatience pour être fixée. Elle entendait leurs deux voix qui se rapprochaient peu à peu dans le couloir. Elle ne regardait pas franchement l'entrée de la pièce en forme d'arche, mais surveillait du coin de l'œil. Lorsqu'ils arrivèrent, Jocelyn reconnut le dos d'Emma et s'arrêta net de parler pendant un instant.

- Mais vous ne me l'aviez pas dit ça, fit-il agréablement surpris!

- Je vous en faisais la surprise jeune homme.

- Ça fonctionne très bien, elle est réussie !

Emma le découvrit enfin. Celui-ci avait les cheveux longs, il était beaucoup plus dynamique, sportif et d'une arrogance repentie depuis peu, mais omniprésente. Rien ne semblait l'impressionner. En dépit de cette différence de prestance avec son double, il émanait de sa personne une certaine sagesse qu'il avait acquise au fil des années. Il aurait dû être accompagné, mais il avait décidé à la dernière minute sans trop savoir pourquoi de venir seul.

Emma avait l'impression de revivre sa rencontre avec son double d'une manière différente. Elle avait ressenti la même excitation qu'aujourd'hui. Si elle se laissait aller, elle culpabiliserait d'éprouver cela, mais elle voulait désormais savoir, elle voulait le connaître. En plus, il était son portrait craché. Elle le regardait à présent droit dans les yeux tandis qu'il approchait, impassible et d'une démarche assurée. Emma avait du mal à admettre ce qu'elle pensait, alors qu'elle venait tout juste de pleurer le départ du premier.

- Tu en fais une tête, on dirait que je suis ressuscité des morts! Remarque, c'est vrai que j'ai définitivement enterré ce que j'étais. J'ai compris beaucoup de choses ces dernières années.

- Je ne te demande aucune explication.

Il fut étonné d'entendre cette réponse, car il s'attendait précisément au contraire.

- Je vois Emma et tu me surprends. Tu as changé toi aussi. Mais je veux quand même aller jusqu'au bout de ce que j'ai à te dire.

- La cascade était toute ma vie…

- Était ?

- S'il te plaît…

Elle le taquina du regard et le laissa poursuivre.

- Comme je te le disais, j'ai pris conscience d'un tas de trucs. La cascade a toujours pris le pas sur tout. Je l'ai fait passer avant toi, les enfants, nos amis. Jusque-là je ne t'apprends rien. Mais j'ai réalisé que j'avais plus besoin de m'affirmer que de sensations fortes. Aux yeux de tous, j'ai une vie trépidante, je suis un surhomme, celui qui se joue de la mort, celui qui n'a peur de rien. On me respecte pour mes prouesses, pour ce que l'on croit que je suis. Mais à chaque fois que je suis sur le point de risquer ma vie, j'ai peur. Même si on calcule tout au millimètre près pour minimiser les risques, je ne peux pas m'empêcher de penser à vous. Et je ne veux plus prendre le risque de vous perdre. Je vous aime Emma.

Une larme coulait lentement sur son visage. Jocelyn lui apposa tendrement la main sur la joue pour l'essuyer.

- Je vous aime aussi Jocelyn Beaumont, sourit-elle

Allan et Damiana regardaient la scène avec affection.

- Il faudra que je me note sur un papier de ne pas oublier de punir Garvey, fit Allan.

- Pourquoi veux-tu le punir ?

- C'est ce que je lui avais dit au début de cette aventure.

- Et tu n'en as plus l'intention si je comprends bien ?

Allan ne répondit pas et esquissa un sourire pouvant se passer à lui seul de toutes explications. Tandis qu'il reconstruisait les bases de son couple, Jocelyn satisfait de sa plaidoirie se tourna vers Allan pour le saluer.

- Excusez-moi Allan, avec toute cette émotion je vous ai oublié !

- Ce n'est pas bien grave mon jeune ami, vous avez paré au plus important, vous avez fait ce que vous deviez faire.

Il regarda de nouveau Emma en affichant son bonheur.

- Oui, je devais le faire.

- Asseyez-vous donc avec Emma, vous prendrez bien un autre café ?

Se rendant compte de sa maladresse, il se reprit dans la foulée sans laisser le temps à quiconque de réagir.

- En plus de celui que je vous ai offert lors de notre dernière rencontre !

Tous furent amusés pour des raisons différentes…

RETOUR DANSANT

« Les doctrines passent ; Les anecdotes demeurent. »
Emil Michel Cioran

J ocelyn Routier se réveilla le lendemain matin à sept heures
trente. Il ne s'était pas endormi avant deux heures dans
la nuit. Certes, il avait conclu à un dysfonctionnement
de son mouchard, mais quelque chose le turlupinait et il lui
était impossible de mettre le doigt dessus. Les deux journées
suivantes passèrent rapidement.

Le vendredi matin, il n'était plus très loin d'Aussillon. Une
heure et demie l'en séparait. Il roulait sur l'autoroute et
s'apprêtait à en sortir à hauteur de Béziers où il devait prendre
une route nationale pour achever son périple. Il se voyait déjà
arriver chez lui et retrouver sa bien-aimée. Passé le péage, il fit
une dizaine de kilomètres et remarqua au loin un attroupement
dont la couleur prédominante était le bleu.

« Merde ! » pensa-t-il en se hâtant de vider son cendrier par
la fenêtre. Il vit soudain un élément s'en détacher et se placer
au milieu de la voie, le bras tendu vers la gauche.

« Y avait longtemps ! »

Il n'était pas inquiet ; il respectait autant que faire se peut
la législation routière, car son travail n'avait rien d'une ligne

régulière, et il lui arrivait quelquefois de dépasser son temps de conduite d'une minute ou deux. Cela dit, les gendarmes à qui il avait eu affaire jusque-là avaient toujours été cléments à la vue du respect global des vingt-huit jours de disques à présenter. Arrivé sur le renfoncement où était installé le dispositif, il baissa le volume de la radio, tandis qu'un jeune gendarme accompagné d'un collègue motard s'approchaient d'un pas décidé. Il descendit sa vitre, prépara les documents pour le contrôle, puis baissa celle du côté passager pour aérer la cabine.

- Bonjour Monsieur, fit l'un des deux gendarmes en faisant le salut militaire, je vous arrête pour un contrôle de routine et mon collègue qui vous suivait à moto a deux mots à vous dire.

- Bien sûr Monsieur l'agent, voici, continua Jocelyn en tendant ses papiers !

- Veuillez éteindre le moteur et descendre du véhicule s'il vous plaît, reprit sèchement le jeune représentant de la loi.

- Oui Monsieur l'agent, je le laisse tourner une minute pour le turbo et je vous rejoins.

«Je ne t'avais pas vu avec ton tricycle derrière moi, bon sang! Le cendrier!» pensa Jocelyn. *«Pourvu qu'il ne m'ait pas vu faire!»* Le motard l'interpella à son tour juste après avoir craché un mégot de cigarette.

- Quand mon collègue en aura terminé, je m'occuperai de vous !

Il retira son casque ; un énorme nuage de cendres stagna quelques instants tout autour de son visage, puis retomba lentement. Jocelyn eut envie de s'esclaffer. *« Non pas maintenant ! »* pensa-t-il. *« Si je raconte ça, personne ne voudra me croire ! À moins qu'il me mette une prune pour « encendrement intempestif ! »*

Une voiture passa soudain à vive allure sur la route.

- Vous avez de la chance, Monsieur, fit le gendarme « encendré » en renfilant son cendrier sur la tête, je vous ai à l'œil et nous en reparlerons !

Il démarra en trombe pour rattraper l'apprenti pilote, tandis que Jocelyn s'apprêtait au contrôle. Ce faisant, il jeta un bref coup d'œil sur les personnes présentes sur le parking. Il ne put s'empêcher de faire la différence avec le passé où les forces de l'ordre n'étaient pas tenues de transformer les contrôles routiers en entreprise rentable.

« Je vais certainement avoir droit à quelque chose avec le cendrier! » continuait-il de penser.

Il scruta l'attitude des hommes en bleu. C'est même plus que certain, je ne repartirai pas sans un souvenir.

Fièrement vêtu de son uniforme bleu « Le jeune » semblait bien décidé à faire respecter la loi… à la lettre.

Il y avait deux autres conducteurs qui semblaient avoir toutes les misères « des mondes » sur leurs épaules. Les malheureux étaient en train de se faire alléger leur quota de points de leur permis ainsi que leur compte en banque. Jocelyn arrêta son moteur, puis descendit rejoindre les contrôleurs. Il était dans l'une de ces journées où il pouvait lui arriver n'importe quoi tout en restant zen.

Après avoir vérifié consciencieusement l'authenticité des documents administratifs du camion, tels que la carte grise, l'assurance, la licence de transport et autres documents, le gendarme entama le contrôle des disques. Tandis que Jocelyn arrivait devant eux pour répondre à d'éventuelles questions, le jeune contrôleur inspectait minutieusement la moindre minute de trop pour les temps de conduite, ou du moins pour les temps de repos appelés « coupures » dans le jargon routier.

Joss se tenait debout devant eux et patientait gentiment en

attendant le verdict. Soudain, le volume de sa radio monta de nouveau en trombe sur une musique moderne, rythmée, dont le titre était « Four to the floor » du groupe « Starsailor ». Ce fut tellement surprenant que le gendarme qui dressait le procès-verbal en fit déraper son stylo sur la feuille de son carnet à demi remplie. Pas aussi surpris ni même confus, Jocelyn expliqua brièvement le problème qu'il avait avec son autoradio en se dirigeant vers son camion pour couper le contact. La musique était vraiment bruyante, mais aussi entraînante. Arrivé à hauteur de la portière, il approcha sa main de la poignée d'ouverture, se figea un instant, puis se ravisa. Il était dans l'un de ces moments où les montagnes se réduisent en dunes, où être surpris en plein travail de soulagement intestinal dans des toilettes publiques à la porte d'entrée fragile, ne représente aucun problème.

D'une nature calme, posé et préférant la discrétion à l'arrogance, il était cependant comme tout le monde, sujet à des pensées délirantes et un peu folles qui lui traversaient l'esprit de temps en temps. Certaines le faisaient même sourire, voire franchement rire tout seul, rien qu'en imaginant la scène.

Certes, il ne les mettait pour ainsi dire jamais en pratique, mais il y a des jours où tout paraît naturellement possible sans que nous en ayons forcément conscience ; des jours où les interdits ancrés dans nos esprits font une pause et nous autorisent à ne pas réfléchir aux conséquences de nos actes. Une manière comme une autre de purger le circuit souvent surchargé du stress.

Il régnait un sentiment de liberté dans cette période de « papa grondeur ». Jocelyn était complètement ailleurs. Il était à ce moment précis aussi zen qu'un moine tibétain. Certes, il animait le parking à lui seul et semblait être parti du mauvais pied avec les autorités, mais rien ne pouvait l'atteindre et des journées comme celle-là sont bien trop rares pour s'empêcher « d'être ».

Tous les yeux étaient rivés sur le camion au poste de radio anarchiste. Deux secondes plus tard, le volume toujours calé sur « MAX », tous eurent la surprise de le voir réapparaître, avançant les genoux fléchis, le buste en arrière, le tout accompagné d'un mouvement en rythme d'avant en arrière de ses bras pliés de moitié et frôlant ses hanches à chaque passage. L'expression de son visage était impassible.

Le jeune gendarme se mit à hurler en tentant de surpasser les décibels des haut-parleurs. Cela lui donnait en outre des airs de grincheux hurlant.

- Baissez le volume de votre radio et venez immédiatement, c'est un ordre !

Jocelyn l'entendait à peine et de toute manière, à cet instant précis, il n'en avait rien à faire. Il continuait envers et contre tout. Grincheux hurlant se dirigea vers le camion pour baisser lui-même le volume sous les yeux de son adjudant qui le rappela à l'ordre sur-le-champ.

- Meunier ! Que faites-vous ?

Il s'expliqua d'un mouvement de son poignet lui faisant comprendre ce qu'il allait faire.

- Faut-il que je vous rappelle la loi gendarme Meunier , reprit l'adjudant en s'avançant vers lui d'un pas décidé ! Vous n'avez pas le droit de monter dans sa cabine sans son autorisation.

Voyant cela, « Meunier grincheux hurlant » alla jusqu'à la fourgonnette saisir un alcootest et se mit à suivre Jocelyn dans sa folle parade en tentant de le lui introduire dans la bouche. Jocelyn était mort de rire. Il finit par prendre le ballon en main et fit le test tout en continuant de danser avec Meunier qui le suivait juste à côté. Le test terminé, il le tendit de nouveau à grincheux en continuant sa parade.

Ce dernier observa l'objet avec dégoût. L'un des deux automobilistes qui se voyaient rédiger une amende, regarda le deuxième en souriant, lequel le lui rendit avec enthousiasme. S'étant rapproché, il lui fit un coup de coude l'encourageant du regard à le suivre dans la parade.

- Vous n'y pensez pas, il risque gros… !

Il ne lui laissa pas terminer sa phrase. Le désir de braver l'interdit ajouté à l'ambiance particulière régnant sur l'aire l'emporta sur la raison.

« *Après tout, danser n'est pas hors la loi* ».

Grincheux ne savait plus où donner de la tête. Constatant un résultat négatif, le jeune homme le somma de le suivre et d'arrêter ses pitreries sur-le-champ. Toujours sérieux, il répondit par la négative d'un signe de tête en continuant de battre le rythme avec son pied gauche, puis s'en retourna dans sa folle parade, faisant cette fois un mélange de danses pharaonique et indienne façon comanche dansant autour d'un feu muni d'une hachette. Les deux conducteurs ainsi qu'un autre routier qui se faisait lui aussi contrôler, laissèrent en plan leur gendarme et rejoignirent en rythme Jocelyn en se plaçant derrière lui, reproduisant les mêmes pas et les mêmes gestes.

Le justicier qui s'occupait de Jocelyn s'était à présent mis en tête de ne pas le rater. Ceux qui s'occupaient des deux mauvais conducteurs ne savaient plus s'il fallait mettre ou non un terme à cette mascarade. L'un d'eux demanda de son regard au justicier en chef quoi faire, lequel était secrètement hilare, mais il s'efforçait de ne pas le laisser transparaître. Après tout, ils ne faisaient de mal à personne en se dandinant ainsi, pensait-il. De plus, il aurait vu ça au moins une fois avant de partir à la retraite. Il aurait été dommage de manquer un pareil spectacle.

Il regardait ses gars travailler et s'acharner à mettre des amendes car tel était le mot d'ordre.

En voyant celui qui contrôlait les disques de Jocelyn, vérifier à la minute près tous ses faits et gestes de la période mensuelle passée, il ressentit le même dégoût que celui qu'il avait éprouvé en entrant dans cette période de rentabilisation obligatoire. Tandis que Jocelyn et ses acolytes faisaient le spectacle et provoquaient de ce fait des ralentissements d'étonnement sur la route, le jeune justicier vint lui montrer quelques disques sur lesquels il avait relevé des infractions.

- Regardez chef ! Ici il a conduit quatre heures trente-deux. Sur celui-là, il a fait une coupure de seize minutes, donc la quinzième n'est pas entière. Sur celui-là, il a travaillé plus de quinze heures, l'amplitude n'est pas bonne ! Ici il a coupé dix heures cinquante-cinq au lieu de onze heures.

Avant qu'il ne lui montre le suivant, il voulut voir l'ensemble des disques. Il constata qu'en dépit de son travail en international, il faisait de gros efforts pour respecter la législation.

- Je vais chercher le carnet chef.

- Restez ici !

- Comment ça ? Il a fait des fautes et nous devons les sanctionner, on est là pour ça !

- Oui mais nous devons faire la différence entre des gens comme lui et ceux qui ne respectent rien, sinon ce que nous faisons n'aura plus aucun sens.

- Mais « Chèfeu », insista-t-il !

- Assez ! Écoutez bien Meunier. Lorsque j'ai commencé dans ce métier, je cherchais le coupable. Aujourd'hui, je cherche la faute parce que le coupable, je le connais déjà ! Je n'ose même plus rentrer chez moi en uniforme et encore moins le poser sur la plage arrière de ma voiture comme je le faisais avant. Vous y voyez quelque chose de réjouissant dans tout ça ?

De vifs regrets accompagnaient ses paroles. La nostalgie de la belle époque était palpable rien qu'au ton de sa voix. Grincheux put presque le ressentir de la même manière que son aîné.

- Nonchef, répondit-il calmement.

- Les ordres que nous recevons, auxquels nous obéissons les yeux fermés, font de nous des robots de l'état sans âme, ni conscience. Beaucoup nous méprisent aujourd'hui, beaucoup ont peur lorsqu'ils nous voient et je ne me suis pas engagé pour ça… et vous ?

- Personnellement, c'est pour contribuer à la sécurité routière et peut-être même l'améliorer, qui sait !

- Je vais vous dire une bonne chose Meunier. Lorsque j'étais jeune gendarme comme vous, les seuls moments où nous arrêtions les conducteurs c'était soit pour un gros excès de vitesse, soit pour une traque et les routiers nous appelaient les anges de la route, plutôt flatteur n'est-ce pas ?

- Eh bien…

Mais dans ce cas-là, rien ni personne ne pouvait arrêter cet homme, quelque part d'un autre monde, en-tout-cas aux yeux de son jeune subordonné.

- Pensez-vous vraiment que nous sommes toujours ces anges gendarme Meunier ?

À cet instant, sans s'en apercevoir, son visage s'était rapproché à moins de dix centimètres de celui de Meunier et il le regarda avec une certaine compassion, le sentiment du devoir accompli était bel et bien en reconstruction et de nouvelles fondations en cours. Plus besoin de courir après le coupable, il est déjà tout désigné et n'a que quelques kilomètres à faire pour être puni.

- Hélas, je ne pense pas chef, mais quand on regarde les chiffres, on se rend compte qu'ils sont trois fois plus nombreux qu'avant et que c'est en grande partie la raison pour laquelle nous avons sévi.

- Je sais, je sais, galvanisa-t-il tristement, conscient que la machine infernale dans laquelle ils s'étaient presque tous enrôlés était trop bien partie pour s'arrêter en si bon chemin ; et il faudra probablement attendre qu'elle s'enraye d'elle-même après avoir rendu le maximum de sa productivité.

Puis son esprit s'égara l'espace d'un instant dans de glorieuses pensées.

« Je te plains petit ; si un jour le pays entre en guerre, l'ennemi se verra affublé d'une amende pour chaque balle sortie du fusil ! »

- Je ne sais pas où tout ça nous mènera, reprit-il, mais comme je vous le disais, je sais que je n'ai pas choisi ce métier pour en arriver là. Alors, je vous ordonne de regarder à qui vous avez affaire et au diable ces ordres stupides qui nous transforment en écrivaillons détestables ! Vous avez compris le message ?

- Ouichef !

- Et cessez de m'appeler chef, on dit oui mon adjudant !

Les deux autres gendarmes étaient désemparés. Que faire ? Leur courir derrière et les ramener de force. Ils arrivèrent à leur tour devant la fourgonnette.

- Qu'est-ce qu'on fait mon adjudant ?

- Qu'est-ce que vous voulez faire ? Leur dresser un procès-verbal pour danse abusive ? Attendons plutôt la fin de la musique et apprécions le spectacle. Nous l'aurons vu au moins une fois dans notre carrière !

Les autres usagers qui passaient par là et qui ralentissaient systématiquement pouvaient voir deux camions, une voiture, une fourgonnette et quatre gendarmes plantés là, regardant trois personnes danser en rythme avec une synchronisation parfaite. La scène semblait tout droit sortie du tournage d'une comédie musicale.

Non loin de là un promeneur vêtu d'un jogging blanc observait lui aussi le spectacle. Cela ne le faisait même pas sourire. Il était juste là à regarder telle une caméra de surveillance. Personne ne semblait le voir comme s'il eut été invisible.

Sur le parking jovial, la chanson touchait à sa fin. Les trois danseurs en étaient de nouveau à la danse du Comanche, semblant cette fois honorer un Dieu en se prosternant et en se relevant régulièrement tous les deux mètres. À la dernière note de la chanson, l'animateur prit le relais en annonçant l'horoscope à venir et énuméra les différents points de contrôle routier de la journée. En entendant cela, après s'être dignement salués tels de grands artistes après une représentation, les trois conducteurs indisciplinés rirent de bon cœur et retournèrent voir leur gendarme.

Ils étaient décontractés, détendus et une amende n'y changerait rien. De leur côté, les gendarmes avaient, sans trop y faire attention, desserré la bride. Ces quelques minutes surréalistes avaient éveillé l'homme sous l'uniforme. Pas celui qui cherche à interpréter la moindre parole ou le comportement pouvant aboutir au papier petit format bienfaiteur du chiffre d'affaires, non… Ils n'avaient simplement plus envie de verbaliser à l'exception du plus jeune qui n'appartenait pas à la génération des protecteurs du territoire.

Pareil à deux équipes sportives avant de disputer une rencontre, les sept se trouvaient à présent face à face. Aucun regard déplacé, aucune provocation ni de colère, juste sept personnes dont la conversation semblait être interdite par les vêtements, le statut professionnel et la circonstance. Au bout de quelques secondes, l'adjudant rompit le silence.

- Vous voulez bien baisser le volume de votre autoradio s'il vous plaît, ça nous évitera de gueuler pour communiquer !

- Bien sûr, fit Jocelyn en s'exécutant.

Il s'adressa ensuite aux gendarmes qui s'occupaient du premier routier et de l'automobiliste.

- Bien, qu'a-t-on à reprocher à ce monsieur, fit-il en désignant le camionneur !

- Il a deux temps de conduite trop longs de deux minutes pour l'un et quatre pour l'autre.

- Que pouvez-vous dire des autres disques ?

- Dans l'ensemble ils sont bien, même s'il ne roule pas souvent à quatre-vingts à l'heure sur les nationales.

- Alors écoutez-moi bien, fit-il fièrement à ses hommes, à partir d'aujourd'hui, nous ferons une réelle différence entre ceux qui font des efforts et ceux qui n'en font pas ! Nous allons donc restituer ses documents au monsieur et lui souhaiter une bonne route.

Le chauffeur faisait presque des bonds sur place, il n'en croyait pas ses oreilles. Il prit ses papiers, ses disques, salua et remercia tout le monde en bonne et due forme, puis alla à la rencontre de Jocelyn qui revenait de sa cabine.

- C'est quand tu veux pour une nouvelle danse mon ami, s'écria-t-il joyeusement !

- Ils ont été cléments ?

- Un peu qu'ils l'ont été ! Ils ont même pris de nouvelles dispositions ! Vas-y, tu verras. En tout cas, c'était sympa comme contrôle ! Bon faut que je me sauve, j'ai déjà pris pas mal de retard. T'es un grand toi… C'est moi qui te le dis !

Jocelyn sourit en serrant la main qui lui était tendue. Pendant ce temps, les gendarmes en finissaient avec l'automobiliste en lui passant les quatre kilomètres-heure de trop qu'affichait le radar. Il put également récupérer ses papiers et partir.

- Je vois qu'on se trompe sur vous ! Je veux parler des routiers, dit l'homme à Jocelyn qui venait d'arriver et qui attendait son tour un peu en retrait.

- Bonne route Monsieur ! Encore merci messieurs, conclut-il en s'adressant aux gendarmes.

Il monta dans sa voiture, regarda une dernière fois Jocelyn en souriant et reprit la route.

- À nous, fit l'adjudant qui avait davantage envie de rigoler qu'autre chose ! Vous faites la farandole à chaque fois que vous vous faites contrôler ?

Toujours aussi serein, il répondit calmement.

- Non Monsieur l'agent, il n'y avait absolument rien de prémédité. C'est juste une envie soudaine et un peu folle qui m'est passée par la tête au moment où je m'apprêtais à monter dans la cabine pour baisser le volume.

- Hum… Que pouvez-vous nous dire au sujet du disque de mardi de cette semaine ?

- Absolument rien Monsieur l'agent. Je n'ai moi-même pas compris ce qui s'est produit. Ce que je peux vous dire en revanche, c'est que je m'efforce de tout respecter, même si je perds un temps considérable.

- Vous savez que c'est le genre de faute que nous ne laissons pas passer ?

- Oui je le sais, mais c'est la seule explication que je puisse vous fournir. Faites votre travail, Monsieur l'agent, ce ne sera pas juste, mais je comprendrai.

- Veuillez faire un mot d'excuse à Monsieur, je vous prie, ordonna l'adjudant au jeune gendarme après un court instant de silence.

- Mais…

Lassé de son attitude à vouloir amender à tout prix, il s'approcha de lui suffisamment près pour coincer une feuille de papier entre leurs nez et lui dit calmement en augmentant progressivement le ton de sa voix.

- Discutez encore une fois un ordre direct et je vous colle au balai et à la serpillère pour les six mois à venir, me suis-je bien fais comprendre ?

Intimidé et gêné d'avoir subi la remontrance en public, il courut chercher le carnet et remplit le feuillet vert qui allait permettre à Jocelyn de prouver qu'il avait été contrôlé et de ne pas être inquiété pendant quelque temps avec les disques. Il attendait patiemment que les gendarmes terminent et avait encore peine à croire ce qu'il lui arrivait.

« Je finis ici, je repars et je vais faire une grille au loto » pensa-t-il, *« je ne vais pas gaspiller toute ma chance au boulot ! »*.

- Vous m'avez ouvert les yeux fit l'adjudant, ou devrais-je plutôt dire « rouvert » les yeux. C'est pour ça que j'ai décidé d'être clément aujourd'hui. Nous n'aurions jamais dû accepter de devenir ce que nous sommes et j'en avais même oublié ce pour quoi je me suis engagé il y a plus de vingt-cinq ans. En faisant ça, je prends le risque d'être muté à "Perpette les Oies", mais tant pis, j'en ai assez de ce racket organisé et je vais faire en sorte que ça se sache.

Jocelyn ne savait pas trop s'il devait abonder dans le même sens. Sur ces entrefaites, le billet de l'espoir arriva.

- Tenez mon adjudant, vous pouvez signer.

Il apposa sa signature au bas de la feuille : Adj. A. Thibault et le remit à Jocelyn.

- Tenez mon brave et bonne route !

En prenant le document en main, il jeta un bref coup

d'œil sur l'ensemble et fut interpellé par la signature. Il le dévisagea poliment et ne put se retenir de lui faire part de son étonnement.

- On s'est déjà rencontrés non ?

- Je ne m'en souviens pas, mais c'est possible. Peut-être nous sommes-nous déjà croisés dans une autre vie, plaisanta sérieusement l'adjudant !

Le regard qu'il eut à ce moment sembla familier à Jocelyn. « *Sûrement une de ces impressions de déjà vu* » pensa-t-il.

- Merci Monsieur l'agent, fit-il en cherchant encore une réponse dans les yeux de l'adjudant « A. Thibault ».

Il se dirigea vers son camion tandis que les quatre hommes en uniforme le regardaient partir. Il grimpa, s'installa au volant, mit en route et vit le jeune gendarme s'apprêter à lui faire la circulation pour quitter le parking en toute quiétude.

« *Merci Allan* » pensa Jocelyn en le regardant une dernière fois. Puis il se ravisa. « *Pourquoi je pense ça moi, je ne le connais ni d'Eve ni d'Adam !* ».

Regardant l'engin décoller, « Allan » eut un petit rictus en coin de bouche.

- Qu'est-ce qu'on fait mon adjudant, demanda l'un des deux autres gendarmes !

- Notre travail mon ami, seulement notre travail. Et ne vous inquiétez pas des retombées pour les décisions que j'ai prises. Elles n'engagent que moi et je les assumerai seul.

- Non mon adjudant, reprit fièrement le gendarme en regardant ses collègues, nous pouvions refuser d'obéir, mais nous avons accepté vos ordres.

- Allan lui mit une main amicale sur l'épaule sans dire mot.

RÉPERCUSSIONS

« C'est par le bien-faire que se crée le bien-être. »
F. de La Rochefoucauld

J ocelyn évoluait tranquillement sur la nationale à quatre-vingts kilomètres-heure. Il appuya cette fois-ci sur la touche « + » de son autoradio pour rouler en musique et éventuellement tomber sur un documentaire avec un peu de chance. Il n'avait qu'une hâte : terminer sa journée de travail et rentrer chez lui. Il ressentait une certaine fierté de sa prestation lors du contrôle. Il repensait à cet adjudant qui pour une raison qu'il ignorait lui était familier par son attitude et son regard. Ça le travaillait tellement qu'il y pensa jusqu'à sa première livraison qui lui remit les pieds sur Terre.

Il s'agissait d'une énorme machine agricole à livrer chez un revendeur. Il arriva dans la cour de ce dernier, se gara de manière à ne gêner personne, puis alla dans le magasin se renseigner sur le déroulement de son déchargement.

- Vous pouvez rester là où vous êtes, vous ne gênez pas le passage, c'est parfait ! Ouvrez donc le côté de votre camion, je vous envoie quelqu'un pour vous déposer la marchandise.

- Pour les papiers, je...

- Oui, ce sera ici lorsque mon employé m'aura affirmé le

bon état de la machine, fit aimablement l'homme derrière le comptoir.

- Merci, conclut Jocelyn en se dirigeant vers sa remorque afin de la préparer au déchargement.

Il ouvrit la bâche latérale, enleva les planches qui consolident la structure, dessangla, puis ne voyant personne arriver, remonta s'installer devant le volant, lequel une fois bien réglé, faisait office de bureau pour tenir la paperasse à jour. Un stylo à la main, il s'apprêtait à remplir un document sur "l'atlas bureau", lui-même calé sur le volant, lorsqu'il vit au fond du parking un jeune garçon accompagné de son père, descendre de voiture. Jocelyn scruta leur visage avec insistance.

« *Vous, je vous connais. Je ne sais pas d'où, mais on s'est déjà rencontrés* » pensa-t-il.

À cet instant, l'enfant le fixa quelques secondes et lui fit un signe de la main. Voyant cela, Joss lui rendit la politesse.

« *Tu me connais toi aussi. Pourquoi se reconnait-on puisqu'on ne s'est jamais vus !* ».

Chemin faisant, le bambin mimait des paroles comme pour lui délivrer un message. Jocelyn ne le lâchait pas des yeux.

« *Qui es-tu petit ? D'où est-ce qu'on se connaît ?* »

Le père du gamin ne lui était pas inconnu non plus. Il tapotait son stylo sur la feuille, cherchant vainement une réponse à sa question. Lui qui avait pourtant une excellente mémoire des visages, était incapable de mettre un nom sur ces deux là. Il hésita un instant à les interpeller, puis ne sachant pas comment les aborder, renonça et se remit à son travail de bureau.

Il ne s'était pas écoulé plus de cinq minutes, lorsqu'il vit un vieux tracteur équipé de fourches à l'arrière et maladroitement conduit par un jeune homme de toute évidence nouveau dans le monde du travail, affublé d'un faux air de Gaston Lagaffe, version humaine. Joss descendit sur-le-champ, quelque peu affolé par la vitesse à laquelle évoluait Gaston à la mèche de cheveux rebelle qu'il retirait régulièrement de son champ de vision d'un mouvement de tête latéral. Jocelyn était amusé de le voir faire. Gaston lui apparaissait comme une caricature à la limite de la réalité.

« *À cette allure-là, il ne va même pas remarquer le camion !* » pensa-t-il en ne pouvant contenir un franc sourire.

Le jeune homme passa devant lui à toute vitesse le saluant d'un signe discret de sa main gauche. Il se positionna ensuite devant la machine qui présentait à cet endroit une grande tôle peinte de bleue servant à masquer une grande partie du mécanisme. Une bonne dizaine de manœuvres plus tard, c'était enfin terminé. Jocelyn ne disait rien, mais il surveillait de près tous les faits et gestes du jeune phénomène lequel avait apparemment des difficultés à passer les vitesses quand il les avait trouvées !

« *Il va me faire terminer ma semaine sur une catastrophe !* » se dit Jocelyn dont le taux d'inquiétude grimpait à chaque décision que prenait Gaston.

Soudain, tout alla très vite. Désireux de se reprendre une dernière fois pour être bien centré, il se trompa de vitesse, enclencha la marche arrière et dans la panique, écrasa l'accélérateur que le tracteur interpréta à sa juste valeur. Dans le feu de l'action, ce que Jocelyn vit à cet instant dépassa tout ce qu'il avait imaginé de pire. Alors que les fourches censées s'insérer sous la machine étaient restées à plus de deux mètres de hauteur, il vit l'engin faire un bond en arrière incrustant ainsi les deux fourches dans la tôle bleue, le tout en moins de temps qu'il n'en faut pour le dire. Il était simplement éberlué. Il n'en croyait pas ses yeux.

« *C'est pas vrai! Je rêve! Il a planté le tracteur dans la machine!* »

Gaston descendit tranquillement de sa machine infernale, se dirigea directement vers sa voiture dans laquelle il embarqua et partit sans demander son reste.

« *Il va bien lui ! Il plante les fourches dans la machine et il s'en va !* »

Le vacarme provoqué par la manœuvre alerta tout le monde dans la boutique. Mais il faut reconnaître que dans un cas comme celui-ci, tellement improbable et presque surréaliste, un certain temps de réaction est nécessaire. Affolé, le gérant sortit en toute hâte. Le tracteur devint rapidement l'attraction principale dans la demi-heure qui suivit. Jocelyn expliqua en quelques mots ce qu'il avait vu et ressenti. Hors de lui, le gérant fut obligé de trouver une solution temporaire pour les documents de livraison sur lesquels Jocelyn s'était empressé d'écrire une réserve pour définir la responsabilité de chacun. Gaston venait de prendre sa première leçon. La journée se terminait, il était seize heures trente, heure à laquelle les entreprises commençaient à baisser le rideau hebdomadaire.

Il arriva à son dépôt où l'attendait Gérard pour lui décharger un peu de marchandise dont la ville de destination était la même que celle que ramenait son collègue Fanfan. Il stoppa le moteur et descendit.

- Salut Fanfan !

- Salut Monsieur Cosmétique !

Ce surnom lui avait été attribué à la suite d'une altercation avec des douaniers.

- Allez ! C'est toi qui t'y colles ?

L'accès chez ce client était réputé être une vraie galère de début de semaine.

- Ne m'en parle pas ! On peut rêver mieux pour un lundi !

413

- Désolé pour toi. Non, ce n'est pas vrai, je plaisante !

Une silhouette blanche et lointaine attira soudain son attention.

- Ça va Joss, fit Fanfan le voyant déconnecté !

- Tu vois l'homme en blanc là-bas, de l'autre côté du carrefour?

- Oui, pourquoi ?

- Tu ne le trouves pas étrange ?

- Il ne bouge pas et il regarde par ici. Et après ?

- Ça ne te parait pas bizarre qu'il reste là sans rien dire, ni bouger ?

- Et alors… On en voit tous les jours des énergumènes comme lui !

- Peut-être bien, mais il se comporte étrangement tu ne trouves pas ?

- C'est vrai qu'il regarde beaucoup par ici. Et qu'est-ce qu'il est blanc !

- Encore un adepte de Monsieur propre !

Jocelyn avait du mal à distinguer son visage, mais cette silhouette ne lui était pas inconnue.

« *Où est-ce que je t'ai vu toi ?* »

- Bon, reprit-il, ce n'est pas le tout, mais on doit justifier nos dix mille euros mensuels !

Il enfila ses gants, puis s'affaira à l'ouverture de sa remorque. L'homme en blanc resta une quinzaine de minutes, puis disparut soudainement à l'insu de la vigilance de Jocelyn et Fanfan. Joss ne disait rien, mais se posait tout un tas de questions. Il s'efforçait de faire comme si de rien n'était, mais il ne pouvait pas s'empêcher de jeter un œil de temps en temps en travaillant. La besogne faite, il rentra chez lui retrouver son aimée après avoir évoqué l'organisation de la journée du lundi suivant avec son chef et chargé ses affaires dans sa voiture.

Gérard avait remarqué un changement dans son comportement, mais n'en avait pas fait état et le regardait partir du coin de l'œil. Il entama le court trajet de six kilomètres qui le séparait de son nid comme il prenait plaisir à le dire, mais ne rejoignit pas tout de suite la nationale située à cinquante mètres en sortant à gauche. Il opta cette fois-ci de tourner à droite à la sortie du dépôt pour prendre le même itinéraire que celui par lequel il était passé avec Emma dans l'autre dimension.

Pour quelle raison ? Ça il n'aurait jamais pu le dire, mais une multitude de déjà vu et de vécu l'envahirent. Il se sentait profondément bien, serein. Les autres semaines, il n'était certes pas malheureux de rentrer à la maison, mais c'était devenu au fil du temps, une espèce de rituel qui pouvait se résumer à « Métro Boulot Dodo », ce qui ne lui enlevait cependant pas la joie de retrouver Emma, mais il savait qu'il allait dans ce village, à ses yeux enlaidi par la mauvaise ambiance qu'y faisait régner sa belle-famille. Simplement aujourd'hui était pour lui un jour nouveau, mieux encore, une nouvelle ère dans laquelle les problèmes futurs auraient systématiquement une solution. Il ne croyait pas si bien penser…

Désormais, les tracas liés à la belle-famille et en particulier à sa paumée de belle-sœur lui seraient complètement indifférents. Ils passeraient au second, voire au troisième ou au quatrième plan, car après tout, que peut-on faire avec une personne qui a choisi de paraître. Heureusement, Emma était là pour relever le niveau, mais il ignorait que cette dernière allait changer le reste de sa vie. Il ignorait que certaines solutions ne pouvaient se trouver qu'ailleurs.

De son côté, Emma à qui « Jossy » avait téléphoné pour la prévenir de son arrivée avait eu le temps de découvrir son Nouveau Monde. Elle était allée voir sa mère où se trouvaient déjà quelques membres de sa famille, évoquant de vieux souvenirs, ainsi que sa sœur Mira accompagnée de son fidèle neveu Axel qui la suivait partout. En arrivant, elle avait oublié la situation et s'était approchée de sa sœur pour lui faire une bise. Ce n'est qu'en la voyant réagir qu'elle s'en était rappelé.

- Oups ! Excuse-moi Mira, ça m'était complètement sorti de l'esprit. Pourquoi on ne se parle plus déjà ?

Mira s'était retrouvée déconcertée par ce comportement auquel elle ne s'attendait pas. La seule réponse qu'elle put articuler fut timide, maladroite et à peine audible.

- Ben, tu le sais !

Cette situation qu'elle avait créée se retournait contre elle, tant elle était mal à l'aise comparée à Emma qui, sans le souligner, trouvait la scène parfaitement ridicule et affichait une décontraction évidente.

- Ah oui ! C'est vrai, Max est mort par ma faute. Je me l'écrirai sur un carnet pour ne plus oublier !

Emma n'avait pas cherché à mettre sa sœur dans cette position, laquelle commençait d'ailleurs à se décomposer littéralement sous le poids des regards qui pesaient sur elle. Sans le vouloir, Emma venait de mettre à jour une situation merdique qui avait rapidement engendré l'interrogation de toute la famille sur le véritable personnage qu'était sa sœur.

Il y a parfois des moments où l'on se sent si bien dans sa peau, que rien ni personne ne pourrait ternir cet état quoi qu'il arrive, quoi qu'on dise et quoi qu'on fasse. Il émanait d'Emma une telle sincérité, une telle envie de vivre, un tel bien-être, qu'elle en était indestructible. Elle n'eut nul besoin de rentrer dans les détails pour que tout le monde comprenne la situation. Elle n'en avait du reste aucune envie. Mais elle était forte d'une chose primordiale : l'amour fraternel qu'elle éprouvait envers sa sœur.

Si son double avait fini par rayer définitivement l'existence de sa sœur, elle pensait que la pauvre Mira n'y était pour rien, qu'elle n'avait fait que vivre ce qu'on lui avait montré qu'il était possible de vivre et qu'un jour, peut-être, elle trouverait la raison. En attendant, elle se comportait comme elle l'avait toujours fait, comme ce qu'elle avait toujours connu, simplement elle. Et cela déstabilisait déjà beaucoup cette nouvelle équipe de névrosés qui lui servait désormais de famille. Outre quelques autres découvertes qu'elle eût faites dans sa nouvelle dimension, il ne lui tardait plus qu'une seule chose: retrouver Jossy, celui-là même qui lui avait donné l'envie d'affronter tout ça et de renoncer à ce qui faisait sa vie... là-bas.

Impatiente, elle guettait son arrivée. Au bout d'un moment, elle vit une voiture s'engager dans la petite allée menant à la maison. Un grand sourire s'installa sur son visage.

« *Te voilà enfin* » pensa-t-elle.

Elle se dirigea vers la porte d'entrée, l'ouvrit et campa devant en trépignant littéralement. Elle s'attendait à commettre quelques petites erreurs, mais cela n'avait pas grande importance. Son double lui avait dit tout ce qu'elle devait savoir et elle avait passé toute la maison en revue, y compris les albums photos. Jusqu'à ce jour, elle n'avait jamais éprouvé le besoin d'attendre son mari devant la porte de la maison. Elle ressentit à cet instant de la nostalgie, presque de la tristesse. Elle venait de se rappeler une phrase que lui avait dite son père qu'elle ne reverrait désormais plus jamais dans ce monde.

« *Ne tombe jamais amoureuse d'un physique ma fille* ».

«*Tu as raison papa*» pensa-t-elle, «*adieu papa, tu me manqueras*».

Étonné de voir Emma l'attendre ainsi, Jossy stoppa à mi-chemin, descendit calmement de la voiture et avança doucement en sa direction en adoptant une démarche de cow-boy, les mains placées le long du corps, coudes à moitié pliés, simulant une éventuelle promptitude à dégainer un colt.

En voyant cet homme qui avait chaque jour la responsabilité d'un « 40 tonnes » entre les mains s'amuser de la sorte tel un jeune de vingt ans, elle sut tout de suite qu'elle avait fait le bon choix. Elle n'avait jamais eu droit à ce type de réaction de la part de celui qu'elle avait épousé, car il se prenait beaucoup trop au sérieux et elle avait toujours secrètement espéré le voir changer sur ce point.

Ayant le même petit grain de folie que son cow-boy, elle se mit à avancer de la même façon. Ils marchaient, en se regardant droit dans les yeux tentant de garder leur sérieux en retenant leur sourire qui ne demandait qu'à exploser en esclaffement. Ils s'arrêtèrent à un mètre l'un de l'autre. Des centaines de messages s'échangeaient par leurs yeux amoureux. Jocelyn remuait ses doigts au-dessus de ses colts virtuels. Il se laissait complètement aller dans son délire.

- On ne provoque pas « Jossy le kid » en duel. Quelles sont tes dernières volontés avant de mourir ?

- Je voudrais te voir danser le « Comanchero » et tu feras ensuite ce que tu veux de moi !

Surpris par cette demande, il interrompit un instant la scène...

- Tu m'as suivi aujourd'hui ?

- Pourquoi cette question ?

- Pour rien, je te raconterai après.

« *Deux fois dans la même journée, ce doit être un signe !* » se dit-il. Il repensa à son contrôle routier matinal et esquissa un sourire.

- Ours qui se roule dans la neige, reprit « Jossy le kid », va danser pour toi, femme blanche !

Il fit la même danse en accentuant le côté comanche. Emma ne put plus se retenir et rigola de bon cœur. Trente secondes s'écoulèrent, Jocelyn s'arrêta, parvenant à garder son sérieux envers et contre tout.

- Ours qui se roule dans la neige a dansé. Il peut maintenant faire ce qu'il veut de toi !

- Vous... Vous êtes sûr de ne pas vouloir en reparler ours !

Il approcha son visage de celui d'Emma en précisant d'une voix normale et sérieuse.

- Jamais chaton !

Puis il l'embrassa tendrement laissant tous les messages expédiés de ses yeux devenir des actes aimants. Collés l'un à l'autre, ils passèrent les cinq minutes suivantes à échanger leurs évidences amoureuses.

- Je continuerais bien à te montrer mes sentiments pour toi ma chérie, mais je me sens sale et j'ai envie d'une bonne douche. Ensuite, je m'occuperai de ton cas, je te le promets. Rentre à la maison, je vais chercher la voiture et j'arrive.

Leurs regards étaient beaucoup plus bavards et éloquents que les mots. Il essuya de sa main gauche la joue de la belle en esquissant un sourire tel John Wayne saluant une dernière fois la pauvre dame qu'il aurait secourue en faisant fuir des assaillants avant de remonter sur sa monture pour de nouvelles aventures.

Emma était vraiment heureuse comme elle ne l'avait plus été depuis longtemps. Elle envisageait à présent la vie sereinement, sous un autre angle. Elle était convaincue que de tous les choix qui lui avaient été donnés de faire, celui-ci était le meilleur.

Quant à Jocelyn, il aurait sans doute pu écrire un roman sur ce qu'il ressentait à cet instant précis. Quelque chose avait changé. Lui aussi savait qu'il avait fait le bon choix le jour où il l'avait demandé en mariage et il découvrait qu'il avait probablement dû s'endormir pendant quelques années pour éluder à ce point le personnage qu'était sa femme, celle pour qui il donnerait tout. Il était simplement en train de la redécouvrir. C'était maintenant prouvé. Il est tout à fait possible de tomber amoureux de la femme qu'on aime.

Bien que rocambolesque, cette aventure avait finalement permis à des êtres de se retrouver, mieux se connaître, faire ressortir des sentiments qui seraient certainement restés enfouis dans les dossiers de l'ignorance. Peut-être était-ce cela la magie de la technologie bien pensée. Une magie qui avait réuni un homme et une femme qui se seraient sans doute égarés dans les méandres d'une conception de vie erronée et obsolète.

- Attendez un instant cow-boy, fit Emma en le rattrapant !

- « Ours qui se roule dans la neige » obéit ! Il ne prendrait pas le risque de dire non à « petit diamant doré ».

- Merci ours, mais tu n'as plus besoin de me conquérir, c'est déjà fait !

Elle l'encouragea d'un dernier baiser pour la route, puis s'en retourna vers la maison pour commencer à préparer le souper. Jocelyn arriva tranquillement et se gara en marche arrière, comme à son habitude, pour ne pas avoir besoin de faire la manœuvre quand il utiliserait de nouveau la voiture. Après avoir éteint le moteur, il descendit, ramassa son sac de voyage, sa sacoche ainsi que ses papiers, puis alla directement dans le salon pour déposer le tout sur la table. Ce faisant, il fouilla machinalement les poches de son pantalon pour le préparer au passage dans la machine à laver. Dans la poche arrière gauche se trouvait une carte de visite qu'il retira soigneusement pour ne pas la froisser. Il la tourna dans le bon sens, puis entama la lecture du contenu.

« Monsieur Hubert Doran, responsable de l'agence de voyages « Les Paradis ».

Il resta un moment perplexe, cherchant vainement qui cela pouvait être, puis la mit dans le plat « fourre-tout» posé sur la commode dans l'entrée. Il se prépara ensuite à la douche de la fin de semaine qui constituait pour lui une espèce de rituel mettant fin à sa semaine de travail et correspondant au moment « M » du début de son week-end. Il pensait encore à cette carte sans pour autant en faire une fixation.

- Chaton, cria-t-il dans la maison !

Emma était montée au premier étage terminer un travail de couture qu'elle avait entamé l'après-midi. Elle mourait d'envie d'être à ses côtés, mais elle s'efforçait d'agir sur les conseils de son double et se forçait à ne pas être trop encombrante, un peu comme si une certaine routine s'était installée.

- Oui, répondit-elle prête à bondir tout en s'obligeant à rester assise devant sa machine.

- Hubert Doran...

Ses oreilles se dressèrent en entendant ce nom et elle cessa aussitôt son travail.

- Hubert Doran ? Qui c'est, feinta-t-elle ?

Son esprit se mit soudain à s'affoler.

« *Pourquoi me parle-t-il d'Hubert ?* »

- Je n'en sais rien, mais on a déjà dû le rencontrer puisque j'avais ses coordonnées dans la poche de mon pantalon.

Elle passa immédiatement la scène en revue.

« *J'avais oublié ça !* »

- Non, ça ne me dit absolument rien. Pourquoi devrais-je

m'en souvenir, mentit-elle ?

- Non, pas spécialement, mais je trouve juste étrange de ne pas me souvenir de la personne qui m'a remis cette carte.

- Ne t'en fais pas, si c'est important, ça te reviendra sûrement!

- Tu as sans doute raison.

Il n'y prêta pas davantage attention et se dirigea vers la salle de bain. Voilà, c'était fait. Emma avait réussi avec succès son insertion dans ce monde. Quant à Jocelyn, il ne le savait pas, mais il irait de surprise en surprise.

15 ANS PLUS TARD

« Il n'arrive jamais de grands événements intérieurs à ceux qui n'ont rien fait pour les appeler à eux. »
Cabaret Voltaire

Les deux couples « Emma-Joss » sont heureux dans leurs dimensions respectives. L'un s'est remarié et deux enfants ont été adoptés par leur mère si l'on peut dire, et l'autre a donné naissance à deux beaux enfants inespérés. Le cascadeur a arrêté son métier à risques au profit d'un nouveau travail plus tranquille et se consacre désormais davantage à sa famille.

Le routier devenu père est aux anges et comble de bonheur « chaton », qui n'a jamais regretté sa décision.

Nous sommes le dix-sept août deux mille trente. « Routier Joss » a amené sa petite famille sur la rive d'un lac pour passer la journée. Leurs deux enfants sont adolescents et ont les problèmes liés à leur âge. Mais il règne somme toute une bonne ambiance. Ils ont reçu une éducation responsable et réussissent à être sensés même si quelques fois… Aujourd'hui retraité, il a su faire l'acquisition lente, mais bénéfique d'une certaine sagesse. Longtemps jalousé pour sa chance insolente sur le compte de laquelle son entourage avait mis son départ à la retraite prématurée suite à une erreur irréversible dans son dossier, ainsi que la somme d'argent plutôt rondelette qu'il avait gagnée à la loterie nationale dix ans auparavant alors qu'il ne jouait pour ainsi dire jamais. Lui ne voyait pas la chose sous le même angle. À la vue de cette certitude à propos de laquelle tout le monde autour de lui semblait s'être mis d'accord, il y avait souvent réfléchi et avait fini par élaborer sa propre théorie.

La chance ne s'expédie pas par colis postal. On ne la reçoit pas d'une main divine et encore moins sous la forme d'un trophée encastrable lors de notre passage à l'âge de dix ans. Non, c'est quelque chose de beaucoup plus subtil dans notre comportement, quelque chose d'imperceptible pour celui qui le cherche et tellement plus éloquent avec nos interlocuteurs, mais qui fait toute la différence. Elle se provoque et peut quelques fois s'entretenir dès l'instant où l'on voit que le filon s'est formé. Une espèce de pensée toujours présente, résolument optimiste et qui s'affine au fil des années, nous autorisant ainsi à espérer quoi qu'il arrive. Après tout, pourquoi penser que tout est possible quand on peut se permettre de se dire que ça n'arrivera jamais ! Le plus simple est sans doute d'y croire au même titre qu'à un Dieu. Cela procure une facilité déconcertante pour pouvoir penser qu'on peut en avoir. C'est certainement cela qu'on appelle « donner un coup de pouce à son destin »

Il croyait en l'existence d'une balance divine dont seul l'homme est en mesure d'actionner le mouvement. À ses yeux, s'il avait gagné cet argent, c'est simplement parce qu'il avait dû faire ce qu'il fallait pour ça, car il était convaincu que tout arrive à qui sait attendre ; tout se mérite et finit toujours par arriver à celui qui ne perd pas de vue le « cliché » qu'il s'était fait au début de sa vie. Ce sont nos pensées qui font de nous ce que nous sommes. Les problèmes de la vie sont à quelques détails près les mêmes pour tous et sont pour la plupart liés à la société dans laquelle nous évoluons. Il y a cependant toujours une solution, alors si on peut s'éviter un peu de stress, c'est toujours ça de pris.

Cette sagesse exacerbée lui avait tout de même permis de payer le solde de son dernier crédit immobilier, d'acheter une résidence secondaire dans un sympathique petit coin de montagne situé à trois cents kilomètres de leur maison où il se rend en compagnie d'Emma et de leurs deux fils chaque hiver, d'épargner suffisamment pour être confortablement payé en plus de sa retraite jusqu'à la fin de sa vie, ainsi que de créer un pécule intéressant pour ses enfants quand ils seraient majeurs, mais pas avant l'âge de trente ans, car il estime qu'on n'est pas assez responsable avant ce cap et qu'il n'est pas mauvais de manger un peu de vache enragée pour comprendre certaines choses cruciales de la vie dans cette société.

Leur voiture était garée à deux pas de l'endroit qu'ils avaient choisi en bordure du magnifique étang. C'était leur lieu de prédilection lorsqu'ils y venaient. Cela ne les dérangeait pas d'arriver tôt le matin pour être certains de trouver la place libre.

- Quentin, Gaël, aidez-nous à décharger la voiture, vous irez jouer après, fit Jocelyn sur le ton de l'autorité passive !

Quentin le contestataire par excellence tenta vainement une timide rébellion.

- Mais papa... s'exaspéra-t-il.

- De suite, insista Jocelyn gentiment, mais toujours avec une certaine fermeté naturelle !

N'ayant pas d'autre choix que d'obtempérer, les deux frères s'exécutèrent bon gré mal gré. Alors qu'elle commençait à installer le campement, Emma cherchait le pain pour le repas de midi, mais ne le voyait nulle part dans ce qu'elle avait préparé.

- Quelqu'un pourrait aller voir dans le coffre si le pain n'y est pas resté, lança-t-elle aux garçons ?

- J'y vais « 'Mam », fit Gaël en y retournant au pas de course !

Arrivé à l'arrière de la voiture, il ouvrit le coffre, mais ne vit rien d'autre que la caisse à outils et la boîte à ampoules.

- Non 'Mam, y a rien, continua-t-il.

Jocelyn la rassura immédiatement.

- Ne t'en fais pas mon ange, si on l'a oublié j'irai en chercher vite fait d'un coup de voiture.

- Merci Jossy, fit-elle avec tendresse.

Il lui arrivait parfois de penser à ses deux autres fils qu'elle avait laissés là-bas en voyant les deux enfants auxquels elle avait donné naissance ici. Elle aurait souhaité leur donner des prénoms différents, mais cette partie de l'histoire s'était déroulée de la même manière que dans sa dimension d'origine. Elle ne pouvait pas s'empêcher de faire des similitudes entre les quatre enfants sur leur caractère, leur façon d'être et leur évolution. Elle y pensait avec nostalgie et bien qu'elle fut heureuse dans cette vie, elle se demandait souvent si ce qu'elle avait fait au nom de l'amour était moral. Son double avait-il été à la hauteur de ce qu'elle avait entrepris en matière d'éducation? Qu'étaient-ils devenus? Elle avait eu confiance dès qu'elle l'avait vue ; elle était certaine qu'elle serait une mère similaire, mais il y avait quelques détails auxquels elle avait pensé plus tard.

Leurs personnages étaient certes identiques, mais ça n'était pas le cas de leur caractère créé par leur vécu respectif. Dans ces moments de blues et de questions, son secret était lourd à porter, tellement lourd... Outre cette nouvelle belle vie qu'elle avait ici et ces pensées négatives qui la hantaient, il y avait quelques situations comiques et étranges à la fois qui se produisaient quelques fois avec ses enfants qui avaient sept ans de moins que leurs aînés de l'autre dimension, mais ils avaient les mêmes traits de caractère et c'était comme si elle élevait une deuxième fois ses premiers enfants. Il lui arrivait de deviner à l'avance certaines choses, ce qui la faisait passer par moment pour une espèce de voyante extralucide. Elle savait au fond d'elle qu'elle ne devait pas faire ces différences, mais c'était plus fort qu'elle. Ils se ressemblaient tant.

Elle vit soudain Jocelyn revenir bredouille.

- Qu'as-tu fait de nos enfants ? Je ne les vois plus, fit Emma qui commençait à envisager un moment de repos en s'allongeant sur une serviette qu'elle avait étendue à même le sol.

- J'ai tiré un bon prix de Gaël, quant à Quentin, je le cherche.

- Gardons-en au moins un sur deux, il peut servir.

- Tu as raison chaton, je l'utiliserai comme récepteur lors de nos disputes !

Emma pouffa.

- Tu dis ça comme si c'était tous les jours !

- Je ne l'utiliserai pas souvent.

- Va plutôt chercher du pain en attendant. Ça t'évitera de dire des bêtises !

Jocelyn se prosterna tel un serviteur devant son maître.

- Bien madame, paquet de six, paquet de douze ?

- Va-t-en, fit-elle en esquissant un sourire !

- À tout à l'heure mon ange, fit Jocelyn en se dirigeant vers la voiture.

- Fais vite mon chéri, rétorqua-t-elle en se replongeant dans son « Repos ménager ».

Chemin faisant, il jeta un œil sur ses enfants qui se baignaient dans le lac.

- Ne vous aventurez pas trop loin, évitez à maman de faire ses premiers cheveux blancs aujourd'hui !

Ils étaient tellement plongés dans ce qu'ils faisaient que bien que l'ayant entendu, ils ne répondirent pas. Il insista donc avec cette fois un peu plus d'autorité.

- Quentin, Gaël !
- Oui « 'Pa », on a entendu.

« Dire que c'est moi qui ai contribué à ce qu'ils sont » pensa-t-il.

Il grimpa dans l'auto, mit en route et partit en direction du village voisin. Il fallait emprunter un chemin de terre sur environ trente mètres avant d'arriver sur le goudron. Sa « Dedeuch » pouvait supporter n'importe quelle route du moment que c'était à peu près plat, mais il la bichonnait et roulait prudemment pour ne pas l'abîmer. Il avait par conséquent le temps de regarder le paysage et quelque chose attira son attention au loin sur la partie goudronnée.

Une petite boule de poils grise semblait remuer sur le bas côté du chemin. Au fur et à mesure qu'il s'en rapprochait, il pouvait distinguer un chaton qui venait apparemment d'être percuté. Il s'arrêta pour mieux regarder et s'aperçut que la pauvre bête était sonnée mais restait animée par les nerfs, la faisant trembler de tout son corps. Il n'eut pas le cœur de l'abandonner à son triste sort. Il le ramassa précautionneusement et partit à la recherche d'un vétérinaire. Après avoir passé quelques coups de fil, il arriva dans une clinique, prit le chaton de la même manière qu'il l'avait délicatement posé sur le siège passager et entra aussi affolé que s'il lui appartenait.

- Bonjour Monsieur, fit la vétérinaire, alors c'est vous le sauveur de chaton, plaisanta-t-elle ! Posez-le ici, je m'en occupe de suite.

- Vous pensez qu'il s'en sortira ?

- Je ne peux pas trop vous répondre pour l'instant. Pensez-vous l'adopter ?

Jocelyn ne sut que répondre sur le moment.

- Heu, je ne sais pas, je n'y ai pas pensé. J'ai simplement voulu le sauver.

- Vous n'avez pas d'enfants ?

- Ça veut dire qu'il va s'en tirer ?

- Je le pense, fit la vétérinaire en souriant, ce n'est pas aussi grave que ça en a l'air.

- Je dois d'abord me renseigner. Personnellement, je n'y vois aucun inconvénient.

- Tenez, prenez ma carte et appelez-moi la semaine prochaine. Si personne n'est venu le réclamer, il est à vous !

- D'accord, faisons ça, je vous appellerai !

Pendant ce temps, de l'autre côté du lac, à l'abri de la broussaille, était assis un homme, tout de blanc vêtu. Il regardait dans leur direction. En dépit de tous les promeneurs qui passaient à proximité de lui, personne ne semblait remarquer sa présence.

Soudain, il se releva et disparut purement et simplement. Il tenait dans ses mains une photographie. Emma qui était toujours allongée, les yeux fermés, sentit un courant d'air furtif, mais intense au niveau du visage et tout de suite après quelque chose tombait sur sa poitrine ou plutôt avait été déposé à la vitesse de la lumière. Cela lui fit ouvrir aussitôt les yeux et elle regarda tout d'abord le colis qui avait été déposé.

« *Une photo !* » se dit-elle.

Elle regarda autour d'elle, mais ne vit personne en dehors de ses deux fils en train de s'amuser dans l'eau. Elle saisit l'image pour mieux la regarder.

« *Bizarre cette photo* » pensa-t-elle, « *on leur donnerait presque vingt ans !* »

Puis, elle examina chaque détail. Jocelyn, les enfants, elle-même, ainsi que le paysage. Elle comprit soudain qu'il ne s'agissait pas d'eux, en tout cas pas ici.

- Mes petits, sanglota-t-elle !

À cet instant précis, une main invisible broyait ses tripes. Elle était seule au monde. Elle ne put retenir les larmes qui s'échappèrent de leur prison pour finalement laisser place à un sourire.

Sur cette photo de famille se trouvaient son double, Joss l'intrépide et ses deux premiers fils. Tout ce petit monde était heureux, leurs sourires ne semblaient pas avoir fait l'objet d'une commande express. Cette image respirait la vie et le bonheur. C'était un de ces moments « KODAK » qu'on immortalise pour les revoir dans un album ou un cadre et ainsi se rappeler cet instant de joie passé en famille.

Son double, Emma, avait le même air qu'elle sur une photo ressemblante. C'était troublant, presque affolant. Les yeux de Jocelyn en disaient long sur ce qu'il ressentait. Le voir ainsi sur cette photographie lui rappelait des émotions et le souvenir de quelques bons moments passés avec lui. Déjà vingt ans… se dit-elle ; vingt longues années pour refaire le monde. Il ne lui en aurait pas fallu beaucoup plus pour regretter. D'une nature optimiste, elle se ressaisit aussitôt en regardant ses deux fils actuels. L'émotion passée, elle scruta les alentours d'un regard de détective.

- Qui êtes-vous ? On s'est déjà vus n'est-ce pas ?

Elle attendait inconsciemment une réponse tout en sachant qu'il était peu probable qu'elle en ait une. Et pourtant, contre toute attente, elle vit sur le verso quelques mots semblant avoir été jetés à la va-vite, avec une encre pour le moins capricieuse. Elle apparaissait et disparaissait en fonction de la luminosité.

- Bonjour Emma ! Comment va « Boss Capish » ?

Cette remarque ravivait des souvenirs lointains et pourtant si présents. Toute l'aventure qu'elle avait connue défilait rapidement dans son esprit, ainsi que toute sa vie d'avant. Plus qu'un symbole, cette banale photo de famille représentait à elle seule la confirmation de son choix et du résultat qui émanait au-delà de toute espérance. C'était une vraie réussite. Cette lourde décision qu'elle avait prise à un tournant de sa vie engageant toutes les personnes qu'elle aime et qui outre son bonheur actuel, venait perturber régulièrement son bien-être, se transforma définitivement en espoir et en un bonheur indescriptible. Elle était persuadée d'avoir bien agi, mais il manquait un petit quelque chose, une assurance, une preuve ou mieux une simple photographie.

« Pourquoi avoir attendu si longtemps ? » pensa-t-elle.

- On doit assumer toutes nos décisions. C'est la vie qui se charge de nous en récompenser.

- Oui c'est vrai, c'est la v... Je vois que tu as renoué avec tes capacités sensorielles, fit discrètement Emma en souriant. Félix... tu es parti, je suppose. C'est bien ce que tu as fait. Je ne l'avouerai pas, mais c'était quelques fois difficile. Maintenant, je me sens libérée d'un poids grâce à toi petit homme, qui savait déjà à l'époque. J'imagine que tu vas en faire autant avec la « mère de mes enfants ». Elle doit en avoir besoin aussi. Tu m'entends toujours, ou je parle toute seule ?

- Je suis un grand homme aujourd'hui. Adieu Emma.

- Tu me l'avais dit qu'on ne se reverrait pas. Adieu grand petit homme.

En rentrant chez eux le soir venu, Quentin remarquera la disparition d'une photo dans l'un des cadres ornant la grande étagère non fermée du buffet du salon et le fera remarquer à sa mère.

- Tu as enlevé notre photo, maman ?

Surprise, elle vérifiera et se rendra compte que la photographie manquante est celle où ils sont tous regroupés, pareille à celle qu'elle a rangée dans son sac.

« *Elle sera sûrement heureuse de voir ça* » pensera-t-elle.

- Non Quentin, répliquera-t-elle, je ne vais pas la changer en fin de compte.

Elle sortira la photo de son sac et la placera en lieu et place de l'ancienne.

- Ce n'est pas la même, s'étonna son fils !

- J'ai l'habitude de la voir, mais regarde-la mieux.

Assise sur sa serviette, elle fit de ses yeux un autre tour d'horizon.

INTERFÉRENCES POSITIVES

*« On dit que le temps change les choses, mais en fait letemps
ne faitque passer et nous devons changer les choses nous-
mêmes. »*
Andy Warhol

Merci Félix pensa-t-elle avec une grande émotion. *«
Je dois vous rendre hommage à tous, votre trouvaille a
changé ma vie et celle de mes enfants. Si elle pouvait
aussi me changer la tache qui me sert de sœur dans ce monde ! ».*
Elle regarda de nouveau la photographie.

« Tu y seras enfin arrivé Joss, te voilà devenu raisonnable ! ». On
pouvait le voir en arrière plan encerclant sa petite famille avec
Emma au centre. Elle la contempla quelques minutes encore.

*« Je sais maintenant que je ne vous ai pas abandonnés. Je vous
aimerai toujours mes chéris ».*

Elle entendit soudain le bruit encore lointain et spécifique de
leur 2CH cabriolet quatre places que Jocelyn avait entièrement
restaurée et dont il était très fier puisqu'elle se démarquait
de toutes les autres qui n'offraient que deux places. Elle
rangea soigneusement la photo dans son sac dans lequel Jocelyn
n'aimait pas mettre les mains, transforma le mot en une petite
boule de papier qu'elle s'empressa de jeter à l'eau, puis se

rallongea.

Un kilomètre et demi et quelques « Drrrll » plus tard, Joss gara son antiquité, en descendit armé de deux flûtes et arriva près d'Emma dont les yeux étaient clos. Respectueux, il s'approcha avec délicatesse pour ne pas la réveiller. Il mit le pain par-dessus le sac qui contenait la nourriture, puis fit silencieusement demi-tour en se dirigeant vers l'eau. Quelques secondes s'écoulèrent puis...

- Joss...

Il se retourna, culpabilisant d'avoir été bruyant malgré lui sans trop savoir quand.

- Mon ange ?

- Je ne dors pas !

- J'ai cru.

- Tu en as mis du temps. Tu as eu un problème avec la voiture?

- Non, j'ai simplement sauvé une vie !

- Sauvé une vie ?

- Oui, un petit chaton mourant au bord de la route quand je suis parti.

- Et qu'est-ce que tu lui as fait ; du bouche à gueule ?

- Elle n'est pas mal celle-là, je la ressortirai !

- Est-ce qu'il s'en sortira au moins ?

- Oui, il a ses chances.

- Et... ?

- Et quoi ?

- Aucune idée ne t'a traversé l'esprit ?

- Tu veux parler d'une adoption ou de quelque chose du genre ? Non, pas du tout. Je dois juste rappeler la semaine prochaine.

- Bien entendu, ça n'est que pour prendre des nouvelles !

- Bien entendu mon ange !

- Ce pauvre petit chat percuté par une voiture va faire l'objet de toute ton attention parce qu'il est simplement mignon, et rien d'autre !

\- Non !

\- Non quoi ?

Jocelyn était amusé et soupira pour la forme.

\- Non je n'ai pas l'intention de l'abandonner, et toi ?

\- Moi, j'adore ta façon de me présenter les choses, d'aller droit au but.

\- Alors ?

\- Alors il me parait être mignon comme tous les chats. Si on le prenait !

\- Je n'y avais pas pensé ! C'est une excellente idée !

\- Heureusement que je suis là !

\- C'est vrai, tu aimerais qu'on ait un chat ?

\- Tu sais que j'adore les bêtes. Oui prenons-le, ça fera plaisir aux enfants, à tous les enfants, ajouta-t-elle en le regardant fixement !

Il esquissa un sourire, revint sur ses pas et s'approcha à nouveau de sa bien-aimée. Elle ouvrit les yeux mais elle portait encore sur son visage les traces des émotions qu'elle venait d'avoir. La connaissant très bien, il le remarqua.

\- On dirait que tu as pleuré? Quelque chose ne va pas chaton?

\- On serait toujours ensemble si je n'avais pas pu te donner d'enfants ?

Il fronça les sourcils en pensant : « *Elle a refait le monde !* ».

\- Bon d'accord, la prochaine fois je n'oublierai pas le pain, c'est promis !

\- Je suis sérieuse Jossy.

\- On en a pourtant parlé et reparlé.

\- Jossy…

\- Je ne sais pas ma chérie. Je t'aurais bien dis : bien sûr que oui, mais je ne pouvais pas te promettre de m'en tenir à la décision que j'avais prise. Je me serais peut-être rendu compte un jour que je faisais fausse route et je ne suis ni plus ni moins que moi. Mais les sentiments peuvent quelques fois tout changer. Je défie n'importe qui de prendre une telle décision au début de sa vie. Si ça se trouve, je me serais aperçu un beau matin que je voulais être père. C'est le genre de promesse que je n'aurais jamais pu te faire. Pourquoi me demandes-tu ça ?

- Parce que j'y ai souvent pensé. Si je ne m'étais pas guérie, Quentin et Gaël n'existeraient pas et tu ne serais donc pas papa.

- Que veux-tu que je te réponde à ça ?

- Je sais, tu as toujours eu cette honnêteté et tu ne m'as jamais fait de promesses en l'air. Ne m'en veux pas mon cœur, ce sont des questions que je me suis souvent posées.

Il s'allongea à côté d'elle et la caressa d'une main sur le visage.

- On ne saura jamais ce qui se serait passé, mais je t'ai choisie et je t'aurais aimée, enfants ou pas. Même si quelques fois, il m'arrivait de me demander si je ne regretterais pas cette décision dans mes vieux jours. Mais avec le recul, j'en ai conclu que ma réaction était humaine et je ne te trahissais pas.

- Ça je le sais, je ne me suis jamais posé de questions à ce sujet!

Elle le regarda tendrement avec un sourire amoureux.

- Comme d'habitude, tu as réussi à m'apaiser.

- Je ne le fais pas exprès chérie ! Si on allait rejoindre les enfants ?

Il mit sa main dans la poche intérieure de sa veste pour en sortir un appareil photo. Voyant cela, Emma qui venait d'être secouée par une photo voulut savoir.

- Qu'est-ce que tu comptes faire avec ça ?

- Une photo de famille dans ce petit coin de paradis.

- Qui la prendra si tu veux qu'on y soit tous ?

- Je retarderai la prise et je le poserai sur un endroit stable.

Ils ne le savent pas encore. Cette photographie sera la même que celle qu'Emma a reçue.

BONHEURS PARTAGÉS

« Il n'est pas aisé de toujours prendre la bonne décision,
surtout lorsqu'elle est guidée par les sentiments. »
MM.

Au même moment, dans l'autre dimension, dans le garage de la maison. Emma s'affaire à la préparation de conserves en bocaux de cinquante centilitres. Elle s'y adonne régulièrement. Aujourd'hui, c'est vingt litres de sauce tomate longuement mijotée dans une grande marmite qu'elle a tout spécialement achetée il y a plusieurs années. Les bocaux remplis, il ne lui reste plus qu'à les refermer en y insérant le fameux caoutchouc pour l'étanchéité.

Elle aimait cette vie qui était devenue la sienne. Elle s'y était rapidement adaptée. Les enfants qui leur rendaient souvent visite ne s'étaient rendus compte de rien. Certes, il y avait eu quelques légères différences dans le comportement de leur mère, mais pas suffisamment pour remettre en question son identité. Au même titre que son double, elle pensait quelques fois à Jossy. Elle l'imaginait devenu papa grâce à cette expérience. Elle ne lui disait que très peu avant son départ, mais elle avait longtemps culpabilisé de ne pas pouvoir lui en donner. Cette décision prise quinze ans plus tôt avait été très éprouvante. Elle l'aimait toujours, mais il serait probablement plus heureux avec une femme pouvant faire de lui un père, sans parler de sa nouvelle situation de mère. Elle concluait toujours qu'elle avait fait le bon choix et que rien n'était dû au hasard.

Son « Nouveau Joss » avait définitivement arrêté de risquer sa vie. Ses nouveaux horaires, semblables à ceux d'un fonctionnaire, le faisaient rentrer chaque après-midi à dix-sept heures quinze en dehors de deux ou trois exceptions dans l'année.

Il n'était pas loin de seize heures. Elle voulait terminer de tous les fermer avant son arrivée. Se rendant compte qu'elle serait à court de joints, elle remonta à l'étage en prendre un paquet neuf, rangé dans le buffet de la cuisine. Cela ne lui prit pas plus de deux minutes. De retour dans le garage, elle ouvrit le sachet, mit un joint sur le couvercle de chaque pot, puis le posa sur une étagère à proximité. Elle continua ensuite de les intercaler jusqu'à l'avant-dernier où elle stoppa net le mouvement de sa main. Un mot plié en deux avec une photo à l'intérieur pareil à celui que son double avait découvert était posé juste derrière ce dernier.

L'énoncé était pratiquement similaire à ceci près. Il s'agissait là des enfants qu'elle n'aurait jamais eus dans cette dimension. Cet extrait de bonheur familial qu'elle tenait entre ses mains la faisait trembler d'émotion. Ces deux enfants qui étaient souvent venus lui rendre visite dans ses rêves étaient juste là, sous ses yeux, imprimés sur cette image, presque physiquement présents.

Lors de l'instantané, ils regardaient fixement l'objectif. Leurs yeux étaient si expressifs qu'elle eut le sentiment, l'espace d'un instant, qu'ils la regardaient. Félix savait très bien qu'en faisant cela, il les libèrerait définitivement de ce fardeau qu'avait créé cette situation. Elle ne saurait jamais comment cette photo était arrivée là. Elle en avait juste une vague idée.

En dehors d'une poignée de scientifiques chevronnés et de certaines civilisations avancées, seules elles deux savaient qu'il n'y avait qu'un pas d'ici à… ailleurs.

EPILOGUE

Les deux gendarmes ne verront finalement pas de voiture abandonnée. En outre, Michel est devenu gendarme pour d'autres raisons, il ne patrouillera pas avec Lucien, mais avec Mathias qui n'a jamais disparu. Tous deux forment une fine équipe. Les deux amis d'enfance ont une complicité jalousée par leurs collègues. Lucien est quant à lui recherché par la police pour des délits mineurs.

Parmi les étudiants qui ont vu sauter Allan dans le vide, certains se sont enthousiasmés et d'autres se sont affolés au même titre que le pauvre gardien Christian. Ceux-là suivent actuellement une thérapie, bien qu'Allan ait tenté d'annuler leur spectaculaire vision en les réunissant pour leur expliquer qu'il s'agissait d'une expérience sur les hologrammes. On ne le sait pas, mais il se refusera à faire machine arrière avec le « boîtier magique ».

Le brave Auguste entamera une courte période de remise en question, car ces évènements avaient suscité une certaine pagaille dans l'Université comme aux alentours et une montagne de problèmes était et allait continuer d'être soulevée pendant un certain temps entre les responsables, y compris la sécurité. Pour Auguste, cela allait se traduire par un retour ponctuel et quelque part calculé d'une courte période alcoolisée. Certes, il connaissait son penchant et sa dépendance s'il se laissait aller, mais il fallait bien ça pour choisir entre deux cas de conscience délicats : faire son travail en disant concrètement ce qu'il avait vu ou bien soutenir le plus bizarre et déjanté de tous les professeurs qui demeure cependant le seul à le saluer tous les matins sans exception. Il reconnait volontiers ses faiblesses et même s'il se comporte souvent avec sagesse, les écarts de conduite qu'il fait ne lui font pas oublier ses priorités. Mais il serait injuste de ne pas parler de la durée qui ne s'étendra que sur une journée. Ce sera pour lui un bel exemple de pertinence que de cacher la vérité sur ce coup là, avouera-t-il plus tard à sa femme.

Le malheureux Christian changera son arrogance en profil bas pour ne pas avoir accepté ses visions et entamé une cure psychologique reconstructive durant quelque temps. Lui qui en avait vu d'autres, n'avait de toute évidence pas été préparé à de pareils évènements.

Les deux électriciens, Pascal et Henri, tenteront de partager leur expérience avec leurs proches, mais seront vite contraints d'avouer qu'il ne s'agit que d'une plaisanterie, un pari entre eux pour observer les réactions. Ils garderont donc le secret toute leur vie. En tout cas, jusqu'à ce que le temps rattrape leur aventure sous la forme d'un flash info en deux mille soixante-deux, annonçant qu'une déchirure du temps a été rendue possible après diverses expériences réalisées non loin de Paris par un professeur en science, un certain Garvey, assisté d'un certain Félix. C'est ce jour-là que la femme de Pascal fera le rapprochement. Une chance que n'aura jamais Henri parti quelques années auparavant pour un monde meilleur. Pascal pourra désormais partir en paix en sachant que son meilleur ami Henri interceptera d'une manière ou d'une autre la bonne nouvelle.

Le jeune Florent, disparu dans la montagne sur l'aire autoroutière sous les yeux de sa mère, sera quant à lui retrouvé cinq mois plus tard dans le Nord de la France. Ses parents croiront toujours en son retour. Ils seront récompensés de leur patience, leur amour et la possibilité de croire au miracle. Ils le récupèreront tel qu'il avait disparu.

Félix continuera de grandir dans l'ombre de ses possibilités et rencontrera celle qui deviendra sa femme, laquelle s'appelle Céline. Celle-là même devant laquelle il avait joué l'homme blasé de la vie dans le métro parisien ou plutôt dans l'une des nombreuses « anguilles ». Tous les deux diront avoir trouvé l'âme sœur, le complément qui leur manquait pour s'épanouir pleinement. Pour lui, la drague aura été facile.

- « *On s'est déjà vu non ?* »

Cette simple remarque « remastérisée » en long, en large et en travers, avait été servie à toutes les sauces par les plus grands tombeurs de ces dames, mais prenait tout son sens dans cette rencontre presque banale.

Quant aux quatre ouvriers américains de Ground Zéro, ils n'avaient aucun souvenir de leur escapade, mais leur comportement avait inexplicablement changé. Certes, ils n'étaient pas devenus meilleurs qu'avant. Leurs défauts et leurs qualités étaient toujours bien présents, mais leur esprit s'était ouvert à de nouveaux horizons comme Kévin par exemple, dont la connaissance systématique commençait à laisser place à des paroles sensées et mesurées. Les balades interdimensionnelles étaient-elles productrices de magie ? Probablement pas. Mais elles les avaient obligées à faire appel à d'autres sens, de nouveaux yeux encore puceaux.

Ching Chang Chung Boudsang dont l'expérience était dans un premier temps mortelle ne verra rien changer dans sa vie si ce n'est une peur soudaine. Il a maintenant une peur bleue des camions.

Et enfin, « l'aigle immeuble » ne sera pas retrouvé tout de suite en dépit des efforts de Garvey. Il n'aura pas pu tenir sa promesse envers Géant vert, lequel ne lui en tiendra pas rigueur même si dans son monde les aigles sont à l'homme ce que nos chiens représentent à nos yeux.

* * *

Dans toutes les dimensions, il sera observé dans les deux jours suivants des phénomènes appelés « OVNI ». Certains y prêteront attention, d'autres pas.

Les autres personnages qui étaient rentrés bien malgré eux dans cette histoire ne se rappelleront jamais de rien. Certains auront seulement de temps en temps, des impressions de déjà vu comme tout le monde.

Quelques scientifiques avanceront quelque temps plus tard que le temps n'est qu'un outil de mesure que chaque civilisation utilise à sa manière. Pour cela, ils se baseront essentiellement sur le fait que dans notre monde, nous avons tous autant que nous sommes notre propre perception du temps. Il sera donc affirmé quelque vingt années plus tard que le temps n'existe pas et que ce qui doit arriver arrive irrémédiablement en dépit de nos différents destins.

Certes, l'intervention initiale de Garvey avait modifié le cours de certaines existences avec entre autres la naissance de Quentin et de Gaël, mais elle n'avait rien changé à l'équilibre des univers, car rien n'arrive par hasard. Ils seraient nés de toute manière ailleurs. C'était l'une des premières leçons qu'avait reçues Félix de Garvey à ses débuts. Ce dernier était devenu son instructeur. Il lui avait souvent parlé d'une escapade en particulier qu'il avait faite lors de ses premiers essais. Il taisait volontiers qu'il lui arrivait d'en avoir certains souvenirs plus ou moins précis. En faisant cela, il vérifiait deux ou trois théories sur lesquelles il travaillait, dont une, spécialement. Se souviendrait-il de toute cette aventure ?

La suite des évènements lui avait renforcé cette conviction déjà bien ancrée dans son cerveau de scientifique. Mais il y avait autre chose qui remontait jusqu'à plus de dix mille ans avant l'an zéro. Lorsqu'il avait pris conscience du potentiel de son invention à l'époque où il n'était que l'apprenti d'Allan, il avait eu la curiosité de remonter jusqu'à la source de notre civilisation. Ce qu'il vit ce jour-là allait radicalement changer le reste de sa carrière de chercheur. Il s'était rendu compte que chaque dimension évoluée ne se plaisait pas dans ce qu'elle était devenue. Tout le monde cherchait à modifier l'évolution des autres en fonction de leurs propres erreurs. Cela n'était pas sans rappeler le comportement typiquement humain, donc rien d'extraordinaire.

Ainsi, il s'était aperçu que l'homme allait en grandissant en taille, mais aussi mentalement. La seule chose qu'il ne voyait pas était sa névrose. Quels que soient la dimension et l'état d'esprit apparents, elle avait grandi de la même manière. Tous cherchaient à corriger leurs propres erreurs chez les autres et ils en faisaient autant avec eux-mêmes. Pour résumer, un serpent cherchant à se mordre la queue était probablement plus intelligent puisque lui au moins courrait après quelque chose de visible.

Félix était de cette trempe. Mais il avait un avantage considérable sur Garvey. Il avait déjà vécu cette expérience bien rangée dans l'un des tiroirs de son âme. Lorsqu'il eut enfin la possibilité de le mettre lui-même en pratique, il voulut faire le « Voyage de la Connaissance » comme il disait. Ce jour-là, il programma une première date sur l'appareil qui avait subi quelques modifications depuis son invention. Il ne s'agissait plus de prendre en compte la relativité ou une quelconque autre loi physique puisque cela ne posait désormais plus aucun problème... Déjà !

Après quelques brefs réglages, il partit quelques millénaires plus tard, en vingt-trois mille neuf cent. Une époque où l'homme était arrivé à saturation et faisait le bilan de son court passage dans les différents univers. Ces derniers étaient beaucoup plus grands et beaucoup plus évolués. Ils étaient en train de mettre un terme à leur civilisation, car le résultat obtenu n'était pas concluant. La planète avait bu la « Tasse polluante » à six reprises et à chaque coup de massue encaissé, les dégâts avaient été si considérables, qu'ils avaient dû se résoudre à vivre sous Terre durant plus de trois siècles.

Telle était la triste histoire de ces hommes devenus las de cette proximité programmée, qui s'était installée au fil des siècles et des millénaires, d'erreurs de jugement et de décadence mentale acharnée et encouragée par le contexte. Félix arriva dans un endroit bien précis dont les coordonnées lui avaient été fournies par Garvey. Cet endroit était à l'abri des regards comme dans toutes les autres époques qu'il avait entamé de visiter, y compris celle où il s'était vu lui-même lorsqu'il était enfant sur le campus de l'Université parisienne. Il pouvait tout voir de là où il était. Les géants s'affairaient à préparer un voyage... en soucoupe volante. Les voyageurs semblaient s'être vêtus pour un bal costumé comparé à ceux qui préparaient le vol. Leur langage était différent de celui qu'il connaissait. Dans leurs mains étaient tenus des plans semblant de loin contenir des cotes et des mesures de pyramide. L'heure était à la « Discussion conférencielle », grave, comme si l'avenir de l'humanité était en jeu.

Ce départ qu'ils préparaient avec grand soin paraissait être à sens unique et cela bouleversait vraisemblablement des personnes sur le site. Félix ne perdait pas une miette du spectacle. Au bout de seulement quelques minutes, les cinq voyageurs s'alignèrent puis disparurent en un éclair pour laisser place à une fine fumée opaque qui se dissipa rapidement. Félix ne fut ni surpris, ni étonné. Il se mit aussitôt à leur poursuite en entrant les nouvelles coordonnées que lui avait communiquées Garvey.

Nous sommes à présent en dix mille avant Jésus-Christ. Il arriva dans un endroit tout aussi discret. Le vaisseau était déjà là et ses occupants marchaient en direction d'un groupe d'hommes égyptiens. Mais cette visite avait presque tout d'une mission de repérage, car l'un d'entre eux resta sur place tandis que les quatre autres se dirigeaient moins de vingt minutes plus tard vers le vaisseau pour repartir vers les étoiles. Voyant cela, Félix retourna voir Garvey pour lui demander une explication. Il y avait en fait une troisième date, deux mille huit cent av. J.-C. où il s'empressa d'aller. Là, il vit ces mêmes géants revenir avec la même soucoupe, les mêmes habits et dans leurs mains les fameux plans qu'ils avaient amenés quelque sept mille ans plus tôt.

Félix découvrira plus tard que l'un d'eux sera proclamé « Dieu vivant », affublé d'un nom devenu aujourd'hui historique. On l'appellera Osiris. Les plans seront mis à exécution. Il sera fourni à l'homme des informations universelles capitales regroupées dans la « Chambre des Connaissances » située sous la grande pyramide de Gizeh. Mais le lieu n'est pas unique. Il y a un peu partout dans le monde des capsules témoins de

447

connaissances. Elles ont été placées dans des endroits aussi divers que le Pérou, le Mexique ou encore la Chine. Dans toutes ces cultures, on retrouve la même désignation de ces hommes qui ne sont pas des hommes, comme étant les « Voyageurs des étoiles ». L'homme ne veut pas le voir, mais tout a commencé à cette époque. Chaque culture imagine être la seule et unique véritable histoire de l'humanité, mais ils ignorent qu'en vérité, nous veillons sur nous-mêmes. Nous nous rendons visite et nous aiguillons nos choix et notre évolution. Un jour prochain, nous serons suffisamment évolués pour voyager ; nous chercherons à corriger nos erreurs et nous rendrons visite à des populations qui nous paraitront arriérées. Nous saurons que nous agissons pour nous et pour notre devenir. Alors, nous prendrons la mesure de notre avancée en sachant pertinemment que les gens que nous visiterons seront un jour à notre place, tandis que nous ne nous préoccuperons plus que d'une seule chose : notre bien-être.

C'est ainsi que nous fonctionnons. Nous aurons toujours besoin de nous brûler pour nous rendre compte que le feu nous détruit. Si nous partons du principe que chaque décision que nous prenons crée une nouvelle dimension et que nous évoluons d'une manière différente dans chacune d'elles, il est alors possible d'imaginer qu'un jour prochain, nous n'aurons plus besoin de nous méfier du pire ennemi que l'homme puisse avoir : lui-même.

Quelque part, sur des ondes hertziennes

« Nous interrompons nos programmes pour un flash spécial. Cela fait maintenant plus de quarante-huit heures que les perturbations ont cessé. Il n'y a donc plus de crainte à avoir en sortant de votre domicile. Vous ne disparaîtrez pas ! Les autorités préconisent tout de même la prudence pour les quinze jours à venir au cas où… En effet, outre les phénomènes qui ont stoppé, deux chasseurs, Claude et Stéphane, ont véritablement vécu ce matin une expérience hors du commun. Alors que la vie reprend tout doucement son cours, les deux hommes décident d'aller chasser et partent aux aurores. Ils n'en sont plus à leur période d'essai et sont du genre à qui on ne la fait pas, mais ils se souviendront probablement bien au-delà de leurs vies de cette extraordinaire partie de chasse. Je cite : « Un aigle énorme, aussi gros qu'un avion de ligne », nous a confié Claude encore choqué. Nous avons bien évidemment été curieux et nous sommes rendus sur place. Notre reporter, Fabien Plissard, est tout simplement resté sans voix en voyant l'animal à cent cinquante mètres de distance, car la zone est sécurisée par les « PN » (Protection Nationale), venus dans un premier temps prêter main-forte aux deux malheureux fusils de ces deux pères de famille, dont les projectiles ne chatouillaient même pas le rapace géant. Stéphane nous avoue avoir eu le sentiment de ne pas être en danger.

« Il ne semblait pas nous charger quand on l'a vu, mais on a eu peur et on a paniqué » confiera-t-il un peu plus tard à Fabien Plissard. Cependant, des témoins affirment avoir constaté un comportement singulier et plutôt étonnant pour un animal de cette catégorie et d'une telle envergure. Les premiers spécialistes présents n'en croient pas leurs yeux. Ils viennent de visionner les images de l'un des nombreux promeneurs qui ont filmé la scène malgré la rapidité de l'action. On peut y voir le géant gravement blessé par les assauts terrestre et aérien combinés, se faire mitrailler par les « PN ». Perdant énormément de sang, ce dernier plane sur des kilomètres

449

comme un poids mort profilé, puis reprend soudainement conscience ; c'est là où tout le monde s'accorde à reconnaître l'aspect étrange de la dernière phase de la chute. À cet instant, il repère des maisons en contre bas et fait tout son possible pour dévier sa trajectoire par de petits mouvements d'ailes. Il regarde à nouveau en bas et se laisse tomber sans résistance, évitant ainsi une catastrophe certaine. Les aigles seraient-ils devenus protecteurs avec l'homme ? Nous en doutons, car même domptés, l'équilibre reste fragile. Mais celui-ci fait de toute évidence la différence avec ses « petits congénères » si l'on peut dire ainsi. Il est certain qu'en voyant l'oiseau, on est en droit de penser que sa taille n'a pas voyagé seule sur les sentiers de l'évolution. Nous venons juste d'apprendre qu'il aurait été aperçu dans le désert du Sahara, avant d'arriver ici. Selon les dires des nomades, il ne volait pas au hasard. Il semblait à la fois perdu et en quête de quelque chose, mais pas de nourriture, sinon il se serait servi. Telles sont les affirmations de ce voyageur apparemment fasciné par ce qu'il a vu. D'autres spécialistes arrivent en masse et s'apprêtent à joindre leurs connaissances aux premiers arrivés. Une question primordiale subsiste cependant : comment a-t-on pu ignorer la présence d'un si gros spécimen depuis le début de notre existence ? Y en a-t-il d'autres ? Nul n'a de réponse précise pour le moment, mais les recherches démarrent et nous ne manquerons pas de vous tenir informés ».

« Phénomènes surnaturels en chaîne, disparitions, apparitions, un aigle de plus de trente mètres de hauteur. Notre monde devient-il fou ou commence-t-il à nous dévoiler ses mystères ? Si vous êtes vous-mêmes témoin d'un fait, appelez le numéro bleu : 0900 600 300. Bonne journée sur « Radio Sourire » et restez avec nous ! »

REMERCIEMENTS

À Sylvie, ma collègue de travail qui m'a gentiment proposé son aide à la dactylographie de ce récit. En effet, les progrès que j'ai pu faire en la matière s'apparentent à une course d'escargots surentraînés. Aujourd'hui, je tape directement sur le clavier à la pondaison. Cependant, le stylo me manque. C'est comme ça, j'aime écrire ! J'aime mes ratures et mes corrections en marge.

À tous nos savants chercheurs qui m'ont beaucoup inspiré; nos conclusions ne sont pas toujours les mêmes, car j'en romance quelques-unes. Je ne les cite pas volontairement.

À ces rares journées « magiques » qui changent certaines choses dans la perception de ce qui nous entoure ainsi que nos priorités et qui, par conséquent, sont à marquer en rouge sur le calendrier de notre vie.

Aux magazines « Sciences et vies » et « Le monde inconnu » qui m'ont soufflé quelques idées pour cette histoire.

Aux auteurs qui officient comme moi dans ce registre en tout cas pour le moment, que je lis avec intérêt ne serait-ce que pour contrôler que nous ne disons pas la même chose.

En mémoire de mon ami « Monsieur NAF NAF »,
Fanfan dans l'histoire, parti trop tôt.
(À gauche sur la photo suivi de moi-même,
des amis dont Christian, un restaurateur italien).
Repose en paix Mouloud.
Tu n'imagines pas le nombre de fois où je pense à toi.
Je précise au nom de sa famille,
que son verre est dénué d'alcool.

www.ingramcontent.com/pod-product-compliance
Lightning Source LLC
Chambersburg PA
CBHW051940020726
47501CB00001B/212